允熬使忆

沈允熬 著

YUN'AO SHI YI

图书在版编目（CIP）数据

允熬使忆/沈允熬著.—北京：大有书局，2023.6
ISBN 978-7-80772-095-9

Ⅰ.①允… Ⅱ.①沈… Ⅲ.①回忆录-中国-当代 Ⅳ.①I251

中国版本图书馆 CIP 数据核字（2022）第 241295 号

书　　名	允熬使忆
作　　者	沈允熬　著
责任编辑	李瑞琪　王佳伟
责任校对	李盛博
责任印制	袁浩宇
出版发行	大有书局
	（北京市海淀区长春桥路6号　100089）
综 合 办	（010）68929273
发 行 部	（010）68922366
经　　销	新华书店
印　　刷	北京盛通印刷股份有限公司
版　　次	2023 年 6 月北京第 1 版
印　　次	2023 年 6 月北京第 1 次印刷
开　　本	145 毫米×210 毫米　1/32
印　　张	11.5
彩　　插	8 页
字　　数	238 千字
定　　价	49.00 元

本书如有印装问题，可联系调换，联系电话：（010）68928947

"大使观世界"总序

我们生活在一个丰富多彩却又错综复杂的世界，大大小小二百多个国家和地区各自独立又相互开放、交流合作。这个世界当今正经历着历史性广泛而深刻的变化，人类社会面临着前所未有的挑战。中国是这个世界大家庭的重要一员，发展成就举世瞩目，在国际舞台上发挥着日益显著的关键作用。在这样一个世界之变、时代之变、历史之变波澜壮阔展开的时期，对我们中国人来说，更加全面深入认识和了解外部世界，不仅仅是一种旅游的乐趣、知识的积累，而且也日将成为一种生活的需求。

尽管交通通信的发达为环球漫游提供了极大方便，但一个人的精力、时间和资金毕竟有限，大都也只能在有限的国家和地区走马观花游览一番。要想更多、更全面、更深入了解外部世界，就需要借助其他途径，而从事国际活动的外交官特别是大使们，是了解外界重要且方便的资源。

大使是国家元首派驻一个建交国的最高级别外交代表，在正式场合代表国家，在关键时刻肩负"全权"，故被称为"特命全权大使"。大使的重要使命就是全面发展两国关系，增进与驻在国的相互了解、交流、友谊与合作。深入、全面了解驻在国家和人民各方面的情况与特点，同各界人士广泛接触和交流，成为大使一项极其重要的职责。总体而言，大使们具有较高的政治素质、业务水平、道德修养、观察分析能力等，而且任职时间多以年计，因此，他们观察到的世界常常更深入、更细致、更全面、更客观，也更加丰富多彩、具体生动。

大使这一职称是崇高而荣耀的，责任也是沉重而艰险的。自古以来，中华民族就有"不辱使命"的传统。"忠诚、使命、奉献"是新中国外交人员的核心价值观。身为中国高级外交官，最重要的一条就是要恪守职责、甘于奉献，具有对党和人民无限热爱的赤胆忠心，为祖国外交事业奋斗终身的坚韧意志。在任何时候、任何情况下，都要站稳立场、掌握政策、勇于斗争、威武不屈，顶得住形形色色"糖衣炮弹"的诱惑，经得起传染病、战乱、恐怖主义等各种险恶的严峻考验。人们看到的往往是使节们西装革履出入外交场合的风光，而较少了解他们在异邦他乡艰难工作和生活的日日夜夜，更不知道每场外交博弈背后五味杂陈的酸甜苦辣。

"大使观世界"丛书是外交部老干部笔会和中央党校大有书局出版社的战略合作项目，其初衷是多维度、全方位展示新中国大使外交生涯中亲历亲见亲闻的精彩故事。丛书作者大都长期工作在世界各地外交一线，不少大使都毕生从事某一地区的外事工作，对这一地区的状况和演变了如指掌，并具有深厚的感情。通过他们生动的文笔展示"文装解放军"履职期间的真实生活与工作经历，带领读者体验外交人员筚路蓝缕的成长历程、驻在国的别样风土人情、知己故交的妙闻趣事以及大国外交的复杂奥妙，感受中国外交官的勇敢、智慧、力量和风采。

新中国外交在党的直接领导下，把握机遇，勇对挑战，战胜一切惊涛骇浪，取得一个个辉煌胜利，为我国在国际上的崇高地位和声誉做出卓绝贡献。当今世界正经历百年未有之大变局。党的二十大对中国外交规划了顶层设计，明确了使命任务，做出了战略部署。新征程上的中国外交，承载着光荣与梦想，也面临着机遇与挑战。广大读者尤其青年朋友如能通过"大使观世界"这套丛书，从老一辈外交官们的回忆、经历与感受中得到启迪，开阔眼界和思维，加深增强对当今世界的认识与了解，提升民族自信及自豪感，增进对党直接领导下的中国外交事业的理解和拥戴，不辜负这些年迈大使的心血，就是我们的最大期盼。

（马振岗，外交部老干部笔会会长）

目 录

结缘拉美　　　　　　　　　　　001

服从校方安排学习西班牙语　　　　001
赶鸭子上架当翻译　　　　　　　　008

古巴履新　　　　　　　　　　　013

赴任哈瓦那　　　　　　　　　　　013
亲历猪湾入侵　　　　　　　　　　021
亲历十月危机　　　　　　　　　　030
我心目中的格瓦拉　　　　　　　　045

到欧美司工作　　　　　　　　　058

呕心沥血　辛勤耕耘　　　　　　　058
中拉友好新篇章　　　　　　　　　081

常驻秘鲁　　　　　　　　　　　097

秘鲁的印第安人　　　　　　　　　097

我国驻秘鲁大使馆遭遇爆炸 113
秘鲁华侨华人助力中国女排二连冠 121

出使阿根廷 134

出使"世界粮仓和肉库"阿根廷 134
庇隆将军、埃娃·庇隆与阿根廷正义党 147
难忘的南极之行 170
促进与"南美洲的瑞士"乌拉圭建交 184
阿方辛总统访华 190

出使巴西 197

出使"南美洲的巨人"巴西 197
得天独厚的国度与"上帝是巴西人" 203
学习柔和动听的葡萄牙语 205
不临时抱佛脚的"伊塔玛拉蒂" 212
菲格雷多总统访华的故事 229
为中巴友谊作出特殊贡献的平托律师 239
五次世界杯夺冠——闻名遐迩的巴西足球 251
"渗透到巴西人血液中"的桑巴与狂欢节 260
巴西的饮食文化 265
友善宽厚、幽默悠闲、天性乐观的巴西人 276
饱受诟病的社会治安问题 280
巴西国家博物馆之殇 283

出使墨西哥 295

出使美洲文明古国墨西哥 295
跨太平洋"海上丝绸之路"与"中国之船" 310
从"普埃弗拉的中国姑娘"到墨西哥跳水队员的
　"中国妈妈" 317
在墨西哥连续执政 71 年的革命制度党下台 323
墨西哥的文化与墨西哥人的生活习俗 331
中国大使对萨尔瓦多的首次访问 352

参考书目 357

后　记 358

结缘拉美

服从校方安排学习西班牙语

1956年,中华人民共和国跨进了成立后的第8个年头。对年轻的共和国来说,1956年是一个重要的年份。当时,我国农业、手工业和资本主义工商业的社会主义改造基本完成,中国正在进入一个新的历史阶段。党和国家的工作重心转向社会主义建设。国际上,自朝鲜停战以后,经过日内瓦会议和万隆会议,国际紧张局势日趋缓和,世界性的大战一时打不起来,我国有可能争取到一段较长的和平建设时间。这对在战争废墟上诞生的共和国来说,是一个难得的发展机遇。

我的母校——复旦实验中学

复旦实验中学由复旦大学部分教授同人创办于1925年,陈望道先生曾一度兼任主任(即校长),鲁迅先生也曾应邀到复旦实验中学演讲。我于1950年进入复旦实验中学初中一年级学习。当时的校长是朱祖舜,执教的有吴庆瑗、周济民、张庭潮、徐瞿山、胡三葆、蒋锡恩、颜家瑛、李瑛、虞英等一批高水平的老师。入学之初我冥顽不灵,浑浑噩噩,成绩乏善可陈。多亏恩师们调教,我才逐渐明事,开始刻苦学习,锻炼身体,要求进步,加入了共青团。直到现在，每当我们中学老同学见面时，仍时常感激这些老师对我们的培养并缅怀他们。

1956年，我们高三年级的同学马上就要毕业了。同学们踌躇满志，都在考虑自己今后的发展方向。这是我们这些年轻人第一次在人生道路上面临重要的抉择，大家都插上了理想的翅膀。

20世纪50年代初期和中期的新中国生机盎然，旧社会的污泥浊水被涤荡一空，清新向上的社会风气成为时尚，党中央、毛主席的威望如日中天。当时我们中学生最爱读的书是《钢铁是怎样炼成的》《把一切献给党》《卓娅和舒拉的故事》《青年近卫军》《远离莫斯科的地方》等。我们最欣赏的座右铭是：人最宝贵的是生命。生命每个人只有一次。人的一生应该这样度过：当回忆往事的时候，他不会因为虚度年华而悔恨，也不会因为碌碌无为而羞愧；在临死的时候，他能够说："我的整个生命和全部精力，都已经献给了世界上最壮丽的事业——为人类的解放而斗争。"

国家已进入大规模建设时期，急需各方面的专业人才。"祖国的召唤就是我们的志愿"，我们是这样说的，也真是这样想的。同班同学里有几位报考地质系，准备餐风宿露，立志为祖国寻找大批地卜宝藏。还有几位同学报考哈尔滨工业大学，决心献身于国家的国防工业。当时我的学习成绩在班里名列前茅，对报考大学我信心十足。关于第一志愿，我想得较多的是北京大学物理系，憧憬将来攻读原子物理方向，为我国原子能事业作贡献。

被推荐报考外交官之摇篮——外交学院

我们班的高存铭同学,在班里年纪最轻。他平时沉默寡言,但志存高远。谁也没有想到,他居然会对外交感兴趣。他不声不响地给北京的外交学院写信,询问学院的情况和报考事宜。当年的外交学院,采取推荐加考试的招生办法,一般只在北京、上海、天津等大城市的几所重点中学招收学员。我们学校并非市重点,本来与外交学院无缘,但因为有高存铭同学那封信,外交学院派人到上海招生时,也顺便到我校了解他的情况,并问及是否还有其他可推荐的生源,校领导推荐了我。之后不久,校领导找我谈话,让我报考外交学院。我对外交一无所知,做梦也未曾想过将来从事外交事业。但既然校领导看重我,推荐了我,又据告外交事业对国家十分重要,对学生的品学要求很高,无疑极具挑战性,我便毫不犹豫地应承了下来。那次几十分钟的谈话,就这样改变了我今后的人生轨迹。那年夏天高考发榜,高存铭同学和我双双被外交学院录取。

在党团组织的教育帮助下,我在高中阶段就争取入党,作为培养对象参加党课学习,初步树立了为党和人民的事业奋斗终身的人生观,积极参加社会活动和学校团总支工作,担任校团总支副书记(书记是蔡惠元老师),曾被评为"三好学生"和"社会主义建设积极分子"。1956年8月23日,我由上海江宁区团委学生部部长谷源沪和副部长袁冬珍介绍,加入了中国共产党,成为一名预备党员。为此,我在离沪进京前还专门到位于延安中路的中共中央华东局组织部,办理转移党的组织关系手续。那是我第一次也是唯一一次进入中共中央华东局机关。数天之后，我告别亲友、老师，登上了从上海开往北京的列车。

限于当时的条件，外交学院为我们这些新招收的上海进京学员预定了慢车车票，从上海到北京走了三天两夜，50多个小时。一路不管大站小站，火车逢站必停，有时甚至没有站也莫名其妙地长时间趴在半路上，等待别的车辆通过。按照当时的条件，没有人会奢望学校为学生买卧铺票。白天好办，大家一起侃大山，海阔天空一番就过去了。晚间休息时，大家各显神通，或坐在位置上打瞌睡，或干脆躺在过道上睡觉。为防止被过路的人不小心踢到头部，有的人就把脑袋伸到座位下面。这么长时间的行程，并没有降低大家的兴致。我们带着20世纪50年代时青年特有的豪情，一路说说笑笑，指点江山。过长江，经泰山，停天津，都会引起无穷的话题。

外交学院成立于1955年9月，是在中国人民大学外交系的基础上建立的。1954年日内瓦会议后，随着我国国际地位的提高和对外工作的进一步开展，需要加紧培养各主要语种的外事干部。由周总理提出倡议，经党中央、毛主席批准建立的外交学院，是新中国历史上第一所专门培养外交干部的高等学府，因而被誉为中国"外交官的摇篮"。周总理亲自题写了外交学院的校名，亲自审定了位于展览馆路南端的校址，并表示他可兼任外交学院的院长。后因总理工作过于繁忙，这一想法终未实现，但"站稳立场、掌握政策、熟悉业务、严守纪律"的十六字箴言，是周总理对中国外交人员提出的基本素质要求，成为外交学院的校训。学院的新址原是一个果园，当时旁边还有一条铁路，经常有火车呼啸而过。我们是外交学院新址落成后招收的第一批学生。1956级本科生有120来人，分为2个大班。我被分配在一班。我们一班的党支部书记是彭伟光同学，他是一位烈士子弟。校方指定我为一班的学习班长。

服从分配，学习当时极为冷门的西班牙语

除了学习马列主义基础、政治经济学、辩证唯物主义和历史唯物主义、中国革命史、汉语、世界史、国际关系史等课程，学校还要求每名学员选学一门外语。当时外交学院本科开授俄语、英语、法语、日语、德语、西班牙语等6门外语（后来又加上阿拉伯语），学生可以自己选择一门报名。我报名学法语，因为我在中学已经学了6年英语，自认为已有相当的基础，应该再选学另外一门外语，至于英语，以后可以利用业余时间自修。在英语之外，我最感兴趣的是法语，因为据说法语很好听，而且语法严谨，是国际交往与外交文书中不可或缺的一门语言。

没有想到的是，报名学法语的同学很多，而西班牙语则无人问津。原因很简单，因为西班牙语当时完全是冷门，人们对它很不了解。讲西班牙语的国家主要是西班牙和原西班牙殖民地（拉美大多数国家和非洲几个国家），它们中当时没有一个与我国有外交关系，民间往来也极少。为了全面完成培养各个语种外事干部的任务，校方让包括我在内的十余名同学改学西班牙语。尽管我内心很不情愿放弃法语，且对西班牙语毫无所知，但我是预备党员，应该服从组织的决定。于是我二话不说，服从领导安排，开始学习西班牙语。从此，我与拉丁美洲结下一生的不解之缘。

外语是外交工作中的重要武器。选学何种外语对一名外交人员今后的发展方向会产生多大影响，我到后来才有深切体会。1979年，我从古巴回国后已经十余年没有外派常驻国外了，听说要安排我去国外工作，我曾向主管部领导韩叙表示，希望这次能安排我到英语国家工作一段时间。因为我在中学里学了6年英语，有一定的基础，业余时间我也一直在自学，如有机会到英语国家工作几年，我有信心把英语拿下来。没想到韩叙的答复很干脆："没门！"我的解读是，部里懂西班牙语的干部相对更紧缺，所以不会把懂西班牙语的干部安排到英语地区去。我本来是想把英语作为第一外语，把法语（后来改成西班牙语）作为第二外语来学的。但实际结果是，我想到英语国家工作一段时间的愿望一直未能实现。

学习西班牙语的甘苦

在开始学习西班牙语时，我遇到了一个意想不到的困难。西班牙语有一个字母"r"是要卷舌尖发颤音的。有些北方同学天生就会，或者毫不费劲地一学就会，而我们几名南方同学却怎么也不能让舌尖颤动起来。根据老师的指点，我常在课余时间拿着一杯水，独自面对墙壁，含点水不断苦练舌尖的颤动。如果不能准确地学会这个发音，就不能讲一口地道的西班牙语。苦于学不会发颤音，我一度萌生打退堂鼓的念头。功夫不负有心人，独自面壁苦练一个多月后，我终于降伏了学习西班牙语途中的这个"拦路虎"。

为了更快地提高我们的西班牙语水平，校方还为我们从苏联聘请了西班牙籍专家卡尔伏。卡尔伏老师是一位进步人士。她因支持西班牙共和、反对佛朗哥叛乱而流亡到莫斯科。我不知道她是不是西共党员，但从她的言谈中可以感受到她对西共总书记伊巴露丽的敬仰之心。她也曾教我们唱西班牙内战时人民阵线左翼联盟战士所唱的革命歌曲《埃布罗河》。为了提高我们的西班牙语水平，她在我们身上倾注了许多心血。每当我们回答问题出现严重错误时，她会失望地惊呼："¡Qué barbariedad!"（相当于中文"不像话"或"太差劲"）。我们都对她敬畏有加，都想努力学好西班牙语，不让她生气和失望。尤其是我，身为学习班长，很怕因为我们学习不好而惹老师生气。

有一次，班里同学都下乡劳动去了，校方把我留下来帮助卡尔伏老师在蜡纸上打字和油印教材。那时我打字还在初学阶段，也从来没有打印过外语教材。尽管我作了很大努力，在我负责打印的课文中仍有一些错误。每发现一处错误，卡尔伏老师都很不高兴。有几次她在课堂上把我叫起来训斥一通，真让我羞愧得无地自容。还有一次，一名同学在勤工俭学活动中为了掌握理发本领，在我的脑袋上做练习，结果把头发理坏了。为了遮丑，我戴着帽子去上课。她看到后就叫我起立，责问我为何在课堂上不脱帽，不懂礼貌。我无奈地脱帽后，全班同学大笑，她也不禁笑了起来。

卡尔伏是一位严师，平时不苟言笑，很少当面表扬我们。但每当我们在学习中取得较好成绩时，她的眼神中就会流露出一丝喜悦之情。她对我们班每名同学的学习情况和特点心中有数。在提问的时候，会根据问题的难易程度选择不同的同学来回答。刚开始上听力课的时候，班里不少同学不适应，对她的提问一时不知如何回答，曾出现她接连叫好几位同学起立答题答不上来，大家都站在那里的尴尬局面。我的听力相对好一些，当她让我回答并终于答对她的提问时，她会露出一丝宽慰，我们也如释重负。

1960年8月，我从外交学院毕业，被分配到外交部，不久就被派到古巴常驻，正式开始我的40年外交生涯。此后再也没有机会见到卡尔伏老师，但始终对她怀念在心。在古巴工作期间，我曾委托在国内的同学转给她一张我在古巴工作的照片，照片背面用西班牙语写道："我们在古巴战斗，用的是您交给我们的武器（指西班牙语），为的是您教给我们的理想。"我不知道她收到照片后的反应，但我猜想她会再一次露出欣慰的笑容。

 赶鸭子上架当翻译

20世纪50年代，我们学习西班牙语的条件很差。当时国内还没有一部像样的西汉词典。校方想方设法给我们搞到的一部西汉词典影印本，是20世纪20年代国民党政府驻菲律宾的一名老外交官编写的。那本词典虽有一千多页厚，但是十分简略，每个西班牙文单词的后面只有短短几个中文字的粗略注释，且不十分准确。就是这么一本词典，被我们当作宝贝。我把它当作词典，更把它作为学习西班牙文的笔记本，因为它每页的绝大部分都是空白，可以在上面大量增添与某西班牙文单词有关的用法和例句。

我们上听力课时，用的是钢丝录音机，很笨重，须由专门的技术员操作和搬运。看一场西班牙语电影，也时常需要借北京外国语学院（简称北外）西班牙语系的光。我们班的西班牙语启蒙老师是丁永龙、孙家孟。丁老师教语音，孙老师教阅读。这两位新中国自己培养出来的年轻教员都是北外西班牙语系毕业，功底扎实，教学态度认真负责。

1957年7月21日，周恩来总理兼外长亲临外交学院，参加我校1957届毕业生的毕业典礼。对外交学院师生来说，周总理是我们最直接、最亲近的国家领导人。他莅临我院那天成为全院的节日，大家喜气洋洋，欢欣鼓舞。那天，周总理在全院师生热切期盼的掌声中发表了亲切讲话。《周恩来年谱》记载，他在定义我国对外工作时说，利用有利的外交形势来建设，是外交战线所要担负的任务；争取和平，要同国防力量相配合，外交部和武装部门是以两种形式来保卫国家的和平建设。他勉励年轻的学员们献身于外交事业，刻苦学习，为新中国外交事业的发展作出自己的贡献。周恩来传奇般的革命生涯，对党和人民事业的忠诚和丰功伟绩，以及在日内瓦会议和万隆会议上展现的外交才华，早已使他成为我们高山仰止的偶像。能目睹心仪的周总理的风采，聆听他对莘莘学子的殷切期望，我们深为激动和自豪，这对我们也是一种极大的激励，鞭策我们发愤学习，早日成为一名祖国外交事业合格的战士。

学生时期5次被临时借调当翻译

　　形势的发展变化往往比计划快。我们那期外交学院本科学制原定为5年。20世纪50年代后期，随着新中国国际地位不断提高和亚非拉民族解放运动蓬勃发展，我国与拉美国家的交往逐渐增多，西班牙语翻译紧缺，上级领导决定让我们西班牙语班提前一年毕业。实际上，在毕业之前的大学三四年级期间，我就开始参加一些西班牙语口译工作，先后5次被临时借调到外交学会、团中央、中联部等单位，接待来自拉美的代表团。那时我只是掌握了西班牙语的基础知识，而当翻译，特别是口译，没法临时求助他人或查词典，我那点可怜的西班牙语词汇远不够用，几次出洋相。

　　我被借调到团中央接待拉美青年代表团访华那次，团中央的一位领导要会见他们。我是该团的日常翻译，就由我跟随此团参加会见。那是该团在访华期间的一项重要活动，不料却没有像惯常那样，另外安排有经验的老翻译担任主翻。"蜀中无大将，廖化当先锋"，我这只"被赶上架的鸭子"，只好硬着头皮为领导充当翻译。寒暄后不久，该领导问代表团中的哥伦比亚人首都波哥大的纬度是多少。可怜的我不知道"纬度"在西班牙语中怎么说，只好如实相告。领导显然很不满意，责问道："纬度也不知道啊？"他举目四望，可是在座的其他中方人员都不懂西班牙语，他只好扫兴地把这个话题跳过去。幸好接下来的谈话，没有碰到什么难题，我总算把那次翻译任务完成了，但在那次翻译中挨批评的遭遇却令我终生难忘。

另一次，我被借调到外交学会为古巴起义军总督察加尔维斯少校访华当翻译。中方人员有时称他为"阁下"。"阁下"（Su Excelencia）这个词在课堂里没有学过，在课外阅读中偶尔见过陛下（Su Majestad）、殿下（Su Alteza）、阁下（Su Excelencia 或 Su Señoría）等尊称，但我并没有记住，更没有用过。当第一次听到中方人员称他为"阁下"时，我顿觉紧张，赶紧在脑海中搜索这个词的西班牙语，但是没有把握，犹豫不决地将其错说成"殿下"（Su Alteza）。回来之后，我连忙查字典核对，才知道犯了大错，真是汗颜不已。

作为一名学生，你或许可以辩解说自己学习已很刻苦，这个词课文里没有学过。但作为一名翻译，必须能称职地传译。宾主交谈，古今中外、天南地北、政治经济、天文地理，随时都可能涉及。作为西班牙语翻译，如没有掌握足够多的西班牙语词汇量，我们在翻译时必然会卡壳。而且，翻译中遇到的问题远远不止是词汇量。中外文差异很大，互译时必须考虑各自的表述习惯，不是简单生硬地用相应的词语"对号入座"就行。这就要求翻译人员必须精通双方的语言，并具有广博的多领域知识积累，才能胜任。

几次见习翻译当下来，我深感自己的差距与不足。翻译与演员一样，"台上一分钟，台下十年功"，必须长时间勤学苦练，日积月累，博观而约取，厚积而薄发。于是我拼命"恶补"，并抓紧机会向有经验的老翻译请教。

在新中国成立十周年国庆活动中当翻译

1959 年 10 月 1 日，新中国成立十周年。中方邀请了

10余个社会主义国家领导人率领的党政代表团和60个非社会主义国家的共产党代表团参加国庆活动。拉美地区来宾包括巴西共产党总书记普列斯特斯、阿根廷共产党总书记柯都维亚等多国共产党领导人和拉美友好团体负责人。我国从未同时接待过这么多外国党政领导人，翻译力量严重不足，只能从各单位临时借调。我也被中共中央联络部借调去参加接待。分配给我的主要任务是为玻利维亚共产党代表团当联络员和日常翻译。玻共代表团团长是玻共中央委员赫苏斯·拉腊。由于西班牙语水平有限，又缺乏经验，我只能做一些辅助性工作，重要翻译任务另由主要翻译担任。不过因国庆十周年期间重大活动一场接一场，贵宾又多，像我这样的见习翻译也有机会数次近距离见到我国主要领导人和外国政要。在新落成的人民大会堂举行的中华人民共和国成立十周年庆祝大会和盛大国宴，在天安门城楼观看阅兵式和国庆之夜观赏焰火等，我都有幸参加。

古巴履新

 **赴任哈瓦那**

1960年8月,我从外交学院毕业,被分配到外交部美澳司,从此正式开始了我的外交生涯。我在美澳司上班仅两周,领导就通知我准备去古巴常驻。1960年12月,我有幸随同我国首任驻古巴大使申健赴哈瓦那履新,见证了我国与拉美关系中具有划时代意义的历史性时刻。

第一个与新中国建交的拉美国家

60多年前,古巴人民在菲德尔·卡斯特罗的领导下,经过长期艰苦卓绝的斗争,于1959年1月1日推翻了亲美的巴蒂斯塔反动独裁统治,取得了古巴革命的胜利。

中国人民对古巴革命的胜利感到欢欣鼓舞,并以各种方式旗帜鲜明地支持古巴人民的正义斗争。经古巴革命政府同意,新华社记者从1959年4月起常驻古巴。同年7月,古巴革命武装力量部部长劳尔·卡斯特罗向中方提出,希望中国派一位比较重要的干部去哈瓦那领导新华分社,把分社作为非正式的中国官方代表机构,等水到渠成时再与我国正式建立外交关系。中方对古方的建议十分重视,选派时任上海市政府秘书长曾涛出任新华社哈瓦那分社社长。

1960年8月28日,在美国的操纵下,"美洲国家组织"成员国外长会议通过了攻击古巴革命、干涉古巴内政的"圣约瑟宣言",激起古巴人民的极大愤慨。9月2日,哈瓦那举行有百万人参加的古巴人民全国大会,菲德尔·卡斯特罗在会上发表长篇讲话,强烈谴责美国对拉美各国的长期压迫剥削和对古巴革命的干涉破坏,表达了古巴人民誓死捍卫民族独立和国家主权、坚持本国革命事业的坚定决心,同时感谢苏联和中国对古巴的无私援助,驳斥"圣约瑟宣言"对苏联和中国的诬蔑。他高声地询问与会者:"古巴革命政府愿提请古巴人民考虑:是否同意同中华人民共和国建立外交关系?"会场上百万人举起双手,大声回答:"同意!同意!"卡斯特罗大声宣布:"从现在起,断绝同蒋介石傀儡政权的'外交关系'。"广场上顿时掌声雷动,同声高呼:"中国!中国!"大会通过了著名的"哈瓦那宣言"。

1960年9月8日,中方指派曾涛为中国政府代表,与古巴政府商谈两国建交问题,很快达成协议。9月28日,双方同时发表经两国政府批准的建交公报。古巴成为第一个与新中国建交的拉美国家。

在中古建交之前,我曾于1960年7月去过古巴。那时我还在外交学院学习,临时被借调到团中央当翻译,陪同时任团中央书记处书记张超访问古巴,并应邀出席了在哈瓦那举行的第一届拉美青年代表大会和在圣地亚哥举行的纪念"七·二六运动"产生7周年盛大庆祝活动。访古期间,我亲身感受到古巴人民火热的革命热情和他们对中国人民的深厚情谊。那时我们就感到古巴将会与我国建交，但没有想到这一天会来得这么快，更未想到5个月后自己会被派到哈瓦那中国大使馆工作。

去建立西半球新中国第一个大使馆

中古建交是新中国对外关系史上的一件大事。因为中华人民共和国成立后的10年，没有一个拉美国家与我国建交。古巴不仅在拉美，而且在整个西半球，是第一个同新中国建交的国家。我国政府高度重视对古巴的工作，很快就任命时任外交部美澳司司长申健为我国首任驻古巴大使。

申健原名申振民，他与熊向晖（原名熊汇荃）、陈忠经都曾是潜伏在蒋介石爱将胡宗南身边的中共地下党员。他们三人身入虎穴，大智大勇，为我党提供了重要情报，对保卫延安党中央的安全作出了重要贡献，被誉为隐蔽战线的"后三杰"。申健大使的夫人熊友榛（原名熊汇苓）是熊向晖的姐姐，也深受胡宗南器重。申健和熊友榛都曾被胡宗南派到美国留学深造，是我党当时为数不多的对美国有直接了解的宝贵人才。新中国成立初期，申健曾被派到第一个与新中国建交的亚非国家印度任临时代办，拥有在不同社会制度的国家建馆的经验。后他又任外交部美澳司司长，负责美洲事务。中央选派申健为我国首任驻古巴大使，是对他的高度信任和重托。行前，周恩来总理和陈毅副总理等都曾对他单独接见，面授机宜。

与此同时，我国有关部门紧锣密鼓地搭建去古巴建馆的班子，先后任命政务参赞黄文友、方晓，商务参赞邹斯颐，文化参赞周正，武官黄政基大校，以及二等秘书陶大钊（研究室主任）、孙立学（办公室主任）、熊友榛（研究室）、王嘉宾（文化处）、刘勇（武官处）等。在外交部内，设立了去古巴建馆的办公室，日常工作由黄文友参赞主持，也由他作为大使馆临时代办率先遣组先期去哈瓦那，进行物色馆址等筹备工作。

根据工作需要，大使馆要配备四五名西班牙语翻译。当时部里会讲西班牙语的干部屈指可数，我那时刚从外交学院毕业分配到外交部美澳司不久，也被选中。接到上级通知决定派我去中国驻古巴大使馆常驻后，我一面做体检、置装等出国前的准备，一面到建馆办公室协助工作。上级分派给我的任务是准备使馆的办公用品，其中包括到驻外使领馆供应处定制大使馆要用的铜牌、国徽、国旗（从挂在使馆正门外的大国旗到大使专车上用的小国旗）、各种规格的对外照会及内部办公用纸和信封，向办公厅索取对外文书格式范本和与使馆工作有关的规章制度等。礼宾司专员韩叙给我们讲了一次礼宾常识和去国外工作的注意事项。

古巴距离美国佛罗里达半岛南端仅90海里，美国的战斗机15分钟就能抵达。古巴的政治和经济命脉原先长期在美国的掌控之下。但就在美国的眼皮子底下，竟然发生了一场深刻的反帝民族民主革命，不仅推翻了美国庇护下的独裁政权，而且先后采取了土地改革、将美国公司收归国有等措施。这是美国绝不能容忍的。美国也担心古巴革命的榜样会在拉美其他国家产生蝴蝶效应，因而不惜使用各种手段力图扼杀新生的古巴革命政权。当时潜伏在古巴国内的反革命势力猖獗，颠覆破坏活动频繁，哈瓦那不时能听到枪声和爆炸声。鉴于当时古巴所面临的内外形势，我国派往古巴的人员将会遭遇什么样的情况很难逆料，应该做好经受严峻考验的准备。为此领导在组建使馆班子时作了一些特殊安排，当时被挑选去古巴工作的使馆成员都是党团员，并经过外交部和公安部的双重审查。此外，还安排我们到京郊进行一次枪支射击练习，以便遭遇不测时自卫。我眼睛近视，戴近视镜，打靶成绩只是差强人意。

赴哈瓦那履新

1960年12月中旬，申健大使夫妇、大使馆二等秘书陶大钊和夫人宋洁（机要秘书），加上作为翻译的我，一行五人，顾不上在京过新年和春节，启程赴古巴履新。当时从北京去古巴很不容易，可选择的航线很少，而且航班的续航能力也差，途中须经停多地并转机多次。从北京出发，先到伊尔库斯克停一夜，接着又先后经停莫斯科、布拉格和苏黎世。在上述地点，我们都还能休息一两天，倒倒时差。12月23日从苏黎世登上荷兰航空公司当年最先进的星座式四引擎螺旋桨客机后，沿途就只作技术性停留，加油、换机组，一两个小时后接着飞。飞越大西洋前，经停葡萄牙首都里斯本和葡属亚速尔群岛中的圣塔玛利亚；越洋后则经停加勒比海的荷属库拉索岛、阿鲁巴岛和英属牙买加首府金斯敦，才终于飞向我们此行目的地——哈瓦那。拉丁美洲是距离中国最远的地方。我们离开瑞士之后，经过20多个小时的飞飞停停，登机、下机，加上时差（北京与加勒比地区时差12个小时，昼夜正好颠倒）

和季节差（离开隆冬的北京时穿着呢子大衣，到加勒比地区只需穿短袖衬衣）的困扰，难得安然入睡，大家都感到不胜疲惫。

正当我们望眼欲穿地盼着快些抵达目的地时，哈瓦那上空刚好有一场热带暴风雨。只见乌云密布，风雨大作，雷电交加。飞机在黑云中上下盘旋，颠簸剧烈，围着哈瓦那兜了几圈，却一直难以下降。空姐开始时还宽慰我们，说机长正在作最大努力下降，后来不得不据实相告，因为气象条件极为恶劣，无法降落，只好飞往最近的位于美国迈阿密的备降机场。

对机组来说，作出这样的决定是无可奈何的，也符合国际航空界惯例。但对我们来说，这个决定犹如五雷轰顶。当时中国和美国不仅没有外交关系，而且还因为在朝鲜战场打了一仗，双方处于严重的敌对状态。就在我们离京出发前不久，美国中央情报局（以下简称"中情局"）特工在新华社哈瓦那分社办公室周围安装了精密的窃听系统，被古巴革命政府侦破，这表明美国为监视中方人员在古巴的一举一动不择手段。如果我们一行飞到美国，难以估量将会产生什么样的后果，起码将严重干扰申健大使去古巴履行使命。

申大使当即果断地表示绝对不能飞往美国，令陶大钊秘书和我立即向机组交涉，要求他们与哈瓦那机场地面联系，尽一切可能设法降落；如实在不行，那就要求飞回到上一站——牙买加的金斯敦。同时申大使指示我们立即准备销毁随身携带的机密文件，以防落入敌手。飞机颠得很厉害，大使夫人等两位女同志已呕吐不止。我也感到头晕、反胃等不适，勉强忍着，坚持与机组交涉。机组人员回复说，飞回金斯敦汽油不够，最近的备用机场就是迈阿密。看到我们表情严峻，态度坚决，并从公文包里取出文件准备销毁时，他们可能从来没有遇到过这种场面，似乎意识到了问题的严重性，答应再次与地面联系，作最后的降落努力。时间在一秒一分地流逝，剩下不多的汽油在不断消耗，飞机已不能再这样盘旋徘徊。机组与地面商量后终于作出决断，完全听从地面雷达的指挥，实行盲降。幸亏那位驾驶员的技术很好，飞机在盲降中安全着陆哈瓦那国际机场。一场虚惊过后，我们才松了一口气，庆幸避免一劫。

格瓦拉亲临机场迎接申健大使

以上是发生在机舱里的情况，而在机场，除了先期抵达的大使馆临时代办黄文友参赞、新华社哈瓦那分社社长曾涛等中方人员，还有一个人也焦急不安，他就是赫赫有名的格瓦拉少校。他与古巴土地改革全国委员会主任希门尼斯上尉及古巴外交部礼宾司官员到机场是来迎接申健大使的。格瓦拉少校刚率古巴政府经济代表团访问过我国，已与申健大使在中国相识。按外交礼仪，一位外国新任使节抵达驻在国首都时，通常是由驻在国外交部礼宾司负责官员到机场迎接。格瓦拉亲自到机场迎接中国大使，显然是破格的做法，显示了他对中国革命、中国人民和中国政府发自内心的尊重和深情。格瓦拉一身戎装，冒雨伫立在舷梯旁。申大使走下舷梯，与格瓦拉紧紧拥抱在一起。申健说，刚才我们差点飞到迈阿密去了。格瓦拉回答说，我们绝不会让他们把中国大使送往美国。从格瓦拉的语气看,他进行了干预,才使荷航班机在哈瓦那强行着陆,避免了一场严重的外交事件。看到他们在雨中相拥,尽显战友深情,我们在一旁也难掩心中的激动。

格瓦拉在机场告知,古巴革命政府为申大使提供一辆革命胜利后没收过来的凯迪拉克轿车和1名可靠的古巴司机,另配1辆警卫车和3名武装警卫,以确保申大使的安全。从那天起,每逢申大使离馆外出,古巴武装警卫总是紧随左右。

古巴革命政府很重视我馆的安全,指派一名安全部门官员负责与我馆联系安保事宜,并赠送我馆20支冲锋枪用于必要时自卫。中国驻古巴大使馆、大使官邸和参赞官邸均有古巴武装警卫日夜站岗。

第一面在西半球高高飘扬的五星红旗

1960年12月28日,申健大使向多尔蒂科斯总统递交国书。在极为亲切友好的谈话中,申健大使首先转达我国领导人对总统的问候,特别提到古巴政府在哈瓦那举行的百万人参加的全国大会上宣布与我国建交,"这是英雄的、史无前例的行动,中国人民对此深表感谢"。多尔蒂科斯总统感谢我国领导人的问候,并表示,与中国建交是古巴人民由来已久的愿望,革命政府完成了这一愿望。对古巴来说,同真正的中国人民的政府建立外交关系是一件令人激动的事。他还说,古巴人民在反对我们共同敌人的斗争中,得到中国人民很大的援助,非常感谢。申大使表示,对古巴人民在我国反帝斗争中的支持和援助衷心感激。最后总统与申大使握手告别并亲切地说:"我们以后常联系。"

我在大使馆办公室工作期间,有一项重要任务是在招待员祝长荣同志(转业军人)的协助下,负责每天在大使馆正门前升降国旗。我们使馆是当时我国在西半球建立的唯一的大使馆,这面国旗是当年第一面在西半球高高迎风飘扬的五星红旗。

1961年1月3日,亦即在申健大使向古巴总统递交国书后的第6天,美国悍然断绝与古巴的外交关系。古巴面临的外敌入侵威胁日益严重。

 亲历猪湾入侵

1961年4月17日,美国大力武装、训练和护送的雇佣军悍然大举入侵古巴,震惊世界,因美国雇佣军的登陆地点选在古巴中南部猪湾的吉隆滩,故史称"猪湾入侵"或"吉隆滩战役"。猪湾入侵发生时,我正在中国驻古巴大使馆工作。回眸那段令人荡气回肠的往事,我至今记忆犹新。

山雨欲来风满楼

古巴革命的胜利和巩固、发展,被美国视作卧榻之旁的大患。1961年1月3日,艾森豪威尔政府断绝与古巴的外交关系,美古之间的紧张关系进一步升级。美国把古巴革命政府视作眼中钉、肉中刺,必欲除之而后快,这是多方的共识,且已频频出现一些不祥的征兆。只是当时人们尚不清楚,美国会在什么时候动手,以什么方式动手。

4月13日,暗藏的反革命分子用美制定时燃烧弹烧毁了哈瓦那最大、最漂亮的恩坎多百货公司,目的是增加古巴供应困难，扰乱人心。4月15日拂晓，几架美制B-26型轰炸机，分成三批同时轰炸了哈瓦那、圣安东尼奥和圣地亚哥三地的空军机场，目的是摧毁古巴空军力量，为雇佣军顺利登陆铺平道路。这些美制轰炸机狡诈地涂改标志，伪装成古巴空军的飞机，企图将空袭归因于古巴空军内部叛乱。在那次空袭中部分古巴空军飞机被美机击中起火，7名古巴人死亡，53人受伤。空袭发生后，古巴代理外长奥里瓦雷斯召见外国驻哈瓦那外交使团，通报美机对古巴空袭情况，并在通报会大厅展示了在空袭地点收集的带有"美国制造"字样的炸弹与火箭残片。

4月16日，古巴10万名悲愤交加的群众为空袭中牺牲的烈士举行了隆重的葬礼。卡斯特罗总理在愤怒谴责美机偷袭的讲话中指出，此次空袭是美国准备发动对古巴大规模侵略的前奏，"雇佣军的侵略迫在眉睫"。他命令起义军和全国民兵进入戒备状态。面对美国新的侵略行径，卡斯特罗在那天的演说中首次明确地宣布古巴革命是"一场属于穷苦人、由穷苦人进行、也是为了穷苦人的社会主义民主革命"。在场的群众兴奋地发出雷鸣般的欢呼声，高呼"社会主义革命万岁"等口号达十分钟之久。

古巴军民同仇敌忾，奋起抵御雇佣军入侵

对新生的古巴革命政府来说，这是一次生死存亡的严峻考验。一直对美国保持高度警惕的古巴领导人立即组织古巴军民进行抵抗和反击。同时发表《致美洲和世界人民呼吁书》，宣布美国"雇佣军和冒险分子已经在古巴的某个地方登陆。古巴的具有革命精神的人民正在英勇地对他们进行打击,并且确信一定要把他们粉碎。""虽然如此,我们呼吁美洲和世界各国人民的支援。"

最先发现雇佣军登陆的是守卫在长滩的民兵。他们一面在滩头阻击,一面通过报话机向上司报告。由于寡不敌众,这些民兵在阻击中全部英勇牺牲。他们给上司的最后一份报告只有三句悲壮的话:"我们遭到攻击。我们将拼死战斗。誓死保卫祖国!"

猪湾地区是一片沼泽地,人烟稀少,在那里登陆不易被发现。当地的防御力量相对薄弱,且只有三条路堤与周边陆地相连,较易阻挡古巴援军进入。这个登陆地点是美国事先派潜艇勘察后选定的。雇佣军主力登陆后占领了长滩和吉隆滩,并继续向北推进。他们中很多人是原巴蒂斯塔独裁政府的军官、官员、大庄园主或其子弟亲属,他们对古巴革命政权怀有深仇大恨。这些"还乡团"登陆后在挺进中屠杀无辜百姓、侮辱妇女、焚烧房屋,还用刺刀捅死了当地4位坚贞不屈的妇女和1名男孩,因为他们拒绝为雇佣军烧饭、带路。

为了保卫革命的胜利果实,古巴军民同仇敌忾,士气高昂。卡斯特罗在第一时间亲临离雇佣军登陆地点不远的澳大利亚糖厂,在那里设立前线临时指挥部,直接指挥作战。先后投入战斗的是驻扎在附近的西恩富戈斯民兵营、马坦萨斯民兵干部营、第180民兵营等三个民兵营,以及革命警察营和起义军的炮兵部队。他们怀着对入侵者的满腔怒火,唱着国歌和民兵进行曲,高呼"誓死保卫祖国"等口号,奔赴前线。双方在长滩到吉隆滩约8千米长的海滩上展开激战。

4月17日下午，得到增援的古军开始反攻，雇佣军在古军猛烈反击下全线退却。停泊在近海的美国军舰以大口径舰炮轰击古军，在古军进攻的路线上形成严密的火力钳制，企图帮助雇佣军扭转后撤颓势。4月18日拂晓，古军在援军的配合下向敌军发动全面攻势，于当天上午10时收复长滩。雇佣军伤亡惨重，被迫向吉隆滩退却。18日夜，雇佣军已被压缩在吉隆滩三角地区，在美舰和美机的火力支援下作殊死抵抗，战况十分激烈。

成立不久的古巴起义军空军，在美机4月15日的空袭中部分受损。幸存的有6架"海怒"战斗机、3架T-33教练机及5架B-26C轰炸机。它们在美军掌握制空权的情况下奉命出击，顽强作战，在吉隆滩战役中发挥了至关重要的作用。前后共击落B-26型轰炸机等5架美机，并击沉了运载雇佣军的"休斯敦"号运输舰和"里奥·埃斯康多"号等多艘装载弹药、通信设备与医疗用品的补给舰，沉重地打击了雇佣军的士气。

使馆内部紧张的备战工作

美国公然策动雇佣军武装入侵古巴，遭到世界舆论的强烈谴责。周恩来总理致电卡斯特罗，表示坚决支持古巴人民保卫祖国的正义斗争。北京、上海等各大城市举行声势浩大的群众集会和示威游行，声援古巴人民。

此时古巴已是一派临战景象。古巴主要领导人分散到全国各地坐镇指挥，部队进入战斗状态。各地实行戒严，抓捕了一批隐藏的反革命分子。城市街口和要害位置都有荷枪实弹的民兵昼夜轮流站岗。许多居民或加班生产，或排队献血，以实际行动支援前线。很多沿街的墙上刷上了"消灭入侵者！""誓死保卫祖国！"等标语。

对当时在古巴工作的中国大使馆人员来说，美国雇佣军登陆也是一次严峻的考验。因为在战斗打响的时候，大家并不清楚雇佣军有多少兵力，美军是不是会直接参战，甚至也不清楚在猪湾的登陆行动是否只是佯攻，敌人会不会另有主攻方向。

我方最早获悉雇佣军登陆消息的是时任新华社哈瓦那分社社长孔迈。17日凌晨，他接到古巴《今日报》社长罗德里格斯的电话，被告知"雇佣军已在吉隆滩登陆，情况非常危急，卡斯特罗已亲临前线"。获此消息后，孔迈立即驱车直奔申健大使官邸通报上述情况。申大使一面迅速将雇佣军登陆的消息报告国内，一面召开使馆党委紧急会议研究形势和备战措施。

17日上午，申大使召开全馆大会，宣读中央要使馆人员坚守岗位的指示，并传达使馆党委备战部署。申大使在那天的讲话中，特地重温了当年旅居古巴的华侨华人与古巴人民并肩战斗反抗西班牙殖民统治的光荣历史。古巴独立战争领导人之一盖萨达将军曾称赞"没有一个古巴华人是逃兵，没有一个古巴华人是叛徒"。申大使以这段历史对大家进行无产阶级国际主义和革命气节教育，要求大家面对硝烟弥漫和枪林弹雨的战斗考验，应以"青山处处埋忠骨，何须马革裹尸还"精神自勉，无论遇到什么严峻情况，都要保卫和坚守使馆阵地，忠于祖国，听从命令。万一使馆阵地守不住，就与古巴人民一起上山打游击。他神色庄重地说，使馆处在四面环海的孤岛上，离祖国有万里之遥。但中央相信，在古巴工作的中国同志都是中华民族的好儿女。这些语重心长的话，说得大家热血沸腾。最后，在严肃凝重的气氛中，申大使率领全体馆员在毛主席像前庄严宣誓。大家临战不惧，心内涌动的是受到祖国信赖和即将面临战火考验的兴奋。

全馆分成几个小组，由打过仗的同志当组长，紧张有序地进行临战应变工作。我们办公室小组的组长是孙立学主任，他到古巴工作前曾任本溪市公安局局长。办公室小组的任务是为全馆储备充足的饮用水、食物、汽油、柴油以及沙袋、手电、蜡烛、火柴、背包等战备物资；检修维护好使馆的备用发电机，以便在全城断电时能随时启用，确保使馆可继续通过自己的电台保持与国内的联络畅通。大家遵照使馆领导的要求，昼夜轮流值班，同时清理内部文件。为避免泄密，我们在出国时就已经停止写日记，但每人的工作笔记和家书等一切可能泄密的文字材料也须清理烧毁。

那时古巴内部暗藏的敌人甚多，不时能听到枪声和爆炸声。在雇佣军入侵前两天的傍晚，新华社哈瓦那分社也遭到当地反革命分子的炸弹袭击，分社左边石墙的墙脚被炸毁。附近站岗的民兵说，破坏分子是开着汽车来的，扔完炸弹后开车逃跑了。为了让我们在必要时能进行自卫，古巴革命政府此前已赠送我馆20支冲锋枪。在外敌入侵的情况下，使馆会遇到何种情况很难预料，不能不防范不测。

使馆领导决定此时把枪支弹药发给我们，并组织有战争经验的同志给我们讲解如何保管和使用枪支、如何装卸子弹。孙立学主任发给我的是一支捷克造冲锋枪和两盒子弹，每盒50发。周恩来总理兼外长多次说过，我国外交人员是"穿文装的人民解放军"。当我领到那支冲锋枪时，顿时想起周总理的教诲，一种"祖国卫士"的使命感和神圣感油然而生。那支冲锋枪和两盒子弹陪伴我在古巴度过了数个春秋，晚上放在我的枕头底下。申健大使夫妇的枕头下每晚也放着自卫用的手枪。《晋书》中所说的"枕戈待旦"，当时确有这样的气氛。

曾涛在1960年3月到古巴担任新华社哈瓦那分社社长前，曾受到时任国务院副总理兼外长陈毅的接见。陈老总对他这位老部下说："曾涛，你打了那么多年的游击，现在还怕打游击吗？"接着又说："你什么也不要带，带一本毛主席的《论持久战》好了，大不了你跟古巴人上山打游击去，我相信你是应付得了的。"曾涛是带着大不了重新上山打游击的心理准备到古巴的。我们当时也做好了这样的思想准备。

经过三昼夜激战，古巴军民彻底粉碎雇佣军入侵

4月19日凌晨，在古巴炮兵营对吉隆滩雇佣军阵地进行长时间密集炮轰后，古军随即在装甲部队掩护下对残敌发起总攻。眼看雇佣军登陆作战败局已定，美国6艘舰艇在飞机掩护下企图救出即将被围歼的雇佣军。古巴空军再次出动，驱赶美国机群，击毁了敌人的驳船及大批逃生器材，切断了雇佣军从海上后撤的退路。在海面上准备接应的美国驱逐舰见势不妙，丢下陆地上陷入绝境的雇佣军，驶向几十海里外的安全海面。经过三天三夜的激战，古巴军民彻底粉碎了雇佣军的入侵，共击毙89名雇佣军，击伤250人，俘虏1197人，击落敌机9架（包括空军击落的5架），击沉各类敌舰12艘，缴获大量美制先进武器。古巴方面牺牲战士157人，受伤数百人。

4月21日晚，申健大使夫妇拜访古巴部长会议秘书、卡斯特罗战友塞莉娅·桑切斯，探询前线战况。谈话中正好卡斯特罗从前方打来电话，告知古巴军民全歼入侵之敌，战斗已经结束。申大使是第一位获知此消息的外国使节，他及时将此喜讯报告国内。国内原定于次日在北京举行声援古巴人民反帝斗争大会，随即改成庆贺古巴军民战胜雇佣军入侵的大会。

吉隆滩战役胜利之后十天，古巴于5月1日在首都哈瓦那举行盛大的"五一"游行和集会。古巴百万军民满怀喜悦豪情，共同欢庆粉碎美国雇佣军的入侵。会场上悬挂着"吉隆滩：美帝国主义在拉美的第一次惨败！""如果美国不愿意在它90海里之外有一个社会主义的古巴，那就请它搬家吧！"等巨幅标语，充分显示了古巴人民的自信与豪迈。当从吉隆滩战役前线凯旋的民兵和起义军部队经过检阅台前时，受到了与会群众的热情欢迎。他们乘坐在刚缴获的美制卡车上，脖子上围着用雇佣军伞兵降落伞布片做成的围巾，个个精神抖擞，士气昂扬。"我们胜利了！""要古巴，不要美国佬！"的欢呼声像春雷一样在哈瓦那上空回荡。卡斯特罗在万众欢腾中宣告，古巴革命是社会主义革命，古巴人民有权利选择自己喜欢的社会政治制度，决不允许别国干涉古巴的内政。他用略带沙哑的嗓音，微笑着低声询问全场群众："你们害怕帝国主义吗？"百万人齐声发出气壮山河的呐喊："No!!!"这种激动人心的场面，令我终生难忘。

美帝国主义在拉美的第一次惨败

古巴在吉隆滩战役中取得的胜利影响深远。古巴军民的英勇斗争成功维护了国家的独立和主权，极大地提升了古巴人民战胜内外敌人的斗志，打击了美国的霸权欺凌气焰。古巴革命政府的执政地位更加巩固，古巴的国际威望大增。

刚就任三个月的肯尼迪政府因猪湾入侵的失败而大丢脸面，处境尴尬，遭到国内外的猛烈批评。肯尼迪政府先是辩称美国没有支持推翻卡斯特罗政权的行动，后来才不得不公开承认这是一次绝不能再发生的错误，表示对该事件负全责。1962年4月，古巴对被俘的雇佣军人员进行审判，判定这些人犯了叛国罪，决定剥夺他们的古巴国籍，并根据罪行轻重，分别判处不同的刑期和罚金，罚金总额为6230万美元。美方为了赎回这些被俘的雇佣军人员，后来不得不同意用6230万美元购置药品、婴儿食品和农业机械等，作为对古巴的赔偿。

美国惯于在拉美颐指气使、呼风唤雨，搞掉一个它不中意的拉美国家政权易如反掌，一路过来总是得心应手，不料却在吉隆滩栽了个大跟头。这就不难理解古巴人民为何自豪地把吉隆滩战役的胜利称为"美帝国主义在拉美的第一次惨败"了。

亲历十月危机

1962年10月，美国与苏联两个超级大国之间发生了一场极为严重的对抗，其紧张激烈程度达到了"冷战"的顶峰，差点把世界推入核战争的深渊。这场震惊世界的危机起因是苏联在古巴安装能携带核弹头的导弹，故史称"古巴导弹危机"，又称"加勒比海危机"或"十月危机"。古巴导弹危机发生时，我在我国驻古巴大使馆工作，亲身感受了美苏两强间那场惊心动魄的较量，以及古巴政府和人民为捍卫自己国家的主权和尊严而进行的壮烈斗争。

静悄悄，赫鲁晓夫挪核弹

古巴在1961年4月粉碎美国雇佣军入侵之后，深知美国不会善罢甘休，加紧做应对美国新侵略的准备，因此很需要苏联的武器。赫鲁晓夫则想利用古巴在地理位置上紧靠美国的独特地位，把苏联可携带核弹头的中远程导弹和轰炸机放到古巴去，对美国形成近距离的直接威胁，借此反制美国在土耳其等地部署针对苏联的核导弹，谋求苏联在与美国军事对抗中的战略平衡。

这个主意是赫鲁晓夫本人在访问保加利亚时想到的。他自己辩称，只有这样才能有效吓阻美国对古巴的侵略，保住社会主义古巴在西半球的存在，这对苏联具有重要战略意义。实际上，由于苏联当时的绝大部分导弹还打不到美国本土，赫鲁晓夫更深层次的考虑是利用古巴的地理优势，增强苏联导弹对美国的威慑力量，改善苏联在与美国战略核武器竞赛中的不利处境。对苏联来说，这是获得与美方战略平衡的最快捷、最经济的办法。用赫鲁晓夫的话说，"现在到了让美国体会它自己的土地和人民受威胁是什么感觉的时候了"。

对赫鲁晓夫这个主意，古巴领导人起初是有疑虑的，没有马上答应。为了保卫古巴革命，他们当然需要苏联支援常规武器，但没有想过要苏联的核导弹。把本国变成苏联的核军事基地，对古巴的形象并不利。在应由何方来控制这些核导弹的问题上，双方也有分歧。但既然据称这是社会主义阵营整体利益的需要，古方还是答应了下来。不过古巴主张理直气壮地公布此事，而赫鲁晓夫则坚持此事须暗中进行，至少要保密到苏联的导弹在古巴安装完毕。他满口承诺，如果美方得知，那么一切后果由苏方承担。

苏联到古巴去安装核导弹一事进行得极为秘密，苏古双方都只有极少数人知晓。据说连两国的有关协议也是由苏联驻古巴大使阿列克谢也夫和劳尔·卡斯特罗两人亲自翻译的。赫鲁晓夫的如意算盘是，在导弹安装完毕之前先瞒住美方。形成既成事实之后，美方即使知道也不敢轻举妄动了。即使美方动手，将绝大部分安装在古巴的导弹摧毁掉，但只要能剩下一两枚，也足以打到纽约，给美方造成重大损失。

从1962年7月开始，有关的苏联装备和武器被悄悄地用轮船运到古巴港口，然后由苏联专家在夜深人静时亲自卸货装车，用掩盖得严严实实的大卡车运到苏军基地。按照苏古双方协议，安装在古巴的导弹由苏方掌管，古方人员不参与，只有古巴少数领导人才能进入苏军在古巴的导弹基地。

势汹汹，美国布阵逼撤除

美国从来没有放松对古巴的情报收集作业。大批苏联船只源源不断地驶往古巴，以及在古巴出现大量的苏联专家，引起了美方的警觉。对于苏联在古巴构筑的军事基地的性质，美方开始时的解读是防御性的地对空导弹基地。后来从 U-2 高空侦察机获得的精确照片使美国大吃一惊：苏军在古巴安装的是进攻性的地对地核导弹，而且基地马上将建成。美国本土从来没有这样真切地感受过苏联核导弹的威胁。肯尼迪震怒，他没有想到苏联竟会在美国的"近邻"如此鲁莽和挑衅性地行动。

美国国家安全委员会执委会立即召开紧急会议，连日商议对策，但分歧严重。以参谋长联席会议主席泰勒为代表的激进派主张立即对古巴进行全面空袭，摧毁苏联的导弹基地。这个方案的优点是可以迅速消除致命威胁，但是风险较大，不知道苏联会作出什么样的反应。即使苏联不在离它一万多千米之外的加勒比海反击，估计也会对西柏林采取行动。以国防部长马克纳马拉为代表的稳健派则主张对古巴进行海上封锁，逼苏联撤走导弹。这个方案介于"不作为"和"战争"之间，能进能退，能战能和。此方案的优点是给苏联留条退路，也有利于争取盟国的同情和支持；主要缺点是可能会拖延些时日，苏联可以用来最后完成在建中的导弹基地。当时美国军事专家估计，再有一个星期苏联在古巴的导弹就可以启用了。肯尼迪选择了第二种方案。对此，坚决主张空袭的美国空军司令还与总统进行了激烈的争辩。

经过数天的精心策划与准备之后，肯尼迪于1962年10月22日晚上7时发表电视广播讲话，用38种语言同时向全世界转播。他揭露苏联正在古巴安装大规模攻击性武器，它们能打击西半球的大部分城市，为此宣布武装"隔离"古巴，下令拦截一切可能携带导弹前往古巴的船只，勒令这些船只听候美国的检查，并以最后通牒式的语言逼苏联在联合国的监视下，迅速拆除和撤出在古巴的"进攻性武器"。

为实施对古巴的"隔离"，应对苏方可能作出的反应，美方集结和调动了自第二次世界大战以来最庞大的海陆空军力量和战略武器，包括航空母舰在内的200多艘各类军舰和1000多架飞机，对古巴进行全面封锁。美国国防部命令驻海外的各个军事基地全部进入戒备状态，做好核战争的准备。在与古巴隔海相望的美国佛罗里达州南端，密密麻麻的导弹像"烟盒里的香烟似的排立着"，并对准古巴。与此同时，美国调集25万兵力，其中包括9万名海军陆战队和空降部队，时刻准备参战。美方甚至准备了入侵古巴后如何实行文官统治的方案，还在白宫、国务院和五角大楼办公室架起了帆布床，供昼夜值班之用。在肯尼迪电视广播讲话之后，一些美国人因为担忧纷纷离开华盛顿等大城市，躲到他们认为比较安全的地方。

苏联方面一直隐瞒自己在古巴的惊世之举，未料到美方会这么快掌握底细并采取行动。肯尼迪的讲话和决定封锁古巴的强硬措施，使克里姆林宫陷入一片混乱，一时不知所措。在肯尼迪讲话13个小时之后，苏联方面才发表了第一个声明，措辞强硬，表示仍将按苏、古两国协议继续用武器援助古巴，苏方不会让自己的船队接受美国军舰的命令，对美国的威胁"将进行最强烈的回击"。同一天，苏联政府下令本国武装部队做好战斗准备，华沙条约联合武装部队总司令也发布华约武装力量战斗动员令。在古巴的导弹基地，苏联专家们加紧拆箱并把导弹放置到发射台上。在大西洋海面，至少有25艘苏联船只和几条苏联潜艇正加速驶向古巴，其中有些船只装载着大批与导弹有关的设备和物资。

全世界都在屏气凝神地关注着：当苏联的船舰抵达美国舰队的封锁线时，双方是否会迎头相撞？如果发生冲突，双方是否会启用核武器？联合国代理秘书长吴丹在亚非34个国家要求下进行紧急斡旋，要求苏联停止向古巴运输武器3个星期，同时要求美国暂停封锁。英国著名和平人士伯兰特·罗素也分别写信给赫鲁晓夫、肯尼迪和卡斯特罗，呼吁他们谨慎处理当前的危机，为了避免"人类的灭亡"，尽快"终止这种疯狂行为吧"！

雄赳赳，古巴军民忙备战

面对美国空前的军力威胁，古巴军民毫不示弱。卡斯特罗说，即使美国把古巴岛炸沉，古巴也不会屈膝投降。

古巴革命政府宣布全国进入战争状态，古巴领导人都进入战时指挥所，准备反击任何进攻。此时的古巴形势比雇佣军登陆猪湾时要严峻得多，因为那次美国躲在雇佣军背后,这次美国要直接动武,而且不一定只限于使用常规武器。古巴全国27万正规军处于最高等级的战斗戒备状态,大炮和坦克进入阵地。15万民兵也动员起来,穿上民兵服,带着武器上班上课、站岗放哨。退休工人回到车间,接替走上前线的青年。战士们的家属也组织起来,进行义务劳动,或赶制前方需要的绑带、吊床、子弹带,或募集战士们需要的日用品,支援前线。居民在血库前排起长队,"把鲜血献给祖国"。举国上下同仇敌忾,斗志昂扬。

在古巴导弹危机的日日夜夜里,我们曾数次驱车到哈瓦那大街小巷观察。当地老百姓镇静如常。他们听广播、看报纸,非常关注时局的发展,但毫不惊慌。

悬乎乎,接二连三出险情

10月27日是形势最为紧张的一天,被称为"黑色的星期六",接连发生好几次险情。那天,美国一架U-2高空侦察机到古巴高空侦察时被苏军萨姆防空导弹击落,驾驶员鲁道夫·安德森少校丧命。半个月前,他最早发现了苏联正在古巴建立核导弹基地的秘密。

同一天,苏联一艘B-59号潜艇在古巴海域下潜行,被美国两艘"比勒"号驱逐舰发现。后者投下10枚深水震荡炸弹,试图逼迫潜艇浮出水面。当时美方并不知道,这艘潜艇与另外三艘在加勒比海游弋的苏联潜艇一样,配备着带核弹头的鱼雷。美方投放的深水炸弹爆炸后,苏联潜艇剧烈晃荡,艇内水兵慌乱中以为战争已经开始,要求用核鱼雷回击。按照苏联海军的内部授权,只要潜艇内三位主要军官同意就可发射核鱼雷。其中两位军官已经同意,幸亏第三位名叫阿尔西波夫的副舰长劝阻，装有核弹头的鱼雷才未发射。

也是在那一天，美国一架 U-2 飞机闯入西伯利亚上空，苏联米格飞机起飞拦截，美国带有空对空核导弹的 F-102A 战斗机也从阿拉斯加起飞迎战。好在 U-2 飞机后来校正了航道，避免了一场冲突。同一天，苏联还试爆了一颗原子弹。那一天险象环生，只要有一个环节擦枪走火，就有可能导致一场人类浩劫。

赫鲁晓夫后来在回忆录里讲，古巴导弹危机中最紧张的那几天夜晚，他就躺在克里姆林宫办公室的睡椅上，和衣而卧。因为他不愿像西方某位领导人那样，在发生苏伊士运河危机时来不及穿裤子就被助手紧急叫起来。肯尼迪总统的兄弟，司法部长罗伯特·肯尼迪说，总统那几天也留在白宫没有回家，眼睛熬得通红。当时外媒的评论是，"世界史中人类从来没有如此近地站在一场热核战争的边缘"。

急忙忙，美苏两家谋妥协

美苏两个核大国剑拔弩张，严重对峙，一场核战争的乌云笼罩在加勒比海上空，千钧一发，危在旦夕。

这场危机是由苏联秘密向古巴运送核导弹被美国发现引起的，而且苏联开始时还极力掩饰。所以苏方虽然嘴上很强硬，但实际处境比较狼狈。

可能是担心船上运载的与苏制核导弹有关的设备与机密落入敌手，24 日，苏联驶往古巴的几艘船开始掉头返回。26 日，赫鲁晓夫致函肯尼迪，表示愿在联合国监督下从古巴撤除核武器，条件是美国撤销对古巴的封锁，以及由美国和盟国保证不入侵古巴。27日，赫鲁晓夫再次致函肯尼迪，又提出以美国从土耳其撤出导弹换取苏联从古巴撤出导弹。

肯尼迪27日答复赫鲁晓夫的第一封来信，表示同意赫鲁晓夫的建议，对他的第二封来信故意避而不提。此信由司法部长罗伯特·肯尼迪面交苏联驻美国大使。他在谈话中向苏方暗示，美方以后会从土耳其撤走已废弃过时的导弹。这是给赫鲁晓夫一个后退的台阶。他同时指出，肯尼迪受到内部强硬派的压力很大，"最多只能再克制两天了"。

28日凌晨，赫鲁晓夫复信肯尼迪，表示既然美国同意不入侵古巴，那就没有必要在古巴保留这些苏联武器了。他已下令停止施工，现又命令将这些武器撤除、包装后运回苏联，并同意让联合国派代表去古巴现场核实。这封信写得很匆忙，破例由苏联外交部直接送到美国大使馆，最后一页没有盖章。

美苏在古巴导弹危机中的对抗以此种方式缓和了下来，肯尼迪赞扬赫鲁晓夫"有政治家的风度"。但此事引发了另一场危机——苏联与古巴关系的危机。

气冲冲，卡斯特罗护尊严

在整个危机的处理过程中，苏联把古巴撒在一边。在美国的压力下，苏联未同古巴商量，就匆忙答应从古巴撤出导弹，甚至未经古巴同意就答应联合国派人到古巴现场检查撤走导弹的情况，严重损害了古巴的主权和民族尊严，使古巴深感屈辱，觉得自己是大国交易中的筹码。古巴革命是古巴人自己打出来的，古巴革命的目的之一就是摆脱外国控制，实现真正的独立。古巴人的座右铭是"誓死保卫祖国！"每一次集会、每一篇演讲、每一纸公文，结尾都不会缺少它。这不仅是一句口号，也是古巴人的信念和行为准则。卡斯特罗更是一位自尊心极强的领导人，他把尊严看得比生命还重要。在获悉苏联未同古巴商量就匆忙接受肯尼迪的条件答应撤走导弹时，卡斯特罗怒发冲冠。有一段时间，他根本不愿意见苏联驻古巴大使。

如果说，在古巴导弹危机的第一阶段中，古巴人民及其领导人在美国重兵压境的险情下表现出来的是不畏强暴、宁折不弯的精神，那么在赫鲁晓夫单方面答应美国从古巴撤走导弹，并允诺联合国派人到古巴检查导弹撤除情况后，古巴人民及其领导人的斗争，除了英勇无畏，又增添了痛苦和悲壮。古方是从电台的广播中获知苏方对美方的承诺的，事先连个招呼都不打，这使古巴人顿时陷于惊愕与悲愤之中。因为古巴领导人一年多以前才宣布搞社会主义，古巴人对苏联曾寄予那么多的信任与厚望。现在他们在继续抵御强敌压力之外，不得不同时抵御盟友的变幻无常以及它给古巴带来的屈辱，这让他们深感痛苦和失望。为了捍卫古巴的主权和民族尊严，他们对苏联出乎意料的妥协给古巴主权造成的伤害不能听之任之，同时又要维护与苏联的盟友关系，不能过多地在强敌面前暴露与盟友的分歧。这大大增添了斗争的复杂性和艰巨性。

10月28日，即在赫鲁晓夫向美国承诺从古巴撤走导弹的同一天，卡斯特罗发表重要声明，指出肯尼迪承诺不入侵古巴是空洞无用的，美国必须同时停止对古巴的经济封锁，停止一切形式的颠覆活动，停止海盗袭击，停止侵犯古巴的领海领空，并从关塔那摩基地撤走，将它归还给古巴。这些要求被概括为卡斯特罗提出的解决危机的"五项要求"。同时，卡斯特罗明确表示拒绝接受由联合国派人到古巴核查导弹的撤除情况。同日，劳尔·卡斯特罗也宣布："我们的权利和我们的主权是不容谈判的，需要为之战斗！"他警告帝国主义侵略者：你们如来侵犯，这里就是你们的坟墓，你们在这里遇到的将是屹立着的700万古巴人，他们准备战斗到最后一个人！

11月1日晚，卡斯特罗向全国人民发表电视演说，重申他在10月28日声明中提出的"五项要求"，并表示决心为保卫古巴主权和古巴革命斗争到底。卡斯特罗说："我们没有放弃保卫我们的权利。我们准备为这些权利付出必要的代价。我了解大家对和平的关切，但是，和平的道路不是牺牲各国人民的权利的道路，因为那是一条导致战争的道路。"卡斯特罗表示坚决拒绝联合国就苏联撤除战略防卫武器对古巴领土进行视察。他说，古巴不接受视察，因为古方不愿意牺牲国家的主权原则，其次这是美国从实力地位出发提出的要求，古方将永远不向这种实力地位让步。

卡斯特罗还指出，在这次危机中，苏联政府和古巴政府之间出现了某些分歧。古巴应该同苏联政府和党一级的代表讨论这个问题。古巴坐下来根据原则同他们讨论一切必要的问题。古巴是马克思列宁主义者，古巴是苏联的朋友，在苏联和古巴之间将不会出现裂口。卡斯特罗最后说：

"让战略武器撤走吧！敌人对我们的侵扰已经使我们纪律严明地和战斗性地组织起来。这样的人民是不可战胜的人民，因为我们拥有道义上的、拆毁不了而且永远不能拆毁的远射程的导弹。"

卡斯特罗的坚定立场表达了古巴人民的心声。那段时间，古巴举国上下都在关心和讨论局势的发展，男女老幼异口同声反对国际视察，表现出维护民族尊严的坚定决心。大街上贴出"支持菲德尔的五项要求！""坚决与菲德尔在一起！""古巴不是刚果！在帝国主义敌人面前不能变节！"等标语。

为了推动落实美苏间达成的解决危机的谅解，时任联合国代理秘书长吴丹亲赴哈瓦那，寻找妥协方案。卡斯特罗严正表示，古巴不会阻挠苏联撤走导弹，但"我们绝不能接受只能对一个战败国才会提出来的强加条件""我们不能接受视察"。他责问，苏联作出了撤出导弹的公开保证，美国作出了不入侵古巴的公开保证，为什么对前者要视察，而对后者不视察呢？吴丹无言以对，黯然离去。

苏联需要兑现对美国的承诺，同时也需要修补与古巴的关系，故特别选派苏古关系的开拓者米高扬到古巴访问。但即使对有"解决难题的高手"之称的米高扬来说，这也是一项棘手的任务。因为要说服古巴理解为何苏联可以不同它商量就匆忙允诺撤走导弹并非易事，要消除苏联藐视古巴主权的负面影响同样困难，要让古巴同意联合国派人到古巴检查撤除导弹的情况更是难上加难。卡斯特罗让米高扬等了十天才会见他。米高扬表示在这次导弹危机中，古巴终究还是赢家，因为至少得到美国不入侵古巴的保证，达到了拯救古巴革命的主要目的，使古巴可以在一段时间内集中力量搞经济建设。但卡斯特罗对此并不领情，他并不相信美国的保证。他气冲冲地质问，为什么苏联能相信美国所作的不会入侵古巴的保证，美国却不能相信苏联所作的撤除导弹的承诺，而非要到古巴来检查？米高扬提出可以让美方到苏联船只上去检查。卡斯特罗明确地回答，那是苏联的事，但在古巴水域内不行。

从那年11月上旬起，苏方先后派船从古巴运走了导弹、伊尔-28型轰炸机和"蚊型"鱼雷快艇，并将它们放在甲板上，掀开遮挡在上面的帆布，让美国飞机在公海上低空飞过拍照，让美国军舰进行"船靠船的观察"。肯尼迪则宣布取消对古巴的海军封锁。一个超级大国以这样的方式接受另一个超级大国的检查，不能不说是一种巨大的屈辱。赫鲁晓夫为自己的鲁莽轻率付出了沉重的代价，他两年后的下台与此不无关系。而古巴虽是一个小国，但有勇气顶住两个超级大国的强大压力，坚决不接受屈辱性的检查。两相比较，愈加显出古巴人民及其领导人的铮铮铁骨。

意切切，中国支持显真情

在古巴导弹危机期间，中国政府于10月25日发表关于支持古巴、反对美国战争挑衅的声明，表示中国政府和中国人民坚决支持古巴人民保卫革命果实、反对美国侵略的神圣斗争，号召全世界一切爱好和平的人民和国家团结起来，采取一切可能的方式，支援古巴人民，反对美国封锁古巴，粉碎美国的战争挑衅。周恩来总理和陈毅副总理兼外长分别发表讲话，谴责美国对古巴的战争威胁。全国各大城市纷纷集会，声援古巴。

10月28日，北京各界万余人隆重集会，坚决支持古巴人民反对美帝国主义的战争挑衅。多名党和国家领导人出席，时任全国人大常委会副委员长彭真等讲话。大会在发给卡斯特罗总理的电报中表示：六亿五千万中国人民永远是古巴人民最可靠、最忠实的战友，永远和古巴人民同甘苦、共患难。中国人民将尽一切可能，从各个方面支援古巴的斗争，直到古巴人民取得最后的完全的胜利。

古巴导弹危机的演变发展，受到中国人民的密切关注。关于卡斯特罗11月1日向全国人民发表的拒绝联合国就苏联撤除战略防卫武器对古巴领土进行视察的电视演说，全国各地报纸普遍在第一版最显著的地方用通栏大标题刊登。在街道旁的贴报栏前，挤满了阅读报纸的人群。在机关、工厂、公交车上，人们到处都在热烈地议论此事。卡斯特罗大义凛然的声明，表达了英雄的古巴人民坚定的战斗意志，受到全中国亿万人民最广泛、最坚决的支持。从寒冷的哈尔滨到温暖如春的广州，从东海之滨的上海到青藏高原的拉萨，全国各大、中城市共有500多万人参加了集会和示威游行，声援古巴人民宁死不屈的斗争。

11月3日，从早晨到晚上，全国各地报社和通讯社不断收到读者的声援书。那天夜晚，北京的气温下降到0℃以下，首都各界数万名群众冒着凛冽的寒风，自发结队前往古巴驻华大使馆向古巴人民致敬，在那里发出了震天动地的口号声："革命的古巴万岁！""美帝国主义从古巴滚出去!""不许美国通过联合国干涉古巴!""要古巴,不要美国佬!"

11月4日,北京、上海、天津等8大城市分别举行声势浩大的示威游行,坚决支持古巴人民反对美国侵略、保卫古巴主权和独立的正义斗争。

5日那天,各地继续示威游行,且规模更大,除八大城市外,许多中等城市也举行了广泛的群众性抗议集会,参加游行示威的群众比前日增加一倍以上,有将近200万人参加。那天参加北京示威游行的有40多万人,游行队伍首尾绵延数十里。人群不断涌向天安门广场。那里无数的旗帜和标语牌遮天蔽日,口号声响彻云霄。人们在广场上发表激昂慷慨的街头演说,朗诵战斗的诗歌,演出歌颂古巴人民大无畏斗争精神和揭露美帝丑恶面目的活报剧。在古巴驻华大使馆附近的街道上,人流如潮,摩肩接踵,其中包括许多科学界、文艺界、医学界的著名人士,如老舍、曹禺、马连良、张君秋等。古巴驻华大使馆临时代办佩德罗苏等使馆人员,在使馆门前热情地接待一批又一批的游行队伍,同中国战友握手拥抱,并不断地用汉语同游行群众一起高呼口号,场面感人。那天,各界人士递交给古巴大使馆的声援信就有2500多封。

1962年11月30日,中国政府再次发表支持古巴严正立场和正义要求的声明,赞赏英雄的古巴人民丝毫没有被美帝国主义的战争挑衅和政治压力所吓倒,表现了进步人类的尊严,显示了革命的大无畏精神,保卫了社会主义国家的荣誉。古巴人民不愧是伟大的人民,菲德尔·卡斯特罗总理不愧是坚强的、马克思列宁主义的革命战士。声明重申"六亿五千万中国人民，永远同兄弟的古巴人民站在一起"。

战争乌云笼罩着古巴上空，对我国驻古巴使馆的人员也是一次严峻考验。国内对使馆的指示与上次美国雇佣军入侵古巴时相似，要我们坚守岗位，与古巴人民同命运、共存亡。使馆领导召开全馆动员大会，进行气节教育，并部署紧急备战措施。使馆的机要室和电台是全馆的保卫重点。原在使馆本部之外办公的商务处、武官处、文化处等单位，均临时改为到使馆本部办公，以利集中力量，统一指挥，守卫使馆本部。万一使馆阵地无法坚守，则准备与古巴人民一起上山打游击。有了上次美国雇佣军入侵古巴时应变的经验，大家更加沉着镇静，认真落实各项战备措施。使馆领导与古方保持联系，了解情况，分析美国、苏联和古巴等各方动态，及时向国内报告。懂外语的同志日夜收听外国和古巴的电台广播，密切跟踪形势的发展变化。

"士可杀，不可辱。"对一个民族来说，更是这样。在古巴导弹危机的一个多月里，我们作为见证人有机会在古巴目睹一个民族如何在危难中顽强奋斗，坚守自己的信念，宁为玉碎，不作瓦全，为的是维护国家主权和民族尊严；目睹这个国家的人民与其领导人在泰山压顶之际，如何相互信任，共赴国难，准备共同承担一切可能的风险与灾难。这是一堂活生生的民族气节教育课，一次灵魂的洗礼，也是一段可遇而不可求的人生经历。这使我们从内心深处感到强烈的震撼，增添了对古巴人民及其领导人的钦佩和敬意。

我心目中的格瓦拉

埃内斯托·切·格瓦拉是古巴革命最有威望的领导人之一，是现代拉丁美洲著名的革命家和国际主义者。他的理想是通过革命使劳苦大众摆脱剥削、压迫和贫困，实现社会正义。为了实现这一理想，他投身革命，四海为家，从容就义于异国他乡。

由于工作的关系，我曾有机会多次见到格瓦拉。有幸认识这位富有传奇色彩和人格魅力的人杰，是我此生中永难忘怀的经历。

初识格瓦拉

我第一次近距离见到格瓦拉，是在1960年11月17日。那天，格瓦拉应时任国务院副总理李先念邀请，率领古巴革命政府经济代表团抵京。当时中国与古巴刚宣布建交不久，我们正在北京做去古巴建馆的准备。领导通知我参加该团接待工作，随团活动，包括去外地参观。格瓦拉是第一位访华的古巴革命领导人，他所率领的代表团也是古巴革命政府派出的第一个访华政府代表团。中央对此团的接待十分重视，毛泽东、周恩来等中央领导人先后会见、宴请，主要活动均由蔡同廓、陈用仪、刘习良等有经验的同志担任翻译。我那时刚从大学毕业分配到外交部不久。在接待格瓦拉代表团的过程中，我作为初出茅庐的年轻翻译，只是协助主要翻译做些辅助性工作，但这却使我能在十多天的日子里,近距离领略这位著名的国际主义战士的非凡风采,至今仍印象深刻。

格瓦拉和代表团其他成员对中国人民十分友好。因为他们都是第一次访华,同我们还不大熟悉,平日有说有笑的古巴人开始时多少有些拘谨。代表团下榻的宾馆床垫较软,过惯战争生活的格瓦拉适应不了这样的软床,但也不好意思向中方要求更换。直到第二天上午,宾馆服务员去打扫房间时才发现,我们的贵宾竟在总统套间的地板上睡了一夜。

格瓦拉对中国革命和毛泽东主席深怀敬仰之情,称毛主席是游击战大师,他自己只是"毛主席的学生"。在他抵京后次日周总理宴请他时,他就提出一个"最诚恳的要求",一定要见见毛主席,说这是他此次访华的重要目的之一。11月19日毛主席会见他时,格瓦拉很激动,也很谦逊。他说到打游击战争的时候吃不好,精神食粮也很缺乏,但他们从仅有的几篇毛主席的著作之中发现了古巴革命与中国革命之间的共同点。格瓦拉具体谈到两例,一是学习毛主席在文章中提到的优待俘虏的政策,二是"和你们当初'感谢'蒋介石一样,我们也要感谢巴蒂斯塔独裁政府,因为他让更多的人加入了我们这边"。

时任副总理李先念与格瓦拉进行了长时间的会谈。格瓦拉向李副总理介绍当时古巴的形势,面临的困难,美国如何对它进行封锁,等等,并向中国推销古巴的糖。格瓦拉说,他们必须想办法把一个比索(古巴货币)掰成两半来花,意思是说古巴那时须特别注意节约开支。李先念同志安慰他说，中国保证古巴的每一个比索都不会打水漂。双方谈得很顺利，可以说超出了古方的预料。访问结束前，双方发表了联合公报，签署了两国政府经济合作协定和1961年贸易议定书。中国政府承诺将于1961年到1965年给古巴2.4亿卢布（按当时比价相当于6000万美元）的无息贷款，用于提供成套设备和技术援助以帮助古巴发展经济；中国政府将在1961年购买古巴100万吨糖和其他古巴出口商品，古巴政府将向中国购买同等价值的出口商品。

中国给古巴的那笔贷款，不仅无息，而且周总理表示，如果到期古巴有困难，可以推迟还债；如果还不起，也可以通过谈判不还。中国当时购买古巴的糖，商定以6美分每千克计价，远高于当年的国际市场价（2.5美分每千克）。当时中国自己还处于"三年困难时期"，可以说是勒紧裤腰带援助古巴的。格瓦拉对新中国在自身很困难的情况下还向古巴提供援助非常感动。他感慨地说："在社会主义国家的援助之中，中国是最为慷慨的国家之一。我们希望自己到时候没有遇到困难，能够及时归还，毕竟我们古巴有句俗话说得好：'只有自己帮助自己，上帝才会帮助你。'"

周总理答称，中古都是同一战壕的战友，古巴有困难，中国理应帮助。

在商谈有关格瓦拉访华的两国公报内容时，格瓦拉提出在两国公报中写上"古巴感谢中国无私援助"，周总理不同意。周总理认为，各国间的援助都是相互的。中国革命对古巴革命是一种支援，古巴革命对中国革命也是一种支援。格瓦拉本想说服周总理，最后反被周总理说服了。

格瓦拉在中国参观幼儿园时，孩子们看到他满脸大胡子，就以为他年岁很大，天真地围着他喊"爷爷好！"，其实格瓦拉当时年仅32岁。只见他兴高采烈，俯身逗弄孩子。后来他动情地说："我望着中国儿童红苹果般可爱的小脸蛋，总想起拉美国家城市贫民窟或农村里见到的穷人孩子，面黄肌瘦，看不起病，上不了学。我们革命者的责任不就是要为孩子们争取美好的未来吗？"

格瓦拉聪明好学。在赴成都参观的专列上，由于行车时间长，格瓦拉常用这些时间来看书。休息时，他也跟中方人员学下中国象棋。尽管格瓦拉是国际象棋高手，但此前他从未下过中国象棋，也不认识棋子上的汉字。不过他记忆力过人，很快就记住了中国象棋的游戏规则和棋子上的汉字，要赢他并不容易。

有一天晚上，我奉命去他的房间送物品。敲门之后，听见一声"请进"，我便推门进去了。只见他一身橄榄色戎衣，正襟危坐，头也不抬，继续全神贯注地在台灯下看着书。不知为什么，那时的格瓦拉不禁让我联想起《三国演义》中关云长秉烛夜读的景象。

在古巴任职期间与格瓦拉的交往

20世纪60年代，我被派到中国驻古巴大使馆连续工作了6年多时间，先后为申健、王幼平两任大使当翻译。

我国驻古巴首任大使申健在古巴工作期间，与菲德尔·卡斯特罗、劳尔·卡斯特罗、切·格瓦拉等领导人的交往很多，中古关系极为融洽。最早为申健大使当翻译的是李国新同志。后来李回国休假，领导让我接着为申大使当翻译。当时为了防止泄密，我们在国外是不能写个人日记的。因时隔已久，现已记不清在申健大使与格瓦拉的接触中，我当过多少次翻译。印象比较深的一次，是1962年古巴导弹危机后不久，格瓦拉到中国大使馆来，与申健大使作了一次长谈。那一次，格瓦拉神情愤懑严肃，不像平时那样谈笑风生。当时，古巴领导人对苏联方面在古巴导弹危机中的表现都很不满。格瓦拉的看法最为尖锐，他说："美国想消灭我们的肉体，而赫鲁晓夫的退让却毁灭了我们的精神。"

我国驻古巴的第二任大使是王幼平。他是一位德高望重的老红军，参加过长征，也是新中国成立后向国外派出的首批"将军大使"之一。他先后在罗马尼亚、挪威、柬埔寨、古巴、越南、马来西亚、苏联七国担任大使，历时30年。他处事严谨，待人诚恳，严于律己，平易近人，体恤下属，生活俭朴，口碑极好。从他身上可以感受到很多老红军的优良传统。王幼平大使有用小本子记事的习惯。幸亏他有小本子，才能帮助我们回忆起往事的一些细节。据王大使记录，从他1964年5月抵达哈瓦那履新，到1965年3月以后格瓦拉从古巴政治舞台上消失，10个月中他与格瓦拉见过7次面，其中2次是宴请长谈。这7次会见均由我担任翻译。

最后一次见到格瓦拉

我们最后一次见到格瓦拉是在1965年3月26日。那天上午9时，作为工业部长的格瓦拉在他的办公室接见了中国纺织组专家，王大使陪见，我当翻译。接见结束后，格瓦拉请王大使留下，两人又单独谈了一个多小时。

格瓦拉对王大使说，他要用一段时间去东方省参加割甘蔗的义务劳动，因此跟大使打个招呼。他还说，参加义务劳动也是从中国学来的。在随后的交谈中，他说道，他钦佩中国的文化，钦佩中国的革命。说着说着格瓦拉从口袋里掏出一个烟嘴，说这是上个月访华时，他在北京买的。

那天谈话气氛沉闷，格瓦拉显得心事重重，话不是很多，常咳嗽，几次从上衣的衣兜中取出治疗哮喘病用的微型喷雾器向口中喷药。

格瓦拉那天与王幼平大使的会见和谈话，很耐人寻味。那时中苏论战激烈，关系紧张。古巴领导人从本国的处境出发，很不愿意看到中苏分裂，希望中苏双方停止公开论战，被我国顶回，这又导致当时中古双方之间关系恶化。格瓦拉在那次会见中所说的"上个月访华"，就是指1965年2月古巴方面派格瓦拉和古共中央政治局委员、书记处书记阿拉贡内斯访华进行斡旋，无功而返。鉴于当时的中古关系状况，古巴领导人与中国大使接触已十分敏感微妙。那天格瓦拉与中国纺织专家的谈话时间很短，与王大使的谈话时间则较长。中国纺织专家组成员的身份并不高，对格瓦拉来说，本来是可见可不见的。事后来看，格瓦拉是为了避嫌，以见中国专家为由头，得到一次与中国大使接触的机会。

当时格瓦拉正面临一个重大的转折，即将离开他所挚爱并为之倾注九年心血的古巴革命和建设事业，踏上新的征途，到非洲和拉美去打游击。结局如何，很难预料。他是做好了在异国他乡捐躯的准备的。在离开古巴之前，他有许多事情要处理和了结，也有许多远征的准备工作要做。他要给卡斯特罗写一封正式的告别信，以便日后对古巴人民和世界人民有个交代。那封信写得情真意切，读来让人肝肠寸断。他也必须给自己的父母和儿女写信告别，在远征之前，为人子、为人父总要给他们留下亲人的深情。他写信的时候就知道这很可能就是永别前的嘱咐，后来这些也确实成为遗嘱。在那样特殊的繁忙时刻，而且他已经刻意不再在公众视野里出现，为什么还要见一见中国大使？

格瓦拉是一个很重情义的人，彼时彼刻他没有忘记中国。他信赖中国，对中国革命、对中共和中国政府怀有真诚的战友之情。他珍惜这份感情，觉得应该在离开古巴之前以某种方式向中方打一个招呼。格瓦拉又是一个严守纪律的人，那时他不能直白地道出他下一步要去干什么，只能含蓄地暗示他要离开一段时间，委婉地流露出他对中国的惜别之情。在他那次见王大使之前十天，格瓦拉在写给身患癌症的母亲的告别信中，也同样只是说他要退下来去砍甘蔗，到工厂去当普通工人，叮嘱母亲千万别找借口到古巴来找他。他当时只能说到这个程度。格瓦拉聪明过人，他知道中方事后自然会正确解读他那天会见的用意和苦心。

在与王幼平大使作诀别式的谈话之后五天，格瓦拉经过化妆，隐姓埋名，秘密离开了古巴，重新投入游击队生活。

动若脱兔，静如处子

格瓦拉给人的第一印象，是一员儒将。他英俊倜傥，机智幽默，感情细腻，温文尔雅。平时说话缓慢，声音低沉，很注意听取别人的讲话，高兴的时候脸上露出稚子般灿烂的笑容。他又有军人的威严和阳刚之气，腰板挺直，步履矫健，眼神深邃锐利，批评时不留情面，发火时怒气冲天，打仗时浑身是胆、奋不顾身。这两个截然不同的侧面很自然地在他的身上融合在一起，使他成为一名能文能武、智勇双全、亦庄亦谐的儒将。

格瓦拉与卡斯特罗一样，是古巴起义军将领中学历最高的佼佼者，也是起义军行列中不多见的理论家和思想家。他才华横溢，聪慧好学，手不释卷，知识渊博。他勤于思考，著书立说，有自己独到的见解。在战争时期的空隙，他经常组织起义军战士学文化，给他们讲历史地理，讲政治经济，有时还教他们法语。他所著的《游击战》，成为第三世界激进革命者的教科书。

格瓦拉并非古巴公民，是古巴起义军创始阶段中罕有的外籍人。在游击战争的初期他只是一名随军医生。但格瓦拉作战勇猛，且表现出政治上的才智和杰出的组织领导才能，深得卡斯特罗的信任，很快就被吸收参加军事决策的作战会议和总参谋部，并成为最早被卡斯特罗任命为古巴起义军的少校之一。他能独当一面，办医院，出报纸，建兵工厂，把根据地建设得有声有色。格瓦拉不负卡斯特罗的重托，率领起义军第八纵队从马埃斯特腊山向西远征。这个纵队出发时只有100多人，却能长驱直入，直插古巴中部。这支部队不仅作战英勇，而且实行土改，联合友军，优待俘虏，瓦解敌军，壮大自己，终于攻克中部重镇圣塔克拉拉，完成把古巴岛拦腰切断的战略任务，给巴蒂斯塔政权以致命一击，为古巴革命的胜利立下赫赫战功。

古巴革命胜利后，他出任国家银行行长和工业部长。为了猛补经济学知识，他常在下班后与经济学家们一起研读经典著作直到深夜。

《孙子兵法》用"动若脱兔，静如处子"来描述用兵之道，格瓦拉颇有这样的风范。

无私无畏，为理想和正义而献身

格瓦拉超凡脱俗，感人之处甚多。凡接触过他的人都能强烈地感受到他的人格魅力。

格瓦拉从小就患有严重的哮喘病，长期受病痛折磨，但他有惊人的毅力和钢铁般的意志，从不向命运低头。无论是平时学习和工作，还是战时行军打仗，他都身先士卒。他不知疲倦地工作和学习的热情超过常人。他的战友贝尼格诺说："每当需要勇气、需要胆量、需要钢铁般的意志时，切就在我身旁。"

格瓦拉生活简朴，廉洁奉公，刚正不阿，抵制腐败。他对自己要求极严，对家人也严格要求。古巴革命胜利后，有些起义军战士被哈瓦那的花花世界迷惑，但格瓦拉依然保持战时的习惯，住在阴冷潮湿的卡瓦尼亚城堡里，过着俭朴的生活。他的战友西恩富戈斯少校悄悄包了一架飞机把格瓦拉的父母从阿根廷接到哈瓦那，一切安排停当后才通知格瓦拉。格瓦拉在机场见到阔别多年的父母，不禁喜极而泣,激动得号啕大哭。西恩富戈斯将格瓦拉的父母安置在哈瓦那最高级的希尔顿旅馆,以上宾之礼相待。没过几天,格瓦拉就让父母搬出来与自己同住。他不忍心让古巴革命政府为自己的父母花那么多的钱。格瓦拉的父亲提出想去看看儿子打游击的地方。格瓦拉表示当然可以安排,不过得自己出汽油费,结果他的父亲也没有去成。格瓦拉既是国家银行行长,又是工业部长。他拒绝领取银行行长每月1000比索的高工资,只拿工业部长200比索的工资,这是部长中最低的月薪。他不准妻子乘公务车去市场购物。古巴实行部分日用品配给制以后,有名下属偷偷把鸡蛋、奶油、肉食送到格瓦拉家中,被格瓦拉发现后,受到了严惩。有一名副部长喜欢使用从旧政权没收过来的高级轿车,也受到格瓦拉的严肃批评。格瓦拉身居党政要职,却常常在周末光着膀子与农民一起砍甘蔗,与工人一起扛糖袋。他曾说,他没有上过一次夜总会,没有看过一场电影,没有去过一次海滩,几乎没有睡过一次好觉。

  格瓦拉有强烈的正义感,这是他最看重的品质。他在留给五个孩子的告别信中这样谆谆嘱咐:"对于世界上任何地方发生的任何非正义的事情,你们应当永远都能产生最强烈的反感。这是一个革命者最宝贵的品质。"格瓦拉毕业于著名的布宜诺斯艾利斯大学医学系。按世俗眼光看,他如果专心从医,将来肯定前途似锦。但他并不贪恋舒适的生活,而是选择周游拉美各国。旅途中,他打过工,下过矿井,当过码头苦力,体验过贫困,接触过底层,救助过麻风病人。在危地马拉,他目睹美国中情局一手策划的政变颠覆了阿本斯左翼进步政府。通过在拉美多国的长途跋涉和生活体验，他的思想发生了很大变化。他自幼就有的正义感，此时得到升华。格瓦拉早先自陈："我是一个梦想家，向往无拘无束的生活。"此时他承认"我已经不再是原来的我了"。他逐渐接受了马克思主义，树立了反对帝国主义、实现拉美独立、帮助劳苦大众摆脱奴役和贫困的革命理想，确立了只有通过武装斗争才能改变旧秩序的信念，并不惜舍弃一切，为实践自己的理想而献身。

古巴革命胜利后，古巴革命政府立即通过法令，授予格瓦拉古巴公民资格，并委以重任。古巴人民把他当作自己的儿子。他成了一颗耀眼的政治明星，也有了一个令人称羡的家庭。在常人看来，此时他已经功成名就，什么都不缺，本可以享受安定的生活。但这不是切·格瓦拉的志向，他不忘天下还有这么多的社会不公。他在给好友格拉纳多的信中这样吐露自己的心迹："我整天只能坐在办公室批公文，其他人却在为他们的理想出生入死。我根本就不想当部长，也不想这样庸庸碌碌虚度年华。"

格瓦拉是一位国际主义革命家。他渴望战斗。哪里有革命需要，他就出现在哪里，帮了东家帮西家。为了革命事业，他可以舍弃高官厚禄，离别妻子高堂。他高尚纯洁的理想，为实践理想而不惜牺牲自己一切的精神，散发出一股震撼人心的道义力量。跟随格瓦拉到刚果和玻利维亚打游击的古巴战士，都是在他人格魅力的感召下，不惜肝脑涂地、以死相随的志愿者。为了保护格瓦拉，他们宁可献出自己的生命。

格瓦拉出现在南美洲安第斯山峦、立志把安第斯山变成第二个马埃斯特腊山的大胆行动，令美国心惊肉跳，如临大敌。美国全力加强与拉美右翼政府的合作，加紧培训反游击战部队。美国的"绿色贝雷帽"特种部队也进驻拉美。在美国顾问的指导下，两千多名玻利维亚政府军四面包围了游击队。他们运用遥感等高新技术，连游击队做饭都能侦察到。游击队藏匿给养的山洞及与外界的联络员先后暴露，备用的食物与药品悉数落入敌手。游击队员们弹尽粮绝，经受了炼狱般的考验。饥肠辘辘，他们以棕榈芽、野鼠、蛇、死猫为食。口渴难耐，他们以仙人掌等草木液汁解渴，甚至喝尿。战士们一个个腹泻、发烧、浮肿，患疟疾，他们咬紧牙关坚持着。

壮志未酬，英名永存

1967年10月8日，格瓦拉受伤被俘。慑于格瓦拉的巨大声望，美国中情局和玻利维亚当局害怕消息泄露后会在世界范围内掀起救援格瓦拉的浪潮，翌日即秘密将格瓦拉杀害。跟随格瓦拉作战的游击队员，绝大部分也壮烈牺牲。为了避免格瓦拉的墓地日后变成世界朝圣者的目标，他们偷偷将他的遗骨埋在某个偏僻小城的机场跑道下面，企图从此让格瓦拉在人间永远消失。

"出师未捷身先死，长使英雄泪满襟。"敌人的图谋未能得逞。30年后，格瓦拉的遗骨终于被找到，运回古巴。古巴为他举行了隆重的国葬，修建了庄严的陵墓。古巴人亲切和自豪地称呼格瓦拉为"切"。这原是阿根廷人的一种表达方式，类似我们平时在熟人间称呼"老兄"、"兄弟"

或"伙计"。"切,你回来了,我们永远怀念你!""切,你是古巴的骄傲!"……一幅幅标语道出了古巴民众的一片真情。壮士长眠,英名永存。在古巴,他的肖像被悬挂在千家万户的墙上。

格瓦拉是一面旗帜,一种理想,一股精神,一个榜样。在格瓦拉牺牲之后50多年,他依然在世界各地广受人们的敬仰。印有他头像的T恤衫长销不衰。有关他的书籍、文章、电影琳琅满目。在拉丁美洲的大小城市和穷乡僻壤,经常可以看到他威武英俊的照片。格瓦拉在玻利维亚打游击和受难的地方,成为国际旅游观光的新的热门路线,许多前往凭吊的人把一个个寄托哀思和敬意的花环安放在那条荒僻的峡谷里。美洲印第安人把他看成拯救苦难的希望。世界各大洲激进的年轻一代将他作为最受崇拜的偶像和精神领袖。法国著名哲学家及作家萨特称格瓦拉"是我们时代最完美的人"。格瓦拉对理想的忠诚,他无私无畏、义无反顾地为实践理想而不惜舍弃一切的献身精神,他身上发出的圣洁的道德光环,感染着一代代向往社会公正的人们。

到欧美司工作

呕心沥血　辛勤耕耘

我于1967年初奉调从古巴回国,在驻外人员回国学习班待了两年多,于1969年秋被调到外交部欧美司工作。

那时中苏刚在珍宝岛打过一仗,两国关系十分紧张。在全国加强备战的背景下,外交部大幅度精简机构,大批人员战备疏散到外地干校劳动。欧美司由原美澳司、西欧司、国际司、条法司等单位压缩合并而成,司长姚广,副司长唐海光。司下面设若干组,其中拉美组仅六七个人。当时"文化大革命"还在继续,对外工作也常受到"四人帮"的干扰。在极端困难复杂的条件下,周总理苦撑危局,日理万机地超负荷工作,勉力维持党和国家中枢的运转,并仍挤出时间接见一些外宾。那几年留在外交部上班的西班牙语翻译寥寥无几,周总理会见西班牙语外宾时,领导常派我去为总理当翻译。这使我有幸多次近距离感受周总理的崇高精神、伟大风范和感人肺腑的人格魅力,并见证他如何做拉美的工作。

为周总理当翻译

周总理自己懂数门外语,接触外宾又多,对翻译工作的甘苦特别理解。他对翻译要求十分严格,又体贴入微地指导帮助大家。他要求翻译苦练基本功，包括政治思想、语言本身和各种文化知识，强调学外语要天天练。他说学艺术的每天要花4小时练基本功，学外文的每天至少得花3小时练基本功，否则外文就忘了。他还多次强调翻译要熟悉外交业务，要让翻译阅看有关的机密文电，参加外交业务讨论。

周总理对年轻翻译的关心帮助与批评教诲，让我们刻骨铭心。为便于翻译，周总理在与外宾谈话时常会主动把斤折算成千克或吨，把亩折算成公顷。西方多种语言里没有"万"这个词，而是用"10个千"来表达，"10万"就需用"100个千"来表达；也没有"亿"这个词，而是用"100个百万"来表达。所以当数字很大，超万过亿，有些翻译因一时换算不过来而发蒙卡壳时，总理会耐心地帮助翻译解危纾困。不常用的外国人名和地名，也是令翻译头疼的问题。有一次周总理与外宾交谈中谈到海参崴，幸亏我还记得它的西语名称为符拉迪沃斯托克，才未因中外地名的差异而卡壳。特别是日本的人名和地名，形态上是汉字，发音却完全不同，翻译无法靠汉字发音来蒙混过关。所以周总理曾让亚洲司日本处编写中日文对照的常用日本人名地名手册，以便其他语种的翻译学习掌握。

赤道几内亚的官方语言为西班牙语。周总理有一次在京会见和宴请来访的赤道几内亚外宾，由我当翻译。那天我坐在总理身旁，只顾专心翻译，没有动筷子。总理注意到我的拘谨后含笑说，当好一个翻译不仅要用心翻译好，也要会抽空吃点。在吃饭方面，新翻译也要向老翻译学习。

冀朝铸能一边翻译一边吃,两不误,他还会吃鱼吐鱼刺呢。总理说着还夹菜放到我的餐盘里。

席间,为了让外宾有时间进食,周总理有时也特意与中方人员交谈几句。他曾问我说,西班牙语不大好学吧?年轻气盛的我答称不难。总理说,那以后可以让你教西班牙语。在谈及非洲的古老文明时,总理考问我,是否知道世界最古老的文明在哪里?我不加思索地答称中国。总理严肃地批评我说:"大国沙文主义!"这六个字的严厉批评,令我终生难忘。

在为周总理当翻译时,他很注意听翻译的译文。有一次周总理在会见智利社会党友人时谈到"马克思主义",我随口译成"马列主义"。总理用犀利的眼光朝我看了一眼,让我顿时惊醒,意识到自己失误了,赶紧改译成"马克思主义"。我们因既信仰马克思主义,也信仰列宁主义,习惯将马、列并提,平时不大注意"马克思主义"与"马列主义"的区别。但许多国家的社会党不同,它们大多只接受马克思主义,而不接受列宁主义。我的失误触及了他们的忌讳。尽管当时总理没有为此事对我有更多的批评,但仍让我自责不已,一直牢记于心。

重视对拉美的调查研究

拉丁美洲地理上离我国最远,与新中国往来相对较晚、较少。周总理很重视对拉美的工作。在"文化大革命"那样困难复杂的情况下,周总理工作那么忙,仍多次挤出时间会见拉美外宾。

周总理说过,接见外宾,不只是做工作的好机会,也是调查研究、向人家多方面学习的好机会。这是送上门来的学习机会，不要放过。他还说，每个民族都有自己的长处，都有值得学习的地方。周总理是这样说的，更是这样亲力亲为的。他会见拉美外宾时，时常会向客人提问题，了解对方国家的情况和看法，做调查研究。

1969年10月21日，周总理会见访华的多米尼加共和国前总统、多米尼加革命党领袖胡安·博什，同他进行了亲切友好的谈话。博什长期领导多米尼加人民反对特鲁希略独裁统治的斗争。他当选多米尼加总统后，因颁布有利于土改和劳工权利的进步宪法，被亲美右翼军人政变推翻。1965年4月，拥戴博什的多米尼加军民举行反美反独裁武装起义。美国以"护侨"为名武装入侵多米尼加，血腥镇压起义军民。四万多名多米尼加爱国者拿起武器，与美国侵略者奋战四个多月，成为当时国际社会关注的热点。毛主席曾为此发表《支持多米尼加人民反对美国武装侵略的声明》。周总理那天会见博什谈话时间很长，听取博什的讲述，也问了不少问题，掌握有关多米尼加局势的第一手材料。

拉美和加勒比地区共有33个国家。即使是专门从事对拉美工作的人员，也不一定都能够流畅地说出所有拉美国家的名字和它们的地理位置。周总理却能记住14个坚持维护200海里海洋权的拉美国家的名字及它们的地理位置，记住拉美有哪些国家在联合国大会上就恢复新中国在联合国大会合法席位的提案进行表决时投了支持票，记住中美洲包括哪些国家及它们的地理位置。而且他还数次就此考问其他语种的翻译，督促他们记住这些拉美国家的名字和位置。周总理把这看成翻译必须苦练的基本功。

正因为周总理平时重视调查研究，日积月累，对拉美国家的情况了然于心，才能游刃有余地应对记者的提问。有位墨西哥记者曾问周总理是否了解墨西哥，周总理回答，他没有到过拉丁美洲，没有到过墨西哥，也没有专门研究过，谈不上了解。但是他可以说出这个国家的特点：文明古国，革命传统，生机勃勃。周总理的回答简明扼要，寥寥数语就抓住了墨西哥的主要特色。

"文化大革命"期间，我国对外交往明显减少。周总理提出，参加广交会也是接触和了解外部世界的机会，指示外贸部、外交部派人去参加广交会，搞调查研究，总结经验，减少盲目性。那时我也曾被派去参加过一届广交会，每天到展览厅接触参会的拉美企业家，了解情况，听取反映。

指示"一定要全力挽救秘鲁小姑娘"

秘鲁记者安东尼奥·费尔南德斯·阿尔塞早在1960年冬就曾参加拉美记者团访问我国，受到毛主席等领导人的接见。后来他又多次来我国采访，从一个拉美记者的视角，写了大量有关中国的报道，根据自己的所见所闻向拉美人民介绍真实的中国，刊登在许多拉美国家的报刊上。

1967年阿尔塞应聘到北京广播电台（今中国国际广播电台）西班牙语部帮助工作。1970年2月，阿尔塞的女儿梅梅在北京出生后不久，不幸罹患严重的败血病，病情危急，被送到北京儿童医院救治。当时阿尔塞正与其他语种的外国专家一起翻译中共中央重要文件，集中居住在京郊，难以分身，只能把照料爱女的重担托付给妻子和医院。周总理在一次探望外国专家时获悉此事，立即指示"一定要全力挽救秘鲁小姑娘"！他嘱咐有关医院精心治疗，并请军区医院安排几位专家对梅梅进行会诊。当时梅梅需要大量输血，而儿童医院血库里与梅梅血型匹配的血浆已所剩不多。主管医疗部门急忙向驻京部队请求援助，大批指战员闻讯后迅速赶往医院献血。在病魔无情地威胁小梅梅性命的危急时刻，中国人民解放军战士所献的血源源不断地输进梅梅的血管里，将她从死亡线上抢救回来。周总理百忙之中牵挂着梅梅的病情，要求办公室工作人员及时了解梅梅的治疗进程。直至获悉梅梅病愈出院，他才放下心来，并托人捎口信向阿尔塞先生表示祝贺。2016年11月习近平主席对秘鲁进行国事访问，在秘鲁国会发表的演讲中，也讲述了这段感人的故事。

1970年底阿尔塞离京回国前，周总理亲切会见了他。当时阿尔塞是唯一在中国工作、生活的秘鲁人。周总理通过他做秘鲁的工作，表示中方愿与秘鲁增加交往和发展关系，并向他介绍我国倡导的和平共处五项原则，以及我国与其他国家建立外交关系的原则立场。阿尔塞在回国途中经停中国香港时，通过秘鲁驻香港总领事把中方的信息转递给秘鲁政府，受到秘方重视。4个月后，时任中国外贸部副部长周化民应秘方邀请，率领中国官方代表团从智利前往秘鲁访问，双方达成了互设商务代表处的协议。此后不久，阿尔塞作为秘鲁驻华商务代表处的顾问来京，为筹建商务处和发展两国贸易而奔忙。1971年11月我国与秘鲁建交后不久，秘鲁动力和矿业部长豪尔赫·费尔南德斯·马尔多纳多将军率团访华时，阿尔塞也陪同随团活动。

从中国返回秘鲁的阿尔塞一家对周总理一直深怀敬仰和感恩之心。当周总理与世长辞的噩耗传到利马时，阿尔塞一家万分悲痛。阿尔塞特意领着6岁的女儿梅梅赶往中国驻秘鲁大使馆，在周总理遗像前恭敬地默哀，并在吊唁簿上留下了真诚的哀思。后来，阿尔塞本人和长大后的梅梅都长期从事增进中秘两国之间友好交流与合作的事业。

支持拉美国家维护200海里海洋权的正义斗争

为保护本国近海丰富的渔业和矿业等海洋资源，智利和秘鲁于1947年率先提出将海洋权扩大到200海里。接着，其他一些拉美国家也作出类似规定。1970年，拉美九国联合签署《蒙得维的亚海洋法宣言》，重申保卫200海里海洋权的决心。此后，前后共有22个拉美国家分别宣布不同内涵的200海里海洋权。由拉美沿海国家带头掀起的争取200海里海洋权的斗争汹涌澎湃，得到第三世界国家的广泛支持，冲击着帝国主义的海洋霸权。

周总理敏锐地意识到这是发展中国家反霸权斗争的重要组成部分，对此十分关注，指示外交部等有关部门研究中方如何表态支持。1970年11月20日，《人民日报》发表了题为《支持拉丁美洲国家保卫领海权的斗争》的社论。

1971年6月14日，周恩来总理会见到访的秘鲁渔业部长坦塔莱安将军，表示我国坚决支持秘鲁和其他拉丁美洲国家维护民族独立、捍卫国家主权和200海里海洋权的斗争。我国政府这一立场和购买秘鲁鱼粉、鱼油的行动,对推动秘鲁政府下决心与我国建交起到了重要作用。1971年10月25日,秘鲁罕见地在联合国大会第26届会议上投票支持恢复新中国在联合国的合法席位和驱逐台湾国民党集团代表的提案,并随即于1971年11月2日与我国建交。

1971年11月29日,周总理会见秘鲁动力和矿业部长费尔南德斯。他是中秘建交后第一位率团访华的秘鲁部长。会见中,周总理对秘鲁政府和人民在维护国家主权、反对大国霸权主义的斗争中所表现的勇敢精神表示钦佩,并重申中国人民坚决支持秘鲁和拉美其他国家维护200海里海洋权的斗争,对秘鲁政府在联合国支持恢复我国一切合法权利的提案表示衷心的感谢。费尔南德斯部长表示,他们知道中国站在第三世界各国人民一边。

据那次会见时在座的秘鲁记者阿尔塞当时的报道,周总理还说,秘鲁为捍卫200海里海洋权斗争了20多年,但中方没有关注到。近年中方才注意到秘鲁的这一立场在整个反帝斗争中的重要意义,所以应向秘鲁表示歉意。同时中方要向世界宣告:中国完全支持秘鲁和其他拉美国家捍卫海洋权的正义斗争。

有一段时间,由于对拉美国家有关海洋权的主张了解得不够全面透彻,中方在有关的表述和报道中有时称200海里"海洋权",有时称"领海权"。实际上拉美大多数国家主张的是200海里"专属经济区",而非"领海权"。当时任职于外交部条法司的厉声教同志对此甚感不安,曾数次到美大司(美洲大洋洲司)主管处向我们了解情况并交换意见,就此上书领导提出意见和建议。周总理阅知后对此很重视,认为厉声教同志的意见"可能是有道理的",批示"说二百浬海洋权可能比二百浬领海权和经济区并提好"。周总理还在厉声教的上书材料上加上"特急"二字,让外交部领导立即通知我国出席1973年联大的代表团据此修改讲话稿。周总理严谨、细致、高效的工作作风和虚怀若谷地听取下属意见的胸怀,又一次给我们作出了鲜活的榜样。

第一个与新中国建交的南美洲国家

周总理为发展我国与智利的关系,倾注了许多心血。在中智两国建交之前,我国于1965年在智利设立半官方常驻机构——中国国际贸易促进会驻智利商务代表处,这是按照周总理的创意实施的。外交部原美澳司副司长林平作为常驻智利的商务代表,带领一个精干的班子在那里进行了艰苦卓绝的奠基性工作。

智利社会党领袖阿连德是中国人民的老朋友。他是拉美第一个对华友好团体——智中文化协会的首任主席,早在1954年就曾率领智中文化协会代表团访华,会见过毛主席。阿连德数次访华,周总理都同他会见长谈,结下了深厚的友谊。阿连德曾说,他生平最钦佩两个人,一个是周恩来,另一个是格瓦拉。

阿连德作为智利社会党的领袖,曾先后三次竞选总统未果。在1970年9月的智利大选中,由社会党、共产党、激进党、统一人民行动运动党等六个左翼政党组成的"人民团结阵线"支持,阿连德第四次参选总统取得初步胜利。

同年10月24日，在议会投票中，阿连德最终获胜，当选总统。周总理闻讯后非常高兴，他代表中国政府和中国人民致电阿连德表示热烈祝贺，并表示坚决支持智利人民反对帝国主义侵略、掠夺和干涉，维护民族独立和国家主权的正义斗争。

对于阿连德执政后的智利局势和对智利的工作，周总理十分关心，曾数次亲自主持会议研究。这种会议常常是一竿子插到底，从有关的部长、司局长、处长，到主管科员都被召去，因而我有幸忝陪末座。

阿连德总统曾想邀请我国派政府代表团出席他的就职仪式，由于智利即将卸任的政府已邀请台湾驻智利所谓的"大使"出席该仪式，我方不便派政府代表团前去。那时，我全国总工会也接到了智利工人统一工会的邀请，于是周总理决定派以北京市工代会负责人倪志福为团长的中国工人代表团前往祝贺。临行前，周总理同中共中央政治局成员一起接见代表团全体成员，细致地交代他们此次访问智利的任务和应注意的事项。《周恩来年谱》记载，1970年11月19日，即在该团访智回国后两天，周总理又同中共中央政治局成员一起听取由倪志福所率的中国工人代表团访问智利的情况汇报。得悉新就职的阿连德政府有意尽早同中国建交的消息，周总理指示中国驻法大使黄镇与智利驻法大使进行建交谈判。

为推动两国建交谈判，林平商务代表向智利新任外长阿尔梅达提供了中国与加拿大建交公报西班牙文版供智方参考。智方以中国与加拿大建交公报为基础，起草了智中建交公报稿，其主要内容为："中华人民共和国政府和智利共和国政府，根据互相尊重主权和领土完整、互不干涉内政和对外事务、平等和互惠的原则，决定自即日起建立外交关系并在尽可能短的时间内互派大使。中国政府重申：台湾是中华人民共和国领土不可分割的一部分。智利政府注意到中国政府的这一声明。智利政府承认中华人民共和国政府是中国唯一的合法政府。"智利驻法国大使伯恩斯坦将智方的公报稿交给黄镇大使。周总理看到黄镇大使报回的智方公报稿后，觉得智方起草的公报稿很好，可以一字不改地接受。于是双方很快达成协议，于1970年12月15日同时发表两国建交公报，智利成为第一个同我国建交的南美洲国家。阿连德总统不顾国内外敌对势力的反对，上任一个多月就履行承诺果断推进与我国建交的行动，受到周总理高度赞赏，认为这为拉美国家与中国建交开了个好头。周总理对林平作为我国驻智利商务代表的工作表示赞许，向中央提名林平出任我国驻智利首任大使。

准确预见智利局势的变幻

阿连德当选总统时，智利正遭受严重经济危机，失业率很高，全国15岁以下儿童中有近一半营养不良。阿连德的政治纲领是以争取议会多数替代暴力革命，使智利成为第一个按照"多党制模式"建立起来的"社会主义社会"。在智利首都圣地亚哥举行的有十万人参加的庆贺阿连德当选总统的群众大会上，阿连德宣布他的政府将消灭垄断企业和大庄园制度，把铜、铁、煤、硝石等矿藏收归国有；

对外执行维护自决权和不干涉原则为基础的国际政策。

美国政府紧张地注视着阿连德执政后频频实施土改、没收美国铜业公司以及与古巴复交、与中国建交等内外措施，担忧智利即将变成第二个古巴，威胁到美国在拉美的霸权地位，于是加紧实施颠覆阿连德政府的计划。首先从经济上打压，美国和欧洲对智利的投资锐减，智利的国际信贷被切断。同时美国暗中扶植智利国内的反对派势力。由六党组成的"人民团结阵线"的内部矛盾和阿连德政府的一些过激政策也被国内外敌对势力利用。政府将大型矿业和工业国有化、征收大型农业地产供农民合作社使用、大幅提高工人工资等，扩大了政府财政赤字，印制大量货币则导致通货膨胀加剧。到1972年，智利生产下降，出口和私人部门投资减少，外汇储备枯竭，粮食等供应短缺。尽管阿连德拥有工农群众的支持，他的选举联盟在1973年3月的国会选举中仍赢得44%的选票，但中产阶层生活水平下降，不满情绪增长。

在阿连德执政的近3年时间里，周总理先后会见9批智利来华团组，大多由黄志良和我担任翻译。其中既有民间友好人士，也有智利统一人民行动运动党总书记安布罗西奥、社会党总书记阿尔塔米拉诺、计划部长马特内尔和外交部长阿尔梅达等政界要人。周总理在与他们的谈话中详细了解智利各方面情况，特别关注阿连德政府所采取的对美资控制的铜矿国有化、征收大批本国和外国的企业与银行等激进的经济和社会改革措施，并针对智利面临的问题，通过交谈中国革命经验与教训的方式，诚恳地提醒他们步子不要太快，对外资要区别对待，对中产阶层要联合，要注意做好军队工作，警惕发生突然事变。

周总理还特别请时任智利外长阿尔梅达带一封长信给阿连德总统，信中对智利当时面临的困难表示很能理解并给予深切的同情。尽管中国当时还处于"文化大革命"造成的混乱时期，但为了支援智利，仍向阿连德政府提供了力所能及的援助。周总理在信中表示，"我们本愿对智利人民的经济建设作出较大的贡献，但由于我们的经济力量还很有限，同时也肩负着支援越南和印支各国人民斗争和其他地方的国际义务，目前尚处于力不从心的状态，希对此能予以谅解"。

周总理在信里指出，为了克服这些困难，发展中国家除了相互帮助，最根本的还是要依靠自己的力量，也就是说，自力更生为主，外援为辅。总之，改变经济落后面貌，改善人民生活的目标，只有结合现实的条件和可能，有准备、有步骤地进行才能逐步实现。这是中国从自身的经历中得出的一点体会。周总理最后在信中表示，相信智利政府和人民，在阿连德总统的领导下，加强团结，坚持斗争，进行充分的准备，谋而后动，就一定能够克服目前遇到的困难，取得新的胜利。

起草周总理那封信难度较大。看到老朋友陷于困境，我方不能无动于衷、袖手旁观。但毕竟是别国事务，忠言提醒必须非常委婉得体。那封信先由我们拉美处起草，时任部长助理章文晋看后不满意，请美国处秀才丁原洪修改润色后，才由部领导上呈周总理审批。阿连德总统接到这封推心置腹、情真意切的信件后，非常重视，指示把周总理的信和他的回信在智利报纸上全文发表。

但周总理一直担心的事还是发生了。1973年9月11日，智利右翼军人在美国支持下发动政变，推翻了阿连德政府，阿连德本人以身殉职。

在阿连德当选总统后的智利会不会发生政变的问题上，当时有不少智利和其他拉美国家的朋友认为不会。1971年8月26日，周总理接受墨西哥《至上报》社长谢雷尔的采访，黄志良担任翻译。谢雷尔也提出阿连德通过选举方式夺取政权带领智利走向社会主义道路的问题，征询周总理的看法。周总理基于中国革命的经验与教训以及他对拉美情况的了解，深刻地指出，如同阿连德总统自己所说，取得政府并不等于取得政权。中方不隐瞒自己的观点，中方不相信议会道路，因为还没有看到任何一个国家通过议会选举把外国侵略势力赶走，实现完全独立和建立真正的民主政权。

周总理还说，选举本身不能巩固政权，所有政府必须依靠自己的武装。一个政权要巩固，没有武装力量的支持是不可能的。拉丁美洲稍微有点进步倾向的政府被推翻的例子不胜枚举。一旦一小部分军人接受外国侵略势力的影响，如果不特别注意这个问题的话，就有出乱子的可能，这个乱子就是军事政变。当然，中方希望智利的官兵都是爱国的。

那时谢雷尔对智利军队的"民主传统"深信不疑，不同意周总理的看法，还曾就此发表社论反驳周总理的观点。

但事实胜于雄辩。两年后,智利果然发生了右翼军人政变,阿连德总统壮烈牺牲。智利局势的演变完全验证了周总理的担忧和忠告。智利政变后,谢雷尔在《至上报》发表社评,承认自己的认识有误,佩服周总理的高明。周总理逝世后,《至上报》发表社论,高度评价周总理是"推动历史发展的非凡人物"。

妥善处理智利右翼军人政变后的中智关系

智利右翼军人政变和阿连德总统壮烈牺牲,在国际上引起强烈反应。墨西哥、秘鲁、哥斯达黎加、巴拿马等国总统纷纷发表谈话表示震惊。墨西哥、阿根廷、委内瑞拉、多米尼加等国政府先后宣布为阿连德总统全国志哀三天。多国议会和政治团体发表声明,群众上街游行,强烈谴责政变。墨西哥总统埃切维里亚派专机到智利,将阿连德的夫人奥顿西亚·布西与她两个女儿伊萨贝尔和卡门·帕斯接到墨西哥城避难。苏联、东欧社会主义国家及个别发展中国家断绝或中止与智利军政府的外交关系,有的采取调回大使、保留代办级关系。据统计,至1973年10月上旬,在与智利有外交关系的80个国家中,11个国家与军政府断交,38个国家承认军政府,其余国家未表态。

中国政府根据和平共处五项原则和智利的具体实际,独立自主地处理与智利军政府的关系。是年9月14日,周总理给阿连德家属发唁电,内称:"遥悉萨尔瓦多·阿连德总统以身殉职,至深悲愤,谨向你们表示深切的悼念和慰问。伟大的阿连德总统生前为了智利人民维护民族独立和国家主权的斗争以及促进中智两国人民的友谊和亚非拉第三世界国家的团结反帝事业，作出了积极的努力。他的高尚愿望将永远活在人们心中。相信智利人民将从这一沉痛的事件中吸取教训，继续前进。"在我国领导人悼念外国领导人去世的唁电中，"至深悲愤"的用语是罕见的，很能反映周总理对这位老朋友悲剧性牺牲的痛惜之情。因当时智利国内局势混乱，在阿连德夫人9月16日抵达墨西哥城避难后，时任我国驻墨西哥大使姚广根据国内指示于9月18日将这封唁电面交阿连德夫人，并与她进行了友好的谈话。

1973年10月中旬，我国召回驻智利大使，由临时代办主持馆务。智利军政府也解除了阿连德政府任命的驻华大使的职务，任命了临时代办。中方以向智利军政府新任命的临时代办发放签证的做法，对其事实上予以承认。这样，中智之间的外交关系以冷而不断和降格的办法得以保持下来。1973年12月，智利军政府就任命其新大使征求我国政府意见。鉴于当时多数国家对智利军政府任命的大使均已表示同意，中方于1974年2月答复同意接受其新任大使。同年7月，我国驻智利大使返任，两国关系趋于正常。

亲历当年轰动世界的"乒乓外交"精彩一幕

2021年是中美之间"乒乓外交"五十周年。因与美国乒乓球代表团同时访华的有哥伦比亚乒乓球代表团，我有幸亲历当年轰动世界的"乒乓外交"精彩一幕。

1971年3月，在日本名古屋举行的第31届乒乓球世锦赛期间，中美两国乒乓球运动员之间有些友好接触。美国乒乓球队的成员获悉有些国家的乒乓球队将在世乒赛后应邀访华，也提出希望能访华。中国乒乓球队及时向国内报告请示。

当时，因美国深陷越战泥潭多年，元气大伤，应对苏联挑战力有不逮，尼克松政府正欲调整对华政策，想方设法向我国伸出触角。与此同时，我国与苏联在珍宝岛之战后关系紧张升级，苏方在边境地区陈兵百万，对我国安全构成严重威胁。为开拓有利的国际环境，党中央、毛主席正在酝酿调整对美关系。但美国对我国实施封锁围堵20多年，两国还在朝鲜打过一仗，双方长期处于高度敌对状态。中美关系的任何松动与改善，必将在敌我友各方产生强震，因而需要有一些必要的铺垫。美国乒乓球队提出想访华，是送上门来的打开中美交往大门的良机，也是最顺乎自然、公众最能理解接受的中美关系破冰的序幕。毛主席经过反复斟酌，决定邀请美国乒乓球队访华。

1971年4月10日，美国乒乓球代表团应邀访华，成为新中国成立以来第一批获准进入我国境内的美国运动员。与美国乒乓球代表团在同期应邀访华的还有加拿大、哥伦比亚、英格兰、尼日利亚四国乒乓球代表团。周总理极为重视对他们的接待工作，曾数次召集有关部门开会详细研究部署。我参加了其中几次会议。给我印象很深的是，周总理很注意处理好接待美国代表团与接待其他国家代表团的关系。毫无疑问，在那五国访华乒乓球代表团中，美国代表团是我方的工作重点，也是最受中外媒体关注的。但在礼宾安排和新闻报道中，我方要把握好国与国之间交往一律平等的原则，不能过于突出美国代表团，使其他四国代表团产生受冷落和只是充当陪衬之感。

1971年4月14日下午，周总理集体会见五国乒乓球代表团全体成员。在人民大会堂东大厅举行的总理会见，是那次接待中的重头戏。周总理为那次会见煞费苦心，提出了一个匠心独具的座席安排方案：将会见五国代表团的座位分成五处，既互相保持一定距离，又汇成一个大圆圈。五国代表团的礼宾次序，按其英文国名第一个字母的顺序排列。每个代表团的座位有若干排，第一排作为主座，前面摆放着茶几和扩音器，中间空着一个位置，留给周总理。

预定的会见时间一到，只见周总理快步进入东大厅，按礼宾顺序先到加拿大代表团的座位处坐下，与团长等寒暄，交谈互动。接着周总理走到哥伦比亚代表团位置处坐下交谈。该国乒乓球代表团的团长是哥伦比亚乒乓球协会领导成员、波哥大乒乓球协会主席佩德罗·加西亚，代表团成员包括队长兼教练何塞·隆巴纳·盖坦、四名男运动员、两名女运动员和两名随团记者。总理代表中国人民和中国政府，对来自远隔重洋的哥伦比亚朋友表示欢迎。加西亚团长说，我们两国虽然相距很远，但是我们之间的友谊一旦建立起来，就将是牢固的。周总理表示相信中哥两国人民之间的友谊将会继续发展下去。

与哥伦比亚代表团交谈告一段落，周总理再走到下一个代表团座位处继续寒暄交谈。每处的交谈情况，其他四国代表团也能听到。周总理以这种罕见的方式，集体会见了五国代表团，既体现了对五国平等相待、一视同仁的原则，又根据五国不同的国情和双边关系，分别有针对性地进行了交流沟通，还分别与每国代表团全体成员合影留念。

五国代表团皆大欢喜。

周总理集体会见五国乒乓球队的消息次日见报时,无论是文字报道还是总理分别与五国乒乓球队的合影,都严格按照五国英文国名第一个字母的次序排列。中国总理会见美国首个访华体育队,实现了中美交往的解冻,这本是国际关系中石破天惊的重大事件,牵动全球格局,却在周总理巧妙精细的运作之下,以波澜不惊的集体接见形式呈现在公众眼前,不动声色地推进着毛主席外交战略调整的部署。

按照那次会见的礼宾顺序,周总理最后走到美国乒乓球代表团座位处交谈。他首先引用"有朋自远方来,不亦乐乎"这句中国古话,欢迎美国朋友。周总理说,中美两国人民过去的来往是很频繁的,之后割断了很长的时间。美国乒乓球代表团这次应邀来访,打开了两国人民友好往来的大门。中方相信中美两国人民的友好往来将会得到两国人民大多数的赞成和支持。斯廷霍文团长和代表团成员赞扬中国人民好客,并且对美国乒乓球代表团能够访问中国表示高兴。

在会见即将结束时,周总理问美国代表团成员:"你们有什么问题吗?"只见嬉皮士运动员科恩举手说:"我可以提一个问题吗?"周总理回答说:"请。"科恩说:"总理先生,你对嬉皮士有何评论?"这是一个很冷门、难度也很高的问题,出乎现场所有人的意料。因为在一般人心目中,嬉皮士属于应该被否定的另类,他们奇装异服,颓废叛逆,离群索居,惊世骇俗,有的人还吸毒。没人想到科恩会向周总理提出这么一个问题。如果换成别人来回答，分寸拿捏得不合适，难免会出现尴尬的场面。但这难不倒周总理。他略作思考后说："青年人是社会中最积极活跃的分子，他们总是在寻求真理，做各种各样的试验，通过试验，他们会得出自己的结论。"周总理的回答富有哲理。他宽广的胸怀和循循善诱、以理服人的谈话赢得全场热烈的掌声。周总理这番话第二天几乎被所有世界大报与通讯社报道。科恩的母亲在美国看到后非常高兴，特地请在中国香港的朋友买了一大束鲜花空运到北京送给周总理表示敬意，感谢他对其儿子的开导帮助。

周总理那天会见的五国乒乓球代表团中，四个国家讲英语，由冀朝铸当翻译。只有哥伦比亚讲西班牙语，由我当翻译，因而我能亲历当年轰动世界的"乒乓外交"，见证周总理高超的外交艺术。

周总理会见五国乒乓球代表团后，对外需发布详细的消息报道。为慎重起见，领导在会见结束后派车让冀朝铸和我去中央电视台，仔细听取周总理与五国乒乓球代表团交谈的录音，并据此核对我们当时的即席口译是否准确无误，有无需要修改的地方。我们两人分别复听后，都觉得无须作修改。

作出邀请美国乒乓球代表团来访决策的是雄才大略的毛主席。将毛主席的决策导演成精彩夺目的"乒乓外交"大戏的是外交艺术大师周总理。两位历史伟人的大战略、大智慧珠联璧合，"用小球转动了大球"。在周总理会见美国乒乓球代表团几个小时后，尼克松宣布了五项有助于改善中美关系的对华开禁措施。三个月后,美国总统特使基辛格秘密访华。十个月后,尼克松总统访华。中美关系终于走向正常化发展的道路,这也加快了新中国走向世界的步伐,为我国创造了有利于本国发展的国际环境。

与古巴代办加西亚不同寻常的会见

1971年4月23日,周总理会见即将离任回国的古巴驻华大使馆临时代办毛罗·加西亚。那次会见,不只是周总理通常在外国驻华使节离任前的礼节性会见,而且另有深意。

那年1月2日,周总理曾出席加西亚代办在大使馆举行的庆祝古巴革命胜利12周年招待会。那是1965年中古双方因对中共与苏共之间的大论战所持立场不同而导致双边关系经历波折后,周总理第一次亲临古巴大使馆,由我当翻译。周总理请加西亚转达对卡斯特罗总理的问候和良好祝愿。《周恩来外交活动大事记》记载,周总理说:"我们很理解古巴的处境。古巴还是革命初期,才12年。中国建国21年,工作中还有缺点,还要努力。重要的在于取得经验和总结经验。这是最宝贵的。马列主义要同本国革命实践相结合。"总理向加西亚表达了中国希望与古巴改善双边关系的良好愿望,说20世纪70年代中古两国和两党的关系将掀开新的一页。加西亚非常感激周总埋的出席和友好谈话,并诚恳地谈了他对发展古中关系的一些看法。加西亚还告诉周总理,他在北京四年,即将离任,希望在回国之前能去外地看看,进一步了解中国革命的历史进程和近况。周总理表示赞成。

于是，经我国外交部礼宾司联系安排，加西亚在时任欧美司拉美组组长陶大钊、翻译徐贻聪陪同下先后参观了西安、延安、南昌、井冈山、杭州、上海等地。在参观过程中，加西亚对我国既有正面积极的评价，也提出了一些意见。

加西亚代办的意见，被写进了外交部《外事活动简报》中。周总理阅后很重视。《周恩来年谱》记载，1971年2月18日，周总理将外交部编印的《外事活动简报》"古巴驻华临时代办加西亚访问外地的几点反映"送毛主席阅。该简报第四条反映加西亚在井冈山参观时，对讲解员不提南昌起义和朱德率部上井冈山这两段史实提出意见，认为这样讲外国人不容易理解。毛主席阅后批示："第（四）条提得对，应对南昌起义和两军会合作正确解说。"

毛主席的批示很快下达到全国各外事单位和外宣单位。学习和贯彻毛主席的上述批示，有力地纠正了当时对外宣传中存在的强加于人、不尊重历史等做法，对发扬实事求是精神和纠正"左"的干扰起到了促进作用。

周总理就是在上述背景下会见加西亚的。1971年4月23日晚，加西亚准时抵达人民大会堂。周总理在福建厅门口迎候，并同他合影留念。周总理在与加西亚代办的谈话中说，加西亚在江西提的意见完全正确，周总理把其意见告诉了毛主席，毛主席肯定了加西亚的意见，并且要相关部门告诉江西展览馆更正。周总理坦诚的谈话让加西亚代办深受感动。

周总理那天与加西亚代办谈话的另一项重要内容是就

中美关系的新情况做古巴的工作。在周总理会见加西亚代办之前几天,美国乒乓球代表团刚应邀访华。这个被舆论称为"乒乓外交"的重大事件,牵动世界战略格局,举世瞩目。位于美国眼皮底下的古巴,处境不同,自然会尤其敏感。思虑缜密周到的周总理利用会见古巴代办的机会,就中美关系可能即将出现的变化向古巴吹风,让古方有一定的思想准备。他用较长时间向加西亚阐述了我国对重大国际问题的立场和中国的对外政策,包括邀请美国乒乓球代表团访华打开中美两国人民友好往来的大门。那天谈话从晚上八点半开始,持续到半夜十二点才结束,共三个多小时。其间加西亚不好意思占用周总理太多时间,曾几次想起身告辞,都被周总理留下而继续交谈,谈话时间之长大大超过通常的礼节性会见。

接待墨西哥总统埃切维里亚

1973年4月,墨西哥总统埃切维里亚在中墨建交后不久率领一个庞大的代表团访华。他是第一位访华的墨西哥总统,也是在古巴总统多尔蒂科斯访华多年之后来华访问的第二位拉美国家元首。中方对此很重视,给予高规格的隆重接待。周总理为接待好墨总统访华,做了大量工作,前后出席十多场接待活动,其中包括到机场迎送,主持欢迎仪式和国宴,陪同毛主席会见,五次与墨总统会谈(每次会谈长达两三个小时),陪墨总统出席"墨西哥历代文化艺术展览"开幕式,陪同墨总统观看体育表演,出席双边合作文件签字仪式,出席墨总统答谢宴会,等等。

尤令埃切维里亚夫妇感动的是，周总理还与邓大姐一起，亲自陪同墨总统夫妇去大寨参观。按中央原先批准的接待方案，原定由时任副总理李先念夫妇陪同墨贵宾去大寨。周总理为多做工作，临时改为由自己和邓大姐陪同前往。周总理与墨总统一行一起爬坡上山参观，并在从大寨去西安的专列上与墨总统举行第五次会谈。墨总统那次访华接待非常成功，从而在墨出现对华友好的高潮，为中墨关系的发展打下了坚实基础。

为确保那次接待成功，外交部从各单位借调人员组织了一个翻译班子，由已结束驻智利大使馆任期回到北京的黄士康担任主要翻译。毛主席会见和周总理会谈都是由他翻译的。我仅协助承担部分翻译与写接待简报的任务，全程随团活动。那一年周总理已经 75 岁高龄。我们看到的总理，仍然神采奕奕、精神抖擞，但实际上他当时已身患重病，只是我等全然不知周总理是在那样的身体状态下接待墨西哥总统的。现在回想那时的一些场景，不禁会联想到《孟子·告子下》所说的"天将降大任于是人也，必先苦其心志，劳其筋骨，饿其体肤，空乏其身，行拂乱其所为，所以动心忍性，曾益其所不能"。唯有把党和人民的事业作为自己的毕生追求，并拥有为此而鞠躬尽瘁、死而后已的大无畏献身精神，一位明知恶疾在身的古稀老人，才会依然义无反顾地密集参加那么多场接待活动。

🕊 中拉友好新篇章

1971 年 10 月，第 26 届联合国大会通过了决定恢复中华人民共和国在联合国一切合法权利的提案。1971年7月和1972年2月，美国总统国家安全顾问基辛格、美国总统尼克松相继访华，中美两国关系开始走向正常化。这两件大事，是中华人民共和国对外工作中的重大突破，促使国际格局进一步发生有利于我国的变化。好消息接踵而来，全国人民为之振奋。也是在那样的国际背景下，我们迎来了拉美国家与我国建交的高潮。在不到三年的时间里，先后有八个拉美和加勒比国家与我国建交，其中包括该地区最重要的一些国家。我当时在外交部欧美司工作，有幸躬逢其盛，印象深刻。

在那段难忘的日子里，外交部欧美司的同事既忙碌又兴奋。那时欧美司的司长是章文晋，主管拉美地区事务的副司长先后是吴凡吾、申志伟和陈德和。拉美组（稍后改称拉美处）的组长是陶大钊，我是他的副手。当时仍处于"文化大革命"时期，外交部大批下放外地干校的干部还没有回来。由于形势发展很快，人少事多，那段时间外交部办公楼几乎每天晚上都灯火通明，大家在那里加班加点，挑灯夜战。周恩来总理十分重视拉美国家与我国发展关系的动向，及时指导和布置工作。司里起草上呈的有关请示、报告退回来时，每每可以看到周总理字斟句酌地在上面画线圈点和用铅笔所写的修改与批示。一行行熟悉的苍劲字迹，默默传递着周总理的精确指导和一丝不苟的工作精神。大家对周总理都深怀敬重之心，认真阅看和领会总理的改动之处与批示内容，不敢有丝毫懈怠，立即贯彻执行。

与拉美国家建交的漫长艰辛之路

新中国成立后,最早与我国建交的是苏联、东欧与亚洲的社会主义国家、周边一些邻国以及瑞典、瑞士等部分欧洲国家。1955年亚非万隆会议后,我国又与叙利亚、埃及等西亚北非国家建立了外交关系。

与上述地区相比,拉丁美洲国家与新中国建交起步要晚得多。分析其原因,一是拉美国家地理上距离我国遥远,相互往来很少,双方缺乏了解。二是在当时世界两大阵营尖锐对立的"冷战"背景下,拉美国家统治集团受意识形态偏见影响,对我国颇有疑虑。三是台湾当局的干扰破坏成为牵制拉美国家与我国建交的重要障碍。最重要的原因,是拉美国家均受美国的严密控制。新中国成立后,虽然墨西哥、智利、乌拉圭等国也曾先后向我国伸出触角,探讨建立关系的可能性,但因美国对我国竭力推行政治上遏制、经济上封锁、军事上包围的敌视政策,深受美国影响的拉美国家难以在与我国发展关系方面迈出大的步子。

1961年当选巴西总统的夸德罗斯民族意识较强烈,宣布要实施"独立的外交政策",同包括中国在内的社会主义国家发展贸易关系。1961年8月,巴西副总统古拉特访华。这是巴西国家领导人首次访华,古拉特也是新中国成立后第一位访华的拉美国家领导人。但古拉特刚结束访华,巴西国内就发生了军人政变,夸德罗斯总统被迫辞职,古拉特有国难回。经过几个月的合法斗争,古拉特才得以回国继任总统。古拉特出任总统后,继续推动与中国的关系,同意我国在巴西建立新华分社和中国国际贸易促进会驻巴西分会。虽然古拉特政府不过是想同我国发展贸易关系，但这也不被美国所容。1964年3月，巴西亲美右翼军人以古拉特"推行共产主义革命"为由，发动政变，推翻了合法的宪制总统。我国在巴西从事正常新闻和贸易工作的9名同志，竟被加上莫须有的"进行间谍活动""煽动叛乱"等罪名，身陷囹圄。震惊世界的巴西"九人案"，形象地反映了当年我国与拉美国家发展外交关系的曲折艰辛。在新中国成立后的十年多时间里，我国与拉美国家只能开展一些有限的民间往来和文化贸易交流，没有一个拉美国家能与我国建交。

面对当时拉美国家的实际情况，以毛主席为首的党中央对拉美国家的基本方针是积极开展民间外交，争取建立友好联系和发展经济、文化往来，逐步走向建交。周恩来总理更具体地指出，发展同拉美国家的关系要"细水长流、稳步前进"，要相信拉美人民的觉悟，谅解他们的处境和困难，即使民间往来也要从拉美的实际情况出发，不使拉美友好人士受到伤害和感到为难。在这些符合拉美实际的正确方针指导下，我国同拉美国家积极、耐心、稳妥地开展各种民间往来，结交了一大批对华友好人士。在他们的倡议和推动下，在智利、巴西、阿根廷、玻利维亚、乌拉圭、秘鲁、哥伦比亚、墨西哥等国陆续成立了对华友好协会或文化友好团体。它们为促进拉美国家与我国的文化、贸易交流，增进拉美人民同我国的相互了解和友谊，做了大量工作，发挥了拉美国家与新中国之间的友谊桥梁作用。

最早与新中国建交的拉美国家

首先与新中国建立外交关系的拉美国家是古巴。1959年1月，以菲德尔·卡斯特罗为首的古巴起义军攻占了哈瓦那，推翻了美国傀儡巴蒂斯塔的独裁统治，成立了古巴革命政府。在1960年9月2日举行的古巴人民全国大会上，古巴革命政府和与会的百万古巴民众通过了与中华人民共和国建交、断绝同美国第七舰队支持下的台湾傀儡政权关系的决定，古巴成为拉丁美洲第一个与新中国建交的国家。

1965年6月，中国国际贸易促进会在智利设立商务办事处，这是中国当时在南美洲设立的唯一半官方贸易机构。1970年10月，由智利6个左翼政党组成的"人民团结阵线"在大选中获胜，智利社会党领袖萨尔瓦多·阿连德当选总统。阿连德是中国人民的老朋友，同情和赞赏中国革命。他就任后不久，智利政府就与我国开始建交谈判。1970年12月15日，中智两国共同发表公报，宣布正式建立外交关系。在古巴与我国建交10年之后，智利成为第二个与新中国建交的拉美国家，也是第一个与新中国建交的南美洲国家。

在新中国成立后长达21年的时间中，拉美地区只有古巴和智利两个国家与我国建交。卡斯特罗领导的古巴革命政府和阿连德领导的智利"人民团结阵线"政府冲破美国的束缚，不顾国内外敌对势力的反对阻挠，毅然决然地决定与新中国建交，成为拉美国家开拓与我国邦交的先驱，在中国与拉美关系史上写下了浓墨重彩的一笔。

拉美国家与我国建交的高潮

20世纪60年代以来，拉美形势出现了令人瞩目的重要变化。古巴成功地抗击了美国的各种侵略颠覆图谋，走上了社会主义道路。在全球范围的民族解放运动蓬勃发展和古巴革命的影响下，拉美国家独立自主意识不断增强，要求摆脱美国控制的呼声愈来愈高，出现了一批民族意识较强的政府。它们重视维护本国的主权和独立，主张保护本国资源，限制国际垄断资本特别是美国资本，扶植民族工业，振兴本国经济。拉美国家带头兴起的捍卫200海里海洋权的斗争进入高潮，争取建立拉美无核区的努力获得成功。拉美经济一体化运动取得了进展，各种地区、次地区经济一体化组织陆续成立。在外交方面，拉美国家为了摆脱美国的控制，维护本国的权益，积极寻求对外关系多元化。25个拉美和加勒比国家成为不结盟运动的成员国，另有5个拉美国家是观察员国。美国在美洲国家组织内的控制力开始逐渐下降。随着中国国际地位的提高，拉美各界人士要求与中国增加往来、发展关系的愿望也不断加强。

1971年7月基辛格秘密访华后，双方发表了关于尼克松将应邀于1972年5月以前的适当时间访华的公告。中美两国之间持续了20多年的双边关系僵局被打破，震惊了整个世界，也促进了世界格局的变化。

1971年10月25日，第26届联合国大会以59票反对、55票赞成、15票弃权否决了美国等22国提出的所谓"重要问题"提案。接着，该届联合国大会又以76票赞成、35

票反对、17票弃权的压倒多数，通过了阿尔巴尼亚和阿尔及利亚等23国提出的恢复中华人民共和国在联合国的一切合法权利和立即把国民党集团的代表从联合国及所属一切机构中驱逐出去的2758号决议。美国顽固坚持剥夺我国在联合国合法权利的政策和在联合国制造"两个中国"的阴谋破产，中国的国际地位进一步提高。

尽管当时美国在恢复中国在联合国的合法席位问题上，仍然坚持既承认中华人民共和国的代表权，又不驱逐台湾代表的"双重代表权"立场，并向拉美国家施加压力，要求拉美国家继续跟着美国的步调走。但此时的美国已经在相当程度上失去了阻止拉美国家与我国发展关系的权威和能力。既然美国总统自己都要访华，谋求中美两国关系的正常化，那么又有什么权力要求其他国家一定不能超越美国的步伐呢？

拉美国家独立自主意识的增强和有利的国际形势两个内外因素叠加在一起，促使一批拉美国家纷纷决定与我国建立外交关系。新中国迎来了成立以后与拉美国家建交的第一波高潮。

秘鲁模式

在拉美国家这一波与我国建交的高潮中，走在最前面的是秘鲁。具有浓烈民族主义色彩的胡安·贝拉斯科军政府于1968年10月执政后，对内实行土地改革和经济国有化政策，加强国家对国民经济的控制；对外奉行民族主义和不结盟的外交政策，积极提倡200海里海洋权的主张，与美国的威胁进行了针锋相对的斗争。在发展对华关系方面，秘鲁采取了"先经贸后政治"的办法。1971年4月，秘鲁政府邀请我国外贸部副部长去访，就发展两国贸易和互设商务代表处达成了协议。同年7月，中国驻秘鲁商务办事处在秘鲁首都正式成立。尼克松将访华的消息公布后，秘鲁政府加快了与我国建交的进程。8月，秘鲁驻华商务办事处主任刚抵达北京，尚未来得及正式宣告成立驻华商务办事处，秘鲁外交部长梅尔卡多·哈林和贝拉斯科总统就先后宣布秘鲁决定同中国建立外交关系，并支持恢复中国在联合国的合法席位。1971年9月1日，亦即在联合国大会表决通过2758号决议（恢复我国在联合国的一切合法权利和立即把国民党集团的代表从联合国及所属一切机构中驱逐出去）之前一个多月，秘鲁就与我国在加拿大开始建交谈判。10月25日表决2758号决议时，当时尚与台湾保持所谓"外交关系"的秘鲁投票反对美国等国的所谓"重要问题"提案，支持恢复我国在联合国的合法席位和驱逐台湾国民党集团代表的两阿提案，并随即于1971年11月2日与我国达成建交协议。在同日发表的中国和秘鲁建交公报中，秘鲁"承认中华人民共和国政府为中国唯一的合法政府"；对于"中国政府重申，台湾是中华人民共和国领土不可分割的一部分"，秘鲁政府表示"注意到中国政府的这一立场"。两国在对方首都刚建立的商务办事处立即改成大使馆。由于形势发展很快，两国政府态度积极，"先经贸后政治"分两步走的模式，实际上两步并作了一步走。在欧美司内部，我们将秘鲁与我国建交的这种过程称为"秘鲁模式"。秘鲁是继古巴、智利之后第三个同中国建交的拉美国家，对我国扩大在拉美的外交阵地，发展同拉美国家的交往与合作，都产生了积极的影响。

墨西哥模式

紧接在秘鲁之后与我国建交的拉美国家是墨西哥。

墨西哥政府民族主义色彩一向比较浓。20世纪60年代，拉美绝大多数国家在美国的指使下都与古巴断交，唯有墨西哥顶住了美国的强大压力，仍保持同古巴的外交关系。墨西哥也是同我国民间往来较多的拉美国家之一，前总统拉萨罗·卡德纳斯将军、前临时总统埃米略·波尔特斯·希尔、前全国和平理事会主席埃里维尔托·哈拉将军等都曾到中国访问。1963年7月，中国国家通讯社新华社一度向墨西哥派出了常驻记者（1966年11月撤离）。

1970年底就任的埃切维里亚总统有较强的民族独立意识，积极推进对外关系多元化，在国际上多种力量之间寻求平衡。他执政不久，正好遇上中美之间的"乒乓外交"，中国与美国关系开始松动。政治嗅觉灵敏的他及时调整了对中国的政策，主动采取了改善对华关系的行动。1971年10月，埃切维里亚作为墨西哥新任总统第一次出席联合国大会。尽管当时墨西哥仍同台湾保持着所谓的"外交关系"，但在10月5日联大全体会议上，埃切维里亚在发言时公开宣布：墨西哥主张联合国组织的普遍性，期盼本届联大可欢迎占世界人口四分之一的中华人民共和国入会，并取得它在联合国尤其是安理会中应有的地位。他强调，"必须承认，中国的主权和领土完整从法律上来说是不可分割的"。

10月25日，在大会就有关恢复中国在联合国合法席位的议案进行表决时，墨西哥先对美国等22国提出的所谓"重要问题"提案投了赞成票。但接着，墨西哥又投票支持阿尔巴尼亚和阿尔及利亚等23国提出的恢复中国在联合国的合法权利和立即驱逐长期窃据中国席位的台湾代表的提案。联合国大会通过了恢复中国在联合国合法席位的第2758号决议后，墨西哥外交部当天晚上即发表声明，承认中华人民共和国为"中国唯一的合法代表"。11月16日，墨西哥政府又主动宣布与台湾方面断绝所谓的"外交关系"。

中国方面对墨西哥政府主动改善对华关系的行动颇为欣赏，指示我国驻联合国代表主动与墨方接触。中国常驻联合国副代表陈楚于11月22日约见墨西哥驻联合国大使加西亚，表示中国政府愿意同墨西哥商谈两国建交事宜，请他将这一信息转告墨政府。

1972年1月11日，加西亚大使约见中国常驻联合国大使黄华，称他已将中国政府的意见报告墨总统和外长，墨政府愿就两国建交问题同中国政府开始谈判，并建议谈判可由两国常驻联合国大使在纽约进行。一星期后，黄华大使答复加西亚，中国政府已授权他同加西亚大使在纽约进行建交谈判。

1972年1月18日正式开始的中墨建交谈判，以墨方提出的建交公报草案为基础，就公报中的具体问题先后进行了四轮磋商。2月14日，双方就建交公报的内容达成协议，并由两国常驻联合国大使在建交公报上签字。2月15日，双方同时公布了建交公报。此时离尼克松预定访华的时间只有6天。

中墨建交公报指出：

"一、按照各国在法律上平等、互相尊重主权、独立和领土完整，不进行侵略以及不干涉他国内政或对外事务的原则，中华人民共和国政府和墨西哥合众国政府决定自即日起建立外交关系，并尽快互派大使。

"二、中国政府和墨西哥政府同意，在平等和对等的基础上并按照国际法和国际惯例，在各自首都为对方建立外交代表机构及其履行职务互相提供一切必要的协助。"

总的说来，中墨建交谈判进行得十分顺利，前后只花了26天的时间。当时我国与阿根廷的建交谈判也在同时进行。实际上，中墨开始建交谈判的时间要比中阿建交谈判晚4个月，但中墨建交谈判结束得比中阿建交谈判还早5天。其主要原因是在我方最为关切的几个关键问题上，墨方在与我方谈判之前都已经主动采取实际行动予以解决。

与那一时期我国与其他国家的建交公报相比，中墨建交公报的特点是简洁，没有其他建交公报通常都有的对方"承认中华人民共和国政府为中国的唯一合法政府"，以及"中国政府重申：台湾是中华人民共和国领土不可分割的一部分"，对方表示"注意到中国政府的这一立场"等内容。这是因为，墨西哥方面此前已经主动发表正式声明，承认中华人民共和国为"中国唯一的合法代表"，承认"中国的主权和领土完整不可分割"，并已主动宣布与台湾方面断绝所谓的"外交关系"。关于两国建交后台湾官方人员在墨问题，中墨双方达成一项口头谅解，其内容是中墨建交后，如在墨西哥还有台湾官方人员，墨政府将迅速采取措施，使其离境。

中墨建交公报的另一个特点是应墨方要求，写上了中方支持拉美无核区的内容。墨西哥是《拉丁美洲禁止核武器条约》的发起国和存约国，特别重视推动核大国签署该条约的第二号附加议定书，即要求拥有核武器的国家充分尊重拉美无核化的规定，不对拉美国家使用或威胁使用核武器。中墨建交公报中表明："中国政府支持墨西哥和其他拉丁美洲国家关于建立拉丁美洲无核武器区的正义立场，并主张所有拥有核武器的国家做出不对这一地区和这些国家使用核武器的保证。"

墨西哥是先采取行动承认中华人民共和国为中国唯一合法政府并断绝与台湾所谓的"外交关系"后，再与我国谈判建交的。鉴于中墨建交过程很有特色，有别于其他国家，在欧美司内部，我们将这种与我国建交的方式称为"墨西哥模式"。

在拉美33个国家中，墨西哥的地位比较特殊。从地理位置上说，墨西哥位于北美洲，是拉丁美洲唯一的北美洲国家。但无论从共同的语言文化背景和历史遭遇，还是从相似的经济发展程度和政策取向上来说，位于北美洲的墨西哥都与中美洲和南美洲国家相同，所以历来被视为拉丁美洲的组成部分。墨西哥的综合国力及重要的地缘政治地位，无疑使它在拉美地区具有举足轻重的分量，在国际事务中也有一定的影响。与墨西哥建交，是我国与拉美关系的重要突破。

中墨建交二十多年后，我到墨西哥任职，曾去拜访前总统埃切维里亚。他兴致很浓地与我谈道，1971年他在联合国大会讲话稿中加进"必须承认，中国的主权和领土完整从法律上来说是不可分割的"这一句，是他的得意之笔。他还告诉我，1971年联合国大会就中国代表权问题进行投票表决的前夕，尼克松曾亲自打电话给他，劝阻墨西哥在联合国的中国代表权问题上不要走得太远，向墨方施加压力。埃切维里亚这番话，揭开了多年前的一个谜团：1971年联大就中国代表权问题表决时，有7个拉美国家（智利、古巴、厄瓜多尔、圭亚那、墨西哥、秘鲁、特立尼达和多巴哥）投票支持阿尔巴尼亚、阿尔及利亚等二十三国提案，其余6国此前均投票反对美国炮制的所谓"重要问题"提案，唯独墨西哥先投票支持美国的所谓"重要问题"提案，然后再投票支持恢复中国合法权利和驱逐台湾代表的提案。对于墨西哥代表前后两次投票变化那么大，我们当初在司里办案时也进行过分析，却难以找到一个很有说服力的解释。经过埃切维里亚那天的讲述，我才恍然大悟，墨西哥当时之所以先投票支持美国的所谓"程序性提案"，原来还是尼克松的电话起了作用。墨西哥政府给了尼克松一点面子。但墨西哥支持恢复中国在联合国的合法席位和从联合国驱逐台湾代表的基本立场，并未因尼克松的电话而改变。

巴西模式

随着中国恢复在联合国的合法席位及中美关系缓和，在秘鲁和墨西哥之后，又有阿根廷（1972年2月19日）、圭亚那（1972年6月27日）、牙买加（1972

年11月21日)、特立尼达和多巴哥（1974年6月20日)、委内瑞拉（1974年6月28日）等拉美国家先后与中国建交。在这种形势下，作为拉美第一大国的巴西坐不住了，再也不能继续无视中国在国际上的影响力及其巨大市场。

当时的巴西，经过连续数年的经济快速发展，独立自主意识逐步提升。1974年3月起执政的盖泽尔政府，在对外关系上放弃"意识形态边疆"，提出要实行"负责任的实用主义"的多元化外交战略，避免与美国自动结盟。在核能、知识产权、200海里海洋权等问题上与美国还时有摩擦。为了应对国际石油危机对巴西经济的冲击，巴西与德国签订了和平利用核能在巴西建设原子能发电站的协议，美国对此进行干涉，引起巴西的强烈不满。盖泽尔政府还拒绝美国的军援并废除了1952年与美国签订的军事条约。与此同时，巴西重申自己属于第三世界，积极扩大与非洲和欧洲国家的交往，承认安哥拉独立，成为世界上第一个承认安哥拉的国家。

鉴于当时快速变化发展的国际格局，1974年3月就职的盖泽尔政府决心早日与我国建立外交关系。台湾问题对巴西来说并不是难题，巴西政府准备仿效其他拉美国家与我国建交的做法，终止与台湾的所谓"外交关系"，只与其保留贸易等非官方往来。在发展对华关系的问题上，巴西当局当时需要考虑的难题是如何与中方了结曾导致两国关系严重倒退与恶化的"九人案"（即1964年3月巴西军人政变当局无理逮捕中方在巴西合法工作的9名商贸和新闻工作人员案）。巴西想与中国建交，需要有一个妥善了结此案的办法，既能被中方接受，也不能让仍在执政的巴西军政府太难堪，毕竟此案是由军政府一手造成的，而当时军方无论是强硬派还是温和派都是支持的。中方对了结此案会有什么要求，巴方心里没有底，故而开始时步子相当谨慎。这是巴西与我建交落在拉美其他大国后面的重要原因。

盖泽尔总统就任后数日，巴西驻苏联大使即奉命主动与我国驻苏联大使接触，表达了巴西新政府与中国发展关系的愿望，并提出了分几步走发展两国关系、最后实现建交的设想。经过双方协商，1974年4月巴西出口商协会主席科蒂尼奥率团访华，巴西外交部亚太处处长布埃诺随团来访。时任副总理李先念在会见该团时指出："过去中巴两国间发生过一点不愉快的事，在两国建交前，应该采取措施，消除这一问题。"布埃诺拜会了中国外交部美大司司长林平，转达巴西政府邀请中国政府派一个级别足够高的贸易代表团年内访巴，以商谈建交事宜。

1974年8月7日，时任中国外贸部副部长陈洁率领有外交部官员参加的代表团应邀访巴。按照双方原先的设想，双方可在该团访巴期间就两国建交问题交换意见。但后来巴方的做法发生了戏剧性的变化。巴西当局十分重视该团去访，在首都机场铺上了红地毯，并安排了仪仗队。对于一个副部级的贸易代表团来说，这是破格的礼遇，反映出东道国对这个代表团的去访有着非同一般的期待。果然，巴西外长在会见我国代表团时正式提出，要在该团访问巴西期间解决两国建交问题。巴方出乎意料的提议反映了巴西期望早日与我国建交的迫切心情，但这超出了中方代表团为此访所准备的预案和受权。于是访巴代表团中的外交部美大司副司长陈德和等临时紧急飞往已与我国建交的巴西邻国阿根廷的首都，从布宜诺斯艾利斯向国内请示与巴西谈判建交的有关事宜。

由于双方都有早日实现建交的愿望，经过几次谈判即达成协议，并于8月15日在巴西利亚正式签署两国建交公报。关于台湾问题，巴西在建交公报中承认中华人民共和国是中国唯一合法政府。中国政府重申台湾是中国领土不可分割的一部分，巴西政府表示注意到中方的这一立场。中方提出所谓的台湾"使馆"的馆舍属于中国的国家财产，应归还给中方，巴方保证将此馆舍交还给中方。关于"九人案"，巴方开始时表示双方宜向前看，不提旧事。我方要求巴方对此有个交代。巴方痛快地承认1964年对9名中国公民一案"政治上是错误的"；至于此案中的司法诉讼未了问题，巴西政府保证将采取措施予以撤销。中方对此表示，"注意到并赞赏巴方所表示的1964年发生的案子在政治上是错误的和巴方将采取措施予以了结的明确态度。我们相信，巴方这样说，也会这样做的"。由于这一历史问题得到较为妥善的处理，中国与巴西这两个东西半球发展中大国终于达成建交协议。巴西与我国建交起步较晚，但后来戏剧性地快马加鞭，其速度出人意料，堪称"巴西模式"。

常驻秘鲁

秘鲁的印第安人

1979年秋，我在外交部美大司工作期间，接到了让我去驻秘鲁大使馆工作的调令。是年年底，我出发去利马履新，担任一等秘书、首席馆员，接替我的老上司陶大钊参赞的工作。一年后，我被任命为使馆政务参赞。我在秘鲁常驻4年，先后为王泽、徐晃两位大使当助手。

秘鲁是个多民族、多文化和多语言的国家，人口3249万（2019年），居拉美第5位。其中印第安人占45%，印欧混血种人占37%，白人占15%，其他人种占3%。在拉丁美洲和加勒比所有国家中，秘鲁是印第安人最多的国家之一，有1400多万印第安人；也是印第安人占全国人口比例最高的国家之一，仅次于玻利维亚和危地马拉。秘鲁印第安人最多的5个省份分别是阿普里马克、阿亚库乔、库斯科、胡安卡维利卡和普诺。秘鲁的官方语言为西班牙语，但一些地区通用克丘亚语、阿伊马拉语和30多种其他印第安语。

虽然印第安人数量上在秘鲁全国人口中占多数，如加上印欧混血种人则更占绝对多数，但从政治上、经济上、文化上看，秘鲁印第安人长期处于弱势。人们赞叹印第安人昔日创造的灿烂文明,惋惜和同情他们目前的可悲处境,更担心他们今后的前途命运。

我们在秘鲁工作,重要的任务是研究和了解秘鲁,发展与秘鲁的友好合作关系。如想了解秘鲁,就不能不关注秘鲁的基本国情和主要特点,特别是占人口多数的印第安人问题,包括他们的历史、现状和发展趋势。

印第安人的起源

在秘鲁工作,到处可以看到许多印第安人。他们黄褐色的皮肤晒得黝黑,高颧骨,脸部扁平,头发黑而直,眼球深褐,服饰极富民族特色,与我国西藏同胞颇为相似。从第一次近距离见到印第安人起,我就不禁对他们的起源产生了强烈的兴趣。

关于印第安人的起源,"地理大发现"以后的 500 多年中,各个学派众说纷纭,莫衷一是。不过从 1949 年发明用碳 14 测量年代并将其广泛应用于考古学之后,多数人类学家和考古学家在 20 世纪后半叶的大部分时间里普遍接受了如下看法:在 7.5 万～1.5 万年前,地球最后一次大冰川(威斯康星冰川)后期,大量海水经过蒸发变成雨、雪和冰,沉积在大陆上,海平面下降了一百来米,使 30～50 米深的白令海峡变成了连接亚洲和美洲的陆桥。在距今 13500～12900 年前,亚洲东北部蒙古人种的某些原始狩猎部落,在捕猎或迁徙中从西伯利亚越过白令海峡,到达美洲北部的阿拉斯加,然后又从北向南陆续迁移,逐渐遍布美洲大陆。他们是最早抵达美洲的人群。美洲各地考古发掘出的古人类头骨的地域分布和年代上的先后次序,以及这些头骨在形态学上表现为典型的亚洲蒙古人种宽圆头型，也不断为这一理论提供佐证。

但是从20世纪后期起，这一理论开始受到怀疑。1997年在智利中南部发现了年代更早的人类遗址。智利"绿山Ⅰ期"和"绿山Ⅱ期"发现了距今3.3万～1.85万年前的人类遗址，而此前权威学者判断来自西伯利亚的移民迁徙到美洲的时间不可能早于1.4万年前，因为在冰川时期加拿大的冰块堆积如山，距今1.4万年之后才融化出一条人类可以越过的通道。另外，美洲陆续出土的一些年代更久远的古人类头盖骨化石呈现窄长形状，外形和五官比例与东北亚蒙古人种的宽圆头型相去甚远，与其说像亚洲人，倒不如说更像澳洲原住民或非洲人。

从20世纪80年代起，遗传学在考古中发挥了愈来愈重要的作用，并形成了一门名叫遗传考古学的新学科。通过对Y染色体和线粒体DNA的测试，一些学者发现在南北美洲的古印第安人之间有遗传学上的差异：北美的古印第安人有更多的蒙古人种基因，而南美洲的古印第安人有更多的南太平洋群岛原住民基因。不少学者据此对美洲人类起源的单一蒙古人种学说提出了挑战，认为南美洲的古印第安人并不全是自北方逐渐南下的蒙古人种，也有来自南太平洋群岛的波利尼西亚人、美拉尼西亚人、马来人等。

就人类抵达美洲的最早时间而言，新提出的学说从6万年前到2.2万年前不等。引人注目的是，年代更久远的古人类遗址迄今在南美洲发现得多，而在北美洲发现得少。这与古人类从西伯利亚越过白令海峡从北向南迁移到美洲各地的理论不符。考虑到在美国和加拿大这两个发达的北美国家已经进行了比南美洲多得多的考古发掘,就更难以解释了。

上述发现以及其他考古学、遗传学的成果,为人类若干种族在不同时期从不同途径抵达美洲的看法提供了依据,促使专家学者对美洲原住民的起源、人类抵达美洲的最早时间及途径提出了许多新的学说,再次引发了热烈的学术大辩论。

近年来对南美洲印第安人几个部族的大规模基因测试表明,亚马孙等地区的印第安人不仅含有蒙古人种的基因组,也含有"微小但清晰可见"的大洋洲美拉尼西亚人的基因片段。哈佛大学戴维·里奇等专家学者认为,这表明美洲印第安人的祖先与大洋洲岛屿原住民的祖先有交集。此外,他们还发现在印第安人基因中检测到的美拉尼西亚人的 DNA 片段中已有大量突变,这意味着美洲印第安人的西伯利亚祖先在跨过白令海峡之前很久就已经与大洋洲原住民有交集了。这就提出了一个新的谜题:住在赤道附近的大洋洲群岛原住民祖先是如何迁徙到西伯利亚南部,与那里的居民混居,然后一起到南美洲的?

看来,关于美洲人的起源和古代人类迁徙路线的问题,远非我们原先想象的那样简单,还有许多未解之谜。世界基因科学家有一个有关"人类迁徙图"的庞大科研计划,将收集和研究来自不同土著居民种群的 10 万个 DNA 样本。随着美洲考古的新发展和基因测试新技术的应用,关于印第安人的起源可能会有更多令人耳目一新的发现。

印第安人对人类的杰出贡献

印第安人在美洲生存和繁衍的漫长历史中，形成了自成一体的古代文明，在建筑、采矿冶金、纺织、制陶、医学、天文历法等方面都有相当高的造诣。印第安人在农业方面的成就尤为突出，为人类的生存和昌盛发展作出了重大贡献。美洲是全世界最早开始培育和种植玉米、马铃薯、甘薯、向日葵、可可、棉花、辣椒、西红柿、烟草、花生、菠萝、木瓜、南瓜、菜豆等40多种作物的地方。印第安人对丰富人类餐桌功不可没。

公元前3000多年，美洲印第安人已开始原始的农业活动。美洲是世界上最早种植玉米的地区，玉米和马铃薯是印第安人的主要粮食。如果说，稻米是古代亚洲文明的物质基础，小麦是古代欧洲文明的物质基础，那么玉米和马铃薯则是古代美洲文明的物质基础。最早由印第安人培育的玉米和马铃薯，与小麦、稻米一起，构成现今世界四大粮食作物。

用不着多说别的，只要看看印第安人在丰富人类食物方面的巨大贡献，想想他们的这些贡献对包括中华儿女在内的人类生活至今仍在产生的重大影响，我们就不能不对他们深怀感念之心，不能不关注他们目前的可悲处境。

南美洲文明古国

秘鲁拥有悠久的文明历史，是古代美洲大陆三大印第安文明中心之一，被视为南美洲古代文明的发祥地。大约距今1.2万年前，就有古代印第安人在秘鲁这片土地上繁衍生息，过着采集、渔猎的生活。秘鲁考古学家在这里发现了 1 万年前的岩雕，其上刻有羊群、持弓箭的人等图像。公元前 3000 多年，当地土著人已开始原始农业活动。公元前 2000 年，秘鲁开始种植马铃薯。印第安人民风淳朴，他们的信条是"勿偷盗，勿说谎，勿懒惰"。

广泛存于秘鲁沿海地区和中部山区的查文文化，已经有发达的农业、纺织业、陶器业和建筑业。当时的印第安部落已普遍种植玉米、马铃薯等农作物，开始驯养骆马，并用石块铺砌精巧的引水渠道，建立较为集中的灌溉系统，最长的古运河长达 100 多千米。考古发现的多具古代干尸，身上都穿着做工精细、图案美丽、色调和谐的套服，这些套服被视为"世界纺织品的奇迹"。他们制造的陶器色彩艳丽，造型古朴，图像丰富。他们建造了富丽堂皇的庙宇殿堂和比例匀称、图案多样的石塔，并用晒干的砖坯砌成"太阳神庙"等金字塔群，被称为"建筑学上的纪念碑"。

公元 5 世纪到 10 世纪，在秘鲁占优势的是蒂阿瓦纳科文化，它发源于秘鲁南部与玻利维亚交界处的的的喀喀湖东南的同名小镇，但其影响几乎遍及秘鲁全境。那里用巨大石块砌成的"太阳门"造型庄重、比例匀称，并刻有复杂神秘的人形浮雕，令人称奇。遗址中出土的青铜物件是查文文化遗址中未曾发现过的，反映此时的印第安人在冶炼铸造技术上已有重大进步。

位于秘鲁北部太平洋沿岸的奇穆王国，昌盛于公元10 世纪前后，其都城昌昌闻名遐迩。昌昌方圆 18 平方千米，城区由 9 个围筑土墙的城堡组成，是目前世界上保存下来的最大的土城。土城内街道纵横，沿街有宫殿、住宅和花园。农田阡陌间修建了灌溉渠网，并开凿了深水井。在昌昌古城遗址还发掘出大量陶器、金器、纺织品和粮食。

在安第斯崇山峻岭之间，早就居住着许多印第安部落，它们之间经常发生战争。公元12世纪，自称"太阳的子孙"的印加部落日渐强盛起来。他们陆续征服了邻近的部落，以库斯科城为首府，建立了疆域辽阔、独具文化特色的强大的印加帝国。到15世纪中叶，印加帝国的疆界北起哥伦比亚和厄瓜多尔，南达智利和阿根廷的北部，东到玻利维亚，西至太平洋，包括今天的6个南美国家，人口达600多万人，足迹遍及整个安第斯世界。从11世纪末到16世纪30年代，印加帝国存在了4个多世纪。印加帝国时期形成的灿烂的印加文化，使秘鲁的古代文明达到顶峰。印加文化丰富多彩，闻名世界，是秘鲁人民的骄傲，也是人类文明的宝贵财富，为世界文化的发展作出了重要贡献。

印加人继承和发展了古代印第安人的农业技术，印加帝国是世界农业文明的摇篮之一。他们使用木制、石制和青铜打制的农具，懂得利用动物粪便作肥料。为了防止水土流失，他们在山坡上开辟出大批梯田，并修建了精细的人工灌溉系统。在印第安人的克丘亚语中，"秘鲁"就是"玉米之仓"或"大玉米穗"的意思。考古发现了当地4700多年前的一个古代玉米粮仓，内有46个大型石结构仓库，3个不同品种的玉米。秘鲁驯化栽培马铃薯始于公元前2000年，是当时安第斯地区栽培马铃薯的中心。在秘鲁印第安人的古墓里发现了大量绘有马铃薯图案的陶器，以及薯干和马铃薯植株的残枝。

印加人在建筑上有惊人的造诣。他们用巨石修建雄伟的殿堂庙宇，每块巨石重达数十吨至上百吨，接缝处削凿平整，不用黏料，却严密得连一把薄刀也插不进去。架设吊桥也是印加人一项出色的建筑技术，最长的一条用巨藤筑成的吊桥长约60米。印加人在沿海和山区高原各修建了一条石砌驿道——王朝大道。它们穿山越岭，纵贯疆土南北，两条驿道干线合计长达5000多千米。每30千米设有客栈，每3千米设有驿站并备有信使负责接力传递信息。两条干线间又有若干支线，将全国连成一片。王朝大道对加强印加帝国的统治，促进各地经济文化的交流和发展发挥了重要作用。

印加人的陶器既是实用品，又是艺术品，陶器上的彩画造型生动，题材广泛。印加人的棉毛制品色彩鲜明，图案丰富，能印染100多种不同颜色的线。在采矿业方面，他们能冶炼铜、锡、金、银、铅等矿石。

印加人的医学已经达到相当高的水平。他们有草药600多种，很早就知道金鸡纳霜、洋地黄、颠茄等药物的用途。印加人已经掌握头颅环钻术，并使用古柯碱做开颅时的麻醉药，也会制作木乃伊。

印加人很重视观察天象，积累了丰富的天文知识。他们编制的历法相当精确，阳历一年365天零6个小时；阴历一年12个月，每月有三个10天的长周，每年另加一个5天的短周。

印加社会的组织很有自己的特色。他们的口号是团结和劳动。中央与地方政权之间在保持统一的同时，又有一定的分权。他们有一定的社会福利和规划,在满足居民基本需要的同时实现生产和消费之间的平衡,并有应付意外情况的必要储备。公路网的建设使相距最远的部落之间也能保持联系,采用共同的语言则改进了众多部落间的沟通与交往。他们精心培育精英,以保持良好的治理。严格的道德即使对君主也不例外,堕落的国王丢失王位,并被从历史上除名。

悲惨苦难的历史

1492年哥伦布"发现"美洲后,西班牙先后占领了西印度群岛、墨西哥和中美洲,接着就开始对南美大陆的征服。秘鲁是西班牙殖民者征服南美洲的主要目标,因为传说中的印加帝国有大量金银财宝。

1531年1月,皮萨罗带领一支180人组成的远征军,分乘三条帆船从巴拿马出发,于同年9月在秘鲁北部沿海登陆。此时第十一任印加王卡帕克已经病故,他的两个儿子阿塔瓦尔塔和瓦斯卡尔因争夺王位而发生内讧,这为皮萨罗的入侵提供了良机。

皮萨罗设计俘虏了战胜其弟并加冕为王的阿塔瓦尔塔。被俘的印加王被迫满足皮萨罗的要求,以金银赎身。根据协议,印加人必须用黄金装满囚禁阿塔瓦尔塔的牢房,并用银子填满隔壁两个囚室才能释放印加王。忠厚守信的印加人每天往囚禁地运送金银。史书记载,仅1533年6月13日这一天,就从库斯科运去黄金200驮,白银25驮。阿塔瓦尔塔的牢房长6.7米、宽5.2米、高2.7米,约94.1立方米。后来专家测算,用于赎身的金银价值当在1700万到

2000万美元。不仅如此,当印加人终于用大量金银填满那三间牢房后,凶残的皮萨罗却背信弃义,以莫须有的罪名,将阿塔瓦尔塔送上了断头台,并随即出兵攻占印加首都库斯科。在克丘亚语中,库斯科是"世界中心"的意思。贪婪残暴的殖民主义者肆意掠夺、血洗了印加人心目中的"世界中心"。皮萨罗早年在西班牙曾以养猪为业,因此次暴行而取得"屠夫"的恶名。

一边是殖民者现代化的火枪火炮,一边是印加人原始的弓箭、棍棒、草叉和吹箭筒。一边是虚伪狡诈,一边是善良纯朴。在这场不对称的战争中,殖民者以这样卑劣的方式,开始了对秘鲁长达三个世纪的统治。殖民主义的血与火,给印加人民带来了毁灭性的破坏。这是西方殖民史上最黑暗的一页之一。1544年,西班牙成立秘鲁总督区,把秘鲁作为西班牙在南美的殖民统治中心,除巴西(葡萄牙殖民地)和英属、法属、荷属圭亚那外,整个南美大陆都要听命于设在秘鲁利马的西班牙总督。

反抗殖民统治的悲壮斗争

血淋淋的事实使印第安人不能再对入侵者抱有幻想。一名躲藏在附近丛林中的印第安人酋长,目击了皮萨罗诱捕和残杀阿塔瓦尔塔的惨剧。他决定奔向印加帝国的第二大城基多(今厄瓜多尔共和国的首都),在那里组织对入侵者的抵抗。他身背号角,一路向同胞揭露入侵者的阴险凶残,动员他们起来拯救"太阳子孙"的国度。这位酋长就是印加帝国的传奇式英雄卢米尼亚维。在他的感召下,很快在基多组织起一支12000多人的抗敌队伍。皮萨罗派出

10000多名官兵扑向基多，双方展开激战。此时不远处的通古拉瓦火山突然爆发，迷信神灵的印第安人以为苍天发怒了，惊慌四散，卢米尼亚维被迫下令撤退。在撤出基多前，他命令部属收集城内所有的金银财宝，然后将基多城付之一炬。不久后，卢米尼亚维不幸被捕，殖民者对他施加种种酷刑，逼迫他说出金银财宝藏在何处，卢米尼亚维始终严词拒绝。1535年1月，即在印加王阿塔瓦尔塔被处绞刑之后一年多，卢米尼亚维也被处以绞刑。

为了稳定在秘鲁的殖民统治，皮萨罗先是扶持阿塔瓦尔塔的弟弟瓦尔帕继承印加王位，让他当西班牙的傀儡。印加人对瓦尔帕的奴颜媚骨很反感，很快就用鸩酒毒死了他。于是皮萨罗又想利用阿塔瓦尔塔的侄子曼科·卡帕克二世，但后者设法逃出了看守严密的库斯科，到安第斯山区组织起义军。1536年曼科·卡帕克二世率领起义军下山，包围库斯科达10个月之久。经过一年多的苦战，这次起义终被殖民当局镇压下去。曼科·卡帕克二世带领少数余部继续在山区斗争，直到1545年惨遭杀害。

20多年后，曼科·卡帕克二世的次子图帕克·阿马鲁于1571年继承印加王位，再次向殖民当局发动猛烈进攻。1572年，起义军因寡不敌众而失败，图帕克·阿马鲁本人也不幸被俘，并于同年9月被杀害。他是印加帝国的末代国王，他的牺牲标志着印加帝国的正式覆亡。图帕克·阿马鲁是印第安人英勇不屈、抵抗外来入侵的象征。此后秘鲁人民反抗殖民统治的斗争就是在他的旗帜下进行的。

秘鲁人民反抗殖民统治的斗争从来没有停息过，规模最大的一次是1780年11月由图帕克·阿马鲁二世领导的起义。他的本名是何塞·加夫列尔·孔多尔坎基，据说是末代印加王图帕克·阿马鲁的直系后裔。他宣布解放黑人奴隶，号召不同种族的人民并肩战斗赶走殖民者。他下令废除徭役制，实行新的土地分配制度，严禁继续雇用童工，取消人头税和一切苛捐杂税。起义军很快发展到6万多人，解放了秘鲁南部的大片地区。在起义军官兵的拥戴下，孔多尔坎基发布加冕诏书，自命为"图帕克·阿马鲁二世"。殖民当局派重兵镇压，双方进行了大小数十次战斗，起义军终因组织不够严密、武器过于简陋而失败。1781年，图帕克·阿马鲁二世也因叛徒出卖而被捕。殖民当局决定将他四马分尸。当他被押赴刑场时，成千上万的印第安人、黑人和混血种人，不顾荷枪实弹的殖民军官兵的阻吓，长跪在通往库斯科兵器广场的街道两旁，表达对英雄的敬仰和送别。一名在场的殖民官吏事后这样追忆那个悲壮的场面："天空阴霾密布，当马匹正要扯裂他的躯体时，突然刮起暴风，落下大雨。在场的印第安人呼喊：'这是苍天在发怒。'"惊慌失措的殖民者被迫改为将他枭首示众。

1810—1826年，拉美国家普遍掀起了挣脱殖民枷锁的独立战争。它们互相呼应，互相支持，形成不可抗拒的洪流。当时法国皇帝拿破仑出兵占领西班牙大半领土，客观上也有利于西属殖民地人民的斗争。1814年，普马卡瓦领导了库斯科地区的大起义，组织起5000人的队伍。

1822年，"南方的解放者"圣马丁在解放阿根廷和智利之后，挥师北上，迫使殖民军仓皇撤出利马。1824年

"北方的解放者"玻利瓦尔先后发起"胡宁战役"和"阿亚库乔战役",歼灭了殖民军的主力,西班牙在南美洲的最后堡垒陷落,独立的秘鲁共和国诞生。马克思曾十分关注"阿亚库乔战役",并给予高度评价,认为此战最终保证了西属南美洲的独立。

如果从印加帝国算起,那么秘鲁作为南美文化的中心存在了四个多世纪。被西班牙占领之后,秘鲁又作为西班牙在南美殖民统治的中心存在了近三个世纪。秘鲁的独立既是秘鲁人民英勇不屈、抗御外敌的胜利标志,也是拉丁美洲各国人民共同团结战斗取胜的光辉范例。从此,秘鲁跨入了一个新的历史时期。

在传统与现实间挣扎的印第安人

殖民主义者的到来对印第安人和他们创造的文化来说是一场浩劫。从1492年哥伦布到达美洲以后的几百年间,由于殖民者的杀戮、奴役、强迫迁移以及疾病等多种原因,美洲印第安人口从原有的4000万~6000万人急剧下降到18世纪末的800多万人,秘鲁的人口也从900万下降到130万。秘鲁摆脱殖民枷锁之后,政局动荡不稳,内乱外患频仍,印第安人依然生活在社会的最底层,境况并无改善。

秘鲁1993年宪法正式承认印第安人的权利,禁止种族歧视,但在秘鲁社会的各个层面,仍广泛存在着对印第安人的歧视。这是一个在人们思想上和社会实践中多年沉积的系统性问题,根深蒂固,很难消除。众多的印第安人普遍面临各种有形和无形的歧视与偏见,实际上成为二等公民。

据秘鲁全国人权协调员执行书记罗西奥·席尔瓦2013年提供的资料，75%的秘鲁印第安人每天的收入不足2美元，印第安人与穷人几乎成了同义词。秘鲁的贫困和赤贫阶层集中在农村和印第安人村落。秘鲁农民大部分是印第安人，因此印第安人问题又与农民问题紧密相联。

对于印第安人来说，他们最宝贵的财富是世世代代属于他们的公社"领地"。无论是为了维持个体生存，还是保持群体的传统联系和文化上的一致性，土地都是至关重要的。这里所说的土地不仅是指耕地，而且还包括印第安人的生活方式、社会组织、宗教信仰、与大自然和谐共处的传统等一个民族及其文化所赖以维系的全部自然环境。

严重的问题是印第安人的土地所有权得不到尊重。对印第安人土地的侵犯主要来自三个方面：一是进行恐怖活动的游击队用暴力胁迫印第安人，20世纪80年代和90年代初曾导致40多万印第安人离乡背井；二是外来的非印第安人个体，从各地进入印第安人的领地，垦殖土地，种植古柯，滥伐森林，滥捕野生动物；三是开发自然资源的跨国公司，他们像当年掠夺黄金、白银的老殖民者一样，为牟取暴利而掠夺性开采那里的地下资源，却不愿意拿出一部分与印第安人分享。在秘鲁亚马孙地区就有25家石油公司的油田。跨国公司大肆开采，严重破坏了印第安人的生活环境和生态环境，改变了他们赖以生存的基本条件。秘鲁印第安居民曾与它们多次发生冲突。一些学者认为，秘鲁1993年宪法在保护印第安人的土地不可出售和不可转让方面不够明确。20世纪90年代颁布的新土地法也规定，国家有权将部分原属部落的土地以拍卖或特许的方式授权第三方去开采森林、修路、开矿、采油等。

千呼万唤难出来的社会公正

中华民族近代曾饱尝半殖民地的滋味。在秘鲁任职，则有机会近距离观察赤裸裸的殖民主义和种族主义遗留下来的恶果。

联合国人权宣言和美洲人权公约等都规定，所有人不分种族在法律面前一律平等，并不受歧视地享有一切公民权利。世界劳工组织关于土著人的第169号公约更具体规定，有关土著人的事务，国家有征询他们的意见并让他们参与的义务。秘鲁批准了这些公约，承担了采取特别措施确保土著人享受人权、改善印第安人的生活条件、尊重他们的文化和宗教价值观的义务。秘鲁1993年修改后的宪法规定，国家保护种族和文化的多样性，除西班牙语是全国官方语言外，在少数民族占多数的地方，他们所讲的克丘亚语、阿依马拉语等也是官方语言；承认土著人在组织社团以及使用和支配土地等方面享有自治权。

针对印第安人面临的严重问题，秘鲁政府采取过一些补救措施，如在粮食、住房等方面为困难的印第安居民提供援助；制订了扫盲计划，设立双语学校，进行双语教育和关于公民权利、义务以及生殖卫生方面的教育；在因恐怖活动造成大批人口外迁的"紧急状态地区"，制订了重新安置移民和发展计划。1998年秘鲁政府成立印第安人事务委员会，由妇女和人力资源发展部领导，并吸收4名印第安人代表参加。

虽然如此，有关改善印第安人处境的工作仍进展缓慢，总体情况难以令人乐观。许多印第安人继续在生存线上挣扎，处境艰难。自20世纪90年代以来，印第安人的不幸境遇和未来命运正在引起国际社会的广泛关注。1993年联合国大会通过决议，宣布发起第一个"世界土著人国际十年"，目的是为解决土著人在人权、环境、发展、教育和卫生健康方面所面临的问题加强国际合作。2004年12月，联合国大会再次通过决议，宣布从2005年1月开始实施第二个"世界土著人国际十年"。其目标是促进对土著人问题的重视，促进土著人有效参与关系到自己生活的决策，促进尊重土著人的文化和特征，促进土著人特别是妇女、儿童和青年的发展，并加强监督有关保护和改善土著人生活的承诺落实情况。2007年9月13日，第61届联合国大会又以143票赞成的压倒性多数通过了《土著人民权利宣言》，呼吁国际社会保障全世界大约3.7亿土著人的各项权利。尽管如此，综观拉美印第安人问题的历史和现状，诸多问题的解决绝非易事。2009年6月，秘鲁数万名印第安人联合起来，强烈抗议跨国公司在亚马孙热带雨林地区开展石油勘探等开发项目，与秘鲁警察发生严重冲突，造成100余人伤亡，就是一例。

联合国开发计划署驻秘鲁办事处2019年8月撰文指出，联合国大会通过《土著人民权利宣言》12年后，秘鲁仍在为促进和保护印第安人的权利而努力，其中包括医疗服务、教育、司法程序和新闻媒体中使用双语；确保印第安人土地权、参与决策权和地区管理权并事先听取他们的意见；承认印第安人的知识和传统习惯对保护环境和应对气候变暖的贡献；特别要保护印第安妇女和女童免受性侵、性剥削以及人口贩卖等。

漫步秘鲁街头，随处可见披着有安第斯特色的斗篷、戴着毡帽的印第安人，印第安妇女则大多穿着色彩鲜艳的裙子。因为长期被边缘化和语言上的沟通障碍，他们往往沉默寡言，很少与外人交流。有时看到他们长时间安静地坐在墙脚休息，对周边的人和事似乎很冷漠。即使你走过他们的近旁，他们也难得瞧你一眼。

我曾在秘鲁农村参观过一些印第安人的茅屋，里面空空荡荡，只有几张吊床，屋旁有个锅台，散放着一些食物。用"家徒四壁"来形容，一点也不夸张。

在库斯科等著名旅游区，不时可以看到衣衫褴褛、一脸稚气的印第安儿童。他们缠着游客，用印第安语唱几句歌曲索取小费。在这种令人心酸的情境近旁，就是儿童的先祖遗留下来的气势恢宏的印加古建筑。如此强烈的反差，怎能不拷问人类的良知：早年曾经创造辉煌的印第安人为何如今潦倒落魄如此？为了消除对他们的巨大不公，构筑一个和谐的世界，我们做了些什么，还能做些什么？

🕊 我国驻秘鲁大使馆遭遇爆炸

在一般人的眼里，外交官西装革履，置身高级社交场合，吃香喝辣，觥筹交错。有人还调侃外交官为"为了国家利益不惜牺牲自己身体而不断干杯的人"。实际上，外交生涯的甘苦艰辛，局外人很难体察尽知个中滋味。我亲历过的事件说明，外交工作错综复杂，千头万绪，绝不只是请客吃饭、推杯换盏，也不尽是"没有硝烟的斗争"，有时也会始料不及地品尝到火药味。

1980年岁末年初的某天深夜，我国驻秘鲁大使馆的工作人员在一天劳累之后，都已安然入睡。在夜幕掩护下，有几个不法分子开着汽车在使馆的院墙外停下，偷偷摸摸地向大使馆院内投掷土制炸弹后逃逸。"轰"的一声巨响，顿时把全馆人员都惊醒了。大家在屋内屋外、前后左右仔细查看，确认炸弹落在大使馆一个过厅的屋顶上，厚厚的屋顶被炸开了一个洞，近旁天井的大块落地玻璃也被震得粉碎。炸弹的落点距离王泽大使的卧室仅10余米，幸未造成人员伤亡。我的卧室紧靠王泽大使的卧室，爆炸点离我的卧室也不过20多米。这是我外交生涯中第一次遭遇爆炸。

披着马列主义"外衣"的恐怖主义组织

20世纪80年代，秘鲁先后出现好几个反政府游击队组织，其中最大的有两个：一个是"图帕克·阿马鲁革命运动"，领导人是维克托·波拉伊。这个组织曾于1996年12月武装占领日本驻秘鲁大使馆，扣押了大批人质，要求交换其被捕的成员，轰动世界。另一个是"秘鲁共产党光辉道路"（简称"光辉道路"），领导人是阿比马埃尔·库斯曼。2003年秘鲁真相与和解委员会的调查报告称"光辉道路"是一个颠覆性的恐怖主义组织。它从1980年5月起发动针对秘鲁国家和社会的武装斗争，还曾用土制炸弹多次袭击中国驻秘鲁大使馆。

"光辉道路"这个名字源自秘鲁共产主义运动的先驱者卡洛斯·马里亚特吉的一句话："马克思列宁主义是照耀未来的光辉道路。"20世纪60年代，秘鲁共产党因思想意识分歧先后分裂成若干派别。其中有一派为"秘鲁共产党光辉道路"。库斯曼是这一派的创始人和领袖。

库斯曼生于1934年，是秘鲁某富裕企业家的私生子，幼年时被其生母遗弃。他毕业于秘鲁阿雷基巴大学哲学系，在极为贫困的阿亚库乔省华曼伽大学任教。当地很多大学生是印第安人后裔。库斯曼在20世纪50年代末加入秘鲁共产党。在卡洛斯·马里亚特吉的思想影响下，他活跃于左翼圈子，成立革命学生阵线，反对社会不公，主张暴力革命。70年代初，他创建"走马里亚特吉光辉道路的秘鲁共产党"（简称"光辉道路"），以区别于其他秘鲁共产党组织。1980年5月，在秘鲁大选前夕，"光辉道路"在阿亚库乔地区的一个小镇开始武装斗争，主要活动地区在农村，有时也到大中城市搞些爆破高压输电塔等恐怖活动。为了便于隐蔽身份，库斯曼化名为"贡萨罗"，并学习了当地印第安人较通用的克丘亚语。

库斯曼自称是马克思、列宁、毛泽东之后马克思主义的"第四把宝剑"，出版了《秘鲁的人民战争》一书。库斯曼的追随者须宣誓效忠于他，称他为"贡萨罗主席"。他的思想和作品被冠有"贡萨罗思想"，并被其追随者称为马列主义和毛泽东思想的新发展。在"光辉道路"散发的宣传品上，库斯曼形象高大，卷发，黑边眼镜，手中拿着《毛泽东语录》，左手高举拳头，背景是武装起来的农民。安第斯山峦农民的贫困，以及首都利马等大城市周边地带的贫穷，为游击队的滋生发展提供了肥沃的土壤。那里的印第安人和混血种人长期受到忽视和歧视，收入不足以解决温饱，毒品贸易盛行。这些主客观条件使"光辉道路"发动的内战长时间延绵不断。

由于库斯曼读过几本毛泽东著作，到过中国，主张进行毛泽东首创的从乡村到城市的持久的人民战争，"光辉道路"又一直自称是"马克思主义、列宁主义、毛泽东主义"组织，所以这一派常被当地媒体称为"毛派主义组织"。实际上它是一个披着马列主义"外衣"的极左的恐怖主义狂热组织。它的特点一是组织极为严密，二是大搞恐怖活动，三是把库斯曼看作救世主。

当时"光辉道路"几乎天天都发动武装袭击，洗劫村庄，绑架，劫狱，爆炸，暗杀。他们不仅袭击军人和警察，而且还杀害不合作的平民。1983年"光辉道路"曾袭击阿亚库乔的卢卡纳马尔卡镇，杀死69名不服从的农民，其中有22名儿童。在20世纪整个80年代和90年代初，"光辉道路"对秘鲁造成了很大破坏，令当地人谈虎色变。根据秘鲁真相与和解委员会的调查报告，这场持续20年的内战是秘鲁历史上最残酷的战争，共有6.9万多人丧生或失踪，其中54%死于"光辉道路"之手，37%死于政府的镇压。秘鲁这场内战中的死亡人数甚至大大超过19世纪秘鲁争取独立的战争，以及与智利争夺太平洋沿岸硝石战争中的死亡人数。内战造成的物质损失达260多亿美元，因战乱而流离失所的人口超过50万。

驻秘鲁使馆遭遇爆炸的原因

中国驻秘鲁大使馆被炸事件与当时我国国内的形势有密切关系。1978年12月召开的中共十一届三中全会,高度评价关于真理标准问题的讨论,重新确立了党的实事求是的思想路线,果断地决定将全党的工作重点转移到社会主义现代化建设上,提出了实行改革开放的重大方针。随后,中共中央全面拨乱反正,总结新中国成立以来的历史特别是"文化大革命",正确对待毛泽东的历史地位和毛泽东思想的科学体系,平反冤假错案,并作出了审判林彪、江青等反革命集团主犯的决定。"光辉道路"对中国的"文化大革命"赞赏有加,称之为"人类历史上最伟大的政治事件"。他们对中国打倒"四人帮"很不高兴,对改革开放也不满意,认为中国背离了毛主席的革命路线。他们对中国公开审判"四人帮"更是恼羞成怒,在夜深人静时在首都利马等地多处刷出大字标语,为"四人帮"鸣冤叫屈。他们向中国驻秘鲁大使馆投掷炸弹这样的极端行为,就是在我国开始公开审判"四人帮"后不久发生的,借此发泄对我国的强烈不满。

根据日内瓦领事公约,驻在国政府有责任保护外国使领馆的安全。有人向我们使馆投掷炸弹,对使馆人员的生命和财产安全构成了严重威胁。在报告和请示了国内以后,我遵照王泽大使的指示,迅速约见秘鲁外交部主管外国使领馆安全的礼宾司司长进行交涉,要求秘方立即采取有效措施,查处歹徒,并加强对大使馆的保护,避免今后再发生类似事件。秘鲁外交部礼宾司司长戈迪略是一名资深外交官，他对我国大使馆受到炸弹袭击表示震惊、慰问和歉意，答应立即通知警察部门派人到大使馆调查取证，并增强大使馆的警卫力量。交涉后，秘鲁外交部礼宾司官员当日就陪同警方人员到大使馆察看，做了笔录，拍了照片。使馆大门前的警卫力量也得到了增强。

此后，"光辉道路"游击队又向我国大使馆投掷过两次炸弹。我国驻秘鲁大使馆的院子很大，占一整块街区，四面都临街。秘鲁警卫主要守卫使馆正门，隔一段时间在使馆四周巡逻一次。歹徒黑夜乘车而来，选择没有警卫的那一面墙外下手，投掷炸弹后即刻离去，让警卫防不胜防。我在秘鲁工作四年，前后共遭遇爆炸三次。后两次土制炸弹从墙外扔进来分别落在使馆的两个车库前，幸好没有炸毁和引爆使馆的汽车。使馆每次遭遇爆炸，我们都立即向秘方交涉，他们也答应要采取措施加强警卫。不过那时秘鲁首都及全国其他地方经常发生游击队制造的破坏性爆炸事件，导致成片地区断电也是家常便饭。秘鲁政府没有完全控制游击队活动的能力，深感头痛，但苦无良策。我从秘鲁离任之后，听说使馆又被炸过几次。1986年5月那一次，使馆大门被损毁，一名司机受轻伤。

我国历来奉行不干涉别国内政的政策，反对世界上任何形式的恐怖主义活动，当然不会支持"光辉道路"搞恐怖活动。但"光辉道路"总是打着"毛主义"的旗号活动，不少秘鲁人不明真相，总以为它跟中国有某种联系。要完全打消他们的疑虑，并非易事。在对外活动中如何有针对性地做好增信释疑的工作，是当时我们使馆的一项重要任务。虽然我们言之凿凿，但对方听了往往仍似懂非懂、将信将疑。"光辉道路"向使馆扔炸弹，对使馆人员的生命财产安全形成了巨大威胁，并严重干扰了大使馆的正常工作。但这几颗炸弹也明确无误地表明，中国不支持"光辉道路"这个恐怖主义组织，否则它怎么会向中国大使馆扔炸弹呢？从这个意义上说，坏事变成了好事，那几颗炸弹帮助我们作了很有说服力的澄清，使人们将"光辉道路"与中国明确地区分开来，我们的解释工作也容易多了。

恐怖主义组织"光辉道路"的下场

"光辉道路"不仅反对我国，反对苏联，也反对古巴和朝鲜民主主义人民共和国等，四面树敌。"光辉道路"和它的头目下场并不好，而且富有戏剧性。

秘鲁警方追捕"光辉道路"领导人库斯曼多年，一直没有进展。1990年当选的藤森总统于1992年4月解散议会，宣布全国进入紧急状态和实施宵禁，并成立军事法庭以"铁拳"对付恐怖分子。而"光辉道路"作为回应，则于1992年7月对利马一座大楼制造汽车爆炸案，导致25人死亡、200余人受伤。1992年9月，秘鲁国家反恐局对利马一些可用作恐怖分子藏身之地的可疑住处进行排查，其中有一名芭蕾舞演员的宿舍引起警方注意。反恐局特工秘密地定期收集和研究这家的垃圾，发现她家的垃圾多于平常人家，并发现有治疗牛皮癣的药膏盒，而反恐局特工知道库斯曼患有此症。后来，特工又悄悄地将该住所内部的活动情况录像，内中有库斯曼在"光辉道路"其他领导人陪同下喝酒并与其女友埃蕾娜·伊巴拉基蕾一起跳舞的镜头。这为警方提供了确实无疑的抓捕线索。是年9月12日，反恐局特工突然搜查该宿舍，不费一枪一弹，在二楼逮捕了库斯曼和另外8名"光辉道路"头目，成为20世纪轰动一时的抓捕行动。库斯曼被捕后首次在电视中向公众展示时，身穿黑白条狱服，"像一头关在牢中的发怒猛兽，举着拳头喊口号"。

　　警方在库斯曼电脑所保存的档案里，发现他对"光辉道路"的成员、武器以及地区分布等都有详细记载。根据库斯曼的档案，"光辉道路"拥有2.3万多名成员，500支步枪、235支左轮手枪和300多枚手榴弹等其他武器。

　　库斯曼被捕后关押在卡亚俄海军基地的监狱中。军事法庭在严密的安保措施下对库斯曼进行了审判。为了避免"光辉道路"进行报复，保护法官的安全，法官在审判时都戴上了面罩。秘鲁的宪法规定，死刑只适用于叛国罪。秘鲁是美洲人权公约（又称圣何塞公约）的成员国，该公约对死刑也有严格限定。最终，秘鲁军事法庭判处库斯曼无期徒刑。

　　库斯曼被捕后，"光辉道路"的活动开始走向低潮，3600名成员被捕或投诚，暴力破坏活动迅速减少。1993年库斯曼于狱中宣布与政府讲和，停止"光辉道路"反政府武装活动，换取政府对"光辉道路"战士的大赦。这引起了该组织的分裂。1999年7月，藤森政府又抓捕了库斯曼的继任者奥斯卡·拉米雷斯，更给予"光辉道路"致命一击。

　　秘鲁人普遍认为库斯曼应对"光辉道路"以前的暴行

1 1956年7月,复旦实验中学毕业照。(2排左3为作者)

2 外交学院1960届西班牙语班全体学员与西班牙专家卡尔伏老师(2排左3)合影,她的左后侧为其子劳里阿诺。(前排右1为作者)

3 1960年12月28日,申健大使(左3)向多尔蒂科斯总统递交国书前在总统府会客室,古方人员为总统侍从和礼宾官。(左2为黄文友参赞,前排右1为方晓参赞,后排右1站立者为作者)

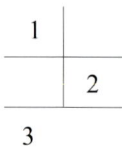

1 20世纪60年代初，驻古巴大使馆的年轻翻译们。（右起依次为李国新、李云溪、黄志良、俞成仁、作者）

2 1961年6月，随使馆领导去美国雇佣军登陆的吉隆滩参观时留影，步枪借自在当地守卫站岗的民兵。

3 1964年10月1日，卡斯特罗总理和格瓦拉等出席中国大使的招待会。（左1为作者）

1 秘鲁印第安儿童与当地特有的驼羊。

2 1983年8月,参观印加帝国古迹。

1　与秘鲁印第安妇女合影。（后排右1为作者）

2　秘鲁首都利马的唐人街。

1 女排二连冠后与驻秘鲁大使馆人员合影。（2排左7为徐晃大使，左9为作者）

2 1986年7月3日，阿根廷总统卫队"圣马丁军团"骑兵在礼车前后护送新任大使前往总统府递交国书。

3 1986年7月3日，作者向阿根廷总统阿方辛递交国书。

1 抵达南极。

2 南极的"主人"——企鹅。

1	
	2
3	

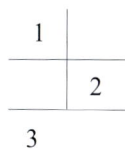

1 乌拉圭驻阿根廷大使巴里奥斯与作者在其官邸留影。

2 朱启祯副外长（右2）与乌拉圭外长伊格雷西亚斯（左2）草签两国建交文件后举杯庆贺。（右1为作者）

3 阿方辛总统（左2）参观北京大学并发表题为《中国文化在拉美》的演讲。（右2为作者）

1 阿方辛总统在钓鱼台国宾馆与作者夫妇留影。

2 1988年9月,作者向巴西总统萨尔内递交国书。

1　1988年9月，作者向巴西总统递交国书后检阅巴西仪仗队。

2　1993年12月16日，巴西代外长阿勃德努代表巴西总统授予作者里奥·布兰科大十字勋章。

1	
	2
3	

1 1989年1月24日，作者专程到里约热内卢拜会盖泽尔前总统。

2 作者在里约热内卢拜会菲格雷多前总统。

3 1989年2月，作者夫妇等到平托寓所拜访平托律师（左3）。

1　1991年9月，作者陪同韩叙会长（右1）在平托办公室看望平托律师。

2　作者向墨西哥总统递交国书前当地群众的欢迎队伍。

1 1996年3月15日作者向墨西哥总统塞迪略递交国书。（右1为墨外长古里亚）

2 墨西哥前总统埃切维里亚（中）参加作者在大使馆举行的招待会。（左1为墨西哥首任驻华大使安吉阿诺）

1 作者夫妇在中国驻墨西哥大使馆门前留影。

2 作者夫妇参观奥尔梅克人两千多年前雕塑的巨石头像。

1 作者参观墨西哥城查普尔特佩克动物园熊猫馆。

2 作者夫妇在"普埃弗拉的中国姑娘"纪念碑前留影。

3 成为墨西哥民族服装代表作的"普埃弗拉的中国姑娘服"。

1　墨西哥当选总统福克斯（前排左5）到我国大使馆会见亚太国家驻墨使节。（前排右4为作者）

2　2001年，墨西哥驻华大使加尔萨（左1）代表墨政府授予作者"阿兹特克雄鹰"勋章。（右2为时任副外长李肇星）

1
2

1　作者夫妇参观墨西哥的矿井。

2　作者夫妇在墨西哥恰巴斯州聆听印第安人的演奏。

负责，但以犯罪嫌疑人家属为主的5000多人签名向秘鲁宪法法庭提出上诉，要求取消军事法庭对库斯曼和其他1800名被判犯有恐怖活动罪的被告的判决，理由是有些嫌犯被轻罪重罚，有些审判是违规地秘密进行的，而且也并未清算国家镇压机关严重侵犯人权的罪行。2003年1月，秘鲁宪法法庭裁决，前总统藤森的相当一部分反恐法令本身违宪，宣布军事法庭先前的判决无效，改由民政法庭对此案重新进行审判。民政法庭经审理后释放了400多名嫌犯，但库斯曼因犯有对国家的恐怖活动罪，仍于2006年5月被判处无期徒刑。2010年，法院批准库斯曼在狱中与其女友，也被判处无期徒刑的原"光辉道路"领导人埃蕾娜·伊巴拉基蕾结婚。2021年，库斯曼于狱中去世。

秘鲁华侨华人助力中国女排二连冠

我国东南沿海地区人多地少，历来有出洋谋生的传统。但在近代以前，华人主要是去东南亚一带。在南美洲国家中，秘鲁是华人去得时间较早、人数较多的国家。有关文献记载，从我国明朝后期（16世纪中叶至17世纪前半叶）起，已陆续有一些中国商人、工匠、水手、仆役等经当时开辟的中国—菲律宾—墨西哥"海上丝绸之路"航线，辗转到秘鲁经商或做工。当时，他们被称为"马尼拉华人"。

秘鲁的华侨华人

大批华工苦力到秘鲁谋生，发生在1840年鸦片战争打开清朝闭关锁国的大门之后。秘鲁于16世纪沦为西班牙殖民地之后，因为战争、迫害和疾病，印第安人口急剧下降，需要补充大量劳动力。为此，曾从非洲输入成千上万的黑人奴隶。1854年秘鲁政府迫于国际上禁止黑奴买卖的压力，宣布解放黑奴，秘鲁农庄因此而出现用工荒。当时流传这样一句黑色幽默：秘鲁的"农业就像断臂美人维纳斯的塑像，很漂亮，可惜没有胳膊"（指没有劳力）。在这样的背景下，刻苦耐劳的中国廉价劳工成为国际人口贩子的猎取对象。那时的中国正处于第一次鸦片战争失败后兵荒马乱、民不聊生的时期。太平天国运动失败后，许多人为躲避清廷追捕，被迫背井离乡，远涉重洋谋生。大批中国苦力以"契约华工"身份到秘鲁等地谋生，就是在这样的历史条件下发生的。

据统计，从1849年到1874年这25年中，约有9.2万名中国苦力分247批抵达秘鲁，平均每批372人。他们均来自广东省，几乎都是男性。根据秘鲁1876年的人口调查，当时秘鲁全国的人口为270万。也就是说，当年华工已经占秘鲁全国人口的3.4%以上。

绝大部分华工苦力被卖到秘鲁沿海农场，种植甘蔗、棉花、稻米、蔬菜。当时在秘鲁沿海的各个农庄都可以看到华工的身影，少则数十人，多则上千人。华工的艰辛劳作和他们的出色技能，提高了秘鲁农业的生产率。1871年，秘鲁的报纸报道称："现在是中国人在开垦和种植秘鲁沿海农场的大批土地。"

修建铁路是在秘鲁的华工所从事的另一项繁重劳动。筑铁路需要大量劳力，5000多名华工被派到秘鲁中南部参与数条铁路的建设，并承担了其中最艰苦和最危险的工作。

横跨安第斯山、因海拔4800多米而闻名于世的秘鲁中央铁路及其他许多重要的建筑工程,都凝聚着华工的血汗。

鸟粪是高质量的有机肥料,也是当时秘鲁的主要出口货物和外汇收入来源。曾有上万名华工先后被送到秘鲁沿海钦查群岛去挖鸟粪。

根据合同,每名契约华工须劳役8年,方可获得人身自由。大部分获得自由身的华工到首都利马等大中城市开起了餐馆、食品店、杂货店,有的当鞋匠、木匠,有的则继续务农。在秘鲁的华侨华人筚路蓝缕、披荆斩棘、艰苦创业,对秘鲁的经济和社会发展作出了重要贡献,赢得了秘鲁社会各界的尊重和广泛赞誉。

在秘鲁经商的华人成为当地生产者、进口商与消费者之间的重要桥梁,为秘鲁的零售和批发业发展带来了活力,对活跃当地市场、满足人民生活需要起到了积极作用。华人的商店周末和节假日也不停业,为消费者提供了方便。这种创意现已被商界普遍接受,沿袭至今。现今华人的经营范围涵盖百货商场、酒店、电器五金、旅游、进出口贸易等各行各业。在工业方面,华人开设了地毯、塑胶、罐头、洁具、家具、酒水、纺织等工厂。华人做生意注重信誉,得到当地很高的评价。当地人认为,华人会跟你讨价还价,但一旦承诺,就会兑现;华人还债及时,说话算数,比签字画押还管用。

华人对秘鲁餐饮业的贡献最为显著。华人餐馆以广东风味见长,其菜肴采用大量色彩鲜艳的蔬菜和品种繁多的鱼虾肉类,加上各种调料,令人交口称赞。新奇美味的华人饭馆最早在利马和特鲁西略出现,后扩展到全国,很快吸引了当地的大批顾客。中国餐馆特设的单间增加了家庭气氛,也很受当地人的青睐。利马卡彭街因华人饭店而闻名南美,当年阿根廷等邻国有些富人周末特地乘飞机到利马品尝中餐。据说现在利马仍有近5000家中国餐馆。从汉语"吃饭"两字演变而来的"CHIFA"已经被收入当地词典,成为中餐和中餐馆的代名词。

与当地社会密切融合,是秘鲁华人社会的另一个突出特色。老一辈秘鲁华人大多经营餐馆及中小工商企业;年轻一代的华裔中则已有不少医生、学者、工程师、艺术家等专业人士和企业家。有的还进入政界,担任过部长会议主席、国会主席、总审计长、部长、副部长、议员等要职。这在拉美国家中实不多见。

旅秘华侨具有光荣的爱国主义传统。他们时刻与祖国人民休戚相关,同舟共济。无论是辛亥革命还是抗日战争,都曾得到旅秘侨胞的有力支持。抗战期间,旅秘华侨多次募捐,中共代表周恩来1939年曾题词6幅予以赞扬。这6幅题词现珍藏在隆镇隆善社的陈列室内。新中国成立后,旅秘华侨积极支持祖国现代化建设,支持祖国的改革开放政策。在祖国遭受重大自然灾害时,他们总是频频伸出援手。他们积极支持祖国的和平统一事业,为促进和加强中秘两国人民的友谊作出了宝贵的贡献。

我在秘鲁期间,因工作关系,结识了很多华侨、华人、华裔朋友,如戴宗汉、戴鹤亭、戴碧暖、周锐波、萧官锡、何莲香、邓荦平、唐庄生、张耀明、李明光、沈根源等。

他们事业有成，热心公益事业，为秘鲁的建设、为中秘友谊的发展作出了贡献。戴宗汉老先生早年开发秘鲁北部的农业有功，秘鲁政府曾为他授勋。他爱国爱乡，在侨界德高望重。萧官锡、何莲香夫妇长期为推动中秘关系的发展而努力，因此曾被台湾当局和美国大使馆列入黑名单，受到过各种刁难和警告，但他们不为所动，坚持自己的信念。

特别使我深有感触的是，有些华侨朋友在国内时的处境并不好，之前甚至曾受到国内这样那样政治运动的冲击，但他们出国后不忘故土，不改拳拳爱国之心，为中国的每项成就而感到自豪，见到我们如见亲人。对国内去秘鲁访问的团组，他们总是古道热肠，倾力相助，这体现了中华民族强大的凝聚力。

秘鲁华侨华人对中国女排倾注了无限热情

20世纪80年代初，共和国处于重要的转折时期。粉碎了"四人帮"，结束了"文化大革命"，将全国的工作中心转向现代化建设，使中华民族如凤凰涅槃，走向新的复兴。1981年11月，在日本大阪举行的第三届女子排球世界杯比赛中，中国女排经过七轮单循环制的激烈比赛，七战七捷，以全胜的骄人成绩，第一次登上女排世界杯赛冠军的领奖台。消息传来，举国振奋。在国家刚刚走出低谷、百废待兴的年代，中国女排的胜利具有特殊的时代意义。中国女排夺冠，为民族的腾飞吹响了号角，沸腾了一代中国人的热血。

1982年9月12日至25日，第九届世界女子排球锦标赛在南美洲的秘鲁举行。刚刚拿到世界杯赛冠军的中国女排,自然成为秘鲁世锦赛夺冠的热门队伍之一。她们能否保持荣誉,来一个二连冠,成为当时国人拭目以待的兴奋点。以体委副主任陈先为团长、张一沛为领队、袁伟民为主教练的中国女排,带着全国人民的厚望,顶着卫冕的压力,开始了新的征途。

中国女排是中华民族的骄傲。对于中国女排的到来,秘鲁的华侨华人和中国驻秘鲁大使馆的全体工作人员倾注了无限的热情。早在女排姑娘们到达秘鲁之前两个月,旅秘侨胞就开始筹备迎接女排的各项活动。9月4日中国女排抵达利马时,已是深夜时分,但仍有200多名华侨华人前往机场热烈欢迎。华侨通惠总局在机场举行了简短而诚挚的欢迎会。为了给中国女排呐喊加油,通惠总局组织了由数百名华裔青少年组成的啦啦队,并专门定制了1000多件印有中文和西班牙文"中国"字样的T恤衫,作为啦啦队的队服。中国女排在首都利马和外地参加的每场比赛,都有当地华侨华人和专程前往的啦啦队助威,比赛场内总可以看到他们举着"中国队必胜!"的大字横幅,听到他们发出"中国队,加油!"的吼声。

因为担心女排姑娘们吃不惯西餐而影响体力,秘鲁华侨华人挑选利马上好的中餐馆专门为中国女排提供饭菜。八旬侨领戴宗汉全家积极参加了女排的接待。我国女排到秘鲁北部的契克拉约市参赛时,戴家也专门在契克拉约市为其开了特灶。戴宗汉先生一再叮嘱女儿戴碧暖,一定要保证女排姑娘们吃好,才能有充沛的体力打球。秘鲁华侨华人对中国女排的热情接待，给女排领导和队员留下了深刻的印象。

已经68岁高龄的徐晃大使原本在国内述职，因为女排要来秘鲁参加世锦赛，他放心不下，顾不上在京照料生病住院的女儿小五，匆匆飞回秘鲁。徐大使是参加过"一二·九"学生运动、带领同学们卧轨请愿的老革命，也曾受党组织的派遣潜入胡宗南部，冒着生命危险做地下工作。他总是那么朝气蓬勃、乐观豪放，对同志热情如火。对女排来秘鲁比赛，他同样倾注了满腔热情。他到秘鲁后，立即组织使馆人员全力支持中国女排的"战斗"，并派使馆的厨师也跟着中国女排"随军照料"。

女排预赛大比分输给美国队，夺冠前景异常严峻

第九届女排世锦赛共有23个国家的24支队伍参赛。预赛阶段分6个组，中国与美国、意大利、波多黎各女排同列F组。比赛头两天，中国队先后以3∶0轻取波多黎各和意大利队。在9月15日的第三场预赛中，中国女排与老对手美国队交锋，双方都派出一年前参加世界杯时被称作"世纪大战"的原班人马。由塞林格任主教练的美国女排，当时风头正盛，赛前就扬言美国队此行是来拿冠军的，要尝尝世界冠军的滋味。该队拥有身高1.96米、有"黑色长颈鹿"之称的主攻海曼，网上实力强大。在与中国队的比赛中，海曼与美国队另一名主攻克洛克特的强攻实力得到了充分的展示。那天美国队超水平发挥，各项技术无懈可击。而中国队的一攻尚可，快攻、拦网却未能正常发挥，防守的阵脚乱了，没有反击的机会，出人意料地以6∶15、

9∶15、11∶15的比分连丢三局，以0∶3惨败。这样的比赛结果对中国女排是十分沉重的打击，夺冠前景突然变得异常严峻。比赛刚一结束，队员们沮丧地含着眼泪，个个都想抱头大哭。袁伟民立即叮嘱场上队员："不要哭，哭不是中国人的形象，输球不输人，要能赢得起也输得起。"

预赛中大比分输给美国队，把中国女排逼到了悬崖峭壁。中国队连夜召开会议，分析形势，研究绝地突围的对策和部署。

使馆人员是在首都利马的电视广播中知道中美女排那场比赛结果的。陪同女排到外地比赛的使馆文化处同志也打来长途电话，报告了有关情况。女排受挫的消息让徐晃大使和使馆全体人员心急如焚。徐晃大使凭借自己多年的政治思想工作经验，认为此时最重要的是稳定全队情绪，胜不骄、败不馁，总结经验教训，统一思想，振奋精神，以利再战。我那时任我国驻秘鲁使馆政务参赞，给徐晃大使当助手。徐大使命我立即去一趟女排所在的北部城市，带一些水果、点心，看望慰问女排领导和全体队员，给他们打气、加油，做做工作。我奉命立即与张承毅秘书一起，驱车800多千米，前往秘鲁北部重镇契克拉约市，代表徐大使和使馆全体人员，看望女排领导和全体队员，向他们表示慰问，并传达徐晃大使的指示：胜不骄、败不馁，振奋精神，打好以后的比赛。我在与队领导和教练的交谈中得知，徐大使的意见与他们的想法完全一致。女排领导和教练很重视做队员的思想工作，连夜一个一个与队员谈话，扭转情绪，坚定信心。

复赛阶段女排不能再输一场、一局，方可进入半决赛

中国队虽在预赛阶段小组出线，但在复赛阶段，中国队仍与美国队同组，同组还有古巴、苏联、匈牙利、澳大利亚队。按照比赛规则，中、美复赛时不再交手，两队的预赛得分直接带入复赛。这样，复赛还未开打，中国队就等于已经输了一场，形势非常不利。中国女排必须在以后的每场比赛中不再输一场，甚至不能输一局，每场都须以3∶0取胜，才可确保进入半决赛，难度之高可想而知，何况后面的对手还是苏联、古巴、日本、秘鲁这些强队。为顺利跻身四强，身处逆境、别无退路的中国女排姑娘们，如临深渊，如履薄冰，发出了"复赛阶段不失一局"的誓言，每球必争地应对接下来的每一场、每一局比赛。

中国队复赛阶段的对手主要是古巴队和苏联队。为了确保复赛能够以小组前两名的身份出线，杀入四强，中国队主教练袁伟民果断调整主力阵容，用年轻队员梁艳、郑美珠取代周晓兰、陈招娣，组成了孙晋芳、郎平、张蓉芳、陈亚琼和梁艳、郑美珠"四老带两新"的首发阵容。这一变阵立即为全队带来了活力。梁艳的三号位快攻、拦网，给对手造成了极大威胁。郑美珠跑动战术变化多，盘活了中国队的二号位进攻；她后排防守起球率高，全队防守反击的机会也随之增加。加上孙晋芳、朗平和张蓉芳前后进攻，此后的比赛可以用"过五关斩六将"来形容。

复赛首场碰到上届世锦赛冠军古巴队。当时古巴队虽不及顶峰时期，但仍拥有佩雷斯、乌尔格列茨等强力型攻手，实力不容低估。开局后双方争夺异常激烈，不到7分钟时间，双方发球权竟先后易手18次。在之后的比赛中，中国队快速多变的特点发挥得淋漓尽致。郎平、张蓉芳两门"大炮"轮番轰炸，越发具有威慑力。中国女排连下三城，以15∶8、15∶9、15∶2轻取对手，赢得了扭转战局的关键一役，使一度受挫的中国女排重新恢复士气。

复赛前三轮，除美国队保持全胜，中国与古巴皆为两胜一负。为了能够确保以小组第二进入半决赛，中国女排与苏联队的比赛必须以3∶0拿下。苏联队人高马大、网上很有实力。中国队必须以快制高、以变制高。由于准备工作到位，战术得当，整场比赛苏联队一直处于被动状态，不仅以0∶3失利，而且三局总共只得了21分。在这前后，中国女排又相继以3∶0的比分击败匈牙利队和澳大利亚队，进入四强，重返夺冠行列。

在半决赛中，中国女排姑娘们没有放松自己，以3∶0胜日本队；志在必得的美国队出人意料地败于东道主秘鲁队手下，被挡在了进入决赛的大门之外。原来美国队在与秘鲁队交锋时，虽然技高一筹，但在秘鲁啦啦队惊天动地般呐喊助威的严重干扰下，缺乏精神准备，情绪急躁不稳，表现失常，打乱了队员与队员之间的默契配合，最终败下阵来。

与东道主秘鲁队进行冠亚军决赛是一场特殊的考验

9月25日，在利马市的阿毛塔体育馆，中国女排与东道主秘鲁队进行第九届女排世锦赛冠亚军决赛，中国队经受了一场特殊的考验。在以前两队的交锋记录中，秘鲁队的实力略逊一筹，一直不是中国队的对手。但20世纪80

年代的秘鲁女排,在韩国教练朴满福的带领下,是当时的世界强队之一,取得了秘鲁体育史上骄人的成绩(获得1982年女排世锦赛第二名、1984年洛杉矶奥运会第四名、1988年汉城奥运会第二名)。秘鲁队占据东道主天时地利人和的优势,又挟刚刚在半决赛中以3∶0重创美国队的余威,士气正旺,是中国女排夺冠路上最后一只"拦路虎"。

秘鲁啦啦队拿出了对付美国队的同样武器,搬来了铜锣、皮鼓和喇叭,给每名观众发一只哨子,准备给中国女排来一个下马威。比赛进行时,为秘鲁队加油的铜锣声、皮鼓声、喇叭声、哨子声、呐喊声、跺脚声交汇在一起,整个体育馆似山崩、似地裂、似海啸,震耳欲聋,惊心动魄。我们在现场观看那场比赛,也不禁暗暗为女排姑娘们捏一把汗,不知她们能否扛得住这种场面。那天的比赛,与其说是技术和战术上的较量,不如说是一场心理战。但中国女排不是美国女排,赛前队领导和队员们对此做了充分准备。面对秘鲁东道主观众一浪高过一浪的高分贝喧闹声的干扰,中国女排姑娘镇定自若,向对手发起了一轮又一轮的攻击。首局秘鲁队一路落后,以1∶15的大比分失利。中国队首局大胜,不仅打击了秘鲁女排的士气,也打击了秘鲁啦啦队的士气。后两局,他们的声浪逐渐减弱。中国队乘胜追击,以15∶5、15∶11再胜两局,干净利落地击败了秘鲁队,摘取了第九届女排世锦赛的桂冠。

中国女排凭着多年汗水苦练出来的过硬功夫,凭着教练和队员们用心血凝成的团结拼搏、勇攀高峰、为国争光、百折不挠的"女排精神",在与美国队比赛失利之后,奋勇顽强，披荆斩棘，终于突出重围，以6战6胜、连续6个3∶0的战绩，继1981年赢得世界杯赛冠军后在1982年世界锦标赛中再次夺冠，实现了二连冠。

　　来之不易的胜利让中国女排姑娘们激动不已，喜极而泣。此时此刻，也许只有泪水最能释放姑娘心中多日积存的压力，最能表达历尽千辛万苦终于获胜的喜悦。当鲜艳的五星红旗在雄壮的《义勇军进行曲》声中冉冉升起时，在利马阿毛塔体育馆观看比赛的每一个华人，都禁不住激动得热泪盈眶、心潮澎湃，为女排姑娘在赛场上的顽强拼搏精神以及她们成功背后的付出和艰辛而感动，为中华儿女在世界体坛中再创优异成绩而自豪，同时也为自己能亲历这样激动人心的场面、为中国女排到秘鲁参赛尽一份微薄之力而感到欣慰。全程参加接待女排的华人戴碧暖动情地表示，"心里感到说不出的高兴和自豪。为了能给女排做点事情，我们无论多么辛苦、多么麻烦都算不了什么"。在秘鲁参加世锦赛后回国的女排主教练袁伟民，在北京向公众作报告回顾女排二连冠的艰辛历程时也特别提道："当地的华侨就更令人感动，他们为了我们拿到冠军，主动做了许多工作。"

徐晃大使含着热泪高声宣读中央贺电

　　1982年9月25日深夜，中国驻秘鲁大使馆灯火通明，大使馆与中国女排庆贺女排二连冠的联欢会还在进行中，大家都沉浸在胜利的欢乐中。在大使馆举办的庆功会上，徐晃大使用他那抗日战争时期曾唱过《黄河大合唱》的浑厚嗓音，大声宣读党中央和国务院给女排姑娘们发来的贺电，念着念着，他情不自禁地流下了热泪。

那个晚上，女排姑娘们不顾连续十余天大赛后的疲惫，彻底放松自己，兴奋地与使馆人员共享胜利的欢乐。次日，中国女排休整一天，再次应邀来大使馆做客，包饺子。那天，女排领导和全体队员在使馆花园中集合，先与使馆全体人员在第九届女排世锦赛冠军奖杯前集体合影留念，然后女排队员们继续站好队，耐心、大方地与大使馆的每位工作人员一一合影，借此表达她们对使馆人员支持、关心的谢意。

1982年10月7日，诗人臧克家为庆贺中国女排在秘鲁举行的第九届世锦赛中夺冠，写下了如下激情诗篇《欢情——女排凯旋》：

> 女将们已经远离战场，
> 回到祖国换上了轻便的秋装，
> 一想到激烈的战斗情景，
> 个个心头还觉得紧张！

出使阿根廷

出使"世界粮仓和肉库"阿根廷

从1983年夏到1986年春,我在外交部美大司任副司长,负责拉丁美洲和加勒比事务。1986年1月7日,我在向主管副部长朱启祯请示工作时被告知,中央已批准任命我为新任驻阿根廷大使,正式通知将由干部司找我谈。2月17日,干部司司长万永祥找我谈话,正式通知我去阿根廷任职。那年我48岁。

事后回想起来,大约在1985年的夏天,朱启祯副部长有一次在与我谈工作时,曾就下一任驻阿根廷大使的人选征求过我的意见。我觉得驻阿根廷大使这个岗位分量较重,提了一两位同事的名字,都是较年长的资历较深的同志。当时朱副部长批评我的思想太保守。没有想到这项任命后来会落到我自己的头上。

20世纪80年代,中央大力倡导干部队伍的革命化、年轻化、专业化,废除干部任职终身制,建立退休制度。时任中共中央总书记胡耀邦对驻外使节队伍建设也有具体指示。在这样的背景下,为开创我国外交事业作出过重要贡献、深受后辈敬重的"将军大使""八路大使"逐步退了下来。一批新中国自己培养出来、长时间当过翻译的比较年轻的同志应运而起，陆续被委任为驻外大使。在拉美地区，第一位懂西班牙语的"翻译大使"是李国新，他于1985年8月出使哥伦比亚。接着是黄士康，他于1986年3月出使智利。

当朱副部长告知中央对我任职的决定时，我的心情是激动、复杂的。这将是我第一次代表国家持节出使，我深感这是党和国家对我的信任与厚望，同时又觉得阿根廷是拉美大国，这是一副重担，一定要严于律己，殚精竭虑，不辱使命。

在以后的几个月中，我一面向朱祥忠、原焘等同志移交司里的工作，一面做赴任前的各项准备，参加驻外大使、参赞学习班，与部内、部外有关单位的领导谈工作。与此同时，还抽空挨家挨户看望了驻阿使馆人员在国内的家属。当时我国原驻巴巴多斯大使李颉因患癌症在国内治疗，动了几次手术。我行前再次去医院探望并向他告别，劝慰他安心治疗，身体恢复后再好好工作。他紧握我的手深情地说，阿根廷是个大国，要我保重、保重、再保重！

到天涯海角履新

1986年6月25日，我肩负着国家使命，带着领导、同事、朋友的期望与祝福，离开北京，经停上海、旧金山、纽约，27日抵达阿根廷首都布宜诺斯艾利斯市。阿根廷地理上是距离我国最遥远的国家，对我们来说称得上是天涯海角。这一趟从北京到布宜诺斯艾利斯的行程，四段空中飞行时间加起来为28小时15分钟，飞行距离20000多千米。阿根廷外交部礼宾司副司长和一些友好国家驻阿使节、我馆临时代办汤永贵参赞等使馆人员等在机场迎接。新华社记者鞠庆东在机场让我讲几句话。我借此机会向阿根廷人民表示敬意和良好祝愿；指出中阿关系很好，我的使命是进一步密切两国关系。当时在墨西哥举行的1986年世界杯足球比赛已进入决赛阶段，阿根廷国家队成绩喜人，已闯入决赛，所以我也对阿根廷足球队在世界杯比赛中的杰出表现表示祝贺。鞠庆东在发消息稿时加了一句评论，说我是迄当时中国驻阿根廷最年轻而且会讲西班牙语的大使。阿根廷外交部亚大司主管中国事务的官员也说，他还是第一次见到不带翻译的中国大使。我国使节队伍年轻化、专业化的举措，引起了有关方面的关注。

我抵达阿根廷后两天，阿根廷与联邦德国在1986年世界杯决赛中较量，球星马拉多纳领军的身着蓝白条球衣的阿根廷队荣获世界杯冠军。这是阿根廷历史上第二次获得世界杯冠军。我们在电视中看完比赛直播后，马上听到馆外一片欢腾声、鞭炮声、汽车喇叭声。我与使馆几位领导简单商量后立即以使馆人员名义向阿方发贺电，与阿根廷人民共享欢乐。

同时我们也很想看一看当地人民的庆祝盛况，于是分批出去观望。只见街上每辆行进中的汽车喇叭齐鸣，人们还从车窗内伸出阿根廷国旗不断摇晃。有些青年人甚至冒险爬到行进中的火车车厢顶部，举着阿根廷国旗，狂热地呐喊。此时此刻我不禁想起，阿根廷驻华大使苏维萨在北京为我设宴饯行时，在闲谈中说到，他认为去南美国家当大使的人，应该懂得足球，这样才能理解拉美人的心理特性。我当时回答说，这一点对我来说应该不成问题，因为我从小就喜欢足球。不过看了那天布市街头球迷们的狂欢场景，我不得不承认自己对阿根廷人足球热的认识仍然不足。

隆重的递交国书仪式

1986年7月3日，即在我抵阿后五天，我向阿根廷总统阿方辛递交国书。阿根廷接受外国大使递交国书的仪式相当隆重，阿总统府编印了一本小册子详细介绍仪式的程序和细节。因使馆主要外交官也要陪同新大使参加递交国书仪式，所以我们事先细心研读那本小册子，熟记于心，并一起排练了一次。

递交国书当天，总统府派来一辆高级礼宾车，专供大使递交国书之用。来自阿根廷总统的卫队——圣马丁骑兵团一个中队的数十名骑兵，一个个骑着高头大马，在礼宾车的前后护送。圣马丁骑兵团早年由阿根廷的国父和民族英雄圣马丁创建，其建制一直保留到现在。他们作为国家仪仗队，身着圣马丁参照法国大革命时期革命军军装亲自设计的古典制服，手持长剑，脚蹬马靴，随着礼宾车缓缓前进。骑兵英俊威武，表情凝重，精神抖擞。总统府前，同样由圣马丁骑兵团组成的仪仗队、军乐队整齐地列队等候，接受新大使的检阅，奏两国国歌。

当我准时步入有"玫瑰宫"之称的总统府接待大厅时，阿方辛总统已在大厅的另一端站立等候。我按仪式规定的程序，在总统府典礼局长和外交部礼宾司司长的陪同下，缓步向前，与总统握手致意，用双手递交了李先念主席任命我为中华人民共和国驻阿根廷共和国特命全权大使的国书。总统也用双手接过国书,交给了助手,然后向我介绍在场的卡普托外长等阿方主要人员。卡普托外长曾于1985年4月访华,当时由我全程陪同,故与我较熟悉。我也向总统介绍了陪同我参加仪式的使馆参赞和武官。

在随后的简短交谈中,我向总统转达了我国领导人的问候,表示我作为新任大使,将为发展中阿两国的友好合作关系而竭尽全力,希望得到总统和阿根廷政府的支持与帮助。我的讲话是事先准备好的,临场加上的内容是热烈祝贺阿根廷国家队荣获世界杯冠军。阿方辛总统平易近人,对我用西班牙语同他直接交谈感到高兴,谈话气氛轻松愉快。他对我到阿任职表示欢迎,要我转达他对中国领导人的问候。他说,阿中两国有着良好的关系,这种关系应该进一步发展;在大使发展两国关系的工作中,定将得到阿政府的全力支持。

接着,我在阿外交部礼宾司司长的陪同下,前往圣马丁广场,向圣马丁纪念碑敬献花圈。圣马丁领导了阿根廷独立战争并为南美洲国家的独立作出了杰出贡献。外国元首访阿和外国使节递交国书后,按当地传统均须向圣马丁纪念碑敬献花圈。

世界粮仓和肉库

阿根廷是南美洲第二大国,国土面积278万平方千米,相当于5个法国那么大。按土面积排名,阿根廷占世界第8位。阿根廷人口4500多万(2020年),其中95%是欧洲人和欧印混血种人后裔,尤以意大利人和西班牙人后裔居多。居民教育水平居拉美国家前列，全国实行 13 年义务教育制，包括学前 1 年、小学 6 年和初高中各 3 年。

阿根廷拥有得天独厚的自然条件，农牧业发达，工业门类较齐全。20 世纪初，阿经济总量曾位居世界前 10 名。阿根廷是世界重要的粮食和肉类生产国及出口国，素有"世界的粮仓和肉库"之称。闻名世界的潘帕斯大草原，纵横 50 多万平方千米（相当于法国全国的面积），土地肥沃，气候适中，雨量充沛，是全国主要农牧区。当地人自豪地向我介绍说，那里种地不用施肥、不用灌溉，养牛羊不用建圈。阿根廷全国粮食年产量 7950 多万吨（2018 年），人均产粮 1.7 吨以上。年产大豆 5530 万吨（2018 年），居世界第 3 位。其畜牧业历史悠久，牲畜品种及畜牧业水平均占世界领先地位。畜牧业占农牧业总产值的 40%。牛存栏数 4800 多万头，人均养牛 1 头以上。牛肉生产、出口和人均消费量居世界前列。阿根廷也是世界上葡萄酒主要生产国之一，年产量 30 亿升。阿根廷的森林，水力，渔业和石油、天然气、页岩油气、铜、金、铀、铅、锌等矿产资源都很丰富。

这么一个富裕得令人羡慕的国家，在发展的道路上却经历过许多曲折磨难。自 1930 年乌里武鲁将军发动政变推翻民选总统伊里戈延以来的 50 多年中，阿根廷政局一直动荡不安，军人与文人交替执政成为一大特色，难得有一届文人总统能做满任期。阿根廷曾有在 15 天之内换了 5 位总统的记录。

特别是自 1976 年起，阿根廷又由军政府实行残暴统治

7年，造成军队与阿根廷社会之间的巨大裂痕。作家萨瓦托领导的调查委员会统计，军政府在镇压游击队和政敌的"肮脏的战争"中，"强制失踪者"为8960人。人权组织"大赦国际"估计那段时间被镇压者超过1.6万人。而"五月广场母亲"组织则称死亡和失踪者达3万人，其中大部分被绑架后未经审判也没有记录就被处死。一些遇害者留下的幼童甚至被军人抢走据为己有。40万阿根廷人为逃避迫害流亡国外。与此同时，阿根廷经济也被搞得一塌糊涂。军政府为转移视线冒险进行马岛战争，又遭惨败，在走投无路的情况下，不得不再次还政于民。

1983年12月举行的大选中，激进公民联盟（亦称激进党）候选人阿方辛强烈主张恢复宪政和政治多元化，尊重公民的民主自由权利和人权；宪法是三军总司令，军队应服从总统和文人政府的领导；对付国内颠覆活动的任务应由警察承担，依法行事；军政府无权宽恕自己的罪行，责任人应依法受到法庭审判，但需区分决策者、在执行中镇压过度者和一般执行者三者之间的不同责任。阿方辛这些政见得到多数选民的拥护，他以51%的得票率当选总统。

我到阿根廷任职时当地的局势

我到阿根廷任职时，阿方辛总统执政已两年半。他出任总统后，稳定政局、大力恢复和巩固民主制度是其施政重心。他与各在野党广泛对话，谋求在国内外重大问题上取得最低限度的共识，先后与21个政党签署"全国团结协议"，与14个政党签署反对政变阴谋、捍卫民主制度的文件。在1985年11月举行的议会选举中，阿方辛总统获得空前支持，这反映了他执政以来的内外政策是颇得人心的。

加强对军队的控制也是摆在阿方辛总统面前的紧迫任务。他对军队体制进行一系列改革，将陆海空三军司令制改为隶属总统的三军参谋长制，任命新的三军参谋长，成立三军联合参谋部，国防部长由文官担任，撤换大批曾在情报和与镇压有关的部门工作的军官，削减军费预算30％，1985年新兵征集人数从10万压缩到3.5万。经过此番整顿，原已威信扫地的军队势力削弱，对民选政府的威胁减轻。

如何处理军政府遗留的人权问题是当时阿根廷的敏感问题。阿方辛废除了军政府颁布的自我赦免法，表示民主不能建立在道义上的投降的基础之上，如果全面赦免有罪者，就是道义上的投降。但清算军政府罪行也"不可能去审判数量太多的军人"，因为"政府一把枪也没有"。他成立特别委员会调查军政府侵犯人权的罪行，拘捕了三届军政府9名首脑和高官交法院审理。1985年12月初，魏地拉等3任军政府总统和6名高官都被判了刑，这在阿根廷乃至整个拉美的历史上都是没有先例的，缓和了民众的激愤情绪。同时，免除了因"执行命令"而侵犯人权的中下级军官的责任，缩小了打击面。为了让那些当年被军人抢走的儿童能与家人团圆，国家设立了遗传数据银行，对自己的身世有怀疑的人可以到遗传数据银行核对。

为了结束军政府统治这一页痛苦的历史，1986年12月阿议会通过了一项法令，规定如不在指定期限内对军政府反颠覆活动扩大化的罪行提出起诉,以后将不再受理。这项被通俗地称为"了结法"的法令,遭到部分人士的批评,他们认为对前政府高官的罪行判得过轻,很多中下级军官没有得到追究。与此同时,军队内部某些军官也对追究军官责任强烈不满。在这两者之间找到平衡点,需要政治家的高超水平。

经济上,阿方辛从军政府接过了一个烂摊子。1983年阿根廷的人均国内生产总值比1975年低20%,财政赤字占国内生产总值的14%,年通货膨胀率超过400%,外债高达430亿美元,其中经营管理不善的国营企业所欠的外债占阿外债总额的70%以上。阿方辛调整了经济发展战略,减少了国家干预,将400多家国营企业出售给私人,促进了私人投资和出口的增长。为控制恶性通货膨胀,实行经济改革计划(又称奥斯特拉尔计划)和币制改革,用新币奥斯特拉尔取代阿根廷比索,比值为1∶1000,1奥斯特拉尔等于1.25美元,并冻结工资和21种基本食品价格,停止增发钞票等,但收效有限,阿根廷仍面临发展生产、增加就业、提高工资、稳定物价、缓和社会矛盾的巨大压力。

对外,阿方辛政府实行独立自主、不结盟、多元化和务实的外交政策,表示阿根廷不属于世界"两大军事集团中的任何一方",冲破"意识形态边疆",在继续保持和发展与美国、西欧国家传统关系的同时,更加重视发展与本地区国家的关系,加强发展与苏联、东欧及包括中国在内的亚非国家的关系。

了解对方、介绍本国、广交朋友、促进合作、保护本国利益

作为驻外使节的重要任务，概括起来，包括了解对方、介绍本国、广交朋友、促进合作、保护本国利益等方面。

递交国书后，我马不停蹄地先后拜会阿根廷副总统马丁内斯和政府各部门、参众两院及其外委会、最高法院、各主要政党的领导人和各国驻阿使节，以多种方式广泛会见和接触阿政治、经济、文化、华侨华人等各界有影响的人士，每天的工作日程排得很满。在驻阿外交使团中，重点结交拉美、亚洲和几个大国的使节，包括尚未与我建交的拉美国家的使节。阿根廷的一些大学和机关团体对我国的改革开放和经济发展情况很感兴趣，先后邀请我去作报告；当地一些报刊也常要求来采访，我基本上有求必应。

当时我国改革开放不久，领导要求驻外使节重视"经济外交"，更好地为国内的建设和发展服务。为此，我重视结交阿各大财团和大企业的负责人，以推动两国的经贸合作。这些财团和企业财力雄厚，能量较大。如索克马集团是阿最重要的商业集团之一，业务涉及房地产、铁路、能源和投资并购等多个领域，其董事长马克力后来经常与我来往，并与我国中信公司积极探讨合作项目。有一次，他还邀请我一起去总统官邸直接面见总统，商谈促进两国合作项目之事。索米萨集团是阿当时国家控股的最大的钢铁联合企业，多年来中方一直大量采购它的钢坯、钢材。经过双方有关公司的共同努力，1987年3月中方向阿出口的第一船2.7万吨炼焦煤抵达该公司专用码头，改变了以往一直是阿方对我国出口的单向贸易状况。我与索米萨董事长马格利亚诺一起出席了在该船上举行的庆祝仪式。

来自国内多部门、多省市到阿根廷访问的团组陆续不断。认真做好国内重要代表团的来访接待工作，也是使馆的重要任务。不能把这项工作看作额外负担，而是要借助代表团的来访，扩大和深化我馆的交友面，打开工作新局面。

首都布宜诺斯艾利斯是阿根廷全国政治、经济、文化中心，人口约300万。这是拉丁美洲最欧化的城市，有"南美的巴黎"之称。加上四周已与它连成一片的10多个市镇，形成了"大布宜诺斯艾利斯"，人口1000多万，占阿当时全国人口的1/3。首都自然是各国使节工作的重点所在，但也需要到阿内地走走，以便全面、深入地了解这个国家，更广泛地结交朋友。在驻阿2年多任期里，我访问了阿根廷首都以外23个省份中的12个。每到一地，我都要拜会地方当局，会见企业家，参观当地工农企业、学校和名胜古迹，作介绍中国的报告，接受记者采访，受到当地政府和人民隆重、热情的接待。

军人哗变

我到阿根廷任职之后9个月，发生了部分军人哗变事件。1987年4月15日，巴雷伊洛少校拒绝接受法庭的传讯，躲到科尔多瓦空降兵14团兵营内宣布造反。国防部长下令逮捕他。次日，米西翁内斯18团团长里科中校带领一批人，占领五月军营，声援巴雷伊洛少校。哗变者要求停止在报刊上诋毁军队，增加军费，在由他们提名的5人中挑选一个新的陆军参谋长，并赦免这次参与起事者。面对这种严峻的局面，阿议会召开紧急会议。30万民众上街支持民主政府。各党派召开群众大会，阿方辛总统发表强硬讲话：民主体制不容讨论。到18日，科尔多瓦的叛军已转变立场，但盘踞在五月军营的叛军仍在顽抗。三军奉命镇压，已兵临五月军营附近，但谣传有些中下级军官不愿攻打。19日，数十万群众集会，支持民选政府，谴责军人哗变。阿方辛总统在大会上戏剧性地宣布他将亲临军营，敦促叛军投降。

面对人民群众的强大压力和总统的权威，里科被迫改变立场。当天下午6时，总统宣布哗变已经平息，有关人员将交由法庭审判。事后不久，总统更换了陆军参谋长，并向议会提交了一项法案，规定除抢占儿童等个别特别严重的罪行外，只起诉准将以上的军官。这项法律被人们简称为"正当服从法"，意指过去中下级军官按上级命令行事，除非有重大过失，将不予追究。一些社会人士认为，"了结法"和"正当服从法"是在军人压力下所作的妥协，显示了民选政府地位的脆弱。

部分军人哗变是危及阿政局稳定的大事。使馆密切跟踪和研究事态发展，及时向国内报告有关情况和看法建议，并请示表态口径。4月20日，我打电话给阿外交部亚大司司长埃利松多，对阿顺利解决兵变表示祝贺。21日，阿驻华大使约见我国外交部美大司司长刘华秋，希望得到中方支持。刘司长表示，阿是中方友好国家，中方希望阿政局稳定。对阿方辛总统顺利解决事态表示高兴，相信阿的民主进程能得到巩固和发展。22日，我国外交部发言人也就阿兵变发表谈话。同日，我约见阿外交政策副国务秘书茂拉特表示祝贺。几天后，我在一个外交场合见到阿方辛总统，也当面向他祝贺顺利解决最近的事态。是年5月1日，我应邀出席阿根廷议会例会开幕式，阿方辛总统向议会发表第4个国情咨文。据说这是阿根廷近38年来第一次，因为民选总统一般都干不到4年就被赶下台。

1988年1月，里科中校再次造反作乱，反对延长对他的关押时间。1月15日晚，里科从被关押禁闭处出逃，政府下令追捕。16日，里科逃至科连特斯省的陆军第4团。他提出的要求是：政治解决反颠覆扩大化问题；停止诋毁军队；恢复军内团结；不承认陆军参谋长的领导。在圣胡安、图库曼、圣路易斯、内乌肯、圣克鲁斯等地，都有军人响应里科。国防部下令镇压，阿方辛总统下令三军和警察参战。第二军军长马布拉加尼亚将军奉命率部前往镇压。当地群众围聚在科连特斯省第4团的周围，谴责哗变。我原定18日去阿南方数省访问，鉴于当时形势临时决定推迟。18日早晨，几名空军叛乱分子占领布宜诺斯艾利斯纽贝里国内机场。中午时分，双方交火，但没开几枪。数小时后叛乱被很快平息，里科要求投降。

自阿方辛总统执政以来，至今30多年，阿根廷数次发生军人哗变事件，但终因不得人心，成不了气候。在这30多年中，阿根廷也发生过数次政治经济危机乃至严重的社会骚乱，但历次政权交替都是按照宪法程序进行的。这反映了时代潮流不同，当地人的思想意识也发生了很大变化，民主政体在阿已深入人心，军政府在阿执政已成为历史。

庞隆将军、埃娃·庞隆与阿根廷正义党

阿根廷物华天宝，人杰地灵。那方水土孕育了许多英雄豪杰。19世纪初，出了个"安第斯骑士"圣马丁。他是拉美国家独立战争的领袖之一，阿根廷的民族英雄和国父，曾率部击败西班牙殖民军，解放阿根廷等地。在现代，则有杰出的国际主义战士切·格瓦拉。还有文豪博尔赫斯，球星马拉多纳，以及数名诺贝尔奖得主，这些都足以令阿根廷人自豪。在阿根廷政界，还有一位人物无人不知、无人不晓。他的追随者无数，他们钦佩他为消除贫穷和提高劳工地位所作的贡献；他的反对者也人数可观，他们抨击他是蛊惑人心的独裁者，挥霍掉大量阿根廷财富。阿根廷选民可以选择支持他或者反对他，但是无人能轻视他。他就是阿根廷现代重要政治家胡安·庞隆将军。他三次出任总统，前后执政10年，是阿根廷当选次数最多、执政时间最长的总统。他是一名军人，却通过普选高票当选总统。他控制阿根廷政坛30年。这在拉丁美洲历史上绝无仅有。他去世到现在已经40多年，至今仍是一面旗帜，影响久远。

从军人到劳动局长

胡安·庞隆1895年10月诞生于布宜诺斯艾利斯省洛伏斯镇。父亲是一名小农场主，苏格兰人后裔。母亲是西班牙和印第安人后裔。庞隆的祖父是一名著名医生。庞隆

16岁进军校，毕业后从少尉逐级顺利提升，成为高等军事学校的军史教官和陆军参谋部成员。1936年出任驻智利大使馆武官。1938年被军方派到意大利和附近欧洲国家考察22个月，见证了当时意大利和德国法西斯主义的兴起。

1943年5月，时任上校的庇隆参加了阿根廷联合军官团发动的推翻文人政府的政变。其时庇隆的地位并不很高，但起的作用重要，曾参与军政府成立宣言的起草。在佩德罗·拉米雷斯将军领导的军政府中，庇隆担任陆军部长法雷尔的秘书。当时的军政府很不得人心。这使庇隆和其他一些年轻军官认识到，军人如想牢固掌权，必须获得公众的支持。于是庇隆就想从城乡劳工中寻找这种支持。他主动要求担任当时并不起眼的劳动局长之职，从那里开始了解劳工们的问题和需求，处理劳工和工会事务。

庇隆以劳工卫士的身份出现，推动组织新的工会，帮助改组总工会，提高劳工福利，颁布保护劳工和保障社会正义的法令，同时又把工会置于自己的严密控制之下。得益于他与工会的关系，庇隆的权力和影响不断扩大，劳动局也升格为劳动福利国务秘书处。

1944年2月，拉米雷斯总统辞职，由陆军部长法雷尔继任，而庇隆则接任陆军部长之职。1945年1月，庇隆又出任副总统，同时仍兼任陆军部长与劳动和福利部长两要职。

1944年和1945年是庇隆在军政府内权力大增的两年，也是军队内外对他的怀疑日益增加的两年。庇隆的地位并不稳固。随着他在劳工中的声望不断提升，军队中和社会上的保守势力对他的不满也逐步增加。阿根廷的政治斗争逐渐围绕支持还是反对庇隆而展开,而美国驻阿根廷大使布拉登则明显对庇隆不满、支持反对派。

庇隆与劳工的联盟改变阿根廷历史

1945年10月10日,在保守派军官的压力下,法雷尔总统要求庇隆辞职,庇隆被迫辞去副总统、国防部长、劳动和福利部长职务。10月13日,总统又以安全为由,下令逮捕庇隆。尽管政府对逮捕庇隆一事严格保密,但消息还是不胫而走。庇隆在军队中的朋友为救援他而进行努力。劳工们闻讯后群情激昂,因为他们近两年从庇隆推行的新劳工政策中得到不少福利,从而担心丧失这些成果。总工会决定举行全国总罢工。10月17日,数十万工人从四面八方涌集到总统府前,要求释放"工人的上校"庇隆。

那天傍晚,在群众的强大压力下,法雷尔总统出于无奈,只好派人把庇隆接到总统府,并请他向大家讲话,以平息公众的激愤情绪。晚上11时,当庇隆终于在总统府阳台上出现时,广场上群众的欢呼声长达15分钟。在几次奏国歌、庇隆与法雷尔总统当众拥抱之后,在场群众才逐渐平定下情绪,听取庇隆讲话。庇隆嗓门洪亮地发表演讲,重申了他的政治主张。

在阿根廷现代史上,1945年10月17日占有重要地位。不仅因为这一天发生了阿根廷历史上规模空前的抗议游行,还因为以往阿根廷任何政局的变动都是由军队决定的,这一次却由组织得尚不良好的劳工控制了局面。他们恢复了一个被罢黜的上校的权力,而军队和反对派却在他们面前

149

无能为力。从此以后，阿根廷的劳工阶级登上了政治舞台，他们的要求再也不能被无视。这一天，也是庇隆主义党实际诞生的日子。庇隆与劳工这一天在五月广场结成的联盟，影响阿根廷今后政治生活数十年。

经过逮捕而后又被迫释放庇隆这一事件，军政府的地位进一步被削弱，决定于次年2月举行大选。庇隆辞去了军职，作为总统候选人投入竞选活动。

那时还没有电视，广播是重要的媒体。庇隆经常通过广播发表谈话，老百姓能直接听到。庇隆口才极佳，演讲抑扬顿挫，句子简短有力，易懂好记，对问题有概括力并能提出解决办法。阿根廷以前的领导人从来没有这样做过。

竞选十分激烈，有时还发生暴力冲突。庇隆的反对派组成了"民主联盟"，得到美国驻阿根廷大使布拉登的公开支持。他们指责庇隆搞专制独裁。庇隆则回击称，竞选双方的分歧焦点并非要民主自由还是专制独裁，而是要社会正义还是社会不公；本国寡头与外国势力勾结起来反对庇隆，反对派的真正领袖是美国大使布拉登，所以实际上真正的选择是要布拉登还是要庇隆。

庇隆在竞选中得到工会、部分军官和教会的支持。他还选择从激进公民联盟分裂出来的季哈诺作为副总统候选人。庇隆政治上很敏锐，利用美国的干涉来激发阿根廷人的民族主义情绪，提出了"要么布拉登，要么庇隆""要马黛茶（阿根廷传统饮料），不要威士忌"等口号。

1946年2月，阿根廷的大选如期举行。庇隆获得了半数以上的选票，当选总统。除了一个省，支持庇隆的候选人赢得了全部省长职位。在参院 30 个席位中，庇隆派赢得了 28 席。在众院，庇隆派也掌握了 2/3 的多数。

出任总统

1946 年 6 月，庇隆正式就任阿根廷总统。当时的阿根廷是南美洲最富裕的国家，也是世界上最富裕的国家之一。两次世界大战使阿根廷发了财。它远离战场，保持中立，大量出口商品，贷款给法国、英国、西班牙等。在当时的巴黎，流行着这样一句话："富得像阿根廷人。"阿根廷的货币比索比英镑以外的任何欧洲货币都坚挺。1946 年，阿根廷拥有约 16 亿美元的黄金和外汇储备，相当于当时阿根廷年平均进口额的 5 倍多。有许多国家的人把目光投向阿根廷，再一次掀起向阿根廷移民的高潮。那时是阿根廷的"黄金年代"。

庇隆充分利用当时十分有利的政治和经济条件，积极推行一系列带有浓厚的民族主义和社会正义倾向的施政纲领。庇隆提出的执政口号是：建设一个社会正义、经济上自由、政治上拥有主权的国家。他大力发展民族工业，将铁路、电话等外资企业赎买收归国有。他加强国家对经济生活的干预，制订了第一个五年发展计划（1947—1951），创建了一系列新的国营工业，推动阿根廷的工业化。在对外关系上，庇隆提倡既非资本主义又非社会主义的"第三立场"，努力扩大阿根廷的国际影响。

庇隆政府鼓励在全国普遍建立工会，并制订了一整套工人劳动福利措施，包括改善劳动条件，建立工人养老退休金、抚恤金制度，规定工人的最低工资和带薪休假制度，提高农业工人的地位,增加工人的工资福利,并为工人承担医疗费等。1949年修改的新宪法,把国家参与和垄断某些行业、保障劳工的社会权利、允许总统连选连任等列入其中。庇隆的助手帮助他把上述政策思想归纳为"庇隆主义",亦称"正义主义"。

劳工阶层权势的扩大,在上层保守人士中引起了强烈的反感。反对派刷出的标语是"反对穿草鞋的独裁"。庇隆则向反对党施加强大压力,封闭他们的报纸,缩小他们在议会中的代表权,把他们的领导人关进监狱或者迫使他们流亡国外。

庇隆的原配夫人奥莱丽亚·蒂松去世已多年,他一直鳏居。1944年1月,庇隆与女演员埃娃初次相识。那时阿根廷圣胡安市刚发生大地震,损失严重。阿根廷全国为灾民举行募捐。庇隆时任军政府劳动和福利部长兼陆军部长,负责组织募捐,而埃娃作为演员,积极参加义演。两人相见恨晚,很快坠入爱河。

埃娃·庇隆苦涩屈辱的童年

埃娃·庇隆是一位传奇女性。在整个拉丁美洲,她的芳名家喻户晓。在世界其他地区,她的知名度也很高,有许多文章、书籍乃至戏剧、电影专门讲述她的故事。在她自己的国度——阿根廷,她更是叱咤风云的人物。她英年早逝,但在阿根廷现代史上的影响至深至广,没有任何其他女性领袖能望其项背。即使在她去世70余年之后的今天,人们仍能不时感受到她的存在。《阿根廷,别为我哭泣!》是西方歌坛的一首名曲,凄切婉转,如怨如诉,声声血泪，演绎的就是埃娃·庇隆心酸坎坷的生平和她对祖国阿根廷的眷恋。

埃娃·杜阿尔特1919年5月生于阿根廷布宜诺斯艾利斯省的洛斯托尔多斯，一个名不见经传的偏僻落后小镇。她的父亲杜阿尔特是西班牙人后裔，替别人代为经营土地，管理有方，收入颇丰。母亲胡安娜·伊芭古伦，美丽健壮，能歌善舞。杜阿尔特早先住在奇维科依镇，他在那里有结发妻子格里索利雅，并生有三个女儿。后来他到洛斯托尔多斯镇工作，开始与胡安娜·伊芭古伦同居，并与她生儿育女，埃娃是他们最小的女儿。

埃娃不满一岁的时候，杜阿尔特回到了结发妻子那里。从那以后，伊芭古伦就开始和她的孩子们过上了清苦的生活。为了维持生计，她整天帮别人做缝纫活，有时晚上还要加班。最使她难堪的并不是贫穷，而是她的情人身份和孩子们的非婚生子女地位。关于她的风流韵事，经常是邻里街坊茶余饭后的谈资。

埃娃6岁时，她的父亲在一次车祸中丧生。伊芭古伦闻讯后，急忙带着孩子们去奇维科依镇奔丧，被原配夫人一家拒之门外。情人带着孩子们当众出现，被视为对原配夫人一家的羞辱。双方经过一番据理争辩，最后在镇长的调解下，才允许伊芭古伦和孩子们进去看一眼杜阿尔特的遗容。出殡的时候，她们也被安排在队伍的最后边。埃娃当时虽少不更事，对这一幕想必也难以忘怀。

埃娃从小喜欢朗诵诗歌和表演，喜欢看电影。她的梦想是当个演员。她的母亲听了没有当真，但埃娃一直痴心不改。埃娃15岁的时候，不甘心接受无数类似她那样的小镇姑娘的命运，毅然决然地乘火车到首都布宜诺斯艾利斯。那时布宜诺斯艾利斯没有几个像样的剧团，埃娃也没有熟人相助，只能偶尔找到几个小角色演演，收入很低。因囊中羞涩，她只能住简陋的客栈，有时还要忍饥挨饿。最可恶的是剧团经理滥用手中分配角色的大权，借机欺凌年轻女演员。

对埃娃来说，她的童年困苦屈辱，不堪回首。只身在演艺界的十年闯荡，也充满艰辛苦涩。所以埃娃成名后不大愿意谈她的童年。但童年生活对埃娃产生了深刻影响，培养了她对穷苦人的同情和强烈憎恨社会不公的秉性。

在艺术界谋求发展的坎坷使埃娃得到了磨炼。几年后，她开始在广播剧中崭露头角。埃娃善于扮演穷苦家庭出身的姑娘如何经历无数磨难最后得到幸福的角色。因为与自己的身世相仿，她可以把这类角色表演得活灵活现。后来她又自组广播剧团，在布宜诺斯艾利斯著名的电台演出，声名鹊起。

埃娃与庇隆上校的结合

埃娃与庇隆相爱时24岁，年轻貌美，光彩照人，具有拉丁女性的热情、果敢和独立。品尝过贫寒和屈辱滋味的埃娃，理解并支持庇隆为劳工阶层所做的工作，并成为庇隆思想最热情的传播者和顾问。庇隆48岁，但他的外表要显得年轻得多。行伍出身的他，高个宽脸，粗眉大眼，雄心勃勃，有军人阳刚之美。庇隆赞赏埃娃才貌双全，视她为红颜知己。1945年12月，两人在拉普拉塔市举行了宗教婚礼仪式。以后的岁月将证明,在庇隆与劳工的联盟中,埃娃起到了十分重要的作用。

埃娃当上总统夫人时,年仅27岁。她参加各种仪式和社交活动,被视为"庇隆主义的仙子"。同时,她参加工会的一些工作。开始时埃娃是跟着庇隆一起访问工厂的,后来她自己独自去,并在劳动和福利部大楼接待民众来访。她开始关心工会的各种问题,并处理过去由庇隆在劳动和福利部处理的那些问题。随着时间的流逝,埃娃还开始出席总工会书记处的会议。她的活动越来越多,她的影响也慢慢从象征性的变为实质性的了。1947年6月,埃娃还作为庇隆的代表访问西班牙等欧洲六国,历时两个多月,受到很高礼遇。《纽约时报》在报道她的访问时使用了这样的标题——《埃娃征服马德里一星期》。

深受民众热爱的"埃维塔"

在西班牙语中,"埃维塔"(Evita)是对埃娃的爱称。按照当地的习惯,通常只有关系亲密或相互非常熟悉的人,才使用爱称。但在阿根廷,许多庇隆主义党人习惯称埃娃为"埃维塔",反映了他们对她的亲切和爱戴之情。

在访问欧洲回国之后的几年中,埃娃主要扮演了政治和社会角色,全力做工会、妇女和穷人的工作,为她的丈夫赢得了巨大的支持。三年中,她建立起几个规模庞大、效率很高的机构。

在庇隆主义党的词汇中,"无衫汉"这个词泛指劳工阶层和人民群众。庇隆的追随者被称为"无衫汉"。这本是反对派对庇隆追随者的蔑称,但被庇隆主义者欣然接受。阿根廷政府称埃娃是政府向"无衫汉"派出的大使。埃娃成为"无衫汉"的旗手。埃娃向她的支持者发表演讲时,总喜欢以"无衫汉们"的称呼开头。

长期以来,阿根廷妇女没有选举权和被选举权。从1911年起至1946年庇隆执政,先后共有15次在议会中提出给妇女选举权的提案,但不是遭到反对,就是被搁置。埃娃写文章,发表演讲,呼吁庇隆主义者摈弃对妇女的偏见,大力推动授予妇女选举权的法案。由于庇隆主义者在议会掌握绝对多数票,1947年通过了给予妇女选举权的法令,结束了阿根廷只有男性才能投票和担任公职的历史。

1949年7月,在埃娃的倡议下,庇隆主义党妇女部成立,埃娃自任主席。这是埃娃担任的第一个政治职务。当时从事妇女工作困难很大,除了缺乏经验和反对党的牵制,还要克服社会上对妇女的各种传统偏见。埃娃是一个杰出的组织者。她孜孜不倦地派人到全国各地,建立基层组织,宣传庇隆的主张,为庇隆主义党发展了大量妇女党员,培养了大批妇女干部,其中有些后来成为女议员。她们是阿根廷第一批登上政治舞台的妇女,开创了妇女参政的先河。到1952年,庇隆主义党妇女部麾下的党员增加到50万人,地区妇女组织增加到3600个。

埃娃每天都要处理很多穷苦人请求救助的事。埃娃乐于济贫的消息传开后,有更多的穷苦人或来访或来信向她求助。1948年5月,她每天收到的求助信多达1.2万封。扶贫的钱她可以搞到,因为财政部长答应把各部的节余款项拨给她,但她没有足够的人力来应对这么大的工作量。

于是，埃娃·庇隆基金会便于1948年6月应运而生。

埃娃·庇隆基金会成立于庇隆主义党的全盛时期。资金除来自政府的大笔拨款外，还得到大量社会捐助以及对彩票、赌场、跑马厅和电影厅征收的附加税。全国职工也从年工资中向基金会捐赠2天工资。基金会的工作由埃娃全权负责。就基金会的规模和重要性来说，它相当于劳动和社会福利部，后来它的活动范围又扩展到卫生和教育领域。1949年基金会的预算为1.22亿比索，1952年增加到20亿，之后又增加到近30亿，按当时的比价相当于3亿美金。基金会拥有1.4万名常年职工，其中包括6000名建筑工人。

接见厅挤满了人，厅外的走廊排起了长队。他们是来自全国城乡各地的穷苦人，有的还带着啼哭的婴儿。他们蓬头垢面，身上散发着难闻的气味。他们向埃娃提出各种救助要求。埃娃的身边站着几个秘书，她们像护士协助医生那样协助她工作。埃娃要求她的同事随叫随到，办事雷厉风行且廉洁。在人群嘈杂声中，她一一听取穷苦人的要求，然后从办公桌上抽出两张50比索的纸币作为他们的回程旅费，并在一张粉红色的纸条上写批语，或安排此人去看医生，或批给他一些东西。有时由她口授指示，秘书做记录。埃娃的服装和首饰精致，与被她接见的穷人的衣着形成鲜明对比。但是她对这些穷苦人的态度始终和蔼可亲，彬彬有礼。她与他们说笑，向他们提问，吻他们的面颊，或者被他们吻。她不是一个在应付差事的官僚，而是非常投入这项工作，乐此不疲，好像是一种享受。

在基金会的工作，也改变了埃娃自身的很多方面。她经常在基金会食堂与同事一起吃饭。她佩戴的首饰在逐渐减少。她的服装、发式尽管仍很得体，但变得简朴、实用。她学习使用简单易懂、直截了当和热情如火的语言，这成为她演说的一大特色。她的出现和充满感情的讲话能给与会大众带来激情。她常常通宵达旦地工作，并常用她的专车先送与她一起加班的同事回家。

神甫贝尼特斯经常参加埃娃济贫的活动。他亲眼看到她因拥抱衣衫褴褛的人而在自己身上沾上了虱子。

诗人卡斯迪涅拉这样回忆道："（埃娃）用基督般的态度去对待最可怕的事情。一位来访姑娘的一半嘴唇已经因花柳病而烂掉。当埃娃要去亲吻她时，我试图去阻止。但埃娃对我说：ّ你知道我的吻对这个姑娘意味着什么吗？'"

埃娃身边的工作人员对她的这类举止感到担忧，有时试图挡一挡。对此，埃娃很不高兴。一次，在埃娃亲吻了一个患花柳病男子的面颊之后，女佣人感到不安，想用酒精给她擦一擦。埃娃拿起酒精瓶就往墙上摔。没有人要求她这样对待穷苦人，是她自己认为应该这样做。

在埃娃的推动下，埃娃·庇隆基金会在贫穷的乡村建立了1000所学校，18所孤儿院。基金会还新建了23所综合性医院，为病人看病不收医药费。基金会设立了普遍的养老金制度，并建立了4个养老院。1949年，基金会在布市的北郊以创纪录的速度建起了教育与娱乐相结合的儿童城，内有450个床位，用以接待来自贫穷家庭的儿童。

1951年，庇隆的第一个总统任期将满。庇隆主义党早就在为庇隆的连选连任而工作。总工会决定于1951年8月22日举行一次大规模群众集会，支持庇隆和埃娃分别当正副总统候选人。是日，100多万来自全国各地的"无衫汉"乘汽车或火车会集到"7月9日"大街。推举庇隆为下届总统候选人毫无悬念，强烈支持埃娃为副总统候选人才是他们的诉求重点。面对百万名"无衫汉"的反复呐喊，埃娃坚辞不允。她亲自恳求庇隆的老搭档、副总统季哈诺继续作为下一届副总统候选人。她说："我不是放弃我的战斗岗位，而仅仅是放弃一种荣誉。有人到处说我是一个自私自利和有野心的女人。你们清楚地知道事实不是这样……"她说，她没有其他野心，只希望有朝一日在编写庇隆将军历史的时候，能这样写她："在庇隆身旁，有这样一位女性，她献身于将人民的愿望转达给总统。人民习惯于亲切地称呼她为'埃维塔'。"

总工会百万人力挺埃娃当副总统候选人的群众集会，是埃娃政治生涯的顶点，她的声望如日中天。出人意料的是，这也是她这颗政治明星开始陨落的起点——病魔缠上了她。

红颜薄命的悲剧

埃娃当时还不知道自己已病到什么程度，但她周围的人知道她的身体不好。她消瘦，脸色苍白憔悴，眼眶四周有黑影，腿部肿胀。她发低烧，子宫出血，但除了女仆，她没有告诉其他人。她腹部疼痛，医生建议为她做彻底检查，但她每天一大早就离开总统官邸，逃避检查。此后几个星期，她腹部疼痛加剧，无法工作。在医生的反复劝说下，她终于同意做一系列检查。医生把庇隆叫到一旁，告诉他埃娃是"子宫癌，晚期，有严重的并发症"。对庇隆来说，这无疑是晴天霹雳，因为他的发妻就是得同样的病去世的。

1951年9月28日，正当埃娃在总统官邸输血时，梅嫩德斯将军领导的部分海陆空部队发动了企图推翻庇隆的政变。为了支持庇隆，总工会宣布进行24小时总罢工。"无衫汉"挤满了总统府前面的五月广场。参加叛乱的几架空军飞机本来计划在庇隆演讲时飞过广场，轰炸玫瑰宫。但为首的军官觉得不能对广场上这么多群众进行"无谓的屠杀"，驾机飞到乌拉圭去了。政变遭到惨败。

庇隆发表演讲时，在场的群众注意到埃娃没有在总统府阳台上出现，于是高呼埃娃的名字。政府新闻局被迫第一次宣布埃娃的健康情况，称她"严重贫血"。根据医生的意见，没有将流产政变的消息告诉埃娃，但她从周围人的神态中猜到发生了某些事情。当庇隆讲话后回到官邸时，埃娃知道了实情，她坚持当晚就对全国发表一篇广播录音讲话。在病榻上，她感谢"无衫汉"们前往五月广场救助庇隆，并许诺"不久即将重返战斗岗位"。

次日，她把总工会的3名执委和仍忠于庇隆的武装部队司令请到病榻前，对他们说，"如果军队不保卫庇隆，那么人民将保卫庇隆"。她未与庇隆商量，就下令用基金会的钱向荷兰订购5000支手枪，1500支机枪，存放在政府的军火库，叮嘱如再次发生军事政变，就马上把这些枪支分发给工人。

总工会把1951年10月17日的纪念活动专门用来表彰埃娃请辞副总统候选人一事。150多万名"无衫汉"聚集在五月广场，要求至少能见到埃娃一面。埃娃打了一针止痛针，出现在总统府的阳台上。她显得筋疲力尽，黑色衣服宽松得像是借用别人的。轮到埃娃讲话时，她缓缓地走向讲台，但一句话也讲不出来。150多万双眼睛紧张不安地盯着她，全场一片肃静。主席台上一阵忙乱。她被人扶到一边，由庇隆讲话。他充满感情地发表了一篇赞美埃娃的讲话。但是他的语气，以及他回顾埃娃一生的讲话内容，听起来更像是一篇悼词。

庇隆说，埃娃是他与工会之间的联络员，埃娃·庇隆基金会的创始人，也是庇隆主义党妇女部的创始人。"她天赋的从政治上组织群众的能力使庇隆主义运动有了新的方向和魅力。"埃娃还是第一次听丈夫这样颂扬自己。她勉力站了起来，泪流满面地拥抱庇隆。全场的人喉咙哽咽，肃静无声，默默地注视着这令人断肠的一幕。

埃娃终于以衰弱、嘶哑的嗓子开始讲话。她感谢庇隆，感谢"无衫汉"们。她要求大家提高警惕，保卫庇隆，直至献出自己的生命。最后她请大家一起高呼"誓死保卫庇隆"的口号一分钟，让地球上的每个角落都能听到。全场150多万人果然震天动地般喊了起来，长达数分钟之久。

埃娃的病情牵动着阿根廷全国的神经。拥戴她的人忧心如焚，反对她的人欣喜若狂。在布宜诺斯艾利斯富人区的墙上，甚至刷出了"癌症万岁！"的标语。

医生决定给她动手术，不能再拖了。数万人自发地围在医院门口等候消息。从美国请来的专科医生,与阿根廷医生一起为埃娃做了子宫切除术。手术本身是成功的。1951年11月9日,是阿根廷大选投票的最后一天。阿根廷妇女在这次大选中首次使用投票权。经选举委员会特批,允许埃娃在病榻上投票。一个在场监票的工作人员事后回忆道:"我厌恶对埃娃的歌功颂德的气氛。但是当我看到在医院门外守候的妇女们跪在地上为埃娃做祷告,抚摩和亲吻装着埃娃投票的票箱时,我被深深地打动了。这是令人震撼的一幕,好像是出自托尔斯泰笔下的情景。"

1952年2月,埃娃再次感到像从前一样的腹痛、厌食、多梦。活检化验显示她的癌细胞正在扩散。此时,医生已经无能为力。谁也没有告诉她究竟得的什么病,但她知道自己已经来日不多了。

1952年5月1日,埃娃坚持走到玫瑰宫阳台,向参加五一集会的劳工们致意。她发表了最后一篇演讲,大声疾呼要维护"人民领袖"庇隆,猛烈抨击政敌,用词激烈。庇隆搀扶着她回房休息。在房间里,她依然可以听到街上的群众高呼她的名字。

在埃娃生命的最后几周,她留下了由她签名的遗嘱:"不管庇隆和无衫汉们在哪里,我的心都会在那里,用我的全身力量和燃烧灵魂的热情去钟爱他们。"遗嘱将她的全部遗产——首饰、服装、版权——交给庇隆掌管。除给她母亲每月3000比索养老、给她的姐妹每人一件首饰作为纪念,她要求用其余遗产成立一个基金会,资助有难的穷人。遗嘱以这样几句话告结:"上帝将会宽恕我总是情愿同穷人们在一起，因为庇隆也是这样。我始终认为，上帝要我关爱每一个无衫汉，对此我从来没有逃避过。"

1952年7月26日，星期六。这是南半球一个阴凉潮湿的冬日。死神向她招手，埃娃再次昏迷过去。庇隆、埃娃的母亲和兄弟姐妹等都守在病床周围。贝尼特斯神甫为她施最后的圣礼。总统府通过电台不断发布关于她的病情公报。晚上8时25分，埃娃停止了呼吸，年仅33岁。

用不着等政府下令，全国顿时陷于深沉的悲痛之中。电影院、剧院、饭店、酒吧等立即自动关门，全市一片肃静。总统官邸外面，围集着一大批人。不少人不顾严冬寒风，跪在地上，为埃娃做祷告。阿根廷政府决定，全国政府机关停止正式活动2天，下半旗志哀10天；埃娃的遗体陈放在劳动和福利部大楼接受公众悼念。总工会宣布除不能停顿的公用事业，全国总罢工2天，工会会员服丧30天。对一个并非国家元首的逝者来说，这样规格的悼念活动已经很破格了。但是，当装载埃娃遗体的灵柩从总统官邸运往劳动和福利部的时候，可明显看出这些措施还远不能反映公众的悲痛心情。在以劳动和福利部为中心的10个街区，人群挤得水泄不通。在把灵柩从急救车抬下来送进劳动和福利部那一刻，为争睹埃娃遗容，在一片混乱中竟然挤死了8人。在悼念埃娃的第一天，挤伤者共达2100人。劳动和福利部大楼的高大门厅，花圈堆积如山，后到的花圈只好摆放到街上。

埃娃去世的次日是个星期天，全天下雨。人群打着雨伞或用报纸挡雨，排队等候数小时瞻仰埃娃遗容。冬天的布宜诺斯艾利斯寒风刺骨，排队的人们整宵未睡，又冷又

163

困。士兵在一旁维持秩序。进楼瞻仰的人们有的轻抚灵柩，有的弯腰亲吻玻璃盖，有的在自己身上画十字，很多人失声痛哭倒地，被值班护士或士兵扶走。原计划瞻仰遗容3天，但是还有很多人等着进去，于是政府决定延长时间。在10多天时间里，有多少人瞻仰了埃娃的遗容没有准确统计，但等候瞻仰的队伍贯穿35个街区。美国《时代》记者评称，阿根廷人民对埃娃的悼念是真诚、深沉的，而不是庇隆政府胁迫的。

8月9日有大规模的民众持火炬游行。晚上8时25分（埃娃逝世的时刻），数十万个火炬同时熄灭，象征埃娃灵魂升天。次日出殡时，200万人在街道两旁等候送别灵柩。1.7万名士兵帮助拥挤的群众维持秩序。在呼啸的寒风中，许多人泪流满面。军乐队演奏肖邦的《葬礼进行曲》。马路两旁的阳台和窗户后面，挤满了人。他们从上面向下抛撒鲜花。

埃娃去世之后3年，庇隆政府被军人政变推翻。军政府为了稳固统治地位，想方设法清除庇隆主义党的一切痕迹和标志。埃娃的遗体存放在总工会大楼三层，因为数次采取了严格的防腐措施，保存良好。鉴于埃娃的巨大影响，军政府担心庇隆主义者借凭吊埃娃之名聚众闹事，极为机密地悄悄把埃娃的遗体隐藏到意大利，16年后军政府快下台前才将其交还给埃娃的家属。埃娃遗体现埋葬在布宜诺斯艾利斯市的雷科莱塔公墓，那里是埃娃的生父胡安·杜阿尔特及其亲人的墓地。埃娃生前未被杜阿尔特一家接纳，死后遗体却存放在那里。

我曾去参观过埃娃的墓。墓穴用大理石砌成，墓前放着几束鲜花。在她的墓碑上刻着这样一句话："别为我哭泣，我的灵魂永远陪伴着你。"

庇隆未完成的第二个总统任期

在1951年11月举行的大选中，庇隆—季哈诺组合再次取得压倒性的胜利，连选连任。他们获得465万张选票的支持，占全部选票的62%，而他们的竞选对手只得到了234万张票。

在1952年6月开始的新一届任期内，庇隆通过组织工会、企业家联盟、专业人士机构和学生会等，把全国所有利益集团都置于政府的控制之下。1953年，他提出了面向21世纪的"大陆主义"和"全球主义"外交思想，推动拉丁美洲一体化，并建议阿根廷、巴西和智利组成ABC地区联盟。这是30多年后成立的"南方共同市场"的雏形。

但此时的庇隆政府已盛极而衰，出现颓势。埃娃去世在政治上和情感上对庇隆都是重大打击。与此同时，庇隆政府开始遇到严重的经济问题。1952年阿根廷外贸逆差为20亿美元，1953年增加到30亿美元。庇隆被迫改变经济政策，将第二个五年计划的重点放在节约和鼓励私人投资上。1954年和1955年，庇隆政府改变初衷，开始执行利用外资的经济政策，与美国标准石油公司签订合同，而按照宪法中关于维护自然资源主权的原则，这本来是不被允许的。庇隆也想通过企业主与工会的对话调解劳工冲突，刺激经济，但没有成功。

罗马天主教会原先曾是庇隆的重要支持力量。1954

年，因政府实行政教分离政策、取消学校中的宗教教育、允许离婚等，一向支持庇隆的教会与庇隆政府闹翻。1955年6月，教会组织了10万人参加反政府集会。庇隆则将教皇使节驱逐出境。8月底，发生了焚烧教堂事件。

庇隆的第二个总统任期本应是6年，但1955年6月，发生反庇隆的未遂政变。政变势力用海军飞机轰炸总统府和五月广场，导致千余人死伤。同年9月，陆军和海军中的保守势力先后在科尔多瓦等地叛乱，庇隆下令派兵镇压，但武装部队无意开战；空军也一样不听从命令。海军少将罗哈斯率领的几艘叛军军舰从贝尔格拉诺港出发向布宜诺斯艾利斯进发。21日凌晨，庇隆到巴拉圭大使馆避难，后乘一条炮艇离开阿根廷，开始了漫长的流亡生活。

流亡国外18年后复出

庇隆被军人政变逼走后，先后在一些拉美国家避难，1960年后定居西班牙马德里。但他仍与阿根廷国内的支持者保持密切联系，遥控庇隆主义党和工会的活动。

军政府10多年的统治未能恢复经济，镇压恐怖活动的努力也宣告失败。左翼倾向的"人民革命军"、庇隆主义的"蒙托内罗斯"游击队和右翼军事组织的活动此伏彼起，暴力活动不断升级，使阿根廷实际上陷于内战状态。1971年3月拉努塞将军就任总统，他决定选择适当时机让军人体面地退出政坛，宣布将于1973年恢复宪制，还政于民。大选定于1973年3月举行，允许庇隆主义党参加竞选，但出于根深蒂固的担忧，仍不准庇隆本人参选。

1973年3月，阿根廷大选如期举行。由庇隆指定的正义党总统候选人坎波拉参加竞选，参选口号是："坎波拉执政，庇隆掌权。"坎波拉获得了49％的选票，当选总统。在议会中正义党也赢得了多数席位。

1973年6月，庇隆在流亡国外18年之后偕第三任夫人伊莎贝尔回到阿根廷。350万名庇隆主义党群众到布市埃塞伊萨国际机场欢迎庇隆。坎波拉总统深知自己只不过是庇隆本人不能参选情况下的一个替身，所以他就任总统刚两个月，就于1973年7月辞去总统职务，同时决定立即再次举行选举，为庇隆参选开道，把总统职务合法地交给庇隆。在稍后举行的正义党大会上，决定由庇隆和伊莎贝尔夫妇联袂作为该党的正副总统候选人参加竞选。当时阿根廷深陷政治、经济和社会危机，许多人认为只有庇隆才能挽救危局。在1973年9月举行的新一轮选举中，庇隆夫妇以61％的高票当选，夫妻俩同时出任总统和副总统。

1973年10月，庇隆在耄耋之年再次出任总统，第三次执政。他雄心勃勃，提出了实现"国家复兴"和"民族解放"的执政纲领。对外，他主张第三世界国家应加强合作，与美国和苏联保持等距离的"第三立场"。庇隆第三个总统任期的特点是庇隆党内左翼与右翼之间的冲突不断升级，庇隆与反对党激进公民联盟领导人巴尔宾的接近也加剧了这种冲突。从当时阿根廷政坛的现实情况出发，庇隆想与巴尔宾组成一个联合政府，以利于稳定局面。但是两党党内的反对势力使这个想法无法实现。庇隆主义党"蒙托内罗斯"游击队和左翼倾向的"人民革命军"都对庇隆的行动不满，后者还诉诸恐怖行动。在激进公民联盟内部，阿方辛领导的一派也反对巴尔宾的政策主张。

此时的庇隆已经 78 岁高龄，体弱多病。由于健康原因，他不得不数次让伊莎贝尔代行总统职务。他知道自己已经来日无多。凭着丰富的政治经验，他也知道自己留给妻子的政治遗产是一副一点也不轻松的重担，嘱咐她要与反对党的巴尔宾搞联合，才能支撑危局。1974 年 7 月 1 日，庇隆在第三次出任总统后不到 9 个月因心脏病发作，溘然与世长辞，享年 79 岁。

伊莎贝尔·庇隆继任总统后，计划兴建一个规模宏大的伟人墓，用于存放庇隆和埃娃的遗体供世人瞻仰。伟人墓的高度将超过纽约的自由女神像。但是，伟人墓尚未修建，伊莎贝尔·庇隆政权于 1976 年 3 月被军人推翻了。

一代枭雄，壮志未酬，抱憾而去。庇隆的遗体埋葬在布宜诺斯艾利斯省恰卡利达公墓。但关于庇隆的传奇故事并未完结。1987 年，他的坟墓被人破坏，遗骨的双手被人盗走，作案者至今尚未破获。而庇隆 70 多年前所创建的政党虽屡遭查禁，但至今仍活跃在阿根廷政坛，并多次竞选获胜。

阿根廷最大的政党——正义党

庇隆 1946 年 11 月创建了劳工党。1947 年劳工党与激进公民联盟革新和独立委员会合并为统一革命党。1949 年改称庇隆主义党，1964 年改称正义党。该党由政界、工会、青年和妇女组织四部分组成，以工会力量为支柱。该党的最高领导机构为全国委员会。党员主要来自中低收入阶层。现有党员 350 万人。该党强调庇隆倡导的政治主权、经济独立和社会正义。对内主张维护劳工权益，提高社会福利，不同阶级共享平等尊严，促进民族工业发展。对外推行与帝国主义和共产主义保持等距离的"第三立场"和"现实主义"外交政策，强调地区一体化。该党是基督教民主党国际成员。

庇隆将军和正义党对我国友好。1973年5月，应中国人民外交学会的邀请，庇隆的第三任夫人伊莎贝尔以正义党副主席的身份访华。当时阿根廷军政府决定恢复宪制、还政于民，正义党已在当年3月的阿根廷大选中获胜，庇隆即将从马德里回国。伊莎贝尔带来了庇隆将军对毛主席和中国革命的敬意以及对中国人民的友好情谊。周总理会见了她。当时周总理已经75岁高龄，伊莎贝尔不好意思占用周总理太多的时间，谈了一会儿就想告辞，没料到周总理与她进行了长谈，还请她共进晚餐，坦诚地就正义党再次执政后可能遇到的一些政策性问题提出了忠告，使她深受感动。1974年3月，中国武汉杂技团在阿根廷举行首场演出，庇隆总统亲率多名部长出席观看。演出结束时，他走上舞台，与演员们一一握手，祝贺演出成功，并合影留念。稍后，他又为中国武汉杂技团举行了欢迎酒会。

多年来，正义党虽经多次分裂，党内派系林立，但至今依然是阿根廷政坛最大、最强有力的政党，曾先后8次执政。1989年起连续执政10年的梅内姆总统是正义党人，2003年当选的基什内尔总统是正义党人，2007年至2015年连续8年执政的克里斯蒂娜·基什内尔总统是正义党人。2019年10月大选中，由中左翼政党联合组建的"全民阵线"候选人费尔南德斯获胜,其主体力量也是正义党。

我去阿根廷任职时,在台上执政的是激进公民联盟,但我与正义党领导人、正义党的参众议员和正义党的州长们也有很多交往联系。

印象最深的一次,是1987年5月我去拉里奥哈省访问,中途需要在科尔多瓦市转机。因原定航班发生飞机技术故障,临时改乘拉里奥哈省的小飞机前往,时任省长梅内姆(正义党人)亲自为我们驾机。抵达拉里奥哈市以后的两天时间里,梅内姆全程陪同,或亲自驾飞机,或自己开吉普车,带领我们在省内各地参观橄榄园、温室蔬菜、工业园区、拉里奥哈大学和海拔4000多米的雪山,也去了梅内姆的家乡参观他家的葡萄酒厂。梅内姆省长为我们的到访举行了招待会,邀请当地各界领导人出席。离开拉里奥哈市的那天早晨,他又邀请我们到省长官邸与他的家人共进早餐。两年后,他在阿根廷大选中当选总统,并连选连任,连续执政10年。

还有一次,我于1988年1月访问距离布市2700多千米的阿根廷南部省份圣克鲁斯,结识了该省首府里奥·加耶戈斯市的新任市长基什内尔和夫人克里斯蒂娜,他们夫妇俩均为正义党人。后来他们先后出任阿根廷总统,合起来连续执政12年。

难忘的南极之行

1987年1月,我在担任中国驻阿根廷大使期间,有幸到南极参观访问。那是一次难忘的旅行。

当时，我国在南极建长城站不久，经验不足，困难较多。阿根廷和智利是世界上最靠近南极的国家，它们在南极考察和建站历史悠久，经验丰富，对我国又友好。我国在南极考察和建站的工作从一开始就得到了它们的多方支持和帮助。1986年底，阿根廷南极委员会主任索拉应邀访华，与我国有关部门商谈两国在南极考察方面的合作事宜，受到我方的热情接待。

赴南极的特邀嘉宾

由于地理、历史和地缘政治的原因，阿根廷历来重视对南极的考察和在南极建站的工作。阿在南极的考察站，最多时曾达16个。到1987年我们去参观时，阿仍在南极保有6个常年考察站、4个夏季考察站（当时世界上共有17个国家在南极建立了48个常年考察站、100多个夏季考察站）。向本国为数可观的南极考察站提供后勤保障，是阿根廷一项繁重的任务。为此，阿南极委须经常派运输给养船去南极，为阿设在南极的基地运送生活和工作所需的物资。为了取得阿社会各界对南极考察的理解和支持，阿南极委有时就利用运输船往返南极的机会，邀请本国一些有代表性的人士同往。鉴于阿中两国在南极考察方面的良好合作，同时也为答谢阿南极委主任索拉访华时中方对他的款待，阿南极委特意把我列入1987年赴南极的特邀贵宾名单之中。同时应邀的还有乌拉圭和澳大利亚的驻阿大使、联邦德国驻阿大使馆科技专员、阿政府官员和议员，以及一批记者，共65人。

南极地处地球最南端，是地球上最偏远、最寒冷的地区。人们对南极知之甚少，也很难有机会涉足，因而它显得神秘而又令人神往。作为中国驻外使节，能有机会亲临南极参观的，更是屈指可数。所以在报请国内同意后，我欣然应邀。

1987年1月27日清晨，我们搭乘阿根廷总统的专机，由布宜诺斯艾利斯往南飞越阿大半部分国境，抵达火地岛首府里奥格兰特市，飞行时间为3个小时。接着转乘当地小飞机继续往南飞抵位于世界最南部的城市乌斯怀亚，在那里登上阿南极运输船"天堂湾"号。那是一条船体为橘红色的万吨客货两用轮，由阿海军管辖，船上有水兵、船员160人，船长是布埃雷东海军少将。当天下午6时30分，"天堂湾"号鸣笛启航，经比格尔海峡向东，从莱浓和努埃瓦两岛之间穿越而过，接着往南疾驶向南极半岛，航程为521海里。比格尔海峡位于火地岛的南面，是拉丁美洲的南部疆界，经常在文献中被提到。当日目睹，倍感亲切。海峡两岸山清水秀，风景优美。莱浓和努埃瓦两岛多山，翠壁苍崖，郁郁葱葱。一月正是我国隆冬季节，而南半球却是盛夏，但两岛的山坡低洼处仍保有残雪，仿佛是在提醒我们这里毕竟已是高纬度地区。可惜天色渐暗，四周景色开始朦胧。我在船桥上对两岸景色注目凝视良久，想尽可能多地留下些印象，直到什么也看不清时，才意犹未尽地回舱休息。

好客的主人为我们几名使节提供了舒适的休息环境，每人一舱（一个带盥洗室的小套间），甚至还给我们预备了威士忌酒。我进舱休息不久，"邻居"乌拉圭大使巴里奥斯就邀我去他的"临时官邸"饭前小酌。当时乌拉圭尚未与我国建交，但巴里奥斯大使与我已有多次交往，探讨发展两国关系问题。在这次南极之行中，我们又进一步加深了友谊。当晚，阿南极委主任索拉和船长布埃雷东海军少将作为主人邀请我们三名使节共进晚餐，并请了几名阿议员作陪。在之后的整个航程中，除每日早点让我们各自随意进餐外，午餐和晚餐均由两位主人陪同，并轮流邀请几名阿方人士当陪客，这使我们有机会结识了不少阿根廷朋友。"天堂湾"号进入德雷克海峡后，风浪渐大，船前后晃动得较厉害，我有些晕船，早早休息了。后来得知，由于南大洋的低气旋以及南极大陆冷空气形成的下降风，南极地区终年被西风寒流所包围，是世界风力最大、风暴最多的地区。那天晚上的那点风浪可以说只是"初露锋芒"。

1月28日整整一天，"天堂湾"号在德雷克海峡横渡向南。当日仍有风浪，但不大。我起身后冲洗了一个热水澡。上午有些小雨，中午转晴，阳光灿烂。一些乘客在甲板上晒太阳。我几次到舱外观赏海景。德雷克海峡宽度为970千米，是世界上最宽的海峡。它位于南美洲南端与南设得兰群岛之间，是南美洲与南极洲两大洲的分界线。横渡一整天，四周看不到任何陆地的踪影，只有无穷无尽的海水和偶尔飞来的海鸟与我们相伴。在广袤无垠的苍穹之下，万顷碧波在习习寒风中涌起无数浪花。面对壮观的景色，我不能不被大自然的恢宏气势所折服，也感性地领略了先人用海洋比喻宽广胸怀的含义。下午5时，全船进行遇险演习，我被分在一号救生艇。大家都穿上救生衣，因系生平第一次经历，颇感新鲜。晚上用餐时，"天堂湾"号驶过南纬60°，阿南极委主任索拉通过无线电与建在南极的考察站通话致意，据说这是南极运输船的传统做法。索拉主任通话完毕后再次向我们确认，在此次南极参观期间，将安排我们去中国长城站和乌拉圭阿尔蒂加斯站参观，我们自然十分高兴。

接近南极的信号——浮冰

1月29日白天，"天堂湾"号继续在德雷克海峡向南航行。由于有雾，航速降低，风浪也小些。从29日上午起，放眼可见海面上漂着大量浮冰，或远或近，分散在轮船的前后左右各处。它们白中透蓝，形状奇异，千姿百态。有些浮冰上还停着一些企鹅。每当轮船靠近时，它们往往会成排地依次跳入水中，并在水中跳跃式前进，憨态可掬，煞是可爱。偶尔还看到鲸鱼排水，部分鲸翅露出海面。南极附近的海洋原是世界上产鲸最多的地区，由于一些国家滥捕，现在鲸鱼已日益减少。有的乘客还看到了海豚，可惜我无此眼福。

经过两天多的空中和海上航行之后，终于看到了接近南极大陆的迹象，大家都很兴奋，赶紧用照相机拍摄一些浮冰。其实，我们太性急了。因为越到后来，浮冰的块头越大（所以又称冰山），数量也越来越多，密密麻麻，不计其数。细看近处的浮冰，上面有不少穿孔，大概是被海水冲刷形成的。在大一些的浮冰上，除企鹅外，还有海豹和海鸟宿居。在"天堂湾"号接近南极半岛时，因有大面积的浮冰区挡道，高大的冰山犹如悬崖峭壁，轮船无法靠岸，只得绕行寻找浮冰较少的地点。据船上的水手告知，大浮冰看上去已是庞然大物，但实际上浮在水面上的只不过是一小部分，大约每块浮冰体积的 6/7 都淹没在水下，通常所说的"冰山一角"，指的就是这个意思。

希望站与"南极绅士"

1月29日下午7时许，我们终于抵达长年冰封雪盖的"第七大陆"——南极。准确地说，是抵达与南美洲隔洋相望的南极半岛的顶端，阿根廷的希望站即设在这里。未等轮船停泊妥当，我们就早早地穿上了主人特地为我们准备的赴南极专用的整套御寒衣帽鞋袜，最外面的是一件厚厚的橘黄色的羽绒衣。我们个个"全副武装"，臃肿笨重，看上去像是登月的宇航员，不禁相互对视而笑。"天堂湾"号吨位大，不能直接靠岸，我们是分批乘小艇登陆的。希望站的常驻人员在码头旁列队欢迎我们。他们当中有9名科学家，20名后勤军人，还有一批家属和孩子。对他们来说，这是一个盛大的节日，因为一年到头，难得有人来探望他们。1月是南极的夏天，是当地最温暖的季节。尽管如此，南极半岛的气温仍在0℃以下，寒气逼人。当地居民均穿着羽绒服，戴着帽子、手套。这还是在相对暖和的南极沿海地区。如果深入南极内陆，那么即使是夏季，气温也会在-35℃至-15℃。南极大陆的全年平均气温则为-57℃至-55℃，绝对最低气温可达到-88℃，真不愧有"寒极"之称！在阵阵呼啸的冷风之中，我们参观了他们的工作室、邮局、电台、养狗场以及新开张的银行等。希望站能与南美洲大陆通电话、电报；用水靠淡水湖，用电靠自设的电站。当时半岛上已开展旅游业，每年约有400名游客来此地，因此阿根廷准备在半岛上盖旅馆。据介绍，向游客出售由考察站邮局盖戳的南极纪念邮票是一种很好的生意。

希望站的居民陪同我们观赏了半岛的景色。由于常年气温太低，南极大陆的植物种类贫乏。当地只长地衣、苔藓和菌草，无开花植物。但这里的动物资源十分丰富，最引人注目的还是企鹅，它们是南极的主要居民。当地的企鹅像鹅那样大小。幼企鹅长有很多细小而密集的灰色绒毛，长大后背黑肚白，靠近颈部的地方略显鹅黄色，十分漂亮。它们站立时昂首企望，走路时大摇大摆，很有风度，因而有"南极绅士"的美称。冬天它们成群结队地北游至马尔维纳斯群岛一带，夏天回南极产卵。企鹅擅长在冰水中游泳，快速如飞，并能潜水。据说，企鹅有20多种，我们在这里看到的是帝企鹅，可能是因为其气宇轩昂而得名。平生第一次亲眼看到大群企鹅，我禁不住小心翼翼地走近它们，请巴里奥斯大使替我拍下几张照片留念。

当天晚上，我们在希望站进餐，饭前主人照例请我们喝点威士忌开胃。不同的是，这次加在酒中的不是通常冰箱里的冰块，而是南极大陆的天然冰。据说，在长年铺满冰雪的南极，当地的冰块少说也有数万年历史。通常威士忌以"年"来计量其储存时间，并以此标志其质量。由于在这里加进了有上万年历史的冰块，我们开玩笑地说，这次喝的是稀世珍品"万年威士忌"。南极是地球上的"最后一片净土"，空气、水和冰都是世界上最纯净的。有的人据此大胆设想，如能把南极的冰块用冷藏船成箱地运到欧美，用作威士忌或其他冷饮的佐料，必将使饮料身价百倍。我们坐在希望站常驻人员温暖的宿舍里，长时间地聊天，询问他们在南极的生活和工作情况，直到30日凌晨1时，才返回"天堂湾"号休息。

乔治王岛上的科考站

1月30日早晨，我们航行到达乔治王岛（阿方称"5·25"岛）。此岛属南设得兰群岛，紧靠南极半岛，不少国家均在此岛上建设科考站。30日一整天，我们先后参观了阿根廷的胡巴尼站、乌拉圭的阿尔蒂加斯站、智利的马尔什基地和我国的长城站。

胡巴尼站规模较小，有几名科学家在研究当地的地质、鱼类等。另有些家属是夏季临时从阿根廷来这里探亲的。该站有自设电台，用水取自湖水。此地位于南纬62°，属亚极带。岛上有地衣、苔藓等低级植物。我们在附近参观，最引人注目的动物是象海豹。象海豹头小如豹，尾小如鱼翅，中间身躯巨大如象，腿短小如翼。由于整个身体头尾小，中间大，象海豹在陆地上行动笨拙，靠躬身蠕动前行，但在海中则活动自如。象海豹张口时露出粉红色的上颚和舌头，加之身上有大块斑痕，其状可怖。以前在文学作品中曾看到有"张开血盆大口"的描述，也许指的就是这种情景。我们提心吊胆地靠近（也不敢靠得太近），与它们合影留念。

乌拉圭的阿尔蒂加斯站也设在乔治王岛上，距胡巴尼站不远。但由于陆地上交通不便，为节省时间，我们是从胡巴尼站乘直升机过去的。当时阿尔蒂加斯站刚建两年，比我国长城站只早一个星期。站内有文职人员和提供后勤保障的军人，他们一年一轮换。我们参观了他们的气象观察站等。

智利的马尔什基地以智利空军中尉马尔什的名字命名。此基地系智利空军所建，有很好的跑道。这是智利在南极的最大后勤基地，也是南极与南美大陆空中往来的重要枢纽。因该基地设施较完善，在南极建站的其他国家也从中受益不少。我们抵达时，机场上停放着2架飞机、1架直升机。在马尔什基地工作的，最多时据说曾达到400多人。我们去参观时，尚有15户人家，40多个孩子。除智利人外，还有几名德国科学家在此搞海带研究。我们参观了他们的实验室、气象站、邮电局、银行和招待所等。基地的气象站每隔12小时发出一次气象预报。马尔什基地的招待所在南极这种条件下应该说是相当舒适的了。我们在招待所大厅里休息了一会，室内温暖如春，陈设雅致，使我们暂时忘却了室外的冰雪世界。招待所内还布置着几盆常绿植物，显然是特地从南美大陆带过来的，并需靠室内的暖气才得以维持生命。正因为如此，更反映出主人爱美的苦心和对生活的热爱。

我国第一个南极考察站——中国南极长城站

1月30日下午6时，我们从马尔什基地乘坐直升机抵达心仪已久的我国第一个南极考察站——长城站（南纬62°13′，西经58°58′）。旅伴们礼貌地让我第一个下机。时任我国南极考察委副主任、海洋局副局长钱志宏，中国第三次南极考察队副领队郭坤等热烈欢迎我们。我握着他们的手，内心很激动。长城站经过两年的创建，此时已初具规模。几排橘红色的平房背山面海，五星红旗在房前高高飘扬。长城站的领导和职工在一间大屋里向我们介绍情况，并用丰盛的中国茶点招待了我们。当时，长城站正在扩建，科研中心、发电站、俱乐部等都在建设中。这些工程必须抢在天气变冷之前完工，故有120人在紧张地施工。我国"极地号"的30多名船员也在那里助战。所以，那时是长城站人丁兴旺之际，住房一时相当紧张，只好4人一间。在冬天来临之前，大部队将返回祖国，只留下几十人在站内过冬。由于天色渐暗，而我们在长城站的预计停留时间又不长，我抓紧时间去参观他们的实验室、宿舍和工地。南极风大，日照厉害，长城站的工作人员由于长时间在室外工作，一个个皮肤黝黑。我详细地询问了他们的工作和生活情况，并转达了使馆同志们的慰问。

我在离开使馆去南极前，就已获悉我们在这次南极之行中很可能要到长城站参观，为此曾与使馆同志商量给长城站的同志送点什么东西为好。我们分析，"极地号"刚到南极，干粮和罐头食品当不会短缺；水果和新鲜蔬菜从智利供应，估计也不成问题。长途旅行，行李箱也不宜太大。想来想去，最后商定送些葵花籽。因为春节将到，一来可以让长城站的同志们在南极过春节时能吃到我国传统的节日食品——瓜子；二来"葵花向太阳"，也含有他们在冰天雪地的南极不忘祖国的寓意。阿根廷当地人没有吃瓜子的习惯，葵花籽主要用来榨油，所以在一般商店是买不到的。

使馆办公室的同志把购买葵花籽作为一项光荣的政治任务，花了一番功夫才买到。与我们国内的葵花籽相比，阿根廷产的葵花籽颗粒较小，但更饱满。我向长城站的同志们递交了表达使馆同志们一片心意的葵花籽。他们也回赠了带有南极标志的织锦画、明信片、领带夹等，要我将一部分带给使馆同志们，另一部分赠送给同行的旅伴。

趁天还没有全黑，我登上了长城站背后的山坡，从那里俯瞰长城站全景，心潮澎湃。

我国在南极的考察和建站工作起步较晚。作为发展中国家，我国财力有限。但在全国人民的关心和支持下，在友好国家的帮助下，在中国科学工作者的努力下，长城站建站工作进展迅速。扩建工作正紧张进行中。由"极地号"运来的、来自祖国的一个个集装箱摆放在岸边，等待着开启，预示着长城站的明天将更加雄伟。长城站是中华民族自立于世界民族之林的又一个象征，足以使全体中国人民包括海外侨胞为此自豪。"祖国"这个词的分量本来就一直是沉甸甸的，但在此时此地，它更具有震撼人心的力量。随行的阿根廷记者眼尖，他们跟着我也爬上山坡，并在那里采访我对长城站的访问印象。我向包括阿根廷在内的友好国家的支持表示感谢，并对中国科学家在十分简约的条件下进行多种学科的考察，努力为人类和平利用南极作贡献的精神表示敬意。离开长城站时，天已漆黑。我恋恋不舍地告别了长城站的同志们。很多旅伴向我表示祝贺，称赞长城站很漂亮。

当晚，在回到"天堂湾"号共进晚餐时，有记者问阿南极委主任：为什么各国在南极各搞自己的考察站，往往是做一些别人也在做的考察工作？索拉主任回答：因为这事关每个国家的荣誉。我把长城站赠送的纪念品分送给索拉主任、布埃雷东船长和那天陪餐在座的外国朋友。

失望站与南极温泉

1月31日上午，我们参观阿根廷德塞普希翁（西班牙语意为"失望"）站。这是一个小岛，原是火山口，故呈马蹄形。它是一个天然良港。第二次世界大战期间，德国潜艇曾时常在这一带出没。战后，英国、智利等曾在此岛建立考察基地，在1967年此地发生地震及火山爆发后撤离，难怪此岛以"失望"来命名。阿根廷在这里建有夏季临时基地。有几名西班牙科学家也在此处考察火山和地震活动。岛的周围有温泉，几名强壮的旅伴还下海游泳片刻，尝试一下泡南极温泉的滋味。岛上多碎石，看来是火山爆发后的遗迹。加上当天天气阴沉，岛上更有一种荒凉萧瑟感。我们参观了一个已被遗弃不用的基地原址，屋顶门窗已部分损坏，屋内竟有巨大的冰块，像是一个冰窖。

返航遇风暴

1月31日中午12时许，我们结束了在南极的参观，启程返航。当日风平浪静，四周可看到无数浮冰。晚上，船长举行"德雷克海峡招待会"，食品比平日丰富。据介绍，返航时在德雷克海峡举行招待会和舞会是南极考察运输船的传统。这可能是经过长时间的辛勤工作胜利完成南极考察和运输任务之后，应该在返航时庆祝、轻松一下的缘故。我们几名使节在晚11时左右退席休息，据说有些旅伴跳舞至凌晨5时才尽兴。

2月1日，"天堂湾"号在德雷克海峡返航时遇到了风暴，船晃动得很厉害，连放在桌上的东西也晃来晃去。我吃完早饭后就躺在床上，未敢再动弹。中午勉强起身吃饭后不久即吐光。晚上，我因晕船未敢离舱与东道主共进晚餐，独自在舱内啃了几块饼干后又躺下。次日听说，那天共进晚餐的宾主均坚持不住，一个个提前退席，狼狈而散。

2日清晨抵达乌斯怀亚，风平浪静。前一天的风暴成了大家热烈议论的话题，说起来仍心有余悸。但船上的水兵淡定地说，昨日风浪才5级左右，不算大，最大的风浪可达30级。亲身体验过那次风暴后，不难想象长年在海上漂泊的水兵生活之艰辛。

下船前，船长布埃雷东海军少将送给我们由他亲笔题词的"天堂湾"号照片及由他签发的参加南极旅行的证书。这两件纪念品我珍藏至今。

2月2日上午，我们在乌斯怀亚市参观。中午，火地岛代省长陪同我们共进午餐。当晚，搭乘阿根廷总统的"探戈"号回布市，抵达时已是3日凌晨了。

南极没有国界

对一名外交人员来说，出门旅行可说是家常便饭。但一个星期的南极之行却令人久久难以忘怀。这是什么缘故呢？我想，至少有以下几个原因。

一是机会难得，弥足珍贵。若不是工作需要，一般人是很难有去南极的机会的。虽然现在也有些自费旅行者去南极旅行，但一名亚洲旅客飞到智利再换飞机到南极，据说耗资不菲。而且，随着去南极旅游者数量的增加，南极的环境保护开始受到威胁，已引起有关各方的关注。

二是南极的环境奇特。那是一个白茫茫的冰雪世界，冰清玉洁，玲珑剔透，是一块未被污染的处女地。列夫·托尔斯泰说过："自然界有一种恬静的美和力量。"南极独一无二的自然环境会给每一个去过南极的人留下终生难忘的印象。南极洲的冰雪量约占全球冰雪总量的90％，世界上约70％的淡水资源储存在南极洲的冰雪中。所以，南极的生态在全球生态中占有特殊的重要地位。南极是研究地球科学和探测全球气候变化"最理想的实验室"。保护南极、研究南极是人类的共同任务。

三是在南极独特环境中生活和工作的人，产生了一种"南极精神"。这就是不怕困难，超越国界，相互帮助。南极气候恶劣，自然条件极为困难，全部生活和工作用品均须由外界提供。长期生活在难以生存、人迹稀少、几乎与世隔绝的荒芜孤寂的环境中，需要有非凡的勇气和战胜困难的精神。长期在这样的环境中工作，人们会有一种什么样的心态？在与阿根廷希望站工作人员的聊天中，我曾向他们提出过这个问题。他们的回答是：南极没有国界，是共同进行科学探索的圣地。联合国《南极条约》冻结了对南极的所有领土要求。在南极，人们可以随意到各国的考察站内活动，人世间的一些世俗观念淡化，人与人之间的团结互助精神得到了升华。在南极生活的人，不管来自什么国度，大家都乐于互相帮助，客观环境也促使他们必须互相帮助。他们希望这种人际关系境界能扩展到世界各地。

尽管 30 多年时间过去了，他们的宏论至今仍萦绕耳际。

促进与"南美洲的瑞士"乌拉圭建交

阿根廷的近邻乌拉圭位于南美洲东南部，乌拉圭河与拉普拉塔河的东岸，因而它的全名为乌拉圭东岸共和国。乌拉圭是南美洲一个小而富庶的国家，面积17.6万平方千米，人口350多万。经济以农牧业为主，全国平均每人拥有3头牛、2只羊，主要出口肉类、羊毛、皮革、水产品和农产品。20世纪上半叶，乌拉圭政治稳定，福利优厚，教育事业发达，社会安宁，曾享有"南美洲的瑞士"之称。20世纪60年代末期后，乌拉圭社会矛盾激化，局势动荡。1973年2月，乌拉圭军人通过政变上台，实行独裁统治10余年。1984年军政府还政于民。乌拉圭国家虽小，但在地区事务中表现活跃，起着独特的作用，在国际上有一定影响。一些重要的国际会议曾在乌拉圭召开。著名的旨在全面改革多边贸易体制的"乌拉圭回合谈判"，就肇始于1986年9月在乌拉圭埃斯特角城举行的关贸总协定部长级会议。乌拉圭足球队是世界足坛劲旅，曾多次荣获世界冠军。

我国很重视对乌拉圭的工作。多年来，国内有关部门通过多种渠道与乌拉圭保持着文化、贸易、政党和民间交流往来。我国是乌拉圭羊毛、皮革等产品的重要买主。新华社在乌拉圭设立了分社。

根据国内当时确定的分工，对未建交国乌拉圭的工作由驻阿根廷大使馆兼管。遵照国内指示精神，我在阿根廷任职期间，一直把促进与乌拉圭的关系作为使馆的一项重要任务，曾数次向新华社驻乌拉圭分社记者段之奇和继任的金仁伯了解乌拉圭的形势，商议对乌工作，听取他们的意见。

做乌拉圭工作的较好时机

在乌拉圭军政府1984年交权后举行的第一次大选中，代表工商资产阶级、社会民主主义者和自由职业者利益的红党候选人桑吉内蒂胜出，于1985年3月开始执政。桑吉内蒂政府对内巩固民主政体，释放政治犯，主张建立合理的国民经济体系，发展社会福利事业，公平分配收入；对外强调民族自决和不干涉政策，主张和平解决国际争端，积极参与和推动多边合作及拉美地区一体化，并与阿根廷、巴西和巴拉圭组建南方共同市场。当时南美洲绝大多数国家都已与我国建交，这对乌拉圭也产生了积极影响。客观分析当时的乌拉圭形势，我们认为存在与我国发展关系的实际可能性，是做乌拉圭工作的较好时机。

乌拉圭与阿根廷两国仅一河之隔。很多乌拉圭人经常来布宜诺斯艾利斯办事，或经停布市去其他国家。这为我们提供了广泛接触乌拉圭各界人士的机会。使馆负责政党工作的吕惠书一等秘书在这方面做了许多工作。如经她联系安排，我曾在大使馆设宴招待经停布市的乌拉圭参议员豪尔赫·巴特雷、众议员玻萨、前经济部长维亚加斯等。豪尔赫·巴特雷是乌拉圭红党中的重要人物，他的曾祖父、叔祖父和父亲都曾任乌拉圭总统。他本人后来也于1999年当选总统。在各种社交场合，我也主动与乌拉圭等拉美未建交国家驻阿根廷使节交往。

1986年8月25日,我应邀出席了时任乌拉圭驻阿根廷大使路易斯·巴里奥斯·塔萨诺举行的国庆招待会,进行了友好交谈。在乌拉圭的对外关系中,美国、阿根廷、巴西这三个国家占有特别重要的位置。乌拉圭驻这三个国家的大使,通常都是乌拉圭国内的重量级人物。

巴里奥斯大使是乌拉圭颇有影响的律师和外交家,红党重要成员。他也是桑吉内蒂总统和伊格雷西亚斯外长的好友,他们关系密切。这是一个很理想的做乌拉圭工作的对象。

与乌拉圭的建交谈判

8月27日,我应邀出席乌拉圭大使巴里奥斯的宴请。散席后喝咖啡时,他单独把我请到一边,就发展两国关系交换意见。巴里奥斯大使曾在联合国开发署工作,思想较开放,了解我国与美国建交的过程。他表示,台湾经济是西方扶植下的产物,只有中华人民共和国才能真正代表中国。他表示愿为打开乌中关系而出力,并提出了一些想法和建议。我了解他在乌政府中的地位和影响,自然鼓励他的想法,并半开玩笑地表示希望他成为乌拉圭的基辛格。我把这次接触谈话情况向国内作了汇报,并提出了看法和建议。我认为巴里奥斯大使所谈,看来不仅是他个人的态度,很可能有乌政府的授意,值得重视。

8月29日,曾涛同志率领的人大外委会代表团在赴乌拉圭访问途中,经停阿根廷4天。除安排该团礼节性拜会阿根廷参、众两院议长和外委会主席及利用周末时间在布市作一些参观游览外,我向曾涛同志等介绍我馆所掌握的乌拉圭近况，并商议去乌拉圭访问的有关事项。

10月2日，乌拉圭大使巴里奥斯偕乌拉圭经济部外贸司司长来见我，探讨发展两国关系问题。这证实乌拉圭大使8月27日与我的接触和谈话，确实反映了乌政府欲与我国发展关系的愿望。乌拉圭媒体后来披露，巴里奥斯大使力主与我国建交，并为此采取了"决定性的行动"。

11月10日，我回请乌拉圭大使巴里奥斯夫妇，按国内的指示精神做工作。此后几个月中，我与乌大使多次会见，就发展两国关系交换意见，并开始商谈签署两国贸易协定等建交文件。与此同时，为配合做乌各界的工作，我国国际贸易促进委员会在阿根廷举办的中国经济贸易展览会闭幕后，于1987年3月移师乌拉圭，以扩大我国在乌拉圭的影响。

1987年8月，我正在北京述职休假。8月6日，部里通知我去开会，研究乌拉圭驻阿大使巴里奥斯来京接待事宜。原来，巴里奥斯大使觉得有关两国贸易协定的谈判进行得不够顺利，想趁我在北京的机会，来一趟中国，以便与中国政府有关部门直接面谈，打开局面。

1987年8月9日，我去北京首都机场接巴里奥斯大使。10日上午，美大司刘华秋司长与他会谈，双方阐述了各自的立场和看法。下午，我陪同他参观天安门广场、故宫。晚上，朱启祯副部长会见、宴请了他。巴里奥斯大使对这一天的活动感到满意，他觉得有希望。但11日上午，他与外经贸部的谈判进行得并不顺利，他甚至表示不想再谈下去了。中午刘华秋司长请他吃北京烤鸭，下午由我陪同他参观四季青乡（今北京市海淀区四季青镇）。那几天，我本应参加驻外使节学习班去东北参观，朱启祯副部长指示我留在北京，继续参加与乌大使的会谈，并与乌大使作个别交谈，探讨妥协方案。从当时的谈判情况分析，乌拉圭政府政治上已作出与我国建交的决断，但在经贸上的一些要求与我方有距离。12日，吴学谦外长会见巴里奥斯。下午中方与他继续会谈。晚上由我单独陪他共进晚餐，他表示将向政府报告在华会谈情况。13日，我送他去机场离开北京。

我于1987年9月底返回阿根廷，我方与乌方的会谈取得重要进展。在那段时间里，我国的水产联合总公司代表团去乌拉圭购鱼，商谈渔业合作；纺织品公司采购羊毛小组去乌拉圭采购羊毛。这两个代表团赴乌拉圭之前，都与我见了面，共同商议有关问题。10月中旬，朱启祯副部长对阿根廷进行工作访问。朱副部长在与卡普托外长会见时，向阿外长通报了中乌建交谈判进展情况。因与乌方的建交谈判是在阿根廷进行的，向阿方作必要通报是体现对阿方的尊重。卡普托外长对中乌关系的进展表示欣慰，并感谢中方的通报。

10月14日，乌拉圭驻阿根廷大使巴里奥斯在官邸宴请朱启祯副部长。乌拉圭外长伊格雷西亚斯、经济部长塞尔维诺斯专程从乌拉圭来到布宜诺斯艾利斯，与朱副部长共同草签中乌建交的6个文件。经过双方一年多的共同努力，中乌在建交的道路上终于取得了重要突破。

根据乌方的建议，双方商定中乌建交文件于1988年

2月3日由双方驻联合国代表在纽约签署。遵照国内的指示，我馆派一直参与此事的政务参赞谢汝茂去纽约，协助签署中乌建交文件。3日当天，乌拉圭驻阿根廷大使馆临时代办来访，祝贺中乌建交。我也于当天约见阿根廷外交部亚大司司长埃里松多，通报中乌建交一事。

应邀去乌拉圭参加巴里奥斯大使女儿的婚礼

经国内批准，我与夫人石成慧于1988年2月4日，即中乌建交公报签署的次日，应乌拉圭驻阿根廷大使巴里奥斯的邀请，去乌拉圭首都参加他女儿的婚礼。巴里奥斯大使向我解释，他女儿的婚礼与乌中签署建交公报的日子相连，这仅是一种巧合，并非他特意安排。尽管我们这次去乌只是一次非正式访问，但乌方给予我们相当高的礼遇。乌外交部礼宾司副司长和乌中商会主席等到蒙得维的亚机场迎接我们。

巴里奥斯大使女儿的婚礼规模宏大，被称为乌拉圭的"世纪婚礼"，出席者有千余人，包括总统桑吉内蒂、副总统塔利戈等，我借机向他们致意并祝贺中乌建交。那天晚上，新人与宾客们兴致都很浓，敬酒合影，唱歌跳舞，我们夫妇俩一直到凌晨2时许才退席。第二天，乌方主动安排我先后礼节性会见乌拉圭外长、礼宾司司长、亚非司司长等。乌拉圭农业合作社联合会主席、乌中商会主席等分别会见并宴请我们，农业合作社联合会和商会主要领导成员、乌前外长布朗哥、前经济部长阿齐尼等出席作陪。我们在蒙得维的亚看望了新华分社记者金仁伯夫妇，并在蒙得维的亚和著名避暑胜地埃斯特角参观后返回阿根廷。一个月后,巴里奥斯大使夫妇在阿根廷首都举行告别招待会后离任回国。到同年6月我在布市又见到他时,他已经是乌拉圭的新任外交部长了。

中乌建交到如今已有30多年。两国高层互访频繁,在国际事务中相互理解和支持,两国关系发展顺利。乌政府坚定奉行一个中国政策。中乌经济互补性强。建交那年,两国贸易额仅1.24亿美元。2020年中乌双边贸易额已达到40.67亿美元,其中中方出口额17.04亿美元,进口额23.63亿美元。中国已是乌拉圭第一大贸易伙伴和羊毛、大豆、牛肉最大进口国。可惜的是,那位曾为中乌建交作出过重要贡献的巴里奥斯大使因病已作古多年。行文及此,向这位可敬可亲的乌拉圭友人表示敬意和缅怀之情。

阿方辛总统访华

1987年10月,阿方辛总统在接见访阿的外交部副部长朱启祯时,最早提出了拟于翌年5月访华的设想。中方立即发出了邀请。认真做好阿总统访华的有关准备工作,成为全馆1987年第四季度和1988年上半年工作的重中之重。从准备一次国事访问的角度说,6个月的准备时间不算很宽裕。

阿根廷历史上第一位访华的民选总统

在众多需要做的阿总统访华的准备工作中,首先要根据两国元首的日程安排,协商确定对双方都合适的具体访华日期。为此,我根据国内的指示,先后三次约见阿根廷外交部礼宾司司长松切印,商定访华日期。接着分别约见阿有关部门的负责人，了解阿方对总统访华的日程安排有何要求，对两国领导人会见、会谈的议题有何设想，有哪些双边合作协议可考虑在总统访华时签署，并作相应的推动工作。使馆内部也多次开会研究，及时向国内提出有关阿总统访华的接待与会谈内容的建议。随同总统访华的还有大批阿根廷企业家，我应邀出席了他们举行的圆桌会议，并为他们举行了一次招待会，向其介绍有关情况，了解其想法和要求，协助国内有关部门做好接待工作。

应杨尚昆主席的邀请，阿方辛总统于1988年5月13日至16日对我国进行国事访问。他是阿根廷1972年与我国建交以来第二位访华的阿根廷总统，也是阿根廷历史上第一位访华的民选总统。这次访问是两国关系中的一件大事，对推动中阿两国友好合作关系的发展具有重要意义。

在为阿方辛总统访华紧张地做着各项准备工作的半年多时间里，有一种担忧始终萦绕在我们心头，那就是：当时阿根廷的形势是否会影响阿方辛总统如期访华？阿方辛政府处于从军人独裁统治转向民主的特定历史过渡时期，为国家恢复民主体制作出了重要贡献，但也面临不少困难。1988年初，阿根廷再次发生了部分军人哗变事件。政府与军队的关系仍是当时威胁阿政局稳定的一个重要因素。

同时，阿根廷的经济形势也相当严峻。1986年阿根廷的通货膨胀率为82%，1987年更是达到175%，政府以控制通货膨胀为主要目标的"奥斯特拉尔计划"失败。高通货膨胀导致工薪阶层的购买力大为下降，社会矛盾加剧。在1987年9月举行的众议院选举中，执政的激进党失利，只获得37%的选票,而反对党正义党则得票41%。在这样不利的国内形势下,总统是否会如期访华,不免令人有些担心。

我们这种担忧并非杞人忧天。1988年5月2日,也就是在阿总统原定启程访华之前11天,阿外交政策副国务秘书和礼宾司司长突然紧急约见我,提出因阿国内原因,缩短阿方辛总统的访华时间,并对此改动给中方造成的不便深表歉意。幸亏阿方提出压缩的主要是访华期间去外地的部分,在北京的重要活动仍然保留。5月4日,我按原计划离开阿根廷回国参加接待,一路还在担心再发生新的变故。

拉美的作用在国际事务中越来越重要

1988年5月13日(星期五)下午3时,阿方辛总统专机抵达北京,陪同其来访的有外交部长、经济部长、空军参谋长、工贸国务秘书、农牧渔业国务秘书等正式成员20余人、企业家48人、工作人员30余人、记者20余人,共100多人。中国政府陪同团团长、航空航天工业部长林宗棠等去机场迎接。时任主席杨尚昆主持隆重的欢迎仪式,与他会见,并举行欢迎宴会。其他重要活动包括向人民英雄纪念碑献花圈,瞻仰毛泽东同志遗容,与时任总理李鹏会谈,会见时任总书记赵紫阳,会见时任中央军委主席邓小平,去北京大学发表题为《中国文化在拉美》的演讲,游览故宫、长城和定陵,出席歌舞和京剧文艺晚会,出席在中国美术馆举办的阿根廷艺术展览会开幕式,举行记者招待会等。随同阿方辛总统来访的外交部长卡普托和经济部长索罗伊列分别与我国外交部长钱其琛和对外经济贸易部长郑拓彬举行了深入的对口会谈。陪同团团长林宗棠请阿方辛总统一行品尝北京烤鸭。此外，阿方辛总统还专门会见了拉美国家驻华使节，阿方邀请我也一同出席。

阿方辛总统的访华日程排得很紧凑，几场重要会谈和会见都安排在星期六和星期天进行。这是鉴于阿方需要压缩总统访华天数所作的特殊安排。但双方谈得很好。中方赞赏阿根廷政府和人民在阿方辛总统领导下对内不断巩固民主进程，努力恢复和振兴经济；对外奉行独立自主和不结盟的外交政策，为解决中美洲冲突和拉美债务问题、促进拉美国家的团结合作和一体化发挥着积极作用。

中方表示，中阿两国虽然社会制度不同，相距遥远，但是双方的共同点远远超过差异。中国政府与人民一向同情和支持拉美国家与人民捍卫国家主权、发展民族经济的努力，重视同拉美国家发展友好合作关系。中国和拉美国家都拥有丰富的资源，经济技术上也各有所长，可以互相学习，取长补短，互利合作，共同发展。在这方面中阿之间的友好合作关系就是一个范例。中方支持发展中国家就解决外债问题对发达国家提出的合理要求。对阿根廷在我国建立南极科学考察站过程中给予的支持表示感谢。

阿方辛总统表示，近年来中国和阿根廷的关系在稳步发展。阿根廷十分重视同中国的关系。中国不仅在当今世界而且在未来的世界都是极其重要的。这次访问是为了达到一个基本的政治目标：发展同中国的关系。他认为，双方应加强在各个领域的合作与交流，建设牢固、高效、互为补充和范围广泛的经济技术交流关系。他说，在阿根廷，或者说在整个拉丁美洲，我们都感到并且相信中国是世界格局中的一个决定性因素，是建设和平、正义生活的关键国家之一。"中国以一个起协调作用的大国的面貌出现，这确是世界希望之所在。"在马尔维纳斯群岛问题上，阿方辛感谢中国支持阿根廷维护主权的要求和通过谈判同英国达成协议的立场。

邓小平在会见阿方辛总统时说，我们在地理上相距遥远，但是在感情上却很近，因为我们都属于第三世界国家。我们的政治处境、要求和目标都是一致的。我们没有任何的分歧，包括对国际问题的看法。两国建交以来，关系一直很好。我们应该长期地友好合作下去。

邓小平说，整个第三世界是最大的和平力量。第三世界每发展一步，和平力量就发展一步。人们都在议论21世纪是太平洋世纪。他认为这句话说得太早了，我们还需要50年的努力。我们现在面临的问题有两个，就是和平与发展。中国、阿根廷都应该利用这段时间，搞好自己的发展和建设。他还说，阿根廷是拉美的大国，拉美的作用在国际事务中越来越重要。他相信，将来也会出现拉美的世纪。

阿方辛完全赞同邓小平的讲话。他说，客观形势使拉美国家感到必须搞一体化，必须团结起来。只有这样，才能在国际上有更大的发言权。拉美国家，特别是阿根廷，愿意同中国合作，共同为实现世界和平而努力。

阿方辛访华期间，双方签署了两国南极合作协定、航天科学研究和应用合作协定、关于动物检疫及卫生合作协定、互设总领事馆的换文、关于中国农业科学院和阿根廷全国农牧技术研究所合作计划的协定以及关于阿根廷在中国建立示范牧场的意见书等文件。

两国领导人对阿方辛总统此次访华成果均感满意。时任国家主席杨尚昆到钓鱼台国宾馆为阿方辛送行时，祝贺他中国之行取得成功。杨尚昆说，阿方辛同中国领导人举行的一系列会见和会谈加深了双方的相互了解。阿方辛说，他同中国领导人的会见和会谈表明，双方对当今世界的许多问题有一致的观点。

1988年5月16日上午10时，阿方辛一行离京，留下卡普托外长等由我陪同参观上海、广州和深圳，完成总统因提前回国而未能亲往的部分。5月19日我送阿外长离京。

阿方辛回国后不久，由阿根廷外交部、经济部等部门数名高级官员和10多名著名企业家组成的阿根廷与中国国际合作委员会在布宜诺斯艾利斯正式成立，以推动两国的各项合作。时任阿外交部经济一体化副国务秘书卡洛斯·布鲁诺出任该委员会的执行秘书。我也应邀出席了成立大会。

抱憾告别阿根廷

1988年5月26日，在完成接待阿总统访华任务离京返阿前，我去外交部见主管副部长朱启祯请示工作。他告知我的工作可能要有变动，7月可以定下来。这个消息使我颇感意外，因为当时我到阿根廷任职还不到2年，自己觉得刚刚熟悉情况，渐入佳境，阿总统又刚访华，我对如何"趁热打铁"进一步打开对阿工作的局面有不少憧憬。我的工作会有什么样的变动，朱副部长没有说。朱副部长是我敬重的老领导，他办事说话历来非常严谨，不多说也不少说。没有最后决定的事，他当然不能对我多说什么；我回到使馆后要安排下一阶段工作，如不给我先打个招呼，到时候可能会让我措手不及，造成被动，所以先给我透一点风。按照外交部"不该知道的事不要打听"的规矩和传统，我什么也没问就回馆工作了。

1988年7月上旬，我果然接到了国内调令，让我转到巴西任职。阿方第一个知道我将离任消息的是阿方辛总统。7月11日，我陪同时任广东省委书记林若率领的代表团会见阿方辛总统。会见结束时，我顺便告知阿方辛总统我即将离任。由于我去巴西任职一事需首先征得巴西方面的同意，我未告诉阿方辛总统我从阿根廷离任后的新岗位。阿方辛总统对我的离任感到很惊讶，因为我在阿根廷任职时间不长，而且他刚访华归来不久。

在以后的27天时间里，我进行了一系列的辞行活动。8月7日，我离阿回国，结束了我在阿根廷2年1个月又10天的任期。阿根廷是一个美丽富饶的国家，我在那里结识了很多朋友，从那里带回了许多美好回忆和一份遗憾，因为我在阿根廷的任期太短了。如果想深入了解像阿根廷那样的大国，2年的时间是远远不够的。我有许多想看还未来得及看的地方，也有一些想做还未来得及做的事。

出使巴西

出使"南美洲的巨人"巴西

我在1988年9月至1993年12月出任我国驻巴西联邦共和国的第4任大使,历时5年又3个月。那是一段令人难以忘怀的岁月。

一项意想不到的任命

1988年7月上旬,我接到国内让我去巴西任职的调令。那次调动让我颇感意外。但国内调令已经下来,再想别的都是多余的了。周恩来总理兼外长多次说过,新中国的外交人员是穿文装的解放军。这是从建部时起周总理就为我国外交人员制定的行为准则。外交部的调令如军令,军令如山,我必须迅速在阿根廷完成辞行活动,之后收拾行装回国。

由于工作关系,我此前曾数次到过巴西,或陪同我国领导人去访,或去巴西参加会议。在我担任外交部美大司副司长将近3年时间里,分管包括巴西在内的拉美事务,对巴西有一定的了解。我喜欢那个国家和那里的人民。但实话实说,我从未想过有朝一日会去巴西当大使。

首先是因为我学的是西班牙语,而巴西讲葡萄牙语。虽说这两种语言同属拉丁语系,比较相近,但毕竟是两种不同的语言。如果你会讲西班牙语，而对方讲葡萄牙语，你最多可以听得懂对方的大概意思，但难以准确，更不可能领会对方话语中的微妙之处。如果没有学过对方的语言，若想深度精准沟通，就会遇到不少障碍，有时会感到好像有一层薄膜那样的阻隔。

更重要的原因是巴西太大、太重要了。巴西是拉美第一大国，它的国土面积、人口和国内生产总值均约占南美洲总量的一半。20世纪70年代，尼克松曾说过，"巴西向何处去，拉丁美洲也将向何处去"。这种看法形象地反映了巴西在拉美的地位以及巴西在美国领导人心目中的分量。在我国对拉丁美洲的全盘工作中，巴西同样占有举足轻重的地位，我们不能不分外关注我国与巴西的关系。

此前我国派驻巴西的三任大使，都是资深的老革命。他们有的在抗日战争之初就加入了中国共产党，担任过县委书记、地委书记、军分区政委、市长等要职，有的则在上海、南京等地参加党的地下工作。他们曾经历过枪林弹雨或白色恐怖的严峻考验，新中国成立后又长期在外交战线工作，为建立中华人民共和国和开创新中国的外交事业作出了各自的贡献，有丰富的政治斗争、外事工作和行政管理经验。

20世纪80年代，我国开始建立退休制度，废除干部任职终身制。我属于在五星红旗下成长、在和平环境中培养出来的新一代，也是碰上那次世代更新机遇的幸运者之一。那年，我刚满51岁。让我去接替革命老前辈的工作，去巴西那么重要的国家担任大使，我深感这是党和国家对我的信任。但那是一副重担，责任重大，我不禁想起我的老领导——"将军大使"王幼平当年在古巴任职时经常说的几句话：诚惶诚恐，如履薄冰，如临深渊。

使馆建议国庆节之前到任

我国驻巴西大使馆建议，我最好能赶在1988年国庆节之前向巴西总统递交国书并主持使馆当年的国庆招待会，这样在履新之初就能很快认识许多朋友。这是使馆同志为便于新任大使开展工作而提出的一个好建议，但前提是巴西总统能在我国国庆节前接受新任大使递交的国书。

经我使馆向巴方试探，对方表示只要我能在9月中旬抵达巴西利亚，巴方可以在我国国庆节前安排我向巴西总统递交国书。因为有巴方的友好承诺，使馆可以放心地用我的名义印发那一年国庆招待会的请帖，我也可以放心地于9月中旬去巴西利亚赴任，而不至于遭遇人虽抵达巴西却因尚未递交国书而不能主持使馆国庆招待会的尴尬。不过，我必须因此而迅速完成在阿根廷的辞行活动。从7月中旬开始，我在阿根廷进行密集的离任辞行活动，8月7日离开布宜诺斯艾利斯回国，8月9日即抵达北京。

我在北京只能停留一个月，既要撰写从阿根廷离任的报告，又要做好去巴西任职前的各项准备，包括检查身体、办理各项转馆手续、向部内外各有关单位的领导汇报和请示工作、出席巴西驻华大使为我举行的饯行等活动、接待中国驻阿根廷和巴西使馆的同事家属来访以及根据巴西的气候特点补充置装等，日程安排得相当紧张。

1988年9月9日，我离开北京，经停上海、旧金山和纽约，于9月16日抵达里约热内卢。从北京到里约，上述4段飞行时间加起来有26个小时。巴西外交部驻里约的代表玛尔格丽达·索芭兰参赞，里约侨领季福仁、周尚夷、林均祥、简璋辉等，新华社里约分社记者王志根和南美五矿公司的老总甄永甸等在里约国际机场迎接我的到来。稍事休息后，我又换乘巴西国内航班飞行了一个半小时才抵达巴西的首都巴西利亚。巴西外交部礼宾司保罗·塔利塞处长、我国大使馆临时代办肖思晋参赞等在机场迎候。

9月20日，我按照惯例先拜会巴西外交部礼宾司司长，在他的陪同下拜会巴西外长阿布雷奥·索德雷，递交国书副本。索德雷外长是律师出身，他的家族拥有1.8万多公顷的土地，大量种植咖啡和养牛。他是老资格的政治家，当过圣保罗州州长。作为外长，索德雷曾于1988年4月访问过我国，对我国十分友好。他接见我的时候，已经71岁高龄了。

隆重的递交国书仪式

在我抵达巴西之后的第11天，即9月27日，巴方安排我向若泽·萨尔内总统递交国书。递交国书的仪式在总统府举行。巴西的总统府又称高原宫，位于巴西利亚三权广场的左侧，右侧是联邦最高法院。广场另一侧则是国会参、众两院。白色的高原宫线条简洁明快大方，凸显出先锋派造型艺术之美。四周的立柱宛若风帆，旁有水池相伴，增添了高原宫的妩媚，使整个建筑像是一艘华丽的游艇游弋在湖面上。当年完成迁都伟业的库比契克总统很喜欢高原宫，觉得它美若用于展览兰花的玻璃厅。高原宫是联邦共和国行政首脑办公和进行重大国事活动的地方。每天早晨和晚上，在总统府前都有升降旗仪式。总统府右前方有一个硕大的椭圆形讲台，专用于当选总统宣誓就职后向民众发表演讲。总统府的左前方有一条宽大的斜坡，从大街旁直通二楼。外国元首来访，在三权广场举行欢迎仪式后，都从这条斜坡直接走向二楼的接待厅。这个斜坡也是一条象征总统与人民联系的"纽带"。每个星期五的下班时间，总统在离开总统府回官邸度周末前，都要先奏国歌，然后沿着斜坡徒步而下。这时自发地等候在近旁的群众向总统鼓掌和发出欢呼声，总统则微笑着挥手向群众示意，有时还走向人群握手言欢，说上几句。当然，表示不满的群众有时也会打出横幅，提出某种诉求。

巴西总统接受外国大使递交国书的仪式相当隆重。我递交国书那一天，总统府前面的旗杆上升起了巴西和中国的国旗。由总统警卫团"独立龙"组成的仪仗队，头戴礼帽，蓝衣白裤，整齐地排列在总统府外面的广场上，等候检阅。当我们的车队准时抵达总统府时，由巴西外交部礼宾司司长迎接并陪同我顺着斜坡走向二楼接待厅。沿途"独立龙"警卫团的礼兵穿着白色的古典军装，头戴金盔，手执长矛，脚穿黑靴，三步一岗，站岗护卫。当我在礼宾司司长的陪同下进入总统府接待大厅时，萨尔内总统已站立在大厅的另一端等候。我按照仪式的规定，缓步向前同他握手，向他递交了时任国家主席杨尚昆任命我为中华人民共和国驻巴西联邦共和国特命全权大使的国书。萨尔内总统接过国书后，向我介绍了在场的巴西代外长、总统民事办公室主任等巴方人员。我也向他介绍了陪同我参加仪式的大使馆政务参赞肖思晋、李永禄,公使衔商务参赞刘恒治、武官薄占正大校、文化参赞王世申等主要外交官。

接着,萨尔内总统请我坐下来与他进行单独交谈。因为萨尔内总统会讲西班牙语,而我则刚开始学习葡萄牙语,我们就用西班牙语直接交谈,大使馆的秘书高克祥作为葡萄牙语翻译站在我们的后面,以便必要时帮助我们。我向萨尔内总统转达了我国领导人对他的亲切问候,表示我作为中国新任驻巴西大使,愿为进一步发展中巴两国的友好合作关系而竭尽全力,希望在工作中得到他和巴西政府的支持。萨尔内总统也要我转达他对中国领导人的亲切问候,欢迎我到巴西任职,他和巴西政府一定将支持中国大使的工作。两个多月前(1988年7月),萨尔内总统刚对我国进行了国事访问,会见了邓小平等中国领导人,就两国关系和双方共同关心的国际及地区问题进行了广泛深入的交谈,讨论了中巴合作发射通信卫星等合作项目,进一步推动了两国关系的发展。萨尔内总统和蔼可亲,对访华之行印象深刻,与我的谈话气氛轻松愉快。

谈话结束告别总统后,我在总统警卫团指挥官的陪同下检阅仪仗队。数百名仪仗队成员个个身穿19世纪的古典军服,威武雄壮,精神抖擞,目不斜视,使递交国书仪式增添了庄重严肃的气氛。使节是国家的驻外代表,巴西接受外国使节递交国书的隆重仪式,体现了巴西对使节所代表的国家和使节所承担的神圣使命的尊重。

按照通常的外交礼仪规定,新任大使只有在递交国书之后，才能正式对外履行大使的职责。此时距离我国国庆只有 3 天时间。我一方面抓紧时间进行一些到任拜会；另一方面接受几家新闻媒体的采访，就我国国庆发表谈话。1988 年 9 月 30 日，我主持大使馆的国庆招待会，巴西代外长保罗·塔尔索·弗雷夏·德利马、众议院第一副议长奥梅洛·桑托斯、巴西利亚军区司令等 280 多位来宾出席。

我国与巴西于 1974 年 8 月 15 日建交以来，两国在政治、经贸、科技、文化和军事等领域的友好合作关系发展顺利，双方高层互访频繁。我的三位前任多年来在巴西做了大量工作，打下了良好基础。驻巴西使馆是我国在拉美地区的重点馆，国内各有关部门对巴西很重视，派驻到使馆各部门的工作人员配置齐全，熟悉业务，团队协作精神好。肖思晋临时代办能讲一口流利的葡萄牙语，他与使馆其他同志在我抵达巴西利亚前作了周到的安排，巴方对我的到任也很配合，迅速安排我向总统递交了国书，使我到任后能很快顺利地开始工作。

得天独厚的国度与"上帝是巴西人"

到过巴西的人，都会不约而同地赞叹和羡慕巴西自然条件之优越、各种资源之丰富和发展潜力之巨大。千真万确，那是一个得天独厚的国度。

当之无愧的大国

按照国土面积、人口和国内生产总值这三项最基本的指标来衡量，巴西是一个当之无愧的大国。它幅员辽阔，人口众多，综合国力和发展潜力在拉丁美洲首屈一指，在世界范围内也名列前茅。

巴西国土面积仅次于俄罗斯、加拿大、中国和美国，居世界第 5 位，占南美大陆的 47%，相当于欧洲大国法国的 15 倍，亚洲大国印度的 2.5 倍以上。巴西有 10 个接壤的邻国，在世界上接壤邻国数量排名第 3。巴西 2014 年的人口为 2.03 亿，相当于拉美总人口的 1/3 以上，仅次于中国、印度、美国和印度尼西亚，居世界第 5 位。

巴西是西半球最大的发展中国家，南半球最大的经济体，也是世界经济大国。国际货币基金组织统计，2019 年巴西国内生产总值为 1.84 万亿美元，仅次于美、中、日、德、印度、英、法、意，为世界第九大经济体。当年巴西人均国内生产总值 10913 美元（我国为 10121 美元），世界排名第 68 位。

世界上真正称得上地大物博的国家不多，巴西是其中之一。在人类赖以生存的淡水、森林、土地、海洋等自然资源方面，巴西均享有独特的优势。

"上帝是巴西人"

巴西的自然条件十分优越，以至于有这么一条流传甚广的谚语："上帝是巴西人"。根据考证，这条当地人耳熟能详的谚语源自墨西哥哲学家阿尔丰索·雷耶斯。他曾于 1930 年至 1936 年出任墨西哥驻巴西大使。他对巴西的地大物博与美丽富庶印象极深，不禁感叹说："上帝是巴西人。"因为在他看来，唯有这样才能解释巴西为什么能拥有这么优越的自然条件。

巴西人为自己的国家感到自豪，经常引用这句谚语。

每当巴西足球队赢得世界杯时，巴西人会说"上帝是巴西人"。2007年11月巴西南部发现特大油田时，时任巴西总统卢拉也表示，这个发现再次证明"上帝是巴西人"。2003年，巴西甚至出了一部以"上帝是巴西人"命名的喜剧电影。

幽默的巴西人很会自我调侃。当访问巴西的外国友人不由得羡慕地感叹"上帝是巴西人"时，他们会淡定地讲述这样的故事：上帝在创造世界的时候，把最富庶的一块地方给了巴西。别的国家的人愤愤不平地去问上帝，为什么把这么好的地盘都给了巴西？上帝回答说："不要着急呀，你们看我把什么样的人放到巴西去了。"巴西人自嘲不勤快，上帝把不勤快的巴西人放在那里，以此来平衡过于富庶的资源。

我到巴西任职后，曾先后拜会各国驻巴西的使节。记得一位南美国家驻巴西的使节在向我介绍巴西时，是这样说的："巴西是南美洲的巨人。它太大了，自成一体，所以它从容不迫，有大国风度。"在以后的5年多时间里，我曾数次回想起这位南美同行的话，觉得他对巴西的感悟还是比较贴切的。

🕊 学习柔和动听的葡萄牙语

到巴西任职之后，摆在我面前的一项迫切任务是学习葡萄牙语。

我在中学里学的是英语，在大学里学的是西班牙语。参加工作后，在20多年的时间里，对外所用的基本上一直是西班牙语。西班牙语清晰流畅，音韵悠扬悦耳，朗朗上口，反映西班牙人热情奔放、乐观向上的性格。由于西班牙语优美动听，其中颤音"R"音更增加了别样的韵味，被誉为"与上帝对话的语言"。恩格斯则形容西班牙语像林间的清风。

过去西班牙语被认为是一个小语种或非通用语种。实际上，世界上有4.37亿人以西班牙语为母语。此外，另有数千万人以西班牙语为第二语言。按实际使用的人数排名，西班牙语仅次于汉语和英语，是世界第三大通用语言。西班牙语应用范围很广，是联合国等国际组织的工作语言之一。尤其在拉丁美洲，除巴西和海地外，绝大多数国家都以西班牙语为官方语言。

巴西受葡萄牙殖民统治三个半世纪，官方语言是葡萄牙语。我在接到去巴西任职的调令后，就下决心要学习葡萄牙语。首先因为这是工作的需要，是一种责任。只有学会葡萄牙语，才能看得懂当地的报纸，听得懂当地的电视、电台节目，随时掌握当地形势的脉搏，才能直接而不是通过翻译与当地人沟通交流，从而贴近当地人的思想感情。过去我国很多"将军大使""八路大使"依靠翻译与外界沟通，那是由当时他们所处的历史条件决定的，人们能够理解。作为新中国自己培养出来的新一代年轻外交人员，有条件学习驻在国的语言，当然应该努力去学。这既是对驻在国政府和人民的尊重，也是周恩来总理等中央领导人对我国外交人员的一贯要求。

进一步说，葡萄牙语其实也不能说是"小"语种。欧洲、南美洲、非洲和亚洲的8个国家（葡萄牙、巴西、安哥拉、佛得角群岛、几内亚比绍、莫桑比克、圣多美和普林西比、东帝汶）均以葡萄牙语作为官方语言。从分布的广泛性来说，葡萄牙语仅次于英语和西班牙语。如果按照使用的人数来排位，葡萄牙语在世界流行语种中排名第6，仅次于汉语、英语、西班牙语、法语和阿拉伯语。马克思说过，外语是人生斗争的一种武器。能利用在巴西工作的机会，学会葡萄牙语，不是也能多掌握一种武器吗？

我学习葡萄牙语，不外乎采取请葡语老师上课、自学和向同事请教三种办法。

当时使馆有五六位同事的境况与我相似。他们都学过西班牙语，刚到巴西不久，很想学习葡萄牙语。为了提高学习的质量和效果，使馆决定聘请一位当地的葡语老师，给我们几个人开一个葡语班。老师是巴西利亚的一位小学教员。1988年11月4日，我们这些学生与葡语老师首次见面，商定每周一、三、五上午8时到9时上课一小时，老师布置的作业由学生自己抽空做。这个葡语班持续了2年时间。头几个星期，我能按时上课。后来由于工作繁忙和出差较多，我只能断断续续地上课。最后因为缺课越来越频繁，我实在不好意思常去请假，干脆不再去上课，主要靠自学了。

我国驻巴西大使馆有多位葡萄牙语科班出身的外交官。他们能讲一口流利的葡语，都是我的葡语老师。特别是高克祥秘书，年纪最轻，陪同我参加对外活动最多，我有什么问题可以经常请教他。1988年我到巴西任职后几天，就遇上我国的国庆节。巴西利亚超级调频电台邀请我就中国国庆对当地听众发表一篇讲话，我就是在高克祥的帮助下，临时抱佛脚，学习葡语发音、准备葡语讲稿的。忙完国庆招待会后，我从10月2日开始正式自学葡萄牙语，利用业余时间和周末，系统地读完了一套葡语教材。

与此同时，我每天抱着一本旧版的葡汉词典，坚持阅读当地的报刊、收听当地的节目，尤其是收听每天的新闻节目。凡有看不懂、听不懂的地方，马上查词典；词典上查不到的，记下来询问科班出身的葡语干部。

在自学葡语过程中，我的主要实践是读（每天阅读葡文报刊）、听（每天收听葡文新闻）和说（在所有对外活动中努力学习用葡语同当地人交谈，尽管经常有懂葡语的秘书在旁，我只是在疑难之处请教他们，坚持自己讲，不通过翻译），但写（书面练习用葡语写作）的实践很少。

我在巴西5年多，学习了5年多的葡语。我很喜欢葡萄牙语，觉得它柔和细腻、优美动听。西班牙语和葡萄牙语同属印欧语系的罗马语族。如果与西班牙语作个比较，葡萄牙语更温柔、舒缓、含蓄，包含了一些西班牙语所不具有的鼻音，因而具有独特的魅力。借用李商隐在《柳枝五首》序中的用语，葡萄牙语可以称为"天海风涛"之声。恩格斯也曾赞誉葡萄牙语宛如满是芳草鲜花的海边的浪涛声。

与西班牙语一样，葡萄牙语也是不需要音标的拼音文字，每个字母的读音是相对固定的，而且写读一致，掌握发音规则后就能够"见词发音"和朗读文章，即使不一定知道词义。所以从语音上讲，西班牙语、葡萄牙语要比英语容易学。但西班牙语发音比葡萄牙语更为简单和清晰。懂葡萄牙语的人听西班牙语相对容易些，懂西班牙语的人听葡萄牙语相对难一些，尤其是在初学阶段。

西、葡这两种语言有大量词语都源自拉丁文，不仅形态相似，发音也相近。有些词语虽然形态有所不同，但有规律可循。如西班牙语中一些以 h 开头的词语，葡萄牙语常以 f 开头；西班牙语中以 ción 结尾的词，葡萄牙语以 çāo 结尾。此外，这两种语言中名词和形容词词性、数的变化和动词变位等语法规则也基本相似，所以学习时常有一种似曾相识的感觉。

当然，也有不少的词语在两种语言中完全不同，如"谢谢"在西班牙语中是 gracias，而葡萄牙语中则是 obrigado。而另外有些词语虽然形态上一样，但因两地习惯上的用法不同而意思大相径庭。比如，exquisito 在西班牙语中意为"精美的"，而在葡萄牙语中常意为"奇怪的"。Presunto 在西班牙语中意为"嫌疑犯"，而在葡萄牙语中则意为"火腿"。Espantoso 在西班牙语中意为"可怕的"，带贬义；而在葡萄牙语中则常意为"令人惊叹的"，有褒义。

总的来说，会西班牙语者学习葡萄牙语，或者反过来，确实有不少便利条件。但任何事物都有两面性。因为西班牙语与葡萄牙语这两种语言太相近了，掌握了其中一门再学第二门虽较容易，但这种"比较容易"仅仅是指入门和粗通而言。根据我的亲身体会，随着学习的深入，两种语言太相近反而会成为精通另一门的障碍。

在巴西与周边 7 个讲西班牙语的邻国之间,有一些边界城镇,边界两旁的人们交流频繁。他们互相听得懂对方的语言,也相互采用对方的一些词语和习惯用语。他们之间能进行相当流畅的对话,也能熟练地使用对方的一些语句,但又达不到完全规范地使用对方语言的程度。西班牙语与葡萄牙语原本就很相似,经过在边境地区的不断交融与互相影响,久而久之,形成了一种新的地方方言,被称为葡西混合语(portuñol)或西葡混合语(espagués)。例如,在乌拉圭北部的一些城镇,当地大部分居民广泛使用的葡西混合语已有 200 多年的历史。在那里,葡西混合语又被称为"拉普拉塔河葡西混合语"或"边境方言",专家学者则称之为"乌拉圭的葡萄牙方言"。

讲西班牙语的人想学葡萄牙语,而又没有达到精通葡萄牙语的程度,他们所说的葡语也是一种葡西混合语。我所讲的葡萄牙语,也属于这种情况。马克思曾经说过,学习外语时要忘掉自己的母语。根据自己学习葡萄牙语的体会,我觉得马克思的这句话实在是经验之谈。因为我在学习葡萄牙语的时候,总不免以西班牙语为坐标,摆脱不了西班牙语的影响。实际上,只有完全把西班牙语放在一边,专心致志地钻研葡萄牙语,才能精通。

经过 5 年多时间的学习和实践,我能够流畅地阅读葡语报刊,收看葡语电视,不依靠翻译独自与巴西朋友交流。1990 年 4 月,我拜会巴西外交部新任副秘书长里贝隆时,他称我是他"外交生涯中见到的第一个不带翻译的中国大使"。其他一些巴西朋友也常常称赞我葡萄牙语讲得好。但我深知这只是一种鼓励。巴西人看到一名外国外交官讲葡萄牙语时，他们总是赞许的。这就像我们听到一位外国友人讲中文，尽管讲得并不十分地道，但总会得到我们由衷的鼓励一样。

我从巴西离任时，正巧美国驻巴西大使理查德·梅尔顿也同时离任。使团长阿尔菲奥·拉比萨尔达（梵蒂冈使节）按惯例为我们二人举行饯行酒会。使团长致辞后，先请我发表告别演说，因为我比梅尔顿大使到任早。我是用葡西混合语演讲的，其中也用了一点幽默，赢得了与会者的笑声和掌声。在我讲完之后，轮到梅尔顿大使讲。美国人开始演讲时一般都喜欢来点幽默。他首先对这次酒会的安排表示"不满"，认为这样的安排对他不公正，因为我可以用"葡萄牙语"发表演讲，而他在我之后讲，却只会用英文演讲，明显地使他处于下风的不利地位。与会者对他的幽默报以宽厚的笑声。墨西哥首任驻华大使安吉亚诺那时刚到巴西利亚任职，也出席了酒会。我们相识多年，一直用西班牙语交谈。他在那个场合，是第一次听我用葡西混合语发表演讲，因而特地祝贺我用"葡萄牙语"发表精彩的演讲。

1993年12月8日，我出席理查德·梅尔顿大使举行的告别招待会。那时我刚接待完国家领导人对巴西的国事访问，并正紧张地进行我自己的辞行活动。梅尔顿大使对我说："最近你这么忙还来参加我的辞行招待会，十分感谢。我关注着你的工作，赞赏你的专业水平。"据我的理解，他所说的"专业水平"主要是指我能用葡萄牙语与当地人直

出使巴西

接交流沟通，而他因葡语学得不多，只能用英语与当地人交谈，这使他多少有点自愧不如之感。12月16日，理查德·梅尔顿大使给我发来辞行照会。这种照会一般都是按照惯常的格式内容打印、普遍发给外交使团各有关使节，结尾处由发照会人亲笔签名即可。但梅尔顿大使在给我的照会上签名之后，特地又用手写的英文加上这么一句："你是一个难以追赶的专家。我本应该用葡萄牙语写这句话！"这当然是梅尔顿大使的友好客气话。从中可看出，这位学者型的大使（听说他回国后在美国某大学执教）确实很看重外交官掌握当地语言这一点。直到离任时刻，他仍在感叹自己没有学好葡萄牙语。尽管自知我所讲的只不过是"葡西混合语"，但在彼时彼刻，仍让我感到5年多学习葡萄牙语的功夫没有白费。

不临时抱佛脚的"伊塔玛拉蒂"

在巴西工作期间，我造访最多的政府部门无疑是巴西外交部。

在迁都巴西利亚之前，巴西外交部在里约热内卢的伊塔玛拉蒂宫办公。在印第安语中，"伊塔玛拉蒂"意为"小石河"。那是一栋新古典主义建筑，原属伊塔玛拉蒂子爵家族所有，由子爵之子建于1851年至1855年。巴西废除君主制后，这座拥有漂亮的内花园和成排皇家棕榈的伊塔玛拉蒂宫在1889年至1898年曾是巴西政府所在地。从1899年起，伊塔玛拉蒂宫成为巴西外交部的办公楼，直至1970年迁都巴西利亚。巴西迁都之后，里约的伊塔玛拉蒂宫改为巴西外交部在里约的办事处。巴西历史和地图档案馆、历史与外交博物馆、联合国驻巴西新闻办公室和亚历山德里·德古斯曼基金会的历史与外交文献中心也设在那里。这栋具有重要历史和艺术价值的古建筑，现今受到巴西的重点保护。

水晶宫般的巴西利亚外交部大楼

巴西外交部在巴西利亚的新址是建筑大师尼梅耶的经典杰作之一。那栋大楼1970年4月落成启用，1988年荣获普利兹克建筑奖。在巴西政府各部大楼中，巴西外交部新楼称得上鹤立鸡群。它的四壁由钢架落地玻璃墙构成，晶莹雅致，巧夺天工。新址的室内外景色则出自庭院设计师罗贝托·布尔勒·马克斯的手笔。大楼周围池水围绕，必须经过一座引桥才能进入其内。池内点缀几个栽有热带水生作物的小岛。池水微波荡漾，与玻璃墙面相互辉映，整座大楼像是一座梦幻般的水晶宫。进入"水晶宫"的引桥旁，有一座4吨重的白色大理石《星球》雕刻。那是意大利裔巴西艺术家布鲁诺·乔奇的作品。《星球》由5块相互连接的大理石组成，象征着五大洲的团结，与奥运会的五环旗异曲同工。巴西外交部新址除主楼外，还有2座副楼，其中2号副楼是后来盖的，完工于1986年。2号副楼外形呈圆形，故又被称为"新娘的蛋糕"。

巴西人是很崇尚文化艺术的。新址大楼内陈列着一些巴西的珍贵文物，如1888年伊萨贝尔公主签署废除奴隶法时所使用的办公桌，以及多名巴西著名艺术家的绘画与雕塑作品，为这座大楼增添了文化氛围。大楼底层的迎客厅面积为 2800 平方米，宽敞无柱，气势不凡。顶层大厅可以举办盛大的宴会或招待会。

巴西利亚外交部大楼四周有众多的弧形拱，故此楼最早曾被称为"拱楼"，但最终还是被大家称为"伊塔玛拉蒂"。巴西外交部新址的建筑风格与里约的伊塔玛拉蒂宫天差地别，为什么人们仍喜欢用一个"旧时王谢"的老古董楼名，来称呼水晶宫般漂亮的现代化新楼？我认为其中原因不外乎两个。一是在历史层面上，巴西外交部曾在里约的伊塔玛拉蒂宫办公长达 71 年之久，以至于伊塔玛拉蒂已成为巴西外交部的别名，这种历史形成的习惯的影响根深蒂固。二是在精神层面上，巴西的外交政策较为稳健，有骄人的外交历史，并拥有一批才华横溢的外交人才，在拉美首屈一指。巴西人愿意把巴西外交部新楼仍称为"伊塔玛拉蒂"，包含着珍惜巴西外交传统的难以割舍之情。在巴西和南美洲其他国家，流传着这样一句谚语："伊塔玛拉蒂"不临时抱佛脚（O Itamaraty não improvisa）。这是对巴西外交胸有成竹、从容不迫的赞语，并不是说巴西外交部不会犯错误，但他们具有较快地从错误中学习的能力。我遇到过一些南美外交界的同行，他们在提到"伊塔玛拉蒂"时，确实也对巴西外交部的专业水准流露出尊重和赞赏之情。

巴西外交之父

巴西帝国末期和共和初期的著名外交家里奥·布兰科男爵被誉为"巴西外交之父"。他的全名为若泽·马丽亚·达席尔瓦·小帕拉尼奥斯。之所以称他为"小帕拉尼奥斯",是为了与其父、巴西帝国时期著名的政治家若泽·马丽亚·达席尔瓦·帕拉尼奥斯(即里奥·布兰科侯爵)相区别。在里奥·布兰科侯爵和里奥·布兰科男爵父子生活的年代,巴西同周边几乎所有国家都存在边界纠纷。巴西政府基本上都通过和平谈判解决了边界问题。里奥·布兰科男爵先后作为巴西的谈判代表和外长,在解决这些边界纠纷中功勋卓著。

小帕拉尼奥斯曾任州议员。1876年任巴西驻英国利物浦总领事,后任驻德国公使、移民局局长等职。1893—1900年,他在解决巴西与乌拉圭边界冲突及与乌划界谈判中担任巴西代表,也曾参与解决巴西与法属圭亚那在阿马帕地区的边界问题,以其聪明才智使那些复杂棘手的外交谈判获得成功,因而在巴西帝国的末期荣获里奥·布兰科男爵称号。巴西1889年改为共和国后,为了纪念其父里奥·布兰科侯爵,他在签字时仍沿用里奥·布兰科的称号。

蓄着八字胡的里奥·布兰科男爵是位杰出的爱国者。他的名言是"我是巴西人,我有义务超脱个人的考虑、自身的感受和特殊利益,将巴西的尊严和光荣置于一切之上"。他对国家的主要贡献,是不费一枪一炮,通过外交谈判成功地解决了众多的边界纠纷,为巴西争取到三块重要的疆土,并开创了巴西通过外交途径和平解决分歧、尊重国际法准则、着眼长远、不匆忙行事、不引起(邻国对巴西的)霸权猜疑、尊重民族自决权和不干涉原则、现实主义与实用主义、"建设性地慎重"等外交传统和风格。

巴西与阿根廷的领土纠纷位于圣卡塔琳娜州和巴拉那

州西部与阿根廷交界处，巴西主张以佩佩里瓜苏河和圣安东尼奥河为界，而阿方则主张以恰佩科河和乔滨河为界。双方未能达成协议，一致同意提交美国总统仲裁。里奥·布兰科男爵向美国总统提交了6卷有关边界问题的宝贵资料，为巴西的主张作了出色的辩护。1895年美国总统克利夫兰裁决，将帕尔马斯冲突地区（今圣卡塔琳娜州和巴拉那州的相当一部分）归于巴西。

巴西与法属圭亚那对阿马帕地区的归属有争议。双方一致同意提交瑞士联邦主席仲裁解决。里奥·布兰科男爵早年曾对这一边界争端作过详尽的研究，向瑞士方面提交了7卷有关资料为巴西的主张进行辩护。1900年瑞士联邦主席作出有利于巴方立场的裁决，双方仍以奥亚波盖河为界，阿马帕地区划归巴西。

鉴于里奥·布兰科在处理上述两起边界纠纷中表现出来的才华，他在1902年至1912年出任巴西外长。当时巴西与玻利维亚在阿克里地区也有领土纠纷。这个地区本不属于巴西，但有大量巴西人在那里垦殖。玻利维亚想把那里的部分地区出租给英美公司，所以驱赶巴西移民，遭到后者的抵抗。1903年11月，巴西与玻利维亚和秘鲁在里约签署《佩德罗波利斯协定》，巴西用200万英镑和少量土地交换，购买了原属玻利维亚和秘鲁的阿克里地区（今巴西阿克雷州），同时允诺出资修建一条公路，使玻利维亚的橡胶可以通过马瑙斯和贝伦出口。这是里奥·布兰科男爵又一著名的外交成就。

1904年，巴西与厄瓜多尔友好地签署托瓦尔-里奥·布兰科条约，解决了两国的边境划界问题。巴西与英属圭亚那在皮拉拉湖地区存在边界问题，双方经过协商同意由意大利总统仲裁解决。结果该地区判给了英国，巴西接受了裁决。此外，里奥·布兰科还顺利解决了巴西与哥伦比亚、委内瑞拉的边界问题。

1851—1864年和1865—1870年，巴西曾因边界问题先后参加过拉普拉塔战争和巴拉圭战争。20世纪初，巴西通过谈判顺利地解决了与所有邻国的边界纠纷。此后，巴西同南美各国基本上都保持良好关系，没有再与邻国打过仗。这为巴西今后的稳定和发展提供了重要条件，对此里奥·布兰科的贡献功不可没。1912年，里奥·布兰科病逝于狂欢节期间。为了表示对他的悼念和崇敬，当年的巴西狂欢节特地为他改变日程。巴西人民将他视作民族英雄，在巴西利亚三权广场的祖国英烈碑上刻有他的名字，巴西的阿克雷州州府和外交学院也均以里奥·布兰科的名字命名，他的头像也被印在一些巴西钱币上。

巴西的外交政策

巴西在独立后的长时间里，奉行温和稳健的外交政策。它广交友邦，在国际事务中采取低姿态，主要关注本地区的事务。这是由当时的国际环境和巴西的经济发展水平决定的。当时的巴西谨慎地在英、美、德等西方列强之间周旋，避免因畸轻畸重而损害自己的利益和主权。20世纪初以来的100多年中，巴西参加过的唯一一场战争是第二次世界大战后期派远征军赴欧洲协助同盟国作战。

第二次世界大战开始后的相当长时间内，巴西保持中立，通过贸易从交战双方获益。1941年12月日本袭击珍珠港后，巴西断绝与德、意、日的外交关系，并向美国提供东北部地区的军事基地。1942年8月，巴西5艘商船被德国潜艇击沉，导致652人死亡，此时巴西才向德、意宣战。1943年11月巴西组成开往欧洲前线的远征军。截至1944年8月，巴西共有2.5万余名军人到意大利那布勒斯前线参战，是拉美唯一派兵参加第二次世界大战的国家。

第二次世界大战以后，美国取代英国成为巴西最大的经贸伙伴国，巴西在资金、技术、市场等方面有求于美国，巴美关系密切。当时的巴西外交上依附美国，经济上则通过与美国等西方国家的交流与合作推进本国的现代化。1964年政变上台的布兰科军人政府，对外奉行与美国"自动结盟"的政策。时任巴西驻美大使、后来两度出任巴西外长的马加良斯曾有"凡是对美国好的，对巴西也好"这样的表白，充分反映了当时巴西对美国依附之深。

但巴西毕竟是一个大国，始终有自己的大国抱负。进入20世纪70年代后，随着巴西经济实力的增强，它在政治、经济等方面的独立自主倾向逐渐明显，对外则开展多元外交。1977年盖泽尔政府宣布放弃与美国的"自动结盟"政策，实行"负责任的实用主义"政策，就是一个标志。当时的巴西，在不与美国对立、与美国继续保持良好关系的同时，在贸易、利用核能等问题上顶住来自美国的压力，敢于维护本国的权益，并稳步发展与第三世界国家和社会主义国家的关系。

巴西恢复民主后于1988年颁布新宪法，规定巴西奉行维护国家主权和独立、国家间平等、人民自决、不干涉他国内政、反对种族歧视和恐怖主义、维护和平及和平解决国际争端、尊重人权、支持人民间合作促进人类进步的外交政策。20世纪末以来，巴西在外交中除继续重视遵守国际法及和平解决国际争端等原则外，以更积极的姿态参与国际事务，推动世界格局的多极化，并努力将南美洲建成其中的一极。

南美洲是巴西崛起的战略依托

改善与南美国家的关系，实现南美国家的一体化，是巴西应对世界格局多极化、世界经济全球化和维护本国权益的需要。南美洲是巴西主要的地缘战略纵深地区，也是巴西崛起的战略依托。巴西对外能保持多大程度的自主性，在世界事务中能发挥多大程度的作用，主要取决于能在多大程度上实现和巩固南美洲的联合。巴西外交的战略目标是推动对巴西最为有利的世界多极化，并把南美建设成"多极世界中的一极"，而不是任何其他一极的附庸，后者将不可避免地使巴西在国际上无足轻重。唯有"耐心、持久、逐步地"将南美洲联合成一个整体，才能增强与其他地区谈判的地位，也才有可能在未来安理会的改革中为南美洲谋求一个常任理事国的席位。而在南美洲，最有资格问鼎安理会常任理事国席位的自然是南美地区的龙头老大巴西。诚如巴西一位前总统所言，巴西外交政策的基础是"建立一个政治稳定和团结的南美洲"。

要达到上述目标，关键是要与南美其他国家，尤其是与阿根廷建立牢固的战略联盟。巴西与阿根廷这两个南美洲大国，历史上受宗主国葡萄牙与西班牙争霸南美的影响，独立后又因巴拉圭战争、边界划分、争夺拉普拉塔河的控制权及地区势力范围等因素，100多年来为称雄南美或明或暗地进行着不言而喻的较量。同时，它们又因相互为邻而必然产生合作与纠葛。双方时敌时友，既合作又竞争的关系时好时坏，猜忌与摩擦时有发生。20世纪初，阿根廷成为当时拉美最大的经济体，其经济规模远远超过巴西；到20世纪50年代，巴西工业发展迅速，其经济规模超过阿根廷，两国的实力对比发生了有利于巴西的逆转。

1980年，菲格雷多总统对阿根廷进行国事访问，两国关系实现历史性的和解。双方共同支持地区一体化，决定在发展经济、核能、跨国河流水资源利用等领域加强合作，并就双方共同关切的问题建立磋商机制。在巴西的大力推动下，由巴西、阿根廷、巴拉圭和乌拉圭四国组成的南方共同市场（以下简称南共市）于1991年成立，1995年1月起正式运行。巴西近几届领导人均高度重视南共市的建设。

1999年巴西货币贬值，不久后阿根廷也爆发金融危机，南共市成员国之间贸易摩擦加剧，南共市一度出现危机。为了重振南共市，卢拉当选总统后主动加强巴西与阿根廷的战略联盟关系，表示"拉美的命运将主要取决于它们"。在巴西的倡议下，2001年在巴西利亚召开了首次南美洲首脑会议。与会首脑一致同意推进南美地区的一体化，加强地区经济实力，以应对经济全球化的挑战，增强与其他经济区域谈判的地位，并提出建立一个属于南美洲国家自己的共同空间的设想。当时的背景是，在美国的积极倡导和推动下，1994年迈阿密首次美洲首脑会议提出建立美洲自由贸易区，此后举行了多次有关谈判，目标是在2005年正式建成由美国主导的美洲自由贸易区。但巴西力主在建立美洲自由贸易区之前，先建立南美自由贸易区，使南美能作为一个整体与美国谈判，以便更好地维护南美国家的利益。这个主张得到南美国家的普遍赞同。

2003年12月，南共市与安第斯共同体签署自由贸易协定，南美洲自由贸易区雏形呈现。2004年12月，第三次南美洲首脑峰会宣布南美12国正式建立南美洲国家共同体（2007年改名为南美洲国家联盟，西班牙文名称为Unión de Naciones Suramericanas）。它的优先目标是建立南美政治统一体、南美自由贸易区并实现基础设施一体化，其最终目标是作为南美国家的政治联盟，它将"像欧盟一样拥有统一的货币、共同的议会"。从面积、人口和国内生产总值来看，南美洲国家联盟成为排在北美自由贸易区和欧盟之后的世界第三大地区经济组织。在南美洲一体化进程取得可喜进展的同时，美国关于美洲自由贸易区的倡议当时实际上已被搁置在一边。

从地区大国走向世界新兴大国

据巴西学者在20世纪末的研究，当时只有3个国家同时在人口、面积和国内生产总值上均跻身于世界前10名之列，它们是美国、中国和巴西。现在则应该加上俄罗斯和印度。

巴西由于人口众多，国土辽阔，资源极为丰富，且境内没有重大自然灾害和极端天气，全国语言一致，没有种族和宗教纠纷以及与邻国没有边界争端等因素,早就被认为是极具发展潜力的大国。

巴西是联合国的创始成员国之一。从1947年联合国大会第一次特别会议起,每届联合国大会的一般性辩论均由巴西代表第一个发言,这已成为一种不成文的惯例。巴西积极参与许多联合国专门机构的活动,先后11次出任安理会非常任理事国,是担任安理会非常任理事国次数最多的国家之一。

最早提出"金砖四国"概念的高盛公司2003年发表的一份研究报告预测,巴西的GDP将在2025年超过意大利、2031年超过法国、2036年超过英国和德国。

在巴西国内,不少人早就怀有某种"命运注定"巴西必将成为世界大国的情结。1951年,时任巴西总统瓦加斯就曾表示,巴西人应意识到巴西已成为世界大国,应实行一种与"我们的大国命运"相适应的外交政策。

如果说,限于当时的经济实力和国际格局,巴西在很长的一段时间里远离国际政治舞台的中心,对外保持低姿态,不大关心本大陆之外的事务,它的大国梦主要表现在谋求加速实现国家的现代化,并在对西方核心国家的依附中"小心翼翼地保持一定程度的自主性"(巴西著名社会学家雅瓜里贝语)。那么在20世纪70年代后,随着巴西的国内生产总值逐步上升,综合国力显著增强,谋求在国际事务中发挥大国作用并在国际机构中享有大国地位日渐成为巴西外交的现实目标。

跨入21世纪后,巴西外交对于谋求大国地位已经直言不讳。巴西前总统卡多佐 2008 年在接受《商务周刊》采访时提出"强大的巴西要成为国际多边组织中的决策力量",道出了巴西民族渴望已久的心声。今天的巴西正处于从中等强国和地区大国迈向世界大国的途中。

外交上,巴西先后加入葡语国家共同体(葡文简称 CPLP,成立于 1996 年,由八个葡语国家组成,旨在发展葡语国家间财政、文化、军事等领域的合作)、三国对话论坛(英文简称 IBSA,由印度、巴西、南非组成,成立于 2003 年 6 月,旨在促进三个新兴大国间的协调和合作)、基础四国集团(英文简称 BASIC,成立于 2009 年 11 月,由巴西、南非、印度、中国等四个主要发展中国家组成,在应对气候变化问题上协调立场,寻求共识,维护发展中国家的共同利益)、金砖国家和二十国集团,并在其中扮演着积极的角色。2005 年,巴西与印度、德国和日本联手组成"四国集团",为谋求联合国安理会常任理事国的席位而不断冲刺。与此同时,巴西深度参与维和、应对气候变化等全球性挑战的讨论,并参加联合国为中东、刚果(金)、塞浦路斯、莫桑比克、安哥拉、东帝汶、海地等地派出的维和部队。巴西与美国、古巴、委内瑞拉、伊朗等国都保持良好关系,并不时充当它们之间的调停人。

继巴西于 2007 年赢得 2014 年世界杯足球赛主办权之后,里约热内卢又于 2009 年赢得 2016 年夏季奥运会的主办权。这是新兴大国巴西崛起的征途中又一标志性事件。

我在巴西工作期间,经常听到人们(包括当地人和外国人)说:"巴西是拥有未来的国度(Brasil, País do Futuro)"。这句话本是奥地利籍犹太人作家斯蒂芬·茨威格为逃避德国纳粹迫害于1940年访问巴西后所写的一本书的书名，他在80多年前就看到了巴西的巨大发展潜力。此后经许多人引用，已经成为广为人知的名言。但巴西在后来的发展道路上走得并不顺畅，经历过许多曲折坎坷，积累了不少社会问题。有喜欢调侃的巴西人调皮地在这句话的后面加上半句："并将永远只能如此（e será sempre assim)"，把褒义句变成贬义句，讥讽巴西未必能将"拥有未来"的潜力变成实际可能性。20世纪80年代，是巴西等许多拉美国家"失去的十年"。挥之不去的恶性通货膨胀和长期的经济低迷，使巴西深陷"永远的未来之国"的尴尬之中。进入新世纪以来，巴西经济发展较快，国力大增，贫富悬殊问题得到缓解，国际地位也相应提高，提升了国民的自信心。在被讥笑为"永远的未来之国"多年之后，巴西终于变成一个"拥有未来的国度"。

巴西外交比较善于运用软实力

巴西外交重视并比较善于运用自己的软实力。它不是通过胁迫或炫耀国力的手段，而是以和蔼的姿态和专业化的外交，巧妙地运用软实力，使人产生好感，提升自己的亲和力和吸引力。巴西也因此而被称为"温柔的巨人"，意思是尽管巴西是个大国，但它让人觉得和蔼可亲，不对别人构成威胁。

由于巴西的块头大，在巴西与其南美邻国之间，存在着"严重的不对称"，难免使邻国猜忌或担忧巴西的霸权图谋。为此，巴西政府特别注意在与邻国相处中"根据不对称的实际情况实施特殊对待和有区别的原则"（巴西外交部前副部长吉马良斯语），行事注意审慎平和，慷慨大度，"不要求绝对的互惠"，甚至接受相对不利的价格从邻国购进更多产品，极力避免让邻国产生任何关于巴西谋求霸权，尤其是军事霸权的猜疑。

巴西较善于通过对话与谈判解决同邻国的冲突和分歧。这在19世纪末20世纪初巴西和平解决与邻国的边界问题中已露端倪。1974年，巴西与巴拉圭在边境河流上共同建设伊泰普水电站，建坝后形成的蓄水库面积1350平方千米，其中57％在巴西境内，43％在巴拉圭境内。按照两国协议，建设电站的投资由双方各承担50％，建成后的发电量也由两国平分。但因巴拉圭经济困难，应由巴拉圭支付的启动资金及后续建设和运营费用实际上均由巴西以贷款给巴拉圭的形式代付，总投资约180亿美元。巴拉圭每年实际使用的电量仅占伊泰普总发电量的很少一部分，剩下的电量由巴拉圭以成本价卖给巴西，用以抵偿借欠巴西的贷款。后来巴拉圭方面认为卖给巴西的剩余电量定价太低，强烈要求提价，巴西方面照顾到与邻国的关系，不顾国内的某些反对意见，于2009年与巴拉圭签署协议，同意以原价3倍的价格购电，解决了困扰两国关系的一大难题。

巴西屡次不动声色地成功调解拉美国家间的纷争，有时甚至按"不袖手旁观"的原则斡旋一些拉美国家的内部危机，而有关拉美国家也往往愿意接受巴西的斡旋和调解。如1995年调解秘鲁与厄瓜多尔的边境冲突；1999年调解巴拉圭危机；2008年3月调解因哥伦比亚越境追剿反政府武装而与委内瑞拉、厄瓜多尔产生的矛盾和对峙；2009年调解洪都拉斯危机；等等。从与美国关系紧张的委内瑞拉左翼政府，到被舆论视为亲美的哥伦比亚右翼政府，巴西与南美地区政治倾向迥异的政府均保持良好关系，因而它有时也在美国政府同查韦斯政府的矛盾中居间调停。通过这类调解与斡旋，缓解了南美国家间和南美国家与美国间的矛盾，对维护南美地区的稳定、推动地区一体化进程起到了积极作用，也提高了巴西的地区影响力。巴西在地区事务中事实上的领导、协调和调解作用也得到了美国的默认。奥巴马曾表示，美国将"通过加强与巴西的关系来增强与整个西半球的关系"。

巴西足球是巴西软实力的重要组成部分。巴西曾利用其足球的魅力成功地开展"足球外交"，为其外交政策服务。1969年球王贝利率领他所效力的桑托斯足球队前往非洲各地进行巡回比赛。当时尼日利亚正爆发著名的"比夫拉内战"，那场历时近3年的战争夺走了200多万人的生命。由于巴西队的到访，尼日利亚交战双方宣布特别停火48小时，以便双方的战士可以观赏贝利等球星的风姿。"贝利停火"是尼日利亚惨烈内战中难得一遇的休战时刻，生动地反映巴西足球的魅力远远超越其边界。

海地是拉美最贫困落后的国家，内乱不断。2004年2月海地总统阿里斯蒂德在社会动乱中被推翻后，联合国安理会不得不派出维和部队维持秩序。巴西为这支驻海地的联合国维和部队派出了约2000名军警维和人员。他们抵达海地后所做的第一件事，是向海地小朋友分发了1000只足球,以此来赢得当地民众的好感和支持。散落在市井坊间的大量枪支,对海地的和平与社会稳定构成严重威胁。如何收缴这些武器成为海地临时政府的棘手任务。海地临时政府总理拉托特想出了一个主意:请巴西足球明星帮忙,用枪支换取观看足球赛的门票。海地人热爱足球,2002年巴西队荣获世界杯冠军时,海地曾全国放假两天庆祝。由于海地国内局势动荡,安全没有保障,体育设施也残缺不全,海地人已经很长时间没有在现场观看精彩的足球比赛的机会了,更遑论观赏让他们心仪已久的巴西国家队的比赛了。在四分五裂的海地社会,观看巴西队踢球是为数不多的可以让海地各阶层达成共识的事项。拉托特估计,"巴西足球明星将对海地解除各民兵组织武装的努力作出巨大贡献,其效果可能超过数千人的维和部队"。时任巴西总统卢拉与本国体育部长和足球协会主席开会商量后,决定积极响应海地临时政府的倡议,去海地搞一场足球表演赛。2004年8月18日,巴西国家足球队如期到达海地,罗纳尔多、罗纳尔迪尼奥、罗伯托·卡洛斯、卡卡、卡福等赢得2002年世界杯的著名足球队员集体亮相,希望能以此特殊方式帮助联合国维和部队完成解除海地民兵武装的任务,为海地的和平进程作出贡献。卢拉总统也在百忙中拨冗亲临球赛现场,为比赛开球并呼吁人们交出藏匿的枪支。当地人若观看这场比赛,无须购票,但须用枪支来换取门票。大量球迷拿着枪支在体育场外排起了长队,枪入筐,人人场,呈现世人难得一见的"枪支换门票"的壮观场面。美国《新闻周刊》这样描述巴西的足球外交:"当联合国维和人员在海地与街头匪帮发生冲突时,卢拉没有要求增兵,而是在战区举办了一场足球友谊赛,派去了罗纳尔迪尼奥和罗纳尔多等球员……巴西未经炫耀武力就大声说出了它的国际野心。"

巴西执行外交政策有相当高程度的集中统一

巴西政党林立,主张各异,但在对外政策方面却较少存在分歧。只要看看各个政党的纲领中关于外交政策的表述,听听政党领袖们的竞选演说,就会得出这样的结论。巴西外交的根本出发点是维护国家的独立自主和尊严,谋求本国利益的最大化,提升本国的国际地位。这符合巴西民众的心意。巴西盖泽尔政府时期的外长阿塞雷多·希尔维拉曾这样说过:"巴西外交部最优良的传统是懂得如何更新自己。"他这句名言现已成为巴西外交部的座右铭。正是由于巴西外交善于在继承本国优良外交传统的同时,根据特定的时空条件和本国对外战略的主要目标现实地作出因应时势的灵活调整,巴西各界对本国的外交政策有相当高程度的认同和共识。巴西政府与议会之间,以及巴西各个政府部门之间,对贯彻国家的外交政策也有相当高程度的默契和配合。

巴西的外交由总统决策,巴西外交部参与制定并负责贯彻。巴西外交部在巴西国内享有较高的权威。我在巴西工作期间,不少巴西政府部门的外事局长由从外交部借调过来的高级外交官担任。外国大使馆与巴西政府其他部门的接洽情况,巴西外交部很快就能掌握,这反映了巴西政府内部有关外事的沟通相当畅通。在巴西议会,巴西外交部也派驻常设代表，协助处理议会的涉外事务。除严格意义上的外交事务自然由巴西外交部主管外，在其他领域的涉外事务中，巴西外交部与其他政府部门的关系，往往不是会商会签，而是由外交部牵头。所以巴西外交部内，除设有其他国家通常都有的地区业务司外，还专门设立经贸司、科技司、文化司等办理有关涉外事务。没有巴西外交部的同意，即使其他专业部门已作允诺，也不能算数。巴西为与国外谈判而组成的经贸、文化、科技代表团，外交部不仅派官员参加，而且通常也由外交部的官员担任团长，即使该团内专业部门官员的级别高于外交部官员的级别时也一样。我在与巴西外事部门打交道的过程中，深感巴西尽管政治体制与我国不同，但在涉外事务中的集中统一程度，并不亚于我国。

菲格雷多总统访华的故事

若昂·菲格雷多将军是巴西 1889 年成立共和国以来的第 30 位总统。他出身军官世家。自 11 岁起，他先后在阿雷格里港、里约等地的军事院校学习，后又到陆军指挥和参谋学校及高等军事学院进修。40 岁时，任夸德罗斯政府的联邦情报局局长和国家安全委员会秘书长，从此进入政界。他在 1969 年晋升为少将，曾担任第 3 军参谋长、梅迪西政府的军事办公室主任等职。在盖泽尔政府内，菲格雷多出任国家情报局局长，支持盖泽尔逐步开放政治等政策。盖泽尔在自己的任期届满时，推荐菲格雷多为继任总统的候选人。在 1978 年的间接选举中，菲格雷多以 61.1% 的支持率当选总统,成为 1964 年政变后产生的军政府第五届,也是最后一届军人总统。菲格雷多从 1979 年 3 月起执政至 1985 年 3 月,任期 6 年,在五届军政府中执政时间最长。

盖泽尔总统的接班人

巴西于 1964 年 3 月底发生军人政变,推翻了古拉特宪制政府,开始了长达 21 年之久的军政权统治。埃尔内斯托·盖泽尔将军是军政府的第四届总统。他思想开明,颇有作为。在其任期内,他主办了两件大事:对内开启逐步恢复民主的进程;对外推行"负责任的实用主义"外交政策,其重要标志是实现与中华人民共和国建交。

盖泽尔意识到巴西军政府不可能永远执政下去,所以他最引人瞩目的施政措施是不顾军政府内部强硬派的极力反对,"缓慢、逐步,然而坚定地"开启政治开放和民主化进程,缓和高压政策,废除了对广播和电视的新闻检查,恢复了政治犯的人身权利等,因而被称为"开放总统"。

巴西是盖泽尔执政期间于 1974 年 8 月与我国建交的。当时国际形势发生重大变化。基辛格和尼克松相继访华,中美两国关系开始走向正常化。第 26 届联大以压倒多数通过恢复我国在联合国一切合法权利的 2758 号决议。随着中国国际地位的提高和拉美国家独立自主意识的增强,到 1974 年已有 10 个拉美和加勒比国家先后与中国建交。盖泽尔总统顺应世界大势,决心与中国建交,但巴西部分右翼高级军官对我国仍深怀疑虑,坚决反对。这是导致巴西与我国建交晚于其他拉美大国,以及建交后的最初几年中巴两国关系停滞徘徊的重要原因。

当时以陆军部长弗罗塔为代表的军内强硬派，始终反对与中国建交，认为与中国建交有损巴西主权的加强。甚至在中巴建交之后，他仍主张冷却甚至终止对华关系。当然，巴西军内高层的这种分歧仅限于军政府内部，局外人只能从一些蛛丝马迹中多少有些察觉，难以详知。1977年10月，盖泽尔总统解除了弗罗塔的职务。弗罗塔在被解职的当天就发表声明，列举了他与盖泽尔政府的分歧，其中一开头就指责盖泽尔政府与中国接近是向共产党势力妥协，构成了对巴西的威胁。直到那时，巴西军政府内部围绕对华关系产生的严重分歧才公之于众，并引发巴西舆论就如何评估巴西对华关系展开一场大辩论。辩论结果是，绝大多数人认为与中国建立关系有利于巴西发展经济和提高自身的国际地位。此后中巴双边来往逐步增多，层次也不断提高。

由于菲格雷多长期领导国家的情报和安全部门，人们对他能否继续贯彻盖泽尔的内外政策不无怀疑。但菲格雷多在就职伊始就承诺，他将"伸出和解的手"，"把巴西变成一个民主国家"。1979年8月，他实行广泛的政治大赦，约有6000名被监禁和被驱逐的政治犯被赦免。菲格雷多没有辜负盖泽尔的期望，克服军队内部强硬派的阻挠破坏，在相当复杂困难的条件下完成了在巴西这么一个发展中大国"还政于民"的历史使命。

对外，菲格雷多继续执行前任的"负责任的实用主义"外交政策。在菲格雷多的任期内，巴西与我国的关系在中巴双方的共同努力下稳步发展。1979年5月，亦即在菲格雷多就任总统后两个月,我国时任国务院副总理康世恩对巴西进行正式友好访问。这是中国政府高级领导人首次访问巴西。后来菲格雷多总统又亲自来华访问,更是推动双方关系的开创性之举,对增进两国之间的相互了解和发展两国间的友好合作关系起到了重要作用。

第一位访问我国的巴西总统

1984年5月27日,菲格雷多总统和夫人应时任国家主席李先念的邀请,抵京对中国进行国事访问。陪同他访华的有外交部长等多名内阁要员、工商企业家及大批新闻记者。这是巴西与我国建交10年后,巴西总统对我国的首次访问。在中巴两国200年的交往史中,菲格雷多是第一位访问中国的巴西国家元首。所以此访堪称两国关系中的历史性事件。中方高度重视,给予菲格雷多总统热烈的欢迎和高规格的接待。

在菲格雷多访华期间,李先念主席主持隆重欢迎仪式和盛大欢迎宴会。赵紫阳总理与他举行会谈,就双边关系和共同关心的国际问题充分地交换了意见。双方对许多重大国际问题有相同或相似的看法,也都有进一步发展两国关系的强烈愿望。两国领导人共同出席了两国间5个合作文件的签署仪式,内容包括科技、贸易、纯粹科学和应用科学以及和平利用核能等方面。菲格雷多表示,中方邀请他来访问说明巴中之间有着亲密的友谊。巴西与中国的关系建立在努力加强双边合作和对重大国际政治问题看法一致的基础上。这些一致点使我们能预见到巴中关系令人欣喜的未来。

时任中共中央总书记胡耀邦在中南海会见菲格雷多。胡耀邦说，菲格雷多总统是第一位来我国访问的巴西总统，这一事件本身，反映了中巴两国友好关系的新发展，它将永远载入两国友好关系的史册。胡耀邦说，中国和巴西两国存在着许多共同点。巴西是拉丁美洲的大国，中国是亚洲的大国。我们两国都是资源丰富人口众多的国家。目前我们两国都在建设自己的国家，让人民尽快富裕起来。两国人民都热爱和平、反对强权政治。中巴之间有着这许多共同点，我们两国的友好关系的前景是很广阔的。菲格雷多说，巴西宪法上规定，巴西是一个和平国家，反对别国侵占巴西，巴西也决不侵占别国。

1984年5月29日上午，时任中共中央顾问委员会主任邓小平亲切会见巴西总统菲格雷多。邓小平高屋建瓴，与菲格雷多纵论天下大事、中国的对外政策和发展目标。邓小平说，当前世界上问题很多，但突出的问题有两个。一是和平问题。在核武器时代一旦发生战争，就会给人类社会带来巨大的损失。要争取和平就必须反对霸权主义，反对强权政治。二是南北问题。这个问题在当时十分突出。发达国家越来越富而发展中国家越来越穷。南北问题不解决，就会对世界经济的发展带来障碍。他说，中方主张南北对话，也主张加强第三世界国家间的合作，也就是南南合作。第三世界国家相互间进行合作，可以解决许多问题，前景是很好的。

菲格雷多表示，在许多方面巴西同中国的立场很相似。巴西是个爱好和平的国家。巴西寻求用和平的途径来解决各种问题，但如果有外来的侵略，巴西就要坚决战斗。他说，要使发达国家接受南北对话，一定要加强南南合作。

菲格雷多总统访华时，我在外交部美大司任副司长，分管拉丁美洲的事务，参与了接待的全过程和会谈会见等各项活动。整个访问很顺利，巴方对我方的接待很满意，离京前向中方领导人和参加接待的有关人员分别赠送了礼品或纪念品。我收到的纪念品是一个刻有菲格雷多总统签名的银质烟盒，这件纪念品我珍藏至今。

巴西驻华大使扎巴策划的"阴谋"

在接待菲格雷多总统访华过程中，发生了一件令我至今难忘的往事。

我国与巴西建交后，国内经贸、领事、侨务等很多业务部门都希望早日在圣保罗设立总领馆。原因很简单，圣保罗是巴西最重要的经济金融和工商业中心，与我国交流往来甚多，圣保罗也是南美最大的华侨华人集居地。涉及圣保罗的经贸、签证、侨务等工作量很大，国内去圣保罗访问的团组也络绎不断，而首都巴西利亚离圣保罗865千米，许多事情都要靠使馆派人去圣保罗处理，很不方便。

关于中方拟去圣保罗设领馆之事，中方曾数次向巴方提出互设总领馆的建议。但由于当时我国改革开放不久，巴西有关部门对我国仍有不少疑虑，互设总领馆一事一直没有什么进展。菲格雷多总统访华前，我国驻巴西大使馆建议利用菲格雷多访华的机会，在两国外长的对口会谈中就双方互设总领馆做些推动。这个想法与美大司不谋而合，因而列入上报的接待计划之中。

当时的巴西驻华大使是伊塔洛·扎巴。他是支持两国互设总领馆的，知道中方对此事很关切，也深知问题的症结在于巴西某些部门对中方仍有相当疑虑，而这不是巴西外交部能够说了算的。如何才能打破这个僵局？他动了不少脑子。

1984年5月28日傍晚，亦即在邓小平预定会见菲格雷多总统的前夕，扎巴大使在钓鱼台国宾馆特地找到我说："我们两个一起策划一个'阴谋'吧。"中国在圣保罗设总领馆对于发展中国和巴西之间各方面的关系都有重要意义，不过这件事光向巴西外交部提出是不够的。巴西外长会同意中国去圣保罗设领馆，但巴西各个机构之间有矛盾，上面又有官僚主义，这个问题可能还会拖下去。他说，反对中国去圣保罗设总领馆的唯一理由是担心苏联集团国家也会向巴西提出同样的要求。但中国是第三世界国家，不属于苏联集团，与苏联的情况不一样。反对中国去圣保罗设领馆的理由站不住脚。现在巴西总统访华为推动解决这个问题提供了一个绝佳的机会。只要巴西总统能就此问题说句话，巴西外交部就好照办。希望中方不要放过这个机会，使设领馆问题的解决能向前迈出重要一步。待吴学谦外长当年8月访巴时，双方再正式签署协议。扎巴大使具体建议邓小平明天会见菲格雷多时，最后能简单提一下互设总领馆，这将有助于这个问题的解决。

鉴于此事重要、紧急，我们连夜将扎巴大使的意见写入当日的接待简报，上呈有关领导。

1984年5月29日上午，在邓小平主任会见巴西总统之前,我随外交部朱启祯部长助理提前抵达人民大会堂向邓小平同志汇报有关接待情况。80岁高龄的邓小平同志已经看过了我们上呈的接待简报,知道了巴西大使的这个建议,所以此事就无须我们多说,他老人家已经胸有成竹了。

在会见菲格雷多总统时,邓小平有针对性地说:"要发展我们之间的合作,就要增进了解。双方要多交往,除官方、民间的人员交往要增加以外,常驻机构也要增加一些。这样做的好处就是能经常交换看法,了解信息和情况,促进了解。"菲格雷多总统说,这个问题巴西外交部正在和其他有关部门联系,他本人对此也怀着良好的愿望。邓小平接着说:"比如说,增设总领馆问题,我认为这样彼此都有益。现在我国同其他许多国家就不止一个总领馆,同美国、日本都在商谈增设的问题。地方你们可以选择上海或广州。我们也可选择,如圣保罗,请总统阁下考虑。这不仅意味着两国政治关系的发展,而且也使双方在各个领域关系的发展增加相互了解的渠道。"菲格雷多总统对此表示赞同,并说这件事情巴西外长已对他说过,巴方正在深入研究。

会见后,扎巴大使对我说,邓小平对巴西总统说的关于互设总领馆的那段话非常好、非常得体,相信2个月后就会有结果。果然不出扎巴大使所料,2个月后就有了回音。1984年8月1日,扎巴大使紧急约见韩叙副外长,通报巴西政府原则同意互设总领馆,此事可在吴学谦外长访巴时具体商定并予以公布。经过双方共同努力,在1984年8月15日中巴建交10周年之际,吴学谦外长与巴西外长格雷罗代表两国政府在巴西利亚正式签字换文,宣布就中国在圣保罗、巴西在上海设总领馆达成协议。

事后回想，尽管我们对中巴间互设总领馆事很重视，但考虑到这毕竟是一个具体问题，在两国外长的对口会谈中提出来就可以了，未敢惊动邓小平。邓小平看到巴西大使的建议，决定亲自做工作，引起巴西总统的高度重视。两国领导人一锤定音，促使这个问题得到顺利解决。一般来讲，两国关系的好坏，主要取决于两国的基本国情和基本国策取向。在这个基本框架内，两国领导人的作用不可替代。大使的工作优劣也能起一定的作用。中巴之间互设总领馆问题的解决就是一个颇有说服力的案例。毫无疑问，中巴之间迟早是要互设总领馆的。但扎巴大使在关键时刻提出建议，得到邓小平的响应，在两国领导人之间直接沟通，起到了别人无法替代的作用，促进了此事的提前实现。

我于1988年9月出任我国驻巴西大使时，巴西已改朝换代，由文人执政。本着不忘老朋友的精神，我仍将盖泽尔、菲格雷多两位前总统列入拜会的名单，并通过时任民主社会党（葡语缩写为PDS，原军政府时期的执政党）参议院党团领袖雅尔巴斯·帕萨里尼奥参议员的协助，分别去看望他们。

1989年1月24日我专程飞去里约拜会盖泽尔。他当时还在Norquisa石化公司当顾问。他在顾问办公室见了我。我向他简要介绍中巴关系发展的近况，表示"前人种树，后人乘凉"。当我们现今为中巴这两个东西半球最大的发展中国家的关系顺利发展而感到欢欣鼓舞时，我们不会忘记当年盖泽尔总统果断决策与中国建交的重要贡献。我祝愿他健康长寿,并重申了中方对他的邀请,欢迎他方便时去中国看看。盖泽尔感谢我专程去里约看望他以及中方对他的盛情邀请,赞赏中国改革开放以来的巨大成就,对巴中关系近年来的发展感到欣慰,祝愿大使在巴西工作愉快。他饶有兴趣地翻阅我送给他的介绍中国的画册,表示如他身体许可,拟在那一年的春天访华。谈话结束时,他还与我合影留念。那时盖泽尔已经81岁高龄。后来巴方未再提起盖泽尔访华之事,可能与他的健康状况有关。1996年9月,盖泽尔因癌症逝世,享年88岁。

菲格雷多总统离任后,彻底脱离了政治生涯,居住在里约热内卢南部中产阶层上层聚居的圣·孔拉多区。骑兵出身的菲格雷多,精通骑术,说话以直白而闻名。他离任前曾一度流传军人可能发动政变的谣言。对此他这样回答:"我只知道在新总统就职那一天,我将牵着马匹离开巴西利亚。"他离职后,有人曾问他对执政的感受。菲格雷多说:"我宁愿闻马的气味,而不是人的气味。"1989年3月17日,我去菲格雷多在里约的寓所看望他。我向他转达了中国领导人对他的问候,赞赏他对发展两国关系所作的贡献,并向他介绍了中国的发展近况。虽然他当时已经不再问政,仍热情友好地接待了我,兴致勃勃地回忆起他的中国之行和他与邓小平的谈话,赞赏我国改革开放的巨大成就。1999年12月,菲格雷多因心脏和肾衰竭在里约逝世,享年81岁。

1974年巴西与我国谈判建交时,伊塔洛·扎巴就是巴西外交部非洲、亚洲和大洋洲司司长,因而参与了与我方谈判的全过程。他出任驻华大使后，十分热心地推动巴西与我国的关系，包括曾主动建议中方邀请盖泽尔前总统访华。我在美大司工作期间，扎巴大使与我合作愉快。1986年我奉调离京去阿根廷任职时，他惋惜地表示他真希望能再与我合作一段时间。后来我转到巴西任职，他也回国担任里约州州长布里佐拉的外事顾问，我们两人真的又合作了一回。扎巴大使因病不幸已于1997年4月逝世。

行笔至此，不能不深深缅怀上述3位曾为两国外交关系的建立和发展作出过贡献的巴西友人。

🕊 为中巴友谊作出特殊贡献的平托律师

在担任中国驻巴西大使的5年多日子里，我有幸在那个美丽富饶的国度结识了许多朋友。其中有一位在我的心中占有别样的位置。他并非权倾一时的高官显贵，也不是家产万贯的商贾富豪。他是一个平凡的人，但他具有超凡脱俗的人格。他是一名自由职业者，钟爱自己的专业，坚守自己职业所要求的情操，刚正不阿，主持正义，维护人权，不畏强权，数十年如一日，赢得了巴西各界人士的敬重，也为中巴两国人民之间的友谊作出了独特的贡献。他就是索布拉尔·平托律师。

在9名中国人落难时，他伸出了援助之手

提起平托大律师，上了年岁的中国人可能还会有点印象。那是因为1964年3月底，巴西发生了军人政变。这本是别国的内政，我国从来无意干涉。但巴西政变当局对我国采取敌视政策。当时中国在巴西有9名工作人员，都是经巴西古拉特政府批准,合法地在那里从事新闻和经贸工作的,其中包括我国在里约热内卢建立的新华分社常驻记者2人,我国贸促会在里约热内卢设立的驻巴西代表处工作人员3人,以及为筹办中国经济贸易展览会而派往巴西的工作小组成员4人。1964年3月31日凌晨,政变当局无理逮捕上述中方9名工作人员,毫无根据地指责中方人员"从事间谍活动",并于12月22日以"从事颠覆活动"的莫须有罪名判处中方人员10年徒刑。这就是震惊中外的巴西"九人案"。消息传到北京,震惊了中南海。中国政府立即展开对9人的营救行动,通过巴基斯坦和印度尼西亚政府向巴西当局了解有关情况并进行交涉,指出上述9人都是得到巴西政府的同意,按规定办理有关法律手续后进入巴西居留的。他们所进行的筹备展览、促进贸易、新闻报道等业务,都是正当和合法的。但巴西政变当局不顾中国政府的严正交涉,对9人进行威胁、利诱、迫害和逼供。

为了营救他们,我国有关部门曾想聘请2名美国著名律师为我9名同志辩护,但遭到巴西政变当局的无理拒绝。在这种危难的情况下,友人推荐时任巴西律师协会主席的平托律师。平托不畏艰险,挺身而出,毅然担当起为我9名身陷囹圄的工作人员辩护的重任。不了解巴西那段历史的人很难想象,平托律师这样做要冒多大的风险。当时,大批巴西进步人士或被迫流亡国外,或遭政变当局关押,巴西各地的监狱人满为患。在受理"九人案"将近一年的时间里,年过七旬、满头银发的平托律师不顾自身安危,为营救我9名工作人员而奔波、交涉、呐喊。

"九人案"的整个诉讼过程唇枪舌剑,斗争尖锐,充满火药味。平托律师才华横溢,词锋犀利,也不乏幽默和机智。在政变当局组建的"军事法庭"上,面对强暴势力,平托慷慨陈词:"我从事律师工作50年,至今还从未见到过如此毫无根据的陷害。你们加在9名中国人头上的所谓罪证是我平生耳闻目睹中最可耻的东西。案件事实已经昭然若揭。……现在的问题不是你们不懂得怎样判决,而是你们不知道如何向你们的上司交代。"他揭穿了控方起诉9名中国工作人员的主要"罪证"——装着"颠覆用的武器和物品"的箱子。打开一看,里面装的是报纸。作为"罪证",控方又拿出了一把无声手枪。但在9名中国人被捕当日,巴西军警搜查了他们的住处,当时却并未发现任何涉嫌物证。对此平托律师反唇相讥:"一个月后你们搜出了手枪,再过些时候,你们还可以搜出机枪、大炮和原子弹。"话音一落,旁听席哄堂大笑。控方恼羞成怒,气急败坏地对平托进行人身攻击。平托横眉怒斥道:"我的历史是一部公开的书,你们可以一页一页地去翻!你们可以抄我的家,但无权剥夺我为中国人辩护的自由。"

1964年10月,尽管拿不出任何像样的证据,"军事法庭"仍以9名中国人进行所谓的"间谍和颠覆"活动为由,判处他们10年徒刑。中国政府对此提出强烈抗议。平托律师也表示:"我要向全世界宣告,9名中国人是清白无辜的,他们是政治偏见的受害者。"

我国政府多方组织营救工作。在一年的时间内,有87个国家的1000多个立法机构、政党、团体等通过各种方式对无端被捕的 9 名中国公民表示声援。1965 年 4 月 17 日，在强大的国际压力下，巴西政变当局以"不受欢迎的人"宣布"驱逐"9 人出境。我 9 名同志在发表声明表示无罪、不承认任何判决的情况下回国。经过将近一年的斗争，这 9 名同志终于恢复自由。平托律师亲自去机场为他们送行。他向 9 人表达了最良好的祝愿，同时也为自己终于完成把 9 名中国公民平安送回国的任务而松了一口气。

90 多岁的老人，每天仍拎着皮包徒步上班

光阴似箭，白驹过隙。20 多年的时间过去了。平托律师没有忘记他曾为之辩护的中国人，中国人民也没有忘记这位老律师。我到任后不久，于 1989 年 2 月特地到里约热内卢看望这位心仪已久的老律师。此后，我又与他有过数次接触。所见所闻，更加深了我对这位巴西友人的敬重之心。

平托律师一生大部分岁月生活在里约热内卢市。他的住宅位于拉兰锡乐斯·佩雷拉·达席尔瓦街，是一幢单门独院的两层小楼。楼前的马路顺山坡而下，相当陡，停车不易。显然，这里不属于里约市的高档住宅区，而平托大律师住在这幢房子里已经 50 多年了。他住的房屋相当宽敞，但看上去已年久失修，墙皮及门窗的油漆均已斑驳。这位时年 95 岁高龄的长者得知我要去拜访他，竟提前站在会客室门口迎候。我快步走上前去，用双手紧握他的手。年逾九秩的平托律师，身躯清癯，银发已渐稀疏。但令人惊讶的是，岁月的风霜并未在他的面庞上留下很多皱纹。他身穿深色衬衣，皮肤白皙，蓄有银灰色的胡子，精神矍铄，思维清晰，记忆良好，深邃的双眼炯炯有神，很有绅士风度。

我们进入客厅就座。客厅的陈设也像主人的穿着那样简朴。家具不多，而且都是旧的。我所坐的沙发弹簧已部分失去弹性，坐垫的边缘也有些磨损。我向老律师表达了我们的敬意，表示中国人民永远不会忘记并将永远感谢他这位老朋友。我向他介绍了被他营救过的9名同志近况，也介绍了中国的经济社会发展近况。他饶有兴趣地听取了我的介绍。他是位谦逊的人，不大喜欢谈论自己，但他对中国人不忘老朋友这一点印象很深，颇有感触地说，每位中国驻巴西大使到任和离任都来看望他。我询问他的生活起居情况，他若无其事地说，仍每天徒步上班。

已近期颐之年的平托律师，从事业上说，早已饮誉巴西法学界，赢得了多种荣誉。从家庭上说，他老妻过世，子孙满堂，早就应该享享清福了。但他依然每天拎着皮包上班，不图安逸享受，对自己的专业孜孜以求，乐此不疲，不知老之已至。这种工作劲头显示了平托律师的高度敬业精神，也是平托律师一生的一大特色。

告别的时候，我们衷心祝愿他健康长寿，并送给他几罐中国茶叶和一些荔枝，略表我们的一点心意。老律师的儿媳路易莎一直送我们到庭院门口。我发自肺腑地对她说，我们对老律师非常尊敬，现在他年事已高，作为朋友，如果他有什么困难，只要我们能帮得上忙的，定当尽力相助。她表示十分感谢。但在以后几年的接触中，老律师及其家属从未向我们提过什么要求。

他当了一辈子律师,却轻财重义

索布拉尔·平托 1893 年 11 月 5 日生于巴西米纳斯吉拉斯州巴尔巴塞纳市一个铁路员工家庭。1917 年他 24 岁时,毕业于国立里约热内卢法学院,从此开始了他长达 74 年之久的律师生涯。单就从事律师业时间之长而言,平托的大名恐怕也足以载入吉尼斯纪录了。1941 年,他参与创建里约天主教大学,并在其中长期执教刑法。他是巴西律师协会成员,并担任过协会主席职务。在漫长的 70 多年中,他替人打过无数场官司。上至库比契克前总统、米盖尔·阿拉埃斯前州长,下至黎民百姓,都得到过他的帮助。库比契克就任总统后,曾想请平托律师出任联邦最高法院的大法官,被平托婉拒,因为平托不想让人认为,他为库比契克打官司是为了谋取个人利益。

在巴西,就像在许多西方国家那样,法律是大学里的热门专业,律师是令人羡慕的职业,收入颇丰。我到过一些律师朋友的家,他们的家境都比较宽裕,陈设布置相当讲究。平托是巴西著名的大律师,一生经办过多次大案、要案,又长期兼授名牌大学课程,家中却没有一件奢华的家具,也没有用心装修一下自己的老屋。

不重钱财,生活俭朴,这是平托律师丰富多彩的一生中又一特色。他为自己定的规矩是:为穷苦人辩护不收费,为受政治迫害的无辜者辩护也不收费。所以他办案虽多,却出于"职业义务"常常分文不收。正如平托律师的小女儿希尔达所说,凭着平托的职业素养和声望,他本来可以成为巴西最富有的人。可是他生于清贫,活得清廉,去世时依然两袖清风。

不少国人可能知道平托律师曾为中国驻巴西9名新闻和外贸工作人员作过出色的辩护，但不一定知道平托承办了这场国际注目的大案之后，中方按惯例要付给他律师费，他却拒不接受。他说，他之所以受理"九人案"，一是因为巴西政变当局不同意美国律师到巴西履行职务；二是他看了"九人案"的卷宗，认为指控罪名不能成立。他从接办此案的一开始就表示，他愿免费为9人辩护。他是这样说的，也是这样做的。中方对他未收应得的报酬，感到不安，总想有所回报，至少要他收下他为此案四处奔波所支出的花费。但平托斩钉截铁地说："是义务，就不能收费。我主持的是正义，而不是为了钱。"面对如此倔强的老人，中方只好恭敬不如从命。

1991年2月我去里约出差时，顺道再次到平托寓所看望老律师。交谈中他对我说，人们一般的印象是律师爱钱不认理，而他认为一个有良知的律师应有为真理和正义献身的精神。这番话，简明地阐述了平托的职业道德观和价值观，也反映了平托淡泊名利、超然物外的精神境界。他抱定这样的信念，并一生身体力行。处在物欲横流、道德观念嬗变的社会，平托律师的这种精神境界难能可贵。

1991年9月23日，我陪同我的老领导、时任中国人民对外友好协会会长韩叙到平托在里约市中心的办公室看望老律师。我们当时根本没有想到，这时距他逝世只有两个多月了。会见中，韩会长再次向他表示谢忱。老律师平静地说："我是一个普通的人。1964年为9名中国人辩护，只不过做了一点应做的事。事后,中国要付我办案费,我表示一分钱也不收。我为中国人辩护是为了正义和真理,不是为了钱。我的目的是不让中国人坐牢。后来他们都平安回国,我非常高兴。"平托律师知道我们中国人对这件事看得很重,但他始终处之淡然,毫不居功,更遑论借此敛财。只此一例,便可探见平托律师何以刀笔一生、未曾富贵。"淡泊明志,宁静致远。"这是诸葛孔明留给后人的深刻哲理。平托律师不一定知道中国有这条古训,但他的为人却很有这样的风范。

他是一名虔诚的基督教徒,也是共产党人的朋友

富有正义感,这是平托一生的另一特色。平托律师是一名极其虔诚的基督教徒。在他人生的最后55年中,他每个星期天都要到他住所附近佩雷拉·达席尔瓦街的教堂做礼拜。他从未参加过任何政党,但他以维护法制、反对任何侵犯民主自由的行为为己任。他有一副侠肝义胆,喜欢"路见不平,拔刀相助"。他一生曾两次被捕,但从不向强暴势力低头屈服。巴西报刊因此而赠予他"正义先生""巴西的良心"等称号。从意识形态上说,平托是不赞成共产主义的,但这并不妨碍他数次担当起为共产党人辩护的责任。

1935年,巴西共产党领袖普列斯特斯被捕。巴西律师协会委托平托为普列斯特斯辩护。在那个时代,敢于为巴西共产党领袖作辩护律师是需要相当勇气的,没有人敢接这件极为敏感的大案,但平托应声而出。他的理由是,他并不赞成共产主义,但他不反对共产党人,任何公民都有自由选择政治信仰并按民主途径表达它的权利。他的态度激怒了警察特务。平托置个人安危于不顾，自始至终履行自己作为辩护律师的职责。有趣的是，起初普列斯特斯并不信任平托，认为平托是敌对营垒的人，拒绝让他当自己的辩护律师，而宁愿由本人作自我辩护。但是，平托的人品操行最终赢得了普列斯特斯的信任。之后，两人成为莫逆之交，直至普列斯特斯去世。在普列斯特斯被关押的9年中，平托是他能见到的来自狱外的唯一的人。普列斯特斯的夫人奥尔加当时被关押在纳粹德国的集中营，并在那里生下女儿阿妮塔。也是在平托的帮助下，阿妮塔在一岁半时获得了自由。

为我9名驻巴西经贸和新闻工作人员作辩护，是平托律师富有正义感的另一个突出例子。他曾坦率地对我9名同志讲："你们信仰共产主义，我信仰基督教。就意识形态来说，我和你们是对立的。但我是正义的朋友，是司法的维护者，是无视事实、蹂躏法制者的敌人。"当时巴西政变当局与台湾当局勾结，曾企图将9名被捕中方人员送往台湾，台湾方面还派特务到狱中进行策反活动，遭到我9名同志的严词拒绝。他们发表抗议声明，并宣布展开绝食斗争。当平托去狱中探望英勇地进行绝食斗争的9名工作人员时，这位侠肝柔肠、重视情义、感情丰富的老人不禁失声大哭，自责地说："我没有保护好你们，叫你们受大苦了。"经过一段时间的相处，他增加了对中国共产党人的了解。在送别我9名同志离开巴西时，他依依不舍地说："我觉得你们这些共产党人并不可怕，很讲道理，很有才干，有感情，讲人情。"

1991年10月，是平托律师的98岁生日。当时我国在里约热内卢尚未建立总领馆，有些必须在里约办理的事情常要请新华社里约分社的记者吴永恒同志协助。那次，我特地委托吴永恒给老律师送去了一份生日礼物——一尊中国老寿星瓷雕，衷心祝愿他老人家健康长寿。平托这时病后出院刚两天，身体很虚弱。但他紧握吴永恒的手，吃力地一连说了六声"谢谢"。这六声"谢谢"，表达了可敬可亲的平托律师对中国人民的深厚情谊。

照耀民族良心的北斗星

平托律师过98岁生日时，曾对朋友们说要和他们一起过百岁生日。确实，平托的一些亲朋好友已经开始酝酿如何为这位老人筹划庆贺百岁大寿。韩叙前会长率团对巴西进行友好访问时，我也曾提议，在这位老朋友百岁大寿时，我们应好好为他祝寿，韩会长甚表赞同。但是苍天无情，我们终究没有等到这一天。

1991年9月底，就在韩会长拜访他之后不久，老律师因患肺炎住院治疗，历时3周，10月16日出院。11月，因身体虚弱，进食困难，再次住院治疗脱水，3天后出院在家中继续治疗。尽管他身体很虚弱，但神志一直很清楚。11月29日临睡前，他平静地对家人说："我要走了。"30日凌晨，他要小女儿希尔达和服侍他30年的儿媳路易莎为其作临终祈祷。当日上午7时，平托律师因"多种器官功能衰竭"，安详地离开人世，享年98岁。

平托律师生受崇敬，死备哀荣。里约州政府决定全州为平托志哀3天。平托的故乡巴尔巴塞纳市也举哀3天，悼念该市的优秀儿子。去平托灵堂吊唁的各界人士络绎不绝，其中有时任里约州州长布里佐拉和里约市市长阿伦卡尔等。人们向老律师表达最后的敬意，数千人出席了平托的葬礼，包括平托的亲朋好友和同事，州、市政府当局，前总统萨尔内，巴共前总书记普列斯特斯的子女，以及其他曾受过老律师帮助的人。他的灵柩上覆盖着巴西的国旗和老人生前所喜爱的美洲俱乐部足球队的队旗。平托的遗体与其夫人玛丽亚及其他已故亲属合葬在圣约翰·巴蒂斯塔公墓。

我国8名受过平托营救的同志（另一名侯法曾同志已去世）联名发去了唁电。电文说："平托律师的光辉一生必将永垂史册，并将激励我们为深入发展中巴两国友好关系作出不懈的努力。"时任新华社社长穆青、贸促会会长郑鸿业、对外友协会会长韩叙也分别向平托的家属致了唁电。

我听到平托去世的噩耗后，立即让使馆办公室为我订票从巴西利亚飞往里约。那天我患肠胃炎，发烧，正卧床休息。有的同事劝我是否可不去，我考虑再三，为了最后看一眼这位老朋友，表达中国人民对他的敬意，决定抱病前往。在吴永恒同志的陪同下，我先到灵堂瞻仰了老律师的遗容，恭恭敬敬地向他三鞠躬，并向他的家属表示诚挚的慰问，接着又到墓地参加葬礼。先后有9人在葬礼上讲话，大大超过预先安排的时间。居住在阿根廷的巴西记者、原巴西"革命行动运动"成员弗拉比维沃·塔瓦雷斯动情地讲述了当年他被平托营救的经过，用下面这句话结束他在墓前的演讲:"在体格上,他是一个瘦弱的人,但在情操上,他是一个无比伟大的人,一个永垂不朽的人。"全场的人都为之动容。

巴西各界人士对平托一生给予很高的评价。

当时的巴西总统科洛尔说:"他是巴西历史上最杰出的人物之一。他始终一贯地为民主自由而斗争。他把一生都献给了他人。"

时任巴西国会主席贝纳维德斯说:"在我国政治生活最动荡的时刻,他始终有勇气并以无与伦比的才能和智慧为被压迫者进行辩护。"

巴西律师协会对他的评语是:"平托——巴西律师的象征,他为巴西律师业和巴西民族气质的形成作出了不可估量的贡献。"

里约州律师协会对他的评语是:"平托律师——公民美德的典范和律师业杰出的楷模。"

平托律师的邻居们赠送给他的铜牌题词为:"国家道德和文化的瑰宝。"

巴西前总统萨尔内引用法国人埋葬杰出的现实主义雕刻大师罗丹时的一句名言来表达自己的感情:"随着他的逝世,好像所有的伟人都离我们而去。"

巴西的报刊是这样评论的:"平托的去世意味着巴西一段历史的结束。多年来,平托是照耀民族良心的北斗星。道义上,他是代表人的尊严这一价值观念的最后一个巴西人。这种价值观念现已因时光的流逝而冲淡。失去平托,巴西失去了一个榜样,巴西在道义上因为失去他而变得更加贫困了。"

2013年10月,由导演保拉·菲乌萨制作的平托传记纪录片问世,片名为《无价之宝——索布拉尔·平托》,该片赞扬平托为巴西历史上最伟大的人权卫士。

论地位,平托律师从未担任过一官半职,但巴西各界给予平托这么高的评价,这是十分罕见的。这说明平托的人品感人至深。物质上,平托律师清廉节俭,没有给自己的子孙留下什么遗产。但在精神上,他却是世上最富有的人之一。巴西各界人士对平托一生人格情操的盖棺论定,像是为他铸造了一座巍峨的纪念碑。巴西人民为他感到骄傲,将永远怀念他。中国人民仰慕他为增进中巴友好关系所作出的重要贡献,也将永远怀念他。

五次世界杯夺冠——闻名遐迩的巴西足球

据调查,在海外最能代表巴西国家形象的三件事物是足球、狂欢节和咖啡。巴西素有"足球王国"之称,足球是巴西在国际上的招牌和头号名片。巴西国家足球队在世界足坛独领风骚。

足球是巴西的国球。足球运动是巴西民众的共同爱好。对足球的挚爱已渗入巴西人的血液,几乎人人都是足球迷,都有自己热爱的俱乐部和球星,就像每名教徒都分属于某个教派一样。很多巴西人去世后的灵柩上,覆盖的是逝者生前所喜爱的球队的队旗。有人夸张地说,每个巴西人都能当足球教练或裁判,可以对每场球赛评头论足,说得头头是道。每当有巴西队参加重大比赛时,全国上至总统,下至平民百姓，都会把手中的事情放下来，观看电视转播。球迷们不是直接在球场里助威，就是聚集在电视机前为自己的球队呐喊。有时全家人在一起看球赛，由于支持不同球队，也会为赛事而争得面红耳赤。在巴西，最激动人心的声音莫过于现场直播比赛的播音员那一声充满激情、声嘶力竭且无限拖长了的"gooooal……！"（进球啦）。巴西人如此酷爱足球运动，以至于它已成为巴西国家特性的一部分。谁想要深入了解巴西，不可不认真地了解巴西的足球。

我在中学时代就喜欢足球，曾幻想当足球运动员。进大学之后，有了点自知之明，不再怀有当职业球员的梦想，但对足球的兴趣不减。每逢世界足坛的重大比赛，即使是在半夜三更直播，也会爬起来观看。1977年，当时效力"宇宙队"的球王贝利来北京参加退休前的表演赛。贝利是我心仪已久的球员。北京表演赛那天下起了大雨，我仍毫不犹豫地骑着自行车冒雨到北京体育场欣赏贝利的风采。到巴西常驻，为我提供了近距离仔细品味巴西足球艺术魅力的难得机会，让我有机会大饱眼福。

足球的魅力

世界现代足球运动已有百余年的发展历史，是世界上群众性最强、影响最广的运动，因而有"世界第一运动"之称。几乎每个国家都有代表本国的足球队和自己的足球联赛。足球既是大众化的运动，又极具观赏性，是力量、速度、耐力、技巧、智慧与心理素质的综合较量，它要求球员在持续快速的奔跑中完成接、控、传、抢、铲、顶、射等一系列技术动作，对抗强度高，颇能体现男子汉的阳刚之气。足球比赛既需要运动员的激情爆发和发挥个人特长，也离不开团队的配合默契；既需要教练员高超的战略战术，又离不开球员的随机应变和临场发挥。

比赛结果当然主要取决于两队的实力和战术，但有时也要看运气。足球破门的机会稍纵即逝，胜负得失往往在一念之间。有时眼看必进的球从门柱弹出，痛失良机；有时天公作美，歪打正着。因为"足球是圆的"，什么情况都有可能发生。当圆球碰到门柱的刹那，谁也不知道球会冲向何方。惊奇、意外和不可预测也是足球运动的组成部分。没有常胜不败的球队，强队也有可能阴沟翻船，一些不被看好的球队也可能爆出冷门。比赛结果的悬念，增添了足球的魅力。蓝天之下，绿草茵茵，22名健儿纵横奔驰，各显神通，尽情展示青春之健美。酣畅凌厉的攻势，严防死守的堵截，赛场上攻防进退迅速变换、跌宕起伏，创造一个又一个激动人心的瞬间，吸引着千万观众的眼球。

四年一度的国际足联世界杯，与奥运会并称为全球体育两大顶级赛事，受到全世界数十亿人的关注。足球世界杯是单项比赛，而奥运会则囊括各项比赛，两者可比性不同，实际上世界杯的某些影响力和媒体转播覆盖率甚至超过奥运会。摘取足球世界杯桂冠是每个国家队、每名足球运动员梦寐以求的最高荣誉，为这个荣誉作出贡献的运动员总会在相关国家受到民族英雄般的追捧。

世界上最成功的国家足球队

巴西于1914年成立足协,1924年加入国际足联。巴西队被誉为世界上最有名和最成功的国家足球队之一。"球王"贝利曾说,没有巴西队参加的世界杯是不可想象的。

按照国际足联当时的相关规定,某个国家的球队在第3次获得世界杯冠军时,可将原由历届冠军队轮流保管的奖杯——"雷米特杯"永久保留。"雷米特杯"因"世界杯之父"、前国际足联主席雷米特而得名。该奖杯的设计以希腊传说中的胜利女神尼凯为模特,故又称"女神杯"。可惜的是,巴西队虽然将"雷米特杯"收入囊中,却未能真的将它永久保留住。重3.8千克的纯银镀金"雷米特杯"原件于1983年在里约热内卢被盗,至今下落不明。现在人们看到的"雷米特杯"是巴西足联重新制作的复制品。国际足联1970年将"雷米特杯"奖励给巴西队后,于1971年另制了一个由4.97千克18K黄金铸成的"大力神杯",作为奖励下届冠军用的新的流动奖杯。国际足联同时规定,自1974年起,赢得三届冠军的国家队可以获得一尊"大力神杯"的复制品,原件仍归国际足联所有。

巴西足球的风格常被称为"艺术足球"或"攻势足球",是世界足坛"技术型"打法的代表。与"技术型"足球相对应的是"力量型"足球,后者讲究全队整体配合,风格是硬朗粗犷,快速简练实用,逼抢凶狠,擅长精确长传。而"技术型"足球的特点是球员过人技巧高超,突破能力强,短传配合娴熟自如,接、控球技术出色,脚法细腻优雅,灵活柔韧,善于随机应变。"技术型"足球的基本理念为"进攻是最好的防守"。巴西球员们习惯于耐心地、不知疲倦地一次又一次组织进攻,不断寻找破门机会。他们队形变化灵活,相互配合默契,心照不宣,时而突然加速盘带,时而冷不防地起脚猛射,富有创造性和艺术性。对于巴西球员而言,踢球既是工作,又是一种娱乐。他们参加球赛就像跳桑巴舞一般潇洒轻松,灵巧飘逸,因而巴西足球有时也被称为"桑巴足球"。纵使是在对方的密集防守之下,他们仍能从容应对,短传穿插过人似行云流水、水银泻地。他们的表演赏心悦目,让观众沉醉在美的享受之中。

不过,现代足球运动在其快速发展的过程中也在不断地变化。随着越来越多的知名球员效力国外的顶级俱乐部,很多国家的国家队也聘请富有经验的外国著名教练执教,各国的足球风格与战术不断融合交流,互相影响,出现许多新的现象。如现代足球越来越重视整体攻防和攻防平衡,锋卫队员的传统分工界限被打破,参与进攻和防守的队员增多;普遍强化对中场的控制,那里既是进攻的策源地,也是防守的第一道屏障;攻防变换的节奏加快,要求球员兼具能攻善防能力,拼抢和对抗更为凶狠激烈;等等。足球比赛的战术也逐渐呈现一种趋同的倾向,这对各国传统的足球风格产生了重大影响。"技术型"足球也必须讲究效率和实用,"力量型"足球也在加强传球和控球的能力。尽管各国的球队仍有各自的风格特色,但恐怕现在已经很难找到一支纯粹意义上的"技术型"足球队和"力量型"足球队了。巴西队也不例外。这不免使不少怀旧的喜爱巴西

"艺术足球"的球迷们感到惋惜和失落。

巴西足球成功的原因

巴西足球的成就，植根于巴西足球的普及。巴西人钟爱足球，全国各地遍布足球场地。巴西气候宜人，适合全年踢球。巴西国土广袤，无论城乡，都不难找到踢球的场所，即便是一块杂草丛生的空地，甚至在巴西海上油田狭窄的钻井台上，也会有一个5人制足球的小球场。巴西的球员从小就开始踢球，足球伴随他们长大。巴西职业球队之多，可谓世界之冠。

足球运动需要奔放和激情。巴西是个多种族的国家，多种族的人口构成形成巴西特有的文化多样性。他们开放包容，富有活力和创造性。巴西人与生俱来的奔放与激情使巴西球员的天赋在绿茵场上得到淋漓尽致的发挥。对巴西人来说，足球不仅是一项最普及、最受欢迎的运动，也是一种文化和生活方式。与当地人最容易聊的话题就是足球，如果能对谈话对象所喜欢的球队或球员有所了解，那就更容易谈得投入和融洽。诚如巴西著名记者兼教练胡安·萨尔达尼亚所说，"足球之于巴西，不仅是一项体育运动，更是民族激情的体现"。

数量庞大的足球爱好者，遍布全国的足球学校和青少年俱乐部，常年举行的各级联赛，社会各界重视足球的良好氛围，是不断培育巴西足球人才的土壤和摇篮。各地的足球学校重点培养十几岁的孩子，教练员向他们传授基本技能和先进的足球理念。巴西各足球俱乐部均雇有一批经验丰富、嗅觉敏锐的"球探"，他们常年在各足球学校、比赛场地甚至大街小巷"捕捉"新秀苗子。著名的圣保罗俱乐部，是巴西足球史上夺冠最多的俱乐部，拥有能容纳10万名观众的莫隆比体育场。它名下有一个"圣保罗足球中心"，是系统培养足球新秀的培训机构，罗伯托、法比亚诺、德尼尔森、卡卡等大牌球星，都是该中心发现和培训出来的，因而有"球星梦工场"之称。他们首先在6—10岁、经常踢球的儿童中寻找好苗子，再经过短期集训、体检、体能测试，观察儿童的天分和潜力，从中进行选拔，送到由圣保罗俱乐部全资管理的体育学校中。对10—16岁的苗子进行培训为第二阶段，这些学员要一边训练，一边学习文化，不需缴纳费用。学员16岁开始进入第三阶段的训练，必须住校并参加周末的联赛，有些学员不到17岁就与俱乐部签订入会合同。

巴西于1970年开始实行球员自由转会制度，如今转会潮流汹涌，大量巴西球员效力于世界各大著名足球俱乐部，这对巴西足球运动产生了重大的影响。一方面，巴西通过"海外兵团"经常参加欧洲等国的一流联赛，锻炼和培养了顶级球员，这对巴西球员始终保持较好的状态起到了重要的作用；另一方面，球员输出也为发展巴西足球运动提供了经济支撑，因为每名有价值的球员转会欧洲给巴西足协带来的收入，足以为"数百名巴西少年提供成为球员的机会"。

足球改变了巴西不少穷苦家庭的命运。很多巴西球星出身贫寒，包括贝利、罗马里奥、罗纳尔多、罗纳尔迪尼奥这样的知名球员。不少穷苦人家的孩子从小就在街头巷尾踢球,足球给他们带来了无尽的欢乐。同时也让他们产生一个梦想,那就是好好踢球,提高球艺,将来成为与某个俱乐部签约的球员,领取一份不菲的工资,帮助家里摆脱贫困的生活,这往往是他们励志的重要内容。如果说企业家白手起家是"美国梦"的典型,那么在贫民窟成长的球员则是"巴西梦"的标本。

我与巴西足球界的交往

我在巴西期间,因为工作关系,曾与两位巴西足坛名人有些交往。

一位是世界足坛一代名将济科,他的原名为阿图尔·安图内斯·科因布拉。但能叫得出他大名的人不多,人们普遍用昵称称呼他为济科("小公鸡"的意思)。济科出身足球世家,他的父亲和两个兄弟均是球员。济科13岁就进入弗拉门戈足球学校,接受正规训练,14岁进入弗拉门戈少年队,17岁进入弗拉门戈青年队,并同时入选巴西国家青年队。1973年,20岁的济科被首次征召为国家队正式成员。1989年宣布挂靴退役,时年36岁。1990年,科洛尔总统任命济科担任体育部长。1991年他辞职赴日本当教练。在他担任体育部长期间,我曾拜访过他,就加强两国间的体育交流和合作交换意见。时任上海市委副书记的吴邦国同志很关心如何提高上海的足球水平,曾与我谈及是否可借助与巴西的交流合作。我与济科那次会见,曾与他探讨巴西如何帮助提高我国足球水平、聘请巴西足球教练到中国执教和派遣我国青年足球运动员到巴西培训等问题。

另一位是若奥·阿维兰热，他是世界足坛的著名人物。他喜欢体育，擅长游泳和水球，年轻时参加过三届奥运会。1958—1974年，阿维兰热当选为巴西体育联合会主席和巴西足球协会主席。在其任期内，巴西队三次荣获世界杯冠军（1958年、1962年和1970年），阿维兰热也因此而获得"足球教父"的美名。

从1963年起，阿维兰热一直是国际奥林匹克委员会委员，时间长达50多年。1974年，58岁的阿维兰热当选国际足联主席，成为国际足联史上第一位非欧洲籍主席。他担任国际足联主席24年，有"足球王国的恺撒大帝"之称。在任期内，他大刀阔斧地进行改革，使世界足球运动得到空前发展。在他的支持下，世界杯决赛阶段的参赛队伍由16支增加到32支，增加了亚非拉美第三世界国家的参赛名额。20岁以下的世界青年锦标赛、17岁以下的世界少年足球锦标赛、室内足球赛、女子足球世界杯也都是在他的倡议下建立的。阿维兰热支持中国重返国际足联和提高中国的足球水平，被中国球迷尊称为"阿翁"。阿翁建议中国选择少年足球和女足作为中国足球走向世界的突破口。在他的支持下，中国先后成功地举办了1985年首届柯达杯世界少年足球锦标赛和1991年第一届女足世界杯。阿翁一直主张中国除申办奥运会外，也应该申办世界杯。还表示他愿为中国申办世界杯提供帮助。我在巴西工作期间，数次会见并曾宴请过阿维兰热。当时他已年逾古稀，但腰板依旧挺直，一双蓝色的眼睛炯炯有神。他对我国的真诚友好给我留下了深刻印象。

阿维兰热作为企业家，极富商业头脑。他把国际足联当成一个企业、把足球运动当成一种产业来经营，实现了足球与商业的联姻。国际足联与电视机构和阿迪达斯、可口可乐等跨国公司的合作，使世界杯比赛发生了重大变化。足球赛事因电视转播而变成火爆的足球狂欢节，吸引了数以亿计的球迷；电视台通过转播世界杯比赛吸引了大量广告；跨国公司则以巨额赞助换取高额经济回报。1974年阿维兰热到苏黎世国际足联总部任职时，国际足联经济拮据，账面上仅剩数十美元；阿维兰热离任时则增至数十亿美元。为了维护足球世界杯的权威、观赏性和影响力，阿维兰热与国际奥委会进行艰苦的谈判，最后达成23岁以上的队员不准参加奥运会的足球比赛的协议。1998年退位后，阿维兰热被选为国际足联终身名誉主席。2004年国际足联百年庆典时，阿维兰热被授予"国际足联百年最佳管理者"荣誉勋章。2013年他因涉嫌受贿而辞去国际足联名誉主席头衔。2015年他辞去国际奥委会委员职务。2016年8月16日，阿维兰热去世，享年100岁。

"渗透到巴西人血液中"的桑巴与狂欢节

狂欢节是巴西最重要的民间节日，桑巴则是巴西最重要的民间歌舞，并构成狂欢节的主体和灵魂。巴西狂欢节期间，万人空巷，投身其中。年复一年，狂欢节淋漓尽致地表现出巴西人热情奔放的民族性格，给巴西人带来了欢乐，也吸引了众多国内外的游客。狂欢节与桑巴是巴西人生活中不可或缺的内容，也是巴西民俗文化的重要表现形式。动人心魄的音乐，火辣激情的舞蹈，童话世界般的彩车，奇思妙想的服饰，洋溢在众生脸上的灿烂笑容，构成了一幅浓郁的民俗风情画，已成为最能代表巴西形象的符号之一。

巴西的闪亮名片——桑巴

桑巴是拉美最负盛名的民间歌舞之一，与探戈齐名。它源自安哥拉，原为祈祷丰收与生育的非洲土著歌舞。关于"桑巴"（samba）其名的来源与含义，有若干个版本。较多巴西人认同的说法是，samba 是从非洲班图语中的 semba 讹用而来，semba 意为"撞肚皮"。在早先的桑巴舞编舞中，包含有摩擦肚皮的内容，因此而得名。另一个版本的说法是，"桑巴"意为祈祷，起源于非洲黑人带歌舞的宗教仪式中的祈祷音乐。Samba 这个名词 19 世纪就出现在葡语中，最初是指"民间舞蹈"，后来专指"围成圆圈跳的舞蹈"和乐曲。

巴西狂欢节

狂欢节起源于古代希腊祭神祈丰年的典礼。到中世纪，天主教力图压制所有异教徒的思想习俗，但未能取消狂欢节，于是就把它纳入自己的年历，从而使狂欢节与复活节密切相联。当时在复活节之前有一个为期 40 天的大斋期，即四旬斋。为纪念复活节前遇难的耶稣，信徒们在斋期里自我忏悔，禁止食肉和娱乐。因斋期生活沉闷单调，在大斋期开始之前的几天里，人们会举行宴会、舞会、游行，纵情欢乐，故有"狂欢节"之称。葡萄牙语 Carnaval（狂欢节）源自拉丁文 Carnelevarium，意译为谢肉节，华人则音译为嘉年华。如今严守四旬斋期的人已经不多，但狂欢节活动却留传下来，成为某些国家和地区的重要民俗。

亲历巴西狂欢节

我在巴西任职期间，曾有机会观赏巴西利亚和圣保罗的狂欢节，并曾两次应邀观看里约热内卢的狂欢节盛况。

1991年2月10日，我应里约市长马尔塞洛·阿伦卡尔的邀请去里约观赏当地狂欢节。阿伦卡尔市长和他所属的民主工党对中国很友好。此前我曾礼节性拜访过他。2月10日那天，我与其他几位外国使节一起，先在里约著名的科巴卡瓦纳宫旅馆集合，阿伦卡尔市长在旅馆接见我们，对我们表示欢迎，然后一起出发去桑巴赛场。我们在桑巴大道的贵宾席上观看当晚特级桑巴学校的表演比赛，从傍晚一直看到次日凌晨3时，回到旅馆时已经4时许。

1993年2月22日，应里约新任市长塞萨尔·马雅的邀请，我与夫人石成慧一起去里约观看那天晚上特级桑巴学校的表演比赛。不久前，我刚对马雅市长进行了礼节性拜会。我们下午5时30分从总领馆的住所出发，6时到达市府集中，从那里与其他贵宾一起出发去桑巴赛场观赏。特级桑巴学校的表演比赛仍在里约的专用桑巴大道上举行。等到那晚全部参赛的桑巴学校的表演结束，已经是第二天的上午6时。这种通宵达旦地观赏桑巴的经历，是就近体察巴西的民俗文化和巴西人特性的难得机会，令人难忘。巴西人的激情感染着我们，让我们精神饱满地观看马拉松式的表演。中间也有略感困倦的时候，可以喝杯咖啡提提神。看台贵宾席备有自助的饮料、点心等，我们那天的晚饭和第二天的早点都是在贵宾席利用两个桑巴学校表演之间的空隙解决的。

苏轼有诗云"万人空巷斗新妆",用它来描述里约热内卢的狂欢节,相当贴切。狂欢节期间,里约全城主要街道披上节日的盛装。除了医院、药房、酒吧,商店关门,工厂停工,学校放假,男女老少都投身于狂欢活动之中。富裕人家自然要尽情享乐,穷苦人也舍得添置必需的服饰,敲着鼓或其他打击乐器,兴高采烈地投入狂欢的人流。人们尽情发挥各自的想象力,穿着奇装异服,打扮千奇百怪,竞相比赛谁更能吸引别人的眼球。狂欢时节,不分种族肤色,不分尊贵卑贱。平素矜持含蓄的人,放下了身段;多愁善感的人,丢却了烦恼;保守刻板的人,此时也随俗浪漫起来。二三月正是南半球的夏季,气候炎热,人人脸上都淌着汗水,但个个脸上都挂着灿烂的笑容。

为了增加狂欢的气氛,每年在狂欢节之前两个月就由市民与旅游部门选出狂欢节的国王、王后及公主。狂欢节的国王被称为"莫莫"国王("莫莫"在葡萄牙语中意为"嘲讽",希腊神话中作家与诗人之神),他被认为是狂欢节的象征式的主人。按惯例,当选"莫莫"国王的都必须是高个子、大胖子,体重必须在130千克以上。狂欢节的王后与公主通常是当地人非常熟悉的桑巴舞小姐。狂欢节前一天,由里约市市长在市政厅广场举行仪式,将象征管辖权的城门钥匙交到"狂欢节国王"的手中,标志着一年一度的里约热内卢狂欢节正式拉开帷幕。里约市的街道和海滩等地都变成欢乐的海洋。这种狂欢的气氛也感染着来自异国他乡的旅行者，不少外国人也情不自禁地投入其中。为了让慕名而来的游客尽兴，当地特地为外国游客开设跳桑巴舞的速成班，好让他们亲身体验桑巴的魅力。

狂欢节的社会影响

狂欢节给当地人民带来了普遍的欢乐，推动着巴西文化艺术的不断创新，也形成了一个狂欢节产业链，提供了大量就业岗位。巴西全国各地有很多专门为桑巴学校制作服饰、彩车的作坊。很多巴西人全年就靠狂欢节谋生，包括为各个桑巴学校服务的裁缝、鞋匠、帽匠、木匠、雕塑师、造型艺术师、词曲作者、乐器演奏者、装饰品购销人员等。巴西狂欢节既是桑巴文化的集中表现，又刺激消费，推动旅游业的发展，把文化活动变成巴西经济的发动机之一。

就像巴西足球队在世界杯等大赛中所具有的那种联合全国各阶层的凝聚力一样，狂欢节也提升联合巴西不同社会阶层人士的凝聚力。今天，如果有人询问巴西民族有些什么特性，狂欢节恐怕是人们马上就会在脑中浮现的巴西民族符号之一。

狂欢节使人暂时忘却生活中的艰辛与疲劳，宣泄平素积聚的苦闷与烦恼。穷人打扮成达官贵人，平民扮成超人、警察或魔鬼，进入自己想象的生活。

一些社会学者认为，狂欢节拉近了社会不同阶层之间感情上的距离，促进了民族的认同感和社会的和谐与包容性，同时对某些不安分者的失望不满情绪也起到某种减压阀和按摩作用。就像一首名叫《幸福》的歌曲中所唱的："穷人的幸福就是狂欢节的幻想。人们工作一年就为了这梦幻般的一刻，打扮成国王、海盗或者园丁，而这一切都结束在圣灰节星期三。"

狂欢节期间，有人期待浪漫，冲破平常的生活樊篱。也有人发表政见，发泄不满，表达抗议。总的来看，巴西社会对各类不过于出格的行为容忍度较高，当然也并非没有底线。在公众场合全身赤裸、亵渎宗教、诋毁种族等行为，会遭到警察的制止。

在肯定狂欢节对国家经济、文化、社会的贡献的同时，对于狂欢节的消极面，巴西社会也不乏批评之声。他们批评狂欢节鼓励放荡、纵欲、狂饮，伤风败俗，不讲廉耻；指出有些从狂欢节获得巨大收益的利益集团制造全国一致支持狂欢节的假象，实际上并非如此。一首题为《桑巴之乡》的名曲，表述了对狂欢节现象的困惑："公交车人满为患，人们拥挤不堪。难道生活中一切都是过眼云烟？请向我解释，这个忍饥挨饿的人，生活得不好，却会拿起空锅去庆祝狂欢节？我的上帝呀，我只想问个明白。"

巴西的饮食文化

巴西的饮食文化与它的民族构成有密切关系。作为一个有悠久移民传统的国家，巴西居民中的绝大部分都是来自世界各地的移民及其后代。构成巴西民族的三大基本种族，即土著印第安人、欧洲白人和非洲黑人，都对巴西的饮食文化产生了很大影响。19世纪以后，又增添了阿拉伯人、亚洲人的影响。到 20 世纪后期，各种快餐店如雨后春笋般出现。在圣保罗和里约热内卢等大城市，你可以品尝到来自世界各地的菜肴。巴西对外来饮食持开放包容、兼收并蓄的态度。来自世界各地的移民，带来了各自的饮食习惯、美味佳肴和各种调料，使巴西成为世界上烹饪最多元化的国家之一。巴西餐桌上的色、香、味汇集了各大洲的饮食元素，令人眼花缭乱。

厨艺荟萃的国度

在巴西沦为葡萄牙殖民地的过程中，土著印第安人不仅人数上急剧减少，文化也受到严重摧残。尽管如此，土著印第安人和他们对本土食物的认知在巴西的语言、民俗和饮食中仍留下了不可磨灭的影响。在巴西人现今所讲的葡萄牙语中，采纳了许多印第安人所使用的动植物名和菜肴名称，如豹（jaguar）、鳄鱼（jacaré）、鲱鱼（pirarucu）、皮隆（pirão，木薯粉调制的糊糊）、塔卡卡（tacacá，木薯配制的辣汤）等。巴西饮食中迄今常用的木薯、菜豆、椰枣、玉米、马铃薯、马黛茶等，均和印第安人有关。巴西北部地区居民食谱中常有淡水鱼、鹿肉、野猪、鳄鱼肉、龟肉等，也是受印第安人的传统影响。

非洲黑人对巴西饮食的影响十分明显，尤其在东北地区。他们的主食是大米、面粉、木薯粉、黑豆，肉类主要来自猎物，很少吃鱼。油棕是由黑人从非洲引入的，他们喜欢用棕榈油烹调各种菜肴，如巴伊亚州的非洲名菜华达巴（用辣椒、肉片或鱼片做的木薯羹）等就是用油棕油烹调的。巴西人对辣椒的偏好源自非洲黑人的影响。古斯古斯（一种用麦粉团加素菜和肉类做成的食物）也是黑人从北非引进的。他们使用辣椒酱、藏红花、椰子浆等作为主要调料，用得较多的水果有甜橙、香蕉等。

欧洲人对巴西饮食文化的影响更大于其他种族。尤其是葡萄牙对巴西实施殖民统治322年，从宗主国去巴西的移民延绵不断。即使在巴西独立以后，去巴西的外国移民中葡萄牙人仍占较高比例。葡萄牙人对巴西的影响，充分表现在语言文字、宗教信仰、文化艺术、风俗习惯等方面，对巴西人的饮食文化也产生了主导性的影响。现今巴西的许多特色菜肴，都来自葡萄牙。不过，为了能够在异国他乡生存下去，葡萄牙移民也不得不根据巴西的物产和气候条件，作一些变通。因此，即使是一些典型的葡萄牙菜肴也带上了巴西的本土特色，如巴西的烩腌鳕鱼。

普通巴西人的日常饮食

普通巴西人的早餐较简单，咖啡加牛奶，面包抹黄油就对付了。故在葡萄牙语中，早餐就直接称为"早上的咖啡"。讲究一些的，早餐时加上一个煎鸡蛋和几片火腿，再来点奶酪和新鲜水果（通常是橙汁或半个木瓜）。

午餐和晚餐的内容基本相似，只是晚餐通常更讲究一些，时间也拖得更长。主食通常为木薯、大米和豆糊，配上肉或鱼作为主菜，构成了巴西人的基本菜谱。当地人招待客人时，入座前往往先喝点酒或饮料，上一些开胃的小吃，如油橄榄、油炸奶酪丸、油炸鳕鱼丸、鸡肉馅饼等。他们习惯用手或牙签取小吃食物，一口就放进嘴里。只有馅饼等个体较大的食物，才用口纸托着慢慢吃。入座后进餐时，如有汤，在吃主食和主菜之前先上汤。现代城市生活节奏很快，巴西人中午大多已没有午休习惯，午餐后还要工作，所以午餐很少上汤。晚餐则多有汤。巴西最常见的汤是芸豆汤或鸡块米粒汤。除汤以外的其他食品，巴西人习惯一起摆到餐桌上。白米饭和煮得很烂的黑豆或芸豆糊，几乎是每餐必备的。用木薯面与盐、猪油渣、煎洋葱制作的木薯粉，也是巴西家家户户常备的价廉物美的配料，可以撒在烤肉、菜豆、香肠等各种食物上。巴西人常在荤菜盘内配一点煮熟的胡萝卜或马铃薯等。另有单独一盘素菜色拉，一盘刚出炉的木薯面包或奶酪面包。饭后甜点与咖啡是必不可少的。通常的甜点是奶酪、水果或冰激凌。巴西人常喜欢在菜里加入奶酪，不爱吃奶酪的朋友，需提前向服务员说明。

总的来说，巴西的饭菜比较适合中国人的口味，不爱吃西餐的中国人也较能接受。巴西的饭菜一般加工并不很精细，有些菜偏咸，甜点又太甜，但原材料质量可靠，价格也较实惠，不会漫天要价。

脍炙人口的巴西烤肉

巴西烤肉在葡萄牙语里被称为 churrasco，汉语发音为舒拉斯科。据考证，这个葡文名词是个象声词，模仿烤肉时脂肪滴到烧红的木炭上发出的声音。烤肉本是巴西南部南大河州的地方特色菜，因当地人的烤肉美味声名远播，现已成为巴西全国性的佳肴，是巴西烹调艺术的招牌菜。散布在巴西国内外的巴西餐馆，大多以烤肉为主，有不少巴西饭店干脆取名为某某烤肉店。

巴西烤肉的历史可以追溯到古代印第安人。自从人类掌握用火，发现烧烤后的食物更加芬芳可口，也更易咀嚼消化之后，就开始用火来烧烤各种食物。只是当时土著印第安人没有什么家畜，所烤的肉主要来自猎物。18世纪高乔人在南美洲南部的天然草原大规模饲养牛羊。那里土地肥沃，牧草丰沛，牛羊遍地。在野外生活，烤肉是相对容易准备的食物，只要有肉、柴火、割肉的刀、架肉的铁扦与粗盐就足够了。高乔人有句谚语："会走的动物，最后都到烤炉上。"除了马、狗与家猫，高乔人几乎什么动物都能烤着吃。烤牛肉是高乔人最常享用的食物，他们逐渐提高厨艺，将它变成一道当地最有代表性的美食。这个传统，至今仍完好地在巴西的南部、阿根廷和乌拉圭等地延续。在那些地区，很难找到一个没有烤肉炉子、周末不在家烤肉的家庭。他们依靠调节炭火的温度及肉与火的距离，慢慢将肉烤到最鲜嫩飘香、美味可口的程度。在烤肉的传播过程中，各地因地制宜，形成了自己的一些特色。如传统的烤肉用柴火，现多改用购买和使用方便的木炭。少数烤肉店也有用煤气的，但因烤不出传统的口味，效果欠佳。烤肉的调料按地区的消费习惯而定。有的只用粗盐和大蒜，不加任何其他作料；有的则要加上精细的配料。毫无疑问，巴西南大河州牧民的烤肉在全国最负盛名。那里的居民至今仍被称为高乔人。

烤肉在巴西、阿根廷、乌拉圭等南锥体国家都是招牌菜，但仔细比较，又各有千秋。烤肉在巴西叫 churrasco，在阿根廷则叫 asado，有时也叫 parrillada（意为炉箅子上烤出来的)。

巴西的烤肉大多在烤之前先用粗盐涂抹,有的还先加上洋葱、大蒜等佐料,然后再放在炉火上烤。阿根廷人则把肉切成大块,不经腌制就烤,烤好后撒些食盐、挤点柠檬即可食用。当然无论巴西人还是阿根廷人,都有人喜欢将牛肉烤到一半时,亦即在炉箅上将部分烤熟的肉块翻身时涂抹调料。阿根廷吃烤肉通常以一段香肠和一段血肠开始,接着请客人品尝牛腰、牛肝、牛胸腺、牛小肠等各个部位,然后再上牛排等最好部位。这些都是与巴西不尽相同的地方。

更大的差别在服务方式上。在阿根廷烤肉店吃烤肉,采用按照菜单点菜的办法,想吃什么点什么、想吃多少点多少。而巴西烤肉店对顾客大多采用无限量供应的办法。待顾客入座后,餐厅里穿着高乔人牛仔打扮的小伙子们就开始他们颇有特色的服务。他们一手拿着烤肉铁扦,上面串着刚刚出炉的烤肉;一手拿着锋利的切割刀,不断地在各个餐桌间巡回,告诉你这是什么肉,或是牛身上什么部位的肉,问你要不要。如果你点头示意要,他们就会直接将烤肉铁扦竖在你的菜盘上,用刀从上面轻轻割下几片,直到顾客说够了为止。顾客也可任意挑选铁扦上肉块烤熟程度不同的部位。巴西很多烤肉店会给每位顾客发一块小牌子,正、反两面分别为红色、绿色,放在顾客的盘子边。只要顾客的牌子为绿色,服务员就会源源不断地送肉,直到顾客将牌子翻为红色为止。这种由服务员轮番送肉的办法,在葡萄牙语中称为 Rodízio(意为轮流转)。随着时间的流驰,这种富有特色的上肉方法变成了巴西烤肉店的代名词,不少巴西烤肉店甚至直接取名为某某 Rodízio。这种不计量敞开上肉的服务方法,也颇能体现巴西人的大气。他们物产很丰富,不在乎顾客吃得多一些还是少一些,只要不是白白浪费掉就行。目前在我国各地涌现出不少巴西烤肉店,服务方式上模仿巴西烤肉店的做法,但各种烤肉往往只送一次,在每桌的单子上画个勾,就到此为止。至于所提供的烤肉质量和口味,实在难以与地道的巴西烤肉相比。

烤肉是南美洲南锥体国家的骄傲。周末度假、亲朋聚会、接待应酬,往往都离不开烤肉。我在阿根廷吃了两年多的阿根廷烤肉,在巴西吃了五年多的巴西烤肉,一个星期吃两三次烤肉是常有的事。所以有的同事调侃说,我在南美这几年至少吃掉了两头牛。

巴西的国菜——豆饭

巴西人最喜欢、也是最常吃的菜是烤肉。不过这一点并不算稀罕,因为南美洲南锥体的其他国家也同样如此。所以若论巴西最具特色的名菜,当数豆饭(葡萄牙语为 feijoada)。当地人之所以这样取名,是因为这道菜的主要成分是黑豆,葡萄牙语为 feijão(豆子)。葡萄牙人把大豆以外的菜豆、芸豆、扁豆、架豆等统称为 feijão。

巴西的豆饭源自葡萄牙北部居民晚餐时常吃的炖杂烩(葡萄牙语中称"cozido",由肉、马铃薯、青菜、豆类、米饭等炖制而成),其中葡萄牙西北部的居民喜欢用白豆,而东北部的居民习惯用赤豆。他们常用的配料是鸡肉、熏猪排或牛肉、香肠、血肠、西红柿、胡萝卜、卷心菜等。在葡萄牙对巴西进行殖民统治时期,"cozido"由殖民者从葡萄牙传至巴西,并根据巴西当地的物产和民俗等条件做了一些变通。由于巴西的豆饭在用料等方面已与"cozido"有不少演变,所以葡萄牙人将它称为巴西的"cozido"。

关于巴西豆饭的来历,当地民间却有另一种传播得很广的版本。在400多年前的奴隶制时代,黑奴们吃不到什么好东西,而巴西咖啡庄园主、蔗糖厂主与金矿主们在宰猪之后是不屑吃猪的脚爪、耳朵、尾巴、舌头和内脏的,于是黑奴们收集奴隶主丢弃的猪脚爪、耳朵等做菜。他们中不乏烹调里手,将洗干净的猪脚爪等与黑芸豆及其他能弄到手的素菜一起,慢慢炖制成一道美味,异香扑鼻。奴隶们将这道菜拌着白米饭吃,一个个吃得津津有味,身强体壮。奴隶主看到后暗暗称奇,偷偷拿一些尝试,果然美味可口。于是豆饭逐渐成了一道巴西上下各阶层雅俗共赏的名菜。这个故事与我国的名菜"叫花鸡"的来历异曲同工,因此听起来有一种似曾相识的感觉。

巴西豆饭的主菜是一道以煮烂的黑豆为基础,加上猪蹄、猪耳朵、猪尾巴等新鲜猪肉、咸肉、香肠等肉类,拌以月桂叶、大蒜、洋葱头、辣椒、盐等作料,经长时间烩制而成的黏稠的豆肉羹。经过数百年的传承与演变,巴西豆饭现已成为最具本地特色的大众化名菜,被称为巴西的"国菜"。因巴西各地气候与物产不同,豆饭的制作配方也因地制宜,不尽相同。如里约热内卢喜欢用黑豆,北方地区与圣保罗的居民则多用赤豆。南部地区喜欢加熏肠、腌猪肉、腊肉等，而北方地区则习惯加风干的牛肉、辣味香肠及小猪排等。

制作一顿地道的巴西豆饭相当费工夫。基本程序是：先将黑豆泡软，并用大量的水不加盐把黑豆煮烂。同时，用文火把猪脚爪、耳朵、尾巴等煮烂，快出锅前放入香肠、腊肉，煮开晾凉后把猪油撇出。接着将肉类及盐、辣椒、月桂叶等调料放入煮黑豆的锅内，用慢火炖两个小时左右。在长时间的炖制过程中，需注意不时搅动，防止底部烧糊。快炖好时，取出两三汤匙的肉汤和煮烂的豆，与橄榄油炒过的葱、蒜一起搅拌，调成糊状，放回锅里，使肉汁去腥后更香。

做好后的豆饭主菜，用大陶罐放在餐台上。另用菜盘分别摆放白米饭以及炒木薯粉、烧圆白菜或椰菜丝、辣酱、煎香蕉、剥了皮的橙子切片（用于帮助消化）等配菜和调料。食用时将煮烂的黑豆连肉带汤浇在白米饭上一起吃，果然芳香可口，鲜美无比。其他配菜和调料则根据自己的爱好选取。

由于制作豆饭需要很长时间，而且营养特别丰富，食用后需要很好消化和休息，所以当地人一般在周末节假日才做这道菜。在巴西的饭馆里，包括圣保罗和里约热内卢等大城市的五星级宾馆在内，通常也只是在每星期六的中午才供应豆饭。因为当地人认为这样给力的豆饭，一周吃一次就足够了。只有个别豆饭专卖店，才一年365天都有供应。有些当地人把吃豆饭当成某种仪式，在吃豆饭之前喜欢先喝上一杯卡夏萨酒。在冬天，有些巴西人喜欢一边吃着热气腾腾的豆饭,一边喝点冰啤酒,别有一番"冰火两重天"的滋味。

巴西人的饮料

巴西人的主要饮料是咖啡。巴西种植咖啡已有约300年的历史,是世界上最大的咖啡生产国和出口国。每个巴西人每天都要喝几杯咖啡,除每餐必备咖啡外,工作时、开会时、休息时也离不开咖啡。咖啡也是他们接待亲朋宾客的必备招待品。巴西人习惯喝小杯浓黑的咖啡加上很多的糖,这种咖啡香气扑鼻,其滋味非速溶咖啡能够相比。我每次去巴西公私单位造访,总有服务员戴着白色的手套,恭恭敬敬地用托盘送上一小杯滚烫浓郁的咖啡,旁边放着一个糖罐和一杯凉开水。服务员按照客人的意愿往咖啡杯里放几勺糖后离去。在喝咖啡前先喝一口凉水可以去掉异味,以便更好地品尝芳香甜蜜的咖啡。在喝咖啡后喝一口凉水,则可去除口腔内残留的糖分。

巴西最有名的烈性酒是甘蔗种植园制造的烧酒,名叫卡夏萨。卡夏萨是世界三大蒸馏类酒之一,以甘蔗汁为原料,经过发酵和蒸馏而成。卡夏萨最早出现于16世纪,原先是作为葡萄牙人用葡萄渣酿成的烧酒巴加塞拉的代用品出现的。后来,卡夏萨在巴西一路畅销,成为与糖同等重要的商品和重要的税收来源。不过这样一来,葡萄牙酒在巴西的销路受到严重影响,于是葡萄牙王室下令禁止生产和消费卡夏萨。所以在巴西争取独立的过程中,卡夏萨成为民族主义者要求独立自由的象征性商品。

卡夏萨与朗姆酒都是提炼蔗糖过程中的副产品,故而卡夏萨也有"巴西的朗姆酒"之称。卡夏萨与朗姆酒的最大差别在于，朗姆酒是在提取蔗糖结晶体之后以副产品蔗糖蜜为原料，而卡夏萨则是在提取蔗糖结晶体之前，收集煮沸蔗汁时漂浮在锅中的泡沫为原料，发酵蒸馏酿制的。卡夏萨分手工酿制与工业化酿制两种，以手工酿制的质量为佳。巴西是世界生产和消费卡夏萨的主要国家，全国有4万多家生产卡夏萨的作坊，5000多个品牌。据2003年的统计，巴西一年生产13亿升卡夏萨，主要在国内消费，仅10%用于出口。卡夏萨是一种烈性酒，其酒精含量为38%～48%，一般用于兑制鸡尾酒，也可以单独浅酌慢饮。

凯依皮利尼亚被称为巴西的国酒。它用卡夏萨酒兑柠檬汁，加糖和冰碴而成。因为巴西天气炎热，味道甜美、沁人心脾的凯依皮利尼亚既凉爽润喉，又提神解渴，深受当地居民和外国旅游者的欢迎。旅客入住酒店时，往往会先接到一杯表示欢迎的凯依皮利尼亚。

巴西自产的软饮料叫瓜拉那。瓜拉那是亚马孙地区一种半藤状的野生树，高1～2米，其果实外壳或红或黄，肉白色。瓜拉那之名来自印第安语中的Warana，意为"人眼果"，因其籽黑似人眼。印第安人历来将它作为充饥解渴、消除疲劳和治病强身的药物，所以当地华人戏称它为"巴西的人参"。瓜拉那果富含咖啡因和维生素A、维生素B、维生素E，能促进人体的新陈代谢，抗衰老，消除疲劳。从20世纪20年代起，巴西以它为原料制作的汽水就广受欢迎，现已成为在该国市场销量超过可口可乐的大众饮料。

友善宽厚、幽默悠闲、天性乐观的巴西人

一个民族的特点是在一定的自然条件、历史传统、经济水平和人文环境下,在其生存和发展的悠悠历史长河中日积月累沉淀而成的,具有相对稳定性。要准确体察和归纳一个民族的心理和行为特征远非易事。这是因为每个人都是独一无二、不可复制的个体,很难一概而论。更何况巴西地域辽阔,南北东西之间的差别很大。借用巴西人自己常用的说法,"有好几个巴西,富的地区像欧洲,穷的地区像非洲"。俗话说"一方水土养一方人",这种地域上、经济上的差别也会对当地人的生活方式、价值取向、心理素质和行为习性产生潜移默化的影响。只有在较长的时间内接触较多的巴西人,才能逐渐领悟个体和地域的特性,以及普遍性的民族特点。

同时,在巴西这个"种族大熔炉"中,不断发生着各个种族间血缘上和人文上的融合与再融合。这是一个不间断的动态过程,必然也会反映到民族特性中。所以有的评论家认为,巴西民族的特性仍处于形成的过程中。

和蔼可亲的巴西人

到过巴西的人都说巴西人性格和善。他们和蔼可亲,对人热情而又理智。街头巷尾,几乎看不到巴西人吵架或斗殴,就像巴西有句谚语所说的那样,"宁做一个不好的交易,也不打一个漂亮的架"。巴西人对人比较宽容,通常不具攻击性和报复心。有矛盾纠纷时一般也不会争得面红耳赤,而是更多地选择忍让和息事宁人。如发生交通事故,

双方也不会因此而火气十足，争执不休，而是交给保险公司去解决，因为各自的汽车都上了强制险和第三者责任险。正是因为这样，有人将巴西人的特性归纳为温顺。英国哲学家罗素说，"在一切道德品质之中，善良宽容的本性是世界上最需要的"。巴西人的和善宽容值得称道。

有人把巴西历史上发生的几件大事归纳为和平独立、和平废奴、和平革命、和平建国。这难免有将复杂的历史进程过于简单化之嫌。巴西也发生过反抗殖民统治、反抗奴隶主压迫剥削、反抗国内暴政的斗争。不过与大多数讲西班牙语的邻国相比，巴西宣布独立、废除奴隶制和军政府还政于民，往往是当权者迫于巨大的社会压力，顺应历史潮流，主动调整政策的结果，从而避免了大规模的战争或内战。除了在第二次世界大战后期曾派一支部队到欧洲协助同盟国作战，100多年来，巴西没有打过仗，这在世界大国中是并不多见的。这与巴西人的温和性格不能说没有关系。巴西总统卢拉曾说："除了足球世界杯赛场之外，巴西几乎没有政治、经济和军事上的敌人。"这句话既符合巴西外交中广交友邦的传统，也很能体现巴西人的心态。他们愿选择和平对话而不是对抗，选择信任而不是互相猜疑。

也许正是因为巴西人本身就是"种族大熔炉"的产物，巴西是个较少有种族歧视的国家。加上巴西人的和善特性，使他们能够较为宽厚地接纳来自世界各地的人们。不能说在种族和谐的表象之下巴西已没有任何歧视，但现存的歧视已不是法律层面上的或纯粹种族性的，而更多表现在社会经济地位或教育程度上的实际差距。

巴西人做事克制,不好走极端。巴西19世纪著名政治家皮涅罗·马查多说过,做事的最好境界是"既不要太慢,让人感到是一种耻辱;也不要太快,让人感到是出于恐惧"。譬如用在法院判决上,既不可判得太宽恕,这可能会引发众怒;也不可判得太严,这可能会让人感到法官们是迫于公众的某种压力。这种颇有"中庸之道"的风格被认为是相当典型的巴西方式。

巴西人喜欢自由自在,不喜欢别人对他们指手画脚。巴西是一个没有沉重的历史传统负担的国家。他们不崇尚循规蹈矩,待人接物、着装用餐等远不像欧洲人那样处处有清规戒律。巴西人充满激情,性格开放,感情外露,不拘小节。凡是群众集会的场合,他们就会觉得是在过节,载歌载舞,尽情放松。巴西孩子们从小就表现得无拘无束,思维开放,谈吐自然,不怯场,不刻板。

巴西人特有的幽默

巴西人习惯用幽默嘲讽来对待不幸与问题。下面这条趣闻在当地流传甚广:巴西有一种搞"假绑架"的犯罪。作案者给某人打电话,说已经绑架了他的孩子,要他马上交赎金救人,并且会在电话中给他播放一段被绑架孩子的求救录音。在恐惧中发出的求救声往往能使接电话的人方寸大乱。有一天,"绑架者"给一位女士打电话,说已经绑架了她的女儿,并给她播放女儿的哭声录音。那位接电话的女士笑着说,你们别费心了,因为我没有女儿。正当她准备放下电话时,"绑架者"在电话线的另一端说:"对不起,夫人。这一次我搞砸了,也许下一次运气会好一点。"暴力犯罪是巴西社会面临的严重问题,抢劫案件经常发生。但即使面对这种令人厌恶的情况,巴西人也不忘编一段黑色幽默。

巴西人喜欢用绰号、别名和爱称。有些别名由名字脱胎而来,如前总统古拉特的别名"让戈"(Jango)由他的名字João和Goulart演变而来;总统卢拉的名字是由路易斯转化过来。"卢拉"是他的母亲给他起的别名,以表示亲昵。有些别名则与名字毫无关系,由自己或亲朋好友起名后逐渐扩散。很多名人以别名扬名后,原名反而不为人所知,如足球名将贝利、卡福等。在别名得到广泛传播后,有的知名人物干脆将别名登记为正式名字,总统卢拉就是一例。别名、绰号在巴西盛行,一定程度上也反映了巴西人乐天、开朗、轻松、幽默的心理特质和行事随意而为的风格。

巴西在国家现代化的过程中多次遭遇过挫折和危机。对此,巴西人也不放过调侃的机会。巴西前财政部长德尔芬·内图就曾这样说过:"巴西始终处于悬崖的边缘,但巴西足够大,只要一跌落下去,就能把山谷填平。"

"巴西不是一个严肃的国家"?

巴西人时间观念不强、办事易拖拉等毛病经常受人诟病。但对于巴西人最严厉的批评,恐怕莫过于那句流传甚广的评论:"巴西不是一个严肃的国家。"有人说,这句话是出自法国总统戴高乐将军之口。

我多方查阅资料,发现事情的原委是这样的:1962年在巴西与法国之间曾发生一场"龙虾战",法国渔船到巴西伯南布哥州附近的海域捕虾,与巴方产生是否侵权的纠纷。在双方交涉中,法方辩称如果龙虾在海水中游动,那属于鱼类,法国渔船法律上有权在国际水域中捕捞;如果龙虾在海底爬行,才应该视作巴西专属区的范围。巴方不接受法方的辩解,反驳说如按这样的逻辑,那可以将跳跃中的袋鼠当作鸟类对待了。双方各持己见,法国政府派出军舰、飞机等去纠纷现场维权,巴方对此表示不满。在里约的狂欢节中也出现以"龙虾是我们的"为题材的桑巴舞。成百上千的桑巴舞者,打扮成漫画里被丑化的戴高乐模样,极尽讽刺挖苦之能事。

戴高乐曾为两国龙虾纠纷一事约见巴西驻法国大使阿尔维斯·德索萨。时任《巴西日报》驻法国记者路易斯·埃德加是德索萨大使的朋友,他对大使进行了采访,了解大使与戴高乐谈话情况。德索萨大使除向他介绍与戴高乐的交谈情况外,作为朋友间的非正式交谈,也表达了他自己对巴西国内涉及龙虾纠纷案某些做法的不满,感叹"巴西不是一个严肃的国家"。记者埃德加在发稿时引用了这句话,但没有明确表明这句话是谁说的,以致张冠李戴,产生了这句话是戴高乐说的之误会。虽然后来德索萨大使本人对此作了澄清,但舆论先入为主,以讹传讹,至今仍不时见诸报端。

饱受诟病的社会治安问题

如果你有机会去问问普通巴西人,他们国家现在面临的主要问题是什么，恐怕不少人会这样回答：社会治安差。

由于工作关系，我在巴西任职期间曾多次去圣保罗和里约热内卢。那两个巴西大城市的治安情况都不怎么好。当地人对外来者的劝告通常是：夜晚别上街，别戴首饰，别把钱包放在裤子的后袋里，傍晚后汽车玻璃窗别摇下来，开窗驾车时左手别戴手表，天黑后在红绿灯前停车要特别小心，等等。

在圣保罗流传着这么一句经典的黑色幽默："如果你从来没被抢过，那就算不上一个真正的圣保罗人。"这句话同样适用于里约。我国常驻两地的新闻记者和中资企业人员中不少人都被抢过。我在巴西5年多，未曾取得做一个"真正的圣保罗人"的"资格"，但出乎意料做了一回"真正的里约人"。

那是一次难忘的经历。1989年3月中旬，我去里约作正式访问3天，夫人石成慧和秘书高克祥同行。我们住在当地著名的五星级旅馆科巴卡巴纳宫。里约州政府照例为我们派出摩托车警察开道，警卫车和贴身警卫随行。按照巴方的安排，我分别拜会了州长、市长、议长、高等法院院长、驻里约的三军司令等，参观了巴西石油公司等有代表性的企业，会见当地的华侨华人，等等，日程排得很满。3月17日是我们在里约访问的最后一天，那天我起床较早。洗漱完毕后，离预定吃早饭的时间还有1小时左右，巴方的警卫还没有到旅馆。我忽然心血来潮地向石成慧提出，"我们去旅馆前面的海滩走走吧，几次来到里约，都没有机会到这么漂亮的海滩走走，太可惜了。"石成慧担心地说：

"去海滩那边不大安全吧。"我说从窗户这看过去,有不少人在海滩那边,不会有事的。我们可以穿便服过去,把证件、钱包、手表等贵重物品都留在旅馆里,照几张相就回来。石成慧看我很坚持,也不好再说什么。我们带了一架在当地购买的简易照相机就穿过马路去海滩了。因为时间尚早,海滩边的人不像平时那样摩肩接踵,但还是不断有人,有的在走路锻炼,有的在钓鱼,各干各的。没等我们照几张相,就看到两个很年轻的高大黑人走过来看我们照相。突然,他们从夹在胳膊底下的报纸中抽出一把发锈的大刀向我冲来,口中高喊"sands"(沙地)。我坐到沙地上,对着他们拍拍自己空空如也的口袋,示意我身上什么也没有。石成慧担心他们举刀砍我,赶紧把身上仅有的那架简易照相机给了他们。他们拿到照相机以后,一边玩弄着新到手的"猎物",一边不慌不忙地走了。

我们回到旅馆,高克祥秘书闻讯后找了当地的警察。警察立即到海滩上抓了几个嫌疑人,并从海滩的沙地里挖出不少作案用的锈迹斑斑的砍刀。可见那里经常发生这类案件,作案人看到警察快靠近时会赶紧把砍刀埋在沙子里。据说那天早上,有一位德国旅客也在附近海滩被抢,背上还被砍了一刀。

事后,里约的老侨提醒我们,以后出门时身上一定要带一点救命钱,遇到劫匪时就给他们,免得他们一无所获而恼羞成怒。我记住他们的忠告,每次外出时身上都带一点钱。

巴西国家博物馆之殇

2018年9月2日晚,位于巴西里约热内卢市的国家博物馆发生严重火灾。大火焚烧5个小时后,消防员才基本控制住火势,但仍没有完全扑灭明火。整个博物馆三层建筑基本被烧毁。博物馆馆长估计,馆内珍藏的2000多万件展品,仅10%左右得以幸存,主要是一些难以焚毁的陨石、矿石和部分陶艺收藏品等。

我在巴西任职期间,曾有幸数次参观那个博物馆,深为其馆址之精致大气和展品之独到丰富所震撼。这座巴西用200年时间、多代人的心血建立起来的国家博物馆,一夜之间遭此浩劫,令人痛心疾首,黯然长叹!

博物馆的馆址——典雅端庄的圣克里斯托旺宫

暂且不说有哪些馆藏珍品毁于那场大火,单就巴西博物馆的原馆址,巴西的"故宫"——圣克里斯托旺宫来说,其本身就具有极高的历史文物价值。

圣克里斯托旺宫作为巴西博物馆的馆址,已有100多年的历史。这栋三层楼高的新古典主义风格的建筑,典雅端庄,位于里约热内卢市中心瓜那巴拉湾畔的美景庄园。它原为葡萄牙王室和巴西帝国三代君主居住了81年的宫殿,是该市的标志性建筑之一。

圣克里斯托旺宫见证了巴西近代史中的许多重大事件。它的建设,与拿破仑有关。1808年拿破仑入侵葡萄牙,葡萄牙王室为躲避拿破仑军队,在英国舰队的保护下,分乘15艘船从里斯本抵达巴西,驻跸里约热内卢。因王室成员人数众多，一时找不到足够的合适住房安置。家产万贯的葡萄牙商人埃利雅斯·安托尼奥·洛佩斯，把自己1801年建在好景庄园的豪宅送给葡萄牙摄政王若昂·德·勃拉甘萨。这位摄政王（后于1816年至1826年任葡萄牙、巴西和阿尔加尔维联合王国国王）委托英国建筑师约翰·约翰斯顿对该豪宅进行了彻底改造，并整治了周边的滩涂和道路，把它打造成葡萄牙国王的行宫。在王宫的外墙，还加装了一座英国贵族休·珀西从英国送过来的大门。

1817年巴西佩德罗王子与奥地利女大公玛丽娅·莱奥坡尔蒂娜结婚后，继续住在圣克里斯托旺宫。他们的女儿、未来的葡萄牙女王玛丽娅二世是在圣克里斯托旺宫诞生的。未来的巴西皇帝佩德罗二世也在那里诞生和接受教育。

1820年8月，葡萄牙发生了自由党人的革命，新政府的头项措施是请流亡在巴西的国王若昂六世回国。1821年葡王室迁回里斯本，王子佩德罗留在巴西任摄政王。巴西1822年宣布独立，佩德罗一世成为巴西帝国的首位皇帝，这所王宫也随之成为巴西帝国的皇宫。葡萄牙建筑师曼努埃尔·达·科斯塔和法国建筑师彼得·何塞·佩泽拉先后对它进行了改建和扩建，使圣克里斯托旺宫最终具有新古典主义的风格，并增添了第三层楼。佩德罗一世的发妻、玛丽娅·莱奥坡尔蒂娜皇后于1825年在这座宫里逝世。

佩德罗二世1841年继承帝位。1843年，他与意大利南部西西里和那不勒斯国王的女儿特蕾萨·克丽丝蒂娜成婚后，继续居住在圣克里斯托旺宫。佩德罗二世名义上在位58年，实际在位48年。他的几个子女均在圣克里斯托旺宫出生，其中包括在1888年临时摄政期间因废除奴隶制而闻名的伊萨贝尔公主。

1847年后，巴西艺术家曼努埃尔·德·阿劳乌霍和德国建筑家特奥多尔·马克思曾对圣克里斯托旺宫的外墙进行修缮，而奥地利艺术家马里奥·巴拉伽尔蒂则对宫里的御座厅和大使厅等进行了重新装饰。

1889年巴西宣布成为共和国，佩德罗二世皇帝被废黜并离开巴西回葡萄牙，作为皇权象征的皇宫——圣克里斯托旺宫曾被暂时遗弃，有些原有装饰被破坏或出售。稍后，它曾被用作巴西共和国制宪会议的会址。巴西共和国的第一部宪法就是在那里制定的。

1892年，圣克里斯托旺宫成为国家博物馆的馆址。原皇宫里的花园在被遗弃20年后，到1909年由尼洛·佩卡尼亚总统下令修复原貌。这栋昔日气派的帝皇宫殿重新焕发出耀眼的光彩。

南美洲规模最大的自然史、人类学和考古学博物馆

巴西国家博物馆是巴西最古老的博物馆，其前身是王室博物馆，1818年6月6日由时任葡萄牙、巴西和阿尔加尔维联合王国国王若昂六世驻跸巴西时创立，目的是鼓励当时还相当荒芜的巴西传播科学、文化和教育。2018年巴西曾为其建馆200周年举行纪念活动。

王室博物馆的馆址最初设在里约市桑塔纳旷野一栋名为"自然史之家"的房子里。它于1784年由巴西总督路易斯瓦·斯康塞洛斯创建，以收集动植物特别是鸟类的标本为主，故被俗称为"鸟类之家"。

早在正式建立王室博物馆之前一年，亦即1817年奥地利女大公玛丽娅·莱奥坡尔蒂娜到巴西与佩德罗王子成婚时，就有一批欧洲当时最重要的自然科学家随同她来到巴西，其中包括德国动植物专家约翰·巴蒂斯特、植物学家卡尔·弗里德里希·菲利普、法国探险家奥古斯丁·圣希莱尔和普鲁士自然学家乔奇·亨利齐男爵等。他们在巴西多地开展了长达数年的大范围探险考察与科学研究，收集整理了成千上万种动植物和矿石标本。他们的考察研究成果，丰富了王室博物馆的馆藏。

1822年9月7日，佩德罗王子宣布巴西独立，建立巴西帝国，王室博物馆随之改成皇家博物馆。佩德罗一世称帝八年半后，1831年4月去葡萄牙继承王位，把巴西皇帝的位置传给他的儿子、时年仅5岁4个月的佩德罗二世。少年皇帝由大臣摄政辅佐了10年。到1841年，时年15岁的佩德罗二世正式登基，成为巴西帝国的第二位皇帝，也是末代皇帝。

这位年轻的皇帝喜欢读书，崇尚知识、文化和科技，对多门学科情有独钟，钦佩达尔文、雨果、尼采等文人学者。他很重视皇家博物馆的收藏，亲自向博物馆捐赠了他在访问外国时收集的埃及等国的化石、艺术品和植物标本等。由于他的推动，也由于公众对科学发展的关注度不断提高，巴西皇家博物馆在他执政期间不断更新，增添了人类学、古生物学、考古学等收藏。

1889年11月，丰塞卡将军发动政变，推翻帝制，成立巴西合众国。佩德罗二世被废黜后，皇家博物馆改名为国家博物馆。1892年，国家博物馆全体研究人员连同全部馆藏从"鸟类之家"搬移到圣克里斯托旺宫。

巴西国家博物馆是巴西历史最悠久的科学博物馆。它占地面积53.3公顷，是南美洲最大和最重要的自然史、人类学和考古学博物馆。2017年接待了15万名参观访问者。爱因斯坦、居里夫人等大科学家都曾到那里参观访问。

巴西国家博物馆下辖巴西最大的科学图书馆，拥有藏书47万余册，包括2400册珍本。巴西国家博物馆经常举行众多定期和不定期展览以及在国内外巡回展览，还与里约热内卢联邦大学合作，从事科学研究和培养人才，举办人类学、社会学、生物学、地质学、古生物学和动物学的硕士研究生班。

早在1938年，圣克里斯托旺宫就被巴西国家历史与艺术遗产委员会列为国家遗产。自1946年起，国家博物馆划归巴西大学管辖。后巴西大学改名为里约热内卢联邦大学，巴西国家博物馆的全名也随之改为里约热内卢联邦大学国家博物馆，简称国家博物馆。为纪念佩德罗二世对博物馆的贡献，在国家博物馆新址的正前方置放着他高大的铜像。

丰富独特的馆藏文物

巴西国家博物馆收藏了大量历史资料及文物，包括古埃及、古希腊罗马的文物，拉丁美洲多个民族不同年代的文物和艺术品，以及葡萄牙人从1500年发现巴西到现在500多年的历史文献资料等。

经过200多年的探险、挖掘、收集、整理分类和研究，通过收购、接受馈赠与交换等方式增加收藏，巴西国家博物馆在失火前积累了 2000 多万件馆藏自然、人类历史和考古文物，另有 150 万件文物存放在其他建筑物里。馆藏文物内容十分丰富，包括来自巴西和其他国家的动物、植物、矿物的标本，木乃伊，陨石，化石，出土文物，以及印第安人的用物等，主要涉及地质学、古生物学、植物学、动物学、生物人类学、考古学和人种学 7 大门类。

巴西国家博物馆收藏的考古文物达 10 万多件，涵盖自旧石器时代至 19 世纪在美洲、欧洲、非洲和中东地区出现的不同文明。考古文物分为 4 个主要部分陈列：古埃及，古地中海文明，哥伦布抵达美洲前的考古，以及葡萄牙航海家阿尔瓦雷斯·卡布拉尔 1500 年抵达巴西前的考古。

巴西国家博物馆有关埃及的考古收藏品超过 700 件，数量之多和文物年代之久远均名列拉美首位，其中包括公元前 13 世纪的墓碑，公元前 10 世纪司祭霍里的石棺等。大部分藏品于 1826 年即已被博物馆收藏。这批埃及文物原属著名的意大利探险家齐奥瓦尼·巴蒂斯塔所有，后被佩德罗一世以 500 万葡币买断，并将其捐赠给博物馆。

佩德罗二世本人是业余的埃及古物学家，也是文物收藏家。他捐赠给博物馆的藏品中，有一件是他 1876 年访问埃及时总督伊思马伊尔·帕夏送给他的稀世珍宝：公元前 750 年的埃及彩色木质化石棺，内含至今尚未打开过的木乃伊。这种未打开过的化石棺现今存世的已非常罕见。

馆藏中的古地中海文明部分汇集了 750 件文物，大部分来自古希腊、古罗马、伊特鲁里亚（意大利中西部古国）和意大利南部古希腊移民城邦，数量之多在拉美地区独占鳌头。这部分文物大多原是佩德罗二世的妻子特蕾萨·克丽丝蒂娜皇后的个人收藏。她来自意大利南部，年轻时就对考古很感兴趣。1843年她来里约热内卢与佩德罗皇帝完婚时，就带来了一批从公元79年被维苏威火山爆发所掩埋的罗马古城庞贝和赫库兰尼姆挖掘出来的文物，其中最珍贵的是一套描绘海龙、海马与海豚的壁画，用于装饰伊希斯神庙的墙体，制作于公元1世纪左右。

另一些藏品则原属那不勒斯国王乔阿钦·穆拉特的妻子（拿破仑·波拿巴的妹妹）卡洛丽娜·穆拉特。特蕾萨·克丽丝蒂娜皇后为扩大巴西博物馆的古希腊罗马文物馆藏，利用王朝间的联姻关系，与那不勒斯国建立正式的文物交换关系，以巴西的印第安人文物与之交换。特蕾萨·克丽丝蒂娜本人也曾资助罗马北部维约斯地区的挖掘，从那里运来不少出土文物。

巴西国家博物馆收藏的前哥伦布时代美洲土著人的文物约1800件，向世人展现了拉美地区当时的日常生活、生产、宗教和丰富多彩的文化。在19世纪收集的这批文物，以巴西皇室的藏品为基础，其中有几件来自佩德罗二世皇帝的私人藏品。后来通过收购、接受捐赠、交换和挖掘进一步扩大规模，到19世纪末，巴西国家博物馆已成为南美考古收藏领域颇有声望的"大家"。

该馆收藏的美洲土著人文物主要来自安第斯地区，小部分藏品来自亚马孙地区和中美洲地区。安第斯地区的文物涵盖秘鲁南部沿海的纳斯卡文化（公元前1世纪至公元8世纪），秘鲁北部沿海的莫切文化（公元初期至公元8世纪），秘鲁中部沿海的昌凯文化（约公元1000年至1470年），以及秘鲁印加帝国（1438年至1533年，是哥伦布抵达美洲前最大的印第安人帝国）。藏品内容包括陶瓷品、石器、服装等日常用品，以及武器、乐器、雕塑等。

巴西国家博物馆收藏的安第斯木乃伊，有的由特定的地理气候条件自然形成，有的则出于宗教仪式目的人为制成。有一具3000多年前智利北部沙漠的男性木乃伊，保持坐姿，头戴羊毛帽。这是当地阿塔卡曼部族通常的睡姿，也是他们安葬时的姿势。还有一具经过厄瓜多尔－秘鲁边境的希瓦罗人缩头术处理的男童木乃伊。希瓦罗人能用特殊的方式把头颅缩小，在移除头骨的同时，能保持皮肤和毛发完好无损。

作为巴西国家博物馆，馆内最丰富的藏品自然是来自巴西本土的文物。巴西考古部分收藏了来自巴西全境的9万多件文物。从1万多年前巴西最古老的居民用于生活、狩猎、采集和种植的燧石、石器、骨器、武器，到当代土著居民令人叹为观止的羽毛制品、陶瓷器皿、乐器、人物和动物雕像、船只、礼仪用品和陪葬瓮等，琳琅满目，应有尽有。

镇馆之宝

在巴西国家博物馆收藏的巴西文物中，有几件堪称镇馆之宝。

——在巴西境内发现的最大蜥蜴类恐龙"马萨卡利神龙"化石（Maxakalisaurus Topai，Maxakali是部落名，Topai是他们的神），1998年在巴西米纳斯吉拉斯州普拉塔市附近45千米处发现。马萨卡利神龙是一种已灭绝的白垩纪晚期蜥蜴类恐龙，生活在约8000万年前。

陈列在国家博物馆的马萨卡利神龙标本长约13米（更大的个体可长达约20米），估计重9吨。它有长长的脖子和尾巴，外廓有骨板，沿脊柱有垂直板，具有明显的防御性状。其牙齿呈脊状，这在蜥蜴类恐龙中并不常见。可能是由于这类恐龙在南美洲地区的生存条件不同，它们在那里的进化有别于世界其他地区。

——巴西境内发现的最大陨石"本德戈陨石"，重达5.36吨。1784年由一个名叫多明戈斯的男孩在巴伊亚州圣托斯山镇附近放羊时发现。当年发现时，它是全世界第二大陨石。发现大陨石的消息迅速传开后，当时的州长曾想用马车把它运到州府。但因陨石太重，搬运困难，马车失控，本德戈陨石滚落到离发现原址180米处一条干枯了的河床上。直到1888年，才由佩德罗二世下令将其运送到国家博物馆陈列。

本德戈陨石是一块金属陨石，主要成分是铁，含镍6.6%，钴0.47%，磷0.22%，以及微量的硫和碳。陨石的表面有多个圆孔，这是它从太空坠落至地球穿过大气层时摩擦产生高温而硫化物的燃烧熔点低于陨石其他部分的缘故。从陨石表面10厘米厚的氧化层及其下部深陷地面的程度来看，估计它已经坠落在地球数千年了。

——美洲大陆迄今出土的最古老的人类骸骨化石"卢茜娅"，1975年由法国女考古学家安内特·拉明-昂珀雷尔在巴西米纳斯吉拉斯州贝洛奥里藏特市东北37千米处的圣湖地区 4 号赤色洞穴中发现。它是旧石器时代晚期、年龄 20～25 岁的女性遗骸，距今 11500 年。

当年发现"卢茜娅"后，曾再次引发学术界关于美洲土著人起源的激烈争论，由此可见这件文物的重要性。不少人类学专家学者认为，古代人类是从东北亚越过白令海峡来到北美洲，然后又从北向南迁移的。而另一批考古学家，包括"卢茜娅"的发现者安内特·拉明-昂珀雷尔的丈夫约瑟夫·昂珀雷尔在内，认为古代人类在抵达北美洲之前，先从东南亚抵达南美洲。他们提出的新论据是，"卢茜娅"狭窄的椭圆形颅骨和突出的颏骨与大多数印第安人和他们的土著西伯利亚祖先截然不同，而更类似于土著澳大利亚人、美拉尼西亚人和东南亚人，因此她的祖先应该是从东南亚来到美洲大陆的。"卢茜娅"这位年轻女性可能是第一波到南美洲移民中的一员。

巴西国家博物馆毁于大火给世人的警示

2018 年 9 月 2 日那场大火，将巴西国家博物馆所在的故宫烧成断壁残垣。这么多数量的国家级珍贵文物付之一炬，举世震惊。里约热内卢大批市民忧心如焚地在现场围观，有人痛哭流涕。人们在惊讶、痛惜，甚至气愤的同时，也在责问为什么会发生这样大的悲剧，怎么才能防止这种悲剧重演。

2018 年 9 月 2 日晚，时任巴西总统特梅尔发表声明说，国家博物馆藏品被烧毁对巴西来说是不可估量的损失，200 年的研究和知识就这样失去了。帝国时代王室居住的建筑遭受损失，国家历史遭受的损失更是无法计算。这对所有巴西人来说都是"悲伤的一天"。

巴西人类学家戈麦斯说："巴西仅有500年历史，这座博物馆见证了其中的200年，而现在我们将永远地失去它了。"

巴西著名专栏作家贝尔纳尔多·梅洛·法朗哥称："博物馆火灾悲剧一定程度上是一种国家自杀。这是一场对我们的过去和未来的犯罪。"

巴西国家博物馆被毁，不仅是巴西文化事业难以估量的灾难，也是人类文化遗产无法弥补的损失。联合国教科文组织对此深表关切，并表示将提供资金和技术支援，尽力减轻火灾带来的后果。联合国教科文组织专家组估计，修复巴西国家博物馆起码将需要10年时间。修复破碎的展品则需要更长的时间。博物馆中原有不少古埃及文物，埃及外交和文物部门对这部分藏品情况表达关切。法国等国也向巴西表达关切和支持之意。

2019年4月，巴西联邦警察局发表国家博物馆火灾调查报告，称起火原因为一层大厅空调系统没有按照厂家规定安装单独断路器，也没有安装地线，空调机电路起火引发火情，加上博物馆内只有灭火器，而缺乏警报器、房顶喷水器、消防水带、防火隔离门等基本防火设施，导致火情迅速扩散。该调查报告排除了人为纵火的可能性。

巴西国家博物馆多名有关人员抱怨，由于巴西近年经济增长乏力，政府财政捉襟见肘，连年削减维护博物馆的拨款。2013年巴西国家博物馆的预算为53.1万巴币雷亚尔，2017年降到34.6万雷亚尔，2018年初至4月仅收到

5.4万雷亚尔（按当时比价，约相当于8.9万元人民币）。博物馆人员经常埋怨经费不足，以至于设备年久失修，"墙壁剥落，电线外露"，建筑物"多处出现漏雨和渗水现象"，有时甚至连日常保洁费用也没有保证。所以有些人认为这场大火其实是一场"必然的悲剧"。

历史悠久的巴西国家博物馆建筑内部多为木质结构，又有大量的文件档案等纸质易燃物，存在较大火灾隐患，但消防措施不到位。据当地消防人员介绍，大火是在闭馆后当地时间晚七点半左右从博物馆一层开始烧起来的。馆内的烟雾探测器当时未处于工作状态。由于馆内易燃物品多，火势迅猛蔓延。当消防队员赶到现场救火时，发现离博物馆最近的两个消防栓竟然都不能用，不得不去附近的湖里取水，耽误了宝贵的灭火时间。

巴西国家博物馆毁于大火，让世人扼腕叹息，也为世界各地博物馆和其他文物单位的安保敲响了警钟。国家级的综合性博物馆是国之文化重器，既是搜集、修护、保存自然与人类历史和文化艺术珍品的特殊载体，又是进行展览传播、研究教育、传承交流的重要平台。古代文物虽沉默无声，但作为历史佐证却比言语更有说服力。建成一个藏品丰富的高水准的博物馆，需要多代人长时间的艰辛积累。珍贵的文物，价值连城，又不可再生。征集到一件珍品，往往要经历千辛万苦，但它们又很脆弱，很容易受到损害。稍有疏忽大意，就可能会酿成无法挽回的大错。

出使墨西哥

🕊 出使美洲文明古国墨西哥

1996年3月4日，继阿根廷、巴西之后，我有幸代表中国到另一个拉美大国——墨西哥出任大使，在那里工作了5年。我深感这是党和国家对我的高度信任，也是一份重大责任。那年我已经58岁。我很清楚那是我退休前的末班车，我十分珍惜最后一段为国效力的时间，十分珍惜那份荣誉，决心殚诚毕虑，不辱使命。

墨西哥是拉美大国，地跨两大洋，扼墨西哥湾和加勒比海。其领土面积196万平方千米，世界排名第13位，在拉美居第3位。人口1.26亿人（2019年），世界排名第10位，拉美居第2位。墨西哥国内生产总值1.24万亿美元（2019年），世界排名第15位，拉美排名第2位。人均国内生产总值10276美元（2019年），世界排名第70位。墨西哥是联合国、世界贸易组织、二十国集团、亚太经合组织、经济合作与发展组织、拉美和加勒比国家共同体、美洲国家组织、太平洋联盟等组织成员国和不结盟运动观察员，在地区和世界事务中发挥着重要作用。墨西哥是《美墨加协定》（原北美自由贸易区）成员，并同50个国家签署了自由贸易协定，是世界最开放的经济体之一。

墨西哥城海拔2240米，是世界上海拔最高的大都市。它人口众多，又集中了全国近一半的工业，加上地处盆地，三面环山，硫化物、一氧化碳、悬浮颗粒等污染物不易扩散，因而是全球空气污染最严重的城市之一。生活在墨城的人们，常会感到眼酸、喉痛、头晕，甚至有人以"鸟儿飞着飞着就从空中坠亡了"来形容其污染严重程度。我国首任驻墨西哥大使熊向晖当年曾向国内建议我国常驻墨西哥人员的任期不宜长。当时兼管拉美事务的杨洁篪副部长知道我有冠心病后，曾关切地问我去墨西哥城工作行不行，是否需要换一个地方。我很感谢部领导的关心，但表示我可以去墨西哥工作。

向塞迪略总统递交国书

我到墨西哥任职时，时任墨总统是塞迪略。他于1951年出生在一个中产阶层家庭，幼年求学时家境较拮据，曾兼职做过街头报童贴补家用。他学习勤奋，靠奖学金读完大学，并到英美深造，获得美国耶鲁大学经济学博士，博士论文以研究墨西哥外债问题为主题。1971年他加入革命制度党，先后在墨西哥银行和财政部任职，曾任计划和预算部长、公共教育部长。1993年11月塞迪略辞去部长职务，担任革命制度党总统候选人科洛西奥的竞选活动总协调员。1994年3月科洛西奥意外地遇刺身亡，塞迪略在非常情况下被推举为革命制度党候选人。在1994年8月大选中，塞迪略以48%的得票率当选，1994年12月1日至2000年11月30日任总统。

1996年3月14日，我向塞迪略总统递交国书，时任外交部长安赫尔·古里亚等在座。墨西哥总统接受外国使节递交国书的仪式有自己的特色。它不像阿根廷那样由穿着古典制服、骑着高头大马的数十名骑兵在礼宾车前后护送，也不像巴西那样有身穿蓝衣白裤军服的数百名仪仗队员等待检阅。墨西哥接受外国使节递交国书的仪式更平民化，由数百名学生拿着中国的小国旗在总统府入口处夹道欢迎。

塞迪略总统接受我递交国书后，按惯例与我进行了简短交谈。他高度评价中国的快速发展和在国际事务中的积极作用，表示墨方高度重视发展与中国的关系，将积极支持大使的工作。塞迪略总统给我的印象是温文尔雅，平易近人，有学者风度。递交国书仪式后，即由墨西哥外交部亚太司司长李子文陪同我向祖国卫士纪念碑敬献花圈，并题词留念。

西半球文明古国

墨西哥是美洲文明古国，是人类古代文明的摇篮之一。那里古迹遍地，拥有西半球最多的联合国教科文组织认可的人类文化和自然遗产。

谈起人类古代文明，一般人通常会立即想到古巴比伦、古埃及、古印度和古代中国等世界古代文明发祥地。实际上，西半球也有灿烂辉煌的古代文明，其中墨西哥的古代文明堪与东半球的古代文明相媲美，令人刮目相看。

早在21000年前，就有人类开始在墨西哥高原居住。公元前7000年左右，特佩斯潘人在那里生活。在他们的遗迹中，发现了墨西哥境内年代最早的人类化石。他们靠狩猎和采集为生，已能用火和制作石器。人群的规模很小，而且经常迁移住处。到了公元前3500年，部族的人数增加，制作的石器增多，编织技术也大有改进。人们开始种植玉米、豆类、南瓜、辣椒等，但多数食品仍取自动物和野生植物。随着农业的逐步发展，人群在某些地方定居的时间增多。几个世纪后，出现了碗、盘、锅等陶土器皿。到公元前1500年前后，农业已经超过了其他生产活动，人群常年耕作，栽培了棉花等新作物，并建起了有泥秸墙和茅草顶的房屋定居。在墨西哥南部和中美洲北部的若干地方，都经历了上述大体相似的进化过程。公元前1200年左右，开始出现早期的文明。著名的奥尔梅克文化、玛雅文化、特奥蒂瓦坎文化、托尔特克文化、阿兹特克文化等众多古代印第安人文明，都先后发祥于今日墨西哥及附近的地区。

古代印第安人在建筑、天文、历法、数学、农业、制陶、雕塑、医学等诸多领域都有相当高的造诣。例如，奥尔梅克人的一块石碑，记载着距今2000多年前的日期。这是因为他们很早就懂得"零"的概念并加以使用，这比欧洲人大约早800年。玛雅人编制了精确的太阳历，据此计算播种的春分与收获的秋分。在建筑领域，古代印第安人建造了众多雄伟壮丽的金字塔，迄今发掘出来的金字塔最高达72米，动用土石方280万立方米，超过埃及的金字塔。在农业方面，古代印第安人最早成功地培育了玉米、马铃薯、向日葵、甘薯、西红柿、南瓜、菜豆、辣椒、可可等数十种作物，大大丰富了人类的食物。其中，玉米是当地最重要的作物，后来成为印第安人维持生命的基本食粮。但最早的玉米穗，长度不过几厘米，玉米粒又小又稀。经过古代印第安人很多年的选种培育，才成为现今粒满穗大的玉米。迄今发现的西半球最早的文字，是公元前900年左右（相当于我国西周）雕刻在墨西哥韦拉克鲁斯州卡斯卡哈尔镇石碑上的62个象形字符。而玛雅人的书写体系最为详尽和精致，能记录口语中的几乎全部内容。

美洲古代文明对人类的繁衍发展作出了不可磨灭的贡献，为后人留下许多宝贵的遗产。墨西哥人民有理由为此而感到自豪。我在墨西哥常驻期间，有幸到墨西哥各州访问，参观了多处闻名遐迩的古代印第安人文明遗址，大饱眼福。

富有革命传统的国家

墨西哥另一个重要特色是富有革命传统。为了实现国家独立、抵御外国入侵、反对本国暴政、争取社会进步，墨西哥人民进行了英勇顽强的斗争，屡败屡战，不屈不挠，涌现出一个又一个站在时代前列的历史人物，留下了许多可歌可泣的故事。

为了抵抗西班牙殖民者的入侵，阿兹特克帝国的末代国王夸乌特莫克领导印第安人进行顽强的斗争。他们的武器很原始，用的还是弓箭、标枪等，打不过西班牙人的火枪火炮。夸乌特莫克被俘，但他表现得很有骨气。殖民者对他施加刑罚，用滚烫的油来浇他的手脚，逼他交代老国王的财宝放在哪里。但他始终不屈服，最后被绞死时，年仅29岁。墨西哥人民很崇敬他。直到现在，每年2月28号，夸乌特莫克被处死的那天，墨西哥全国都要下半旗志哀，把他作为民族英雄榜中第一人。

西班牙统治墨西哥近300年。1808年拿破仑入侵西班牙，西班牙国王被拿破仑俘虏。这为墨西哥争取独立提供了难得的机会。起义者为首的是伊达尔戈神甫。1810年9月16号凌晨，伊达尔戈在多洛雷斯镇敲响教堂大钟，发出了"独立万岁！美洲万岁！打倒坏政府！"的怒吼，史称"多洛雷斯呼声"。那一天被作为墨西哥的独立日，每年都要举行隆重的庆典。伊达尔戈不仅领导了独立战争，而且在美洲率先解放奴隶，发布了废除奴隶制度的命令，比美国林肯解放黑奴要早半个世纪。

墨西哥长达11年的独立战争打得很残酷，牺牲了60万人，相当于当时墨西哥全国总人口的十分之一。伊达尔戈神甫本人被殖民当局抓住，不仅被处以极刑，而且被割下脑袋。殖民当局把它跟其他三名起义军领袖的脑袋一起，用盐水泡了以后装在铁笼里，挂在城楼上示众，以此威胁民众。伊达尔戈的头颅在城楼上挂了9年多，一直到墨西哥取得独立后才被隆重下葬。这位墨西哥独立之父很受当地人民的尊敬。全国各地都有他的塑像，很多城市都有街道用他的名字命名。墨西哥城的独立纪念碑是墨西哥的标志性建筑，伊达尔戈的塑像在独立纪念碑中占据中心位置。

墨西哥是美国的南邻，与美国有3000多千米共同边界，是世界上唯一直接与美国为邻的发展中国家。与美国这个超级大国为邻，对墨西哥的政治、经济、社会、文化各方面都产生了难以估量的影响。墨西哥有一句很著名的谚语："可怜的墨西哥，你离上帝这么远，离美国这么近。"

1846—1848年,美国跟墨西哥打了一仗。墨西哥战败,被迫签署了一个条约,将总面积250万平方千米的土地永久地割让给美国,占其国土的二分之一以上。美国现在的得克萨斯州、加利福尼亚州、新墨西哥州等地原来都是墨西哥的领土。这场战争成为墨西哥民族心中永远的屈辱和伤痛。就连美国参加过美墨战争的名将格兰特(他后来当了美国总统)也承认美国跟墨西哥那场战争是"强大民族对弱小民族所进行的最不正义的战争之一"。

在那场战争中,有6名墨西哥少年英雄的事迹特别感人。当时入侵墨西哥的美国军队攻打墨西哥城的查普尔特佩克城堡,那里是墨西哥的军校所在地。6名14岁到19岁的少年士官生在抵抗美军过程中表现突出。他们有的死在枪林弹雨之中,有的身负重伤流血过多死亡,有的在肉搏战中牺牲。最后一名士官生不甘被美军俘虏受辱,为了不让庄严的墨西哥国旗落入敌人之手,他从旗杆上降下国旗,裹在自己身上,纵身跳下查普尔特佩克城堡的悬崖,以身殉国。这6名少年英雄牺牲的那一天,成为墨西哥的官方纪念日。每年的这一天墨西哥都要举行隆重仪式,悼念这6名少年英雄。

我在墨西哥5年,每年都与其他国家的使节一起,应邀参加悼念这6名少年英雄的仪式,场面感人。历届墨西哥总统都要在这一天为军校的6名少年英雄点名,好像他们还活着、还在军校里学习一样。当总统点到某某士官生的名字时,在场的群众就高声回答:"他为国捐躯了!"总统再点下一个名字,大家又回答:"他为国捐躯了!"然后总统带领参众议长、最高法院院长、全体部长等高官为他们守灵，鸣枪放礼炮。此仪式年复一年，风雨无阻。

在6名少年英雄牺牲之地，建起了祖国卫士纪念碑，英雄们的遗体也安葬在那里。纪念碑有6根柱子，柱子顶部有鹰，表示这6名小英雄就像6只雄鹰一样。墨西哥人是崇拜鹰的，他们的国旗、国徽上都有鹰。那里不仅是缅怀6位英雄的圣地，也是墨西哥的象征。外国元首和重要代表团来访，新任外国驻墨西哥大使向总统递交国书以后，都要去这个纪念碑献花圈。

很少有别的国家，有像墨西哥那样多的英烈塑像和纪念碑；很少有别的国家，有像墨西哥那样多的街道以英烈的名字和本国重大历史事件的日期命名；也很少有别的国家，在有重要历史意义的地方悬挂的国旗像墨西哥悬挂的国旗那么大。墨西哥伊瓜拉市升起的超大型墨西哥国旗，长56米，宽32米，面积1792平方米（大于4个标准篮球场的面积），重147千克，堪称世界之最。

换一个角度看，地处美国这样一个超级大国的旁边，如果想保持自己国家的独立性，也必须强化民族感情、民族意识和民族价值观，才能自立自强。

体验墨西哥人强烈的爱国心和强烈的民族凝聚力，最好的时间是每年9月15日的独立节，也就是墨西哥的国庆节。那天晚上，墨西哥城中心广场上挤满了人，很多家庭自发地扶老携幼，举着墨西哥国旗去参加。到半夜12点，也就是墨西哥国父伊达尔戈当年宣布起义争取独立的时刻，历届墨西哥总统都要敲响当年伊达尔戈神甫敲过的那口钟，挥舞着墨西哥国旗,高喊"墨西哥独立万岁!""伊达尔戈万岁!"……挤满广场的群众跟着总统齐声高喊,数十万民众的呐喊声惊天动地,似雷鸣,似海啸。这种热爱祖国、珍惜独立的民族感情,令人毕生难忘。

刚摆脱严重金融危机的墨西哥

我到墨西哥任职时,塞迪略政府刚摆脱一场严重的金融危机不久。与其他拉美国家一样,墨西哥的发展之路坎坷不平。1982年8月,墨西哥就曾爆发一场震惊世界的债务危机,墨政府宣布无力偿还外债。

此后的1982—1994年,德拉马德里和萨利纳斯两届政府先后对经济体制进行深刻改革,墨西哥经济模式实现了由封闭的进口替代工业化到开放的出口导向、由国家干预到市场经济的重要转变。主要措施包括加入关税与贸易总协定,签署北美自由贸易协定,推进国有企业私有化,鼓励私人投资,充分发挥墨西哥在资源和劳动力方面的优势,抓住进入美国市场的绝佳机会,加快贸易自由化步伐,大幅度降低关税。上述新自由主义经济改革使墨西哥经济增长提速,国际竞争力提升,对美出口和吸引美资大幅增长,通货膨胀逐渐下降。但与此同时,也积累了不少问题,包括金融开放过急,对外资依赖程度过高,金融风险加剧,外贸逆差扩大。贸易自由化使国内原生产体系逐步瓦解,不少原从事进口替代的中小企业破产,从美国进口大量粮食也冲击了本国农业,职工实际工资下降,用于教育、医疗卫生、粮食补贴等开支减少,贫富差距加大,犯罪率上升,社会治安恶化。贫困人口占全国居民的比例上升,经济和社会不稳定性增加。

为控制通货膨胀,塞迪略的前任萨利纳斯政府实行将本币比索汇率紧盯美元的政策,较为成功地达到降低通货膨胀率的目标。但因比索贬值的幅度小于通货膨胀率的上升幅度,导致比索币值长时间高估约20%,从而削弱了本国产品的国际竞争力,影响出口,同时刺激了进口需求。两者效应叠加,促使墨西哥的经常项目逆差从1989年的41亿美元,增加到1994年的289亿美元。另外,墨西哥国际收支中的资本项目虽有盈余,但吸收的外资中70%左右是投机性的短期证券投资(当时每年净流入墨西哥的外国间接投资250亿~350亿美元)。也就是说,墨西哥赖以弥补经常项目赤字的资本项目盈余,大多是投机性强、流动性大的短期证券投资。这里隐藏着重大的金融风险,是一颗定时炸弹。

1994年是墨西哥大选之年,执政的革命制度党总统候选人科洛西奥和总书记鲁伊斯却先后遇刺身亡,执政党内部以及执政党与反对党之间的争权斗争激烈。与此同时,南部恰帕斯州爆发了农民起义。墨政局不稳打击了外国投资者的信心,进入墨西哥的外资减少。墨西哥不得不动用外汇储备来填补巨额外贸赤字,致使外汇储备从年初的280亿美元减少到年底的60亿美元。鉴于外汇储备不断减少,已无法继续支撑3.46比索兑1美元的固定汇率,受命于危难之时的塞迪略政府被迫于1994年12月19日深夜宣布比索贬值15%,接着又宣布实行浮动汇率制。本意是想阻止资金外流,鼓励出口,抑制进口,以改善本国的国际收支状况。但在当时墨政局动荡不安的背景下，此举引起金融市场极大恐慌。投资者疯狂抛售比索，抢购美元。比索兑美元的汇率连续三天"跌跌不休"，合计跌幅高达42%，为现代金融史上所罕见。墨股市也在两个多月内暴跌48%。成千上万家企业倒闭，失业率急剧上升。这场墨西哥有史以来最严重的金融危机，不仅严重打击了墨西哥经济，也殃及许多拉美国家，震撼全球，被称为"龙舌兰酒效应"。

为了尽快稳定金融市场，塞迪略政府推出紧急经济拯救计划，向国际金融机构等申请紧急贷款近500亿美元（美国克林顿政府从其340亿美元的外汇稳定基金中拨出200亿美元作为对墨西哥政府的贷款或贷款保证金，国际货币基金组织提供178亿美元，国际清算银行提供100亿美元），条件是墨增加间接税，提高公共服务产品的价格，控制工资，尽快将经常项目赤字压缩到可以正常支付的水平。与此同时，塞迪略继承其前任的经济政策，开放经济，将铁路、卫星通信、机场和港口私有化，推进与更多国家签署自由贸易协议。经过几个月的努力，金融动荡才渐趋平稳，但恢复生产、增加出口、降低通货膨胀率、提高就业率则需更长时间。

据1996年6月墨西哥财政部的报告，1994年12月发生的金融危机使墨西哥付出了420亿美元的代价。1995年是塞迪略执政第一年，因金融危机影响和外资大量流失，墨西哥国内生产总值不增反降，降幅为6.2%，年通货膨胀率上升至34.9%，外债高达1700亿美元。

我到墨西哥任职时，墨西哥金融最困难的时期已经过去，正处于经济恢复期。1996年墨西哥国内生产总值增长5.1%，1997增长6.8%。作为20世纪八九十年代后兴起的"新兴市场"国家出现的第一次大危机，墨西哥金融危机的发生为其他国家留下了深刻教训，受到我国领导人和有关部门的高度重视。拉美国家为何会深陷债务危机，发展中国家应建立怎样的本币汇率管理制度，如何应对经常项目中的赤字，如何利用外资和管理投机性较强的短期国际资本的流动，如何把握金融开放特别是资本项目开放的程度和进度等，都可从墨西哥金融危机中得到一些有益的启示。密切跟踪墨西哥等拉美国家经济的变化发展，研究其经验教训，成为当时我驻墨使馆调研工作的重点任务之一。

不断发展的中墨关系

中墨两国地理上相距遥远，但感情上亲近。两国在久远的古代就有友好交往。中墨两国人民相互怀着对对方的亲切之情，十分珍惜相互之间的传统友谊。

中墨两国都是历史悠久的文明古国，两国人民都曾为人类文明的发展作出过重要贡献。在近代史上，两国人民都曾饱受外来侵略，都拥有光荣的革命传统，为反抗外来侵略和本国反动统治进行过英勇的斗争。中墨两国都是发展中大国，都在实施有本国特色的经济发展战略，提高本国人民的生活水平，争取社会全面进步，实现国家的现代化。在对外事务中，两国都特别珍惜本国的独立和尊严，都奉行不干涉别国内政的政策，都主张和平解决国际争端。对当代世界所面临的许多重大问题，两国持有相同或相似的立场，相互支持。这些共同点为两国政府和人民的相互理解和全面合作提供了坚实的基础。

墨西哥1972年2月与我国建交后，两国之间的关系不断发展。高层互访频繁，政治互信增强。每届墨西哥总统均来我国访问。我国的国家主席和国务院总理也多次访问过墨西哥。我到墨西哥任职8个月后，塞迪略总统于1996年11月访华。1997年11月，江泽民主席对墨西哥进行国事访问。中墨两国国家元首在1年内实现互访，在2年多时间里5次见面（包括双边和多边场合），双方间建立了密切的工作关系和个人友谊。

我在墨西哥任职期间，中方访问墨西哥的还有时任中央政治局常委胡锦涛、国务委员兼国防部长迟浩田、国务委员李贵鲜、国务委员宋健、全国人大常委会副委员长布赫、外经贸部长吴仪、外交部长唐家璇等。墨方访华的有外长罗莎里奥·格林、国防部长塞万提斯等。双方高层互访不断，推动着两国在多个领域里的友好合作关系深入发展。

在墨任职期间的工作难点

我在墨工作期间，遇到的主要工作难点是两国间的贸易纠纷。我国与墨西哥的经贸关系既有互补性，也有相似性和竞争性。中方服装、鞋类等产品物美价廉，竞争力强。墨方为保护本国产业不受我方产品冲击，频繁采取名为反倾销、实为贸易保护主义的措施，是发展中国家中对我国实施反倾销措施最多的国家。针对墨方对我方采取的歧视性措施，中方多次向墨方交涉，但成效有限。

我国为加入世贸组织，与36个希望与中国举行双边市场准入谈判的世贸组织成员分别举行了谈判。尽管墨方领导层表示墨西哥支持中国加入世贸组织，还曾说过"墨西哥不会是最后一个与中方达成双边协议的国家"，但墨方迫于国内企业界的强大压力，在工作层面的双边谈判中实际进展缓慢。从墨总统、外长、工商部长，到主管副部长和司局长，中方都做过工作。1996年6月中国外经贸部长吴仪访墨，会见墨西哥工商部长埃尔米尼奥·勃朗科和总统塞迪略等领导人时，也着重谈了我国加入世贸组织和墨方对我国实施反倾销的问题。塞迪略总统表示希望双方通过友好协商解决两国面临的问题，进一步发展两国贸易和投资。

1998年10月14日我约见墨工商部部长助理阿曼多·奥尔特加，10月16日我陪中国外经贸部部长助理高虎城见墨工商部副部长萨布罗多夫斯基，11月9日我约见墨工商部国际惯例局局长，都是谈解除墨对我国部分商品征收反倾销税事。11月13日，墨工商部奥尔特加部长助理给我打来电话，称部长决定立即解除对部分中国商品的反倾销税。

2000年9月26日，我国与瑞士结束了关于中国加入世贸组织的双边谈判。中国外经贸部长石广生与瑞士经济部长出席了在世贸组织总部举行的签字仪式后，从日内瓦打长途电话给我，告知中瑞双边协议签署后，只剩与墨西哥的双边谈判尚未完成，希望大使馆配合加紧做好墨方工作。我即与使馆商务参赞商议，分头约见墨官员。我先后约见墨西哥主管副外长卡尔曼·莫莱诺等做工作。

2000年11月，在亚太经合组织于文莱举行的第八次领导人非正式会议期间，中国外经贸部长石广生与墨西哥工商部长勃朗科就中墨WTO双边市场准入协议进行了友好和建设性的谈判。当时双方唯一未解决的问题是墨西哥对中国出口产品采取的与WTO规则不符的反倾销措施。这些措施理应在中国加入WTO后取消，但由于墨西哥产业界目前面临的困难，双方正在就逐步取消这些措施的过渡期，以及一些相关的技术细节进行协商。虽然双方尚未最终达成一致，但墨方明确表示，无论谈判能否在短期内达成协议，墨西哥都将支持中国加入WTO。因此无论中墨在中国加入WTO的多边谈判完成之时能否达成协议，都不会影响中国加入WTO。中国对墨西哥政府的支持表示感谢，并愿与墨方保持积极的磋商，以期早日就此达成协议。

之后中墨双方又经数轮谈判，到2001年9月13日才达成协议。1个多月后，即2001年11月11日，我国在卡塔尔首都多哈签署加入世贸组织的议定书。我国加入世贸组织之后，中墨双边贸易发展很快。中国现在是墨西哥第二大贸易伙伴，墨西哥是中国在拉美的第二大贸易伙伴。据中国海关总署统计，2019年中墨贸易总额达607.1亿美元，其中中方出口463.8亿美元，进口143.4亿美元。墨方有较大逆差，仍时常在世贸组织框架下对我国实施反倾销措施。

中墨两国人民友谊的象征

1973年4月墨西哥总统埃切维里亚访华期间，为了表示对墨西哥人民的友情，我国政府决定向墨西哥赠送一对熊猫。这对名为"贝贝"和"迎迎"的熊猫于1975年9月抵达墨西哥城。

新中国成立以来，我国只在极为特殊的情况下，才作为国礼向9个国家（苏联、朝鲜、美国、日本、法国、英国、墨西哥、西班牙、德国）赠送过23只大熊猫。墨西哥是拉美国家中唯一拥有我国赠送的熊猫的国家。1982年以后，为了保护濒危动物，我国已经取消向外国赠送熊猫的做法。

我在墨西哥任职期间，曾专门去参观墨西哥城的查普尔特佩克动物园，中国政府赠送给墨西哥的一对大熊猫"贝贝"和"迎迎"当年就落户在那里。墨西哥城海拔2240米，与大熊猫的故乡——四川卧龙山区的高度相似，气温冷暖适度，也适宜竹子生长，大熊猫到那里可以说是"宾至如归"。加上墨西哥科研工作者和饲养人员的精心照料，使墨西哥成为在中国境外人工繁殖大熊猫最成功的国家。"贝贝"和"迎迎"到墨西哥后，共孕育了5胎7仔，4雌3雄。墨西哥人对熊猫十分钟爱，每年到那里参观的人数超百万人次。大熊猫作为和平和友谊的使者，已成为中墨两国友好的象征。在墨西哥城参观憨态可掬的大熊猫，不禁令人回想起当年毛泽东、周恩来与埃切维里亚缔结中墨邦交的岁月。

跨太平洋"海上丝绸之路"与"中国之船"

中国是亚洲文明古国，墨西哥是美洲文明古国。在这两个文明古国之间，有着悠久的交往历史。2013年6月5

日，习近平主席对墨西哥进行国事访问，这期间在墨西哥参议院发表了一篇题为《促进共同发展 共创美好未来》的重要演讲，其中说道，"这次前来墨西哥途中，当我透过飞机舷窗俯瞰浩瀚的太平洋时，仿佛看见几个世纪前那些满载丝绸、瓷器的'中国之船'正向着阿卡普尔科破浪前行"。习近平主席用寥寥数语，形象地描述了中墨友好交往中一段影响深远的史实。

连接亚洲与美洲的跨太平洋"海上丝绸之路"

古代亚欧大陆人民经过不断探索，从2000多年前起就陆续开通了多条连接亚、非、欧几大文明的贸易和人文交流通道，后人将其统称为"丝绸之路"。与亚欧大陆上存在的多条"丝绸之路"陆地通道相对应，从秦汉时期起，勇敢的人类也开辟了多条"海上丝绸之路"。

不过，人们所说的"海上丝绸之路"，通常是指从中国东南沿海，经过中南半岛和南海诸国，到印度洋、阿拉伯海、波斯湾、红海的沿岸国家，以及经过好望角延伸到西非和欧洲国家的多条航道。其中最为著名的是1405—1433年，郑和率领庞大船队浩浩荡荡地7次远航出使"西洋"，到访西太平洋和印度洋30多个国家，最远曾抵达东非、红海。

鲜为人知的是，从16世纪中叶至19世纪初的200多年中，曾经还有过一条繁忙的连接亚洲与美洲的跨太平洋"海上丝绸之路"。

中国与菲律宾群岛之间的贸易往来，古已有之。但大量中国货物畅销美洲却是16世纪中叶开辟了菲律宾与墨西哥之间的新航路以后的事。墨西哥与菲律宾相距8800多海里，相当于1.4万多千米。为什么墨西哥和菲律宾那时会热衷于开辟这么长的一条新航路呢？

原来1492年哥伦布发现新大陆、1497年达·伽马绕过好望角找到通向印度的航路、1522年麦哲伦的船队完成人类首次环球航行之后，葡萄牙、西班牙抢占先机，疯狂地竞相掠夺殖民地，并均以打通与中国等亚洲国家的新航道牟取巨额利润作为重要目标。西班牙殖民者的远征军1519年入侵墨西哥，1535年在墨西哥城设立名为"新西班牙"的总督府，统管西班牙在北美和中美洲的全部领地，并以墨西哥为基地，继续向西远征。从16世纪60年代起，西班牙因为有来自"新西班牙"的增援，逐步将菲律宾占为殖民地，并将它划归"新西班牙"管辖。于是1565年至1815年间，在墨西哥与菲律宾之间开辟了一条经常性的贸易航道。这条航道的一端以墨西哥太平洋沿岸的阿卡普尔科为主港，另一端的主港则是马尼拉。源源不断地往返于墨西哥与菲律宾之间的西班牙商船，被称为"马尼拉大帆船"或"阿卡普尔科大帆船"。

从阿卡普尔科去马尼拉的大帆船，可借助东风顺洋流西航，经关岛至马尼拉，全程几乎都在一个纬度上直航，航程需三四个月。而从马尼拉返航，则屡次失败，不少船员在探寻航路的过程中葬身鱼腹。后来才发现可于每年6月乘西南季风自马尼拉顺风北上，至北纬42°～45°北太平洋水域，借助西风和由西向东的"黑潮"海流东驶，待靠近北美洲海岸时再向南航行，故一般需时半年。史料记载，

1527年10月31日，阿尔瓦罗·德·萨维德拉·塞容就曾率船队从邻近阿卡普尔科的锡瓦塔内霍港出发抵达菲律宾，这是自墨西哥通向亚洲的首次航行。1564年11月21日，米格尔·洛佩斯·德·雷伽斯皮率领400余名船员分乘4艘西班牙大帆船从离阿卡普尔科不远的圣诞岛起锚，1565年4月27日抵达菲律宾群岛的宿务岛。同年6月1日，从宿务驶出的"圣·佩德罗"号大帆船在安德列斯·德·乌尔达内塔领航下满载亚洲的货物，经过129天的航行于10月8日抵达阿卡普尔科港。由于这是第一条从菲律宾成功返回阿卡普尔科的商船，历史上把这次航行作为连接墨西哥与亚洲的海上贸易航线的起始。

此后亚洲与美洲间的大帆船贸易日益频繁。从菲律宾运往墨西哥的货物，除菲律宾出产的少量黄金、珍珠、棉花，印度的棉布和爪哇的胡椒等香料外，主要来源于中国，包括生丝、丝绸、瓷器、茶叶、棉布、珠宝、漆器、象牙雕刻、屏风、扇子、木梳等。尤其是当时风靡全球的中国生丝和丝绸，备受欢迎。因此墨西哥人习惯上把"马尼拉大帆船"亲切地称为"中国之船"，一些历史书上也经常如此相称。

西班牙为了保持对殖民地的控制，要求往来于马尼拉与阿卡普尔科之间的帆船建造和维修均由西班牙王国政府负责，并由其提供船长、船员的薪金，同时它对从两地输出的所有商品按其价值的2.5%～15%收税。当时菲律宾的经济几乎完全依赖大帆船贸易。"新西班牙"总督府每年也向统治菲律宾的殖民当局提供补贴，1678年的补贴为33.8

万多比索银元。

1810年9月,墨西哥爆发争取独立的武装起义。3年后,起义军占领了阿卡普尔科等地,"新西班牙"殖民当局丧失了对墨西哥太平洋港口的控制权,菲律宾事务改由西班牙直接控制,这条自我国明朝末叶起就连接亚洲与美洲的航线持续了250年后遂告中断。1815年,一艘名叫"麦哲伦"号的"马尼拉大帆船"驶离阿卡普尔科港,这是当年跨太平洋"海上丝绸之路"上从墨西哥驶向马尼拉的最后一条商船。

作为当年联系亚洲与美洲的桥梁,阿卡普尔科为自己的历史而骄傲。阿卡普尔科市政府现在每年都举办"阿卡普尔科中国之船艺术节"。守卫阿卡普尔科港口的圣迪戈堡垒,系西班牙殖民当局1615年为抵御海盗袭击而修建。它当年是墨西哥太平洋沿岸最重要的军事设施,现已改成阿卡普尔科最大、最重要的历史博物馆。我在墨西哥任职期间,曾数次前往参观。博物馆内设有13个展厅,陈列着大量有关跨太平洋丝绸之路的史料、"中国之船"的模型和当年来自中国的丝绸、刺绣、瓷器、家具、扇子等实物,是了解阿卡普尔科历史的必去之地。

跨太平洋"海上丝绸之路"在拉美影响广泛深远

始于16世纪下半叶的跨太平洋"海上丝绸之路",开创了中国与拉丁美洲友好交往的先河,影响深远。

太平洋航线的开辟提高了菲律宾在亚洲与美洲贸易链中的中转站地位,也极大地推动了我国与菲律宾之间的传统贸易关系。1574年,到马尼拉的中国平底帆船为6条,

1588年增加到48条。自中国南方各地去马尼拉的华人数量也迅猛增加。1600年,在马尼拉的华人增加到1.6万人。

随着墨西哥与亚洲海运通道的开通,中国与墨西哥的贸易量大幅增加。对西班牙商人来说,中国的丝绸、瓷器等是他们渴望已久的珍稀物品,奇货可居。而在中国商人眼中,到马尼拉采购的西班牙和墨西哥商人出手阔绰,购买力强,而且是用墨西哥生产的优质白银支付。当时白银在中国是紧缺的俏货,它在中国市场上的价值远高于原产地和欧洲。双方都有扩大互利交易的浓厚兴趣。据统计,开通太平洋航线的250年中,共有110条"中国之船"航行于马尼拉与墨西哥之间,把大量的中国产品输往墨西哥。如1573年7月,两艘载着中国货的大帆船从马尼拉驶往阿卡普尔科,内有2.23万件精美瓷器,712匹中国丝绸。

每艘"中国之船"抵达时,阿卡普尔科港都仿佛迎来重大节日。"新西班牙"总督府专门为此发布公告,通知各地周知,做好各项准备。"中国之船"进港时,港口要塞鸣放礼炮11响,教堂也鸣钟表示欢迎,乘客、船员的家属和来自"新西班牙"各地的商贩们聚集在码头等候,并举行为期20天或更长时间的集市交易会。阿卡普尔科的人口由4000人临时增加到9000人,有时甚至增加到12000人。美国派克斯所著的《墨西哥史》一书描述,当年"新西班牙"首府墨西哥城,无论男女都争相穿戴来自中国的丝绸,"每天下午近5点,大道上满是贵妇人的马车,穿着来自中国的丝绸……骑士们头戴宽边礼帽,身穿丝绸裙子"。

跨太平洋"海上丝绸之路"的影响不局限于墨西哥,

而且从墨西哥延伸到西班牙和其他中南美洲国家，促进了人类不同文明的交融。大帆船所运载的亚洲特产商品抵达阿卡普尔科后，一部分用大量骡、驴和大轮车运往墨西哥城，供当地消费；一部分拉到墨西哥湾的韦拉克鲁斯港，从那里重新装船运到西班牙的塞维利亚；一部分则转运到危地马拉、厄瓜多尔、秘鲁、智利和阿根廷等中南美洲地区。

大帆船贸易对墨西哥和其他中南美洲国家的经济、文化和社会生活产生了重要影响。如墨西哥的丝织工场，原以本地生产和自西班牙进口的生丝为主要原料。大帆船贸易开辟后，来自中国的生丝不仅便宜、质量好，而且易于染色，很快就取代了当地和原先从西班牙进口的生丝。墨西哥的陶瓷业，从造型到釉彩的运用，也深受中国瓷器的影响，许多当地陶瓷工场仿造中国瓷器。大帆船在源源不断地把中国货物运往美洲的同时，也把大量中国和其他亚洲国家的水手、工匠、劳工等运往美洲。据估计，在跨太平洋"海上丝绸之路"存在的两个半世纪内，最少有4万～6万亚洲人通过"中国之船"来到美洲，其中不少是中国人。1790年利马人口普查显示，在52547名总人口中，登记在册的中国人有1120名。众多中国商品的输入和中国人的到来，使中华文明的若干元素在拉美社会得到一定的传播。

跨太平洋"海上丝绸之路"对中国的影响

大量中国货物出口美洲，促进了我国东南沿海地区的商品经济的发展。跨太平洋"海上丝绸之路"的开通，也为美洲特有的玉米、甘薯、马铃薯、西红柿、辣椒、花生、烟草等农作物传入中国打开了方便之门。尤其是玉米、甘薯、马铃薯在中国广泛种植，对丰富我国粮食品种、增加我国粮食产量起到了重要作用。古代印第安人长期驯化、栽培、选种培育出来的玉米、甘薯和马铃薯等农作物对人类文明的延续和繁衍作出了重大贡献，华夏子孙也深受其益。

墨西哥是当时世界上最大的生产和出口白银的地区。墨西哥通过大帆船输到中国的物品除烟草、可可、巧克力、羊毛外，主要是白银。在与中国的贸易中，"新西班牙"有大量逆差，只能用白银支付。因此有些外国学者将当时中国与墨西哥之间的贸易称之为跨越太平洋的"丝—银对流"。

大量白银流入中国，对当时中国的货币体制改革产生了重要的影响。1581年，明朝政府推行"一条鞭法"的赋税改革，赋役合一，按亩计税，用银缴纳，正式确立白银作为主导货币的地位。但明朝的白银产量不足，墨西哥白银的大量流入对解决中国当时的"银荒"发挥了重要作用。

在回顾跨太平洋"海上丝绸之路"这段尘封已久的历史时，我们欣喜地看到，中国与墨西哥之间源远流长的友好关系，在新的历史条件下，正在持续不断地发展。我们对中国与墨西哥友好合作关系将在更高水平、更宽领域、更大舞台上不断发展的前景充满信心。

从"普埃弗拉的中国姑娘"到墨西哥跳水队员的"中国妈妈"

在墨西哥，流传着一个家喻户晓的故事。这个故事中的主人公被当地人普遍称为"普埃弗拉的中国姑娘"。"普埃弗拉"是墨西哥的一个地名,既是位于墨西哥中部的普埃弗拉州的名称,也是该州的州府普埃弗拉市的名称。普埃弗拉市位于墨西哥首都墨西哥城东127千米处,是一座建于1531年的历史文化名城。该市有多处建于殖民地时期的富丽堂皇的教堂和巴洛克式建筑,安详宁静,西班牙韵味浓郁,因而于1987年被联合国教科文组织列入人类文化遗产名录。至于"普埃弗拉的中国姑娘",指的是一位曾在墨西哥普埃弗拉劳动与生活的中国少女。她的遭遇曲折奇特,故事引人入胜,在墨西哥妇孺皆知,然而在我们国内却知之者甚少。

中墨人民友谊史中的一段佳话

墨西哥当地关于"普埃弗拉的中国姑娘"的传说,有若干个版本。流传得较广的一个版本说,这位姑娘17世纪初出生于中国的一个富贵家庭,本名叫密拉。她在一次海上航行中不幸被海盗劫持,并被作为奴隶在菲律宾的马尼拉出售。当时的菲律宾与墨西哥一样,都是西班牙的殖民地,其时墨西哥被称为"新西班牙"。"新西班牙"的总督迪埃戈·卡里略想找一名亚洲女仆,委托墨西哥商人到菲律宾代为购买。那个商人在马尼拉买下了密拉之后,乘"马尼拉大帆船"将她带到墨西哥的阿卡普尔科港。不过,他并没有将她卖给总督,而是以比总督的出价高十倍的价格转卖给了普埃弗拉的大商人米格尔·索萨作为女仆。

密拉当时才十几岁,不仅美丽勤快,聪明伶俐,而且朴实善良,乐于助人,赢得了主人的好感和同情。米格尔·索萨解除了她的奴隶身份，并将她收为义女，带她入了天主教，给她取教名为卡塔丽娜·德·圣·胡安。卡塔丽娜善于刺绣，她绣出来的服装图案优美，色彩鲜艳，深受当地妇女的喜爱。于是中国的刺绣工艺很快在普埃弗拉传播，普埃弗拉成为墨西哥著名的刺绣服装产地。

卡塔丽娜也善于服装设计。她所设计的一套漂亮女装，颇受当地妇女喜爱，并在墨西哥中部和东南部等地区广泛流行。这套女装被称为"普埃弗拉的中国姑娘服"，其上身是一件绣花的白色褶边衬衣配一条丝绸披肩；腰部系绣花腰带；下面是色彩鲜艳的宽摆绣花长裙，内配白色花边衬裙。1910年墨西哥革命之后，"普埃弗拉的中国姑娘服"与骑士服一起，成为很有墨西哥特色的男女民族服装的代表作，不仅在实际生活中广为流传，而且在电影、戏剧、舞蹈中大量出现，使它上升为墨西哥民族的文化符号之一。

需要特别加以说明的是，当地人说"普埃弗拉的中国姑娘"时，有时是指这位姑娘本身，有时是指她所设计的那套裙服，相当于"普埃弗拉的中国姑娘服"的意思。后面这层意思，现在使用的场合可能更多一些。这一点有时容易混淆，需要联系具体语境加以区别。

卡塔丽娜把墨西哥视作自己的第二故乡，与豁达质朴的墨西哥人民相处了60余年。她在那里找到了友情，也找到了爱情，与一个名叫多明戈·苏阿雷斯的华人奴仆结婚成家。卡塔丽娜于1688年1月5日去世，享年82岁。死后她被埋葬在普埃弗拉精致豪华的"与耶稣为伴"教堂圣地，当地人民将她作为圣女崇拜。这座教堂现在被当地民众通俗地称为"普埃弗拉的中国姑娘墓"。

"普埃弗拉的中国姑娘"故居位于普埃弗拉城的中心地带。在墨西哥任职期间,我曾特地前往参观。如今这栋古老建筑经过改建和装修,成为一家高档旅馆,取名为"普埃弗拉的中国姑娘大院旅馆"。在大院旅馆的中央庭院,有一座卡塔丽娜的塑像,这里曾是她当年忙碌地准备午餐会和晚宴的地方,现成为一家颇具地方特色的餐厅,专门提供普埃弗拉的传统佳肴。2010年联合国教科文组织已把普埃弗拉的传统佳肴列为人类非物质文化遗产。

为了缅怀卡塔丽娜的功绩,当地人民还为她修建了一座纪念碑——"普埃弗拉的中国姑娘"喷泉。它位于普埃弗拉市东面的一个街心花园。喷泉宽阔的水池由一道青花瓷砖砌成的低矮园墙围绕,水池中央10米高的圆台上有一座站立着的东方姑娘的塑像。她头扎发辫,身穿彩色绣花衣裙,双手拎着宽大的裙摆,亭亭玉立,仿佛在展示自己设计的服装。园墙上有一块铜牌,上面刻着"普埃弗拉的中国姑娘"字样。善良好客的墨西哥人民不仅接纳了这位来自遥远东方的中国姑娘,而且感激她所传授的技艺,为她树碑立传,永志不忘。

中墨人民间的传统友谊故事续写新篇

令人欣慰的是,中墨两国人民之间的这种传统友谊,继往开来,正在新的历史条件下继续传承和发扬。

中墨自1972年2月建交以来,在政治、经贸、科技、文化、教育、体育等各个领域的合作与交流不断加强。在体育领域,中国国家体委与墨西哥国家体委1997年签署了体育合作协议。2003年，中国派出了第一批援墨教练团飞越半个地球来到墨西哥。至2019年7月，我国先后向墨派遣了114名教练员。他们由中国国家体育总局经过选拔后择优派出，在墨西哥不同城市分别从事跳水、游泳、射击、射箭、体操、举重、乒乓球、羽毛球、蹦床、田径和排球等项目的教学工作，其中跳水更成为中墨体育交流中的一大亮点。

跳水教练马进是2003年随第一批援墨教练团抵达墨西哥的。马进是地地道道的北京姑娘。作为跳水运动员，她曾获得过全国赛团体冠军和女子3米板铜牌。她20岁时因伤病提前退役，在北京跳水队当教练，她所执教的弟子中包括曾获得过两届全运会跳水冠军的王睿。工作了10余年之后，她想见识一下外面的世界，于是成为一名援助墨西哥的教练。这个选择，不仅改变了她的人生轨迹，也让她肩负起一份重大责任。

赴墨西哥前，她只在四川成都接受了为期3个月的西班牙语学习。刚到墨西哥接手训练之初，困难艰辛可想而知。一是离乡背井，最让她放不下的是自己年纪尚幼的孩子。二是语言沟通上的障碍，对方说的听不懂，自己想说的表达不出来，只能用手势比画。三是适应对方管理制度和习俗的磨合过程并不顺利。四是墨西哥跳水队员们当初只会做一些简单的跳水动作，并不会做高难动作，技术几乎是空白，对中国教练也缺乏了解和信任。但马进就像她的名字所寓意的那样，义无反顾，勇往直前，克服障碍，真诚传艺，逐步取得队员们的信任与尊重，不久被提升为墨西哥跳水队主教练。马进用"十年磨一剑"的坚韧与心血汗水，在教练工作中取得骄人成绩，培养出一批杰出的跳水运动员，包括墨西哥有史以来最优秀的跳水运动员——"跳水公主"埃斯皮诺萨。

在长期的训练中，马进与墨西哥跳水队员们结下了深厚的友谊，亲如家人，关系默契融洽。马进把墨西哥看作第二个家乡，为自己的队员感到骄傲，把他们当作自己的孩子。除了带队员们训练，她还要督促小队员的学习，照顾他们的生活。马进教练的好成绩、好口碑得到了回报。从四面八方投奔她的墨西哥运动员越来越多。墨西哥跳水队员们和家长们爱戴她，将她亲切地称为"中国妈妈"，舍不得她离开。马进自己也没有想到，她会在墨西哥一干就是近20年。

由于跳水队为墨西哥争得了很大荣誉，如今跳水已成为墨西哥除足球、棒球外最受关注的体育项目。墨西哥政府加大了对这一运动项目的投入，并已成立了第一所跳水学校，以培养更多高水平的跳水选手。与此同时，马进也成为墨西哥的名人和中墨友好关系的使者。前后三任墨西哥总统接见她，感谢她对墨西哥跳水运动所作的贡献。作为墨西哥的金牌教练，她的训练和讲座成为墨西哥教练模仿的范本。2012年11月，墨西哥政府举行隆重仪式，授予马进"阿兹特克雄鹰"勋章，这是外国人在墨西哥所能获得的最高奖项。2013年，习近平主席对墨西哥进行国事访问时，马进和埃斯皮诺萨作为特邀贵宾出席了墨西哥总统培尼亚举行的欢迎国宴。

400多年前,"普埃弗拉的中国姑娘"被人贩卖到墨西哥。她向墨西哥人民传授刺绣技艺,为他们设计服装,至今仍被墨西哥人民津津乐道。400多年后,一位北京姑娘远涉重洋,向墨西哥人民传授跳水技术,帮助墨西哥跳水队创造了历史,深受墨西哥人民赞崇。她们在不同的历史条件下,都为增进中墨两国人民之间的友谊作出了独特的贡献。中墨两国人民之间的悠久友谊,就是这样薪火相传,历久弥新。

习近平主席2013年对墨西哥进行国事访问时曾说过:"拉美有句谚语:'朋友要老,好酒要陈。'中墨两国经过岁月积淀的深厚友谊,正如陈年的龙舌兰酒,历久弥香。""普埃弗拉的中国姑娘"和墨西哥跳水队员"中国妈妈"的故事,正是对中墨人民间这种深厚友谊的生动诠释。

在墨西哥连续执政71年的革命制度党下台

在墨西哥任职期间,我所经历的当地政局的最大变化,莫过于在墨西哥连续执政71年之久的革命制度党丢掉了总统宝座。中墨两国友好合作关系经受住了墨西哥政权更迭、反对党上台的考验。

独特的墨西哥政体

墨西哥革命制度党的前身为国家革命党。国家革命党成立于1929年,是墨西哥1910年革命的产物。那场持续了11年的革命推翻了迪阿斯35年的独裁统治,牺牲了100多万人。墨西哥1910年革命后产生的1917年宪法,把行政权置于主导地位,实行总统制,不设副总统职位。总统既是国家元首,又是政府首脑。但为了防止出现迪阿斯式的长期独裁统治,1917年宪法规定总统的任期为6年,终身不得再任。

为了在定期举行选举、允许反对派存在的民主体制下长期掌权,保持政局稳定,1924年执政的卡耶斯总统采取了一系列重要措施,将行政权高度集中在总统手中,使总统在墨西哥的政治体制中发挥决定性作用,所以有时墨西哥的体制被称为"帝王式的总统制"。

卡德纳斯总统于1938年将国家革命党改名为墨西哥革命党,党内设工人部、农民部、人民组织部和军人部,先后成立了囊括大多数工会的墨西哥工人总工会(130万名会员)、全国农民总联合会(250万名会员)和人民组织总联合会(中产阶层的专业性组织,50万名会员),其成员都须加入墨西哥革命党,而不能参加其他政党。墨西哥革命党的社团性结构,使它成为群众性政党。它不仅控制国家,也控制着社会。工会、农会与墨西哥革命党的联系使它们能更多地参与国家的政治进程,但也因此而丧失独立性和政治自主权。

阿维拉·卡马乔总统1946年把墨西哥革命党改名为革命制度党,因为他认为那时墨西哥革命的任务已从群众性政治斗争转为维护和完善国家制度。在19世纪和20世纪初,墨西哥军人干政是司空见惯的现象。卡马乔取消了党内的军人部,把该部纳入人民组织部。他本人是墨西哥最后一个军人出身的总统,此后再无军人当总统。墨西哥军队也不再有拉美其他国家军队所拥有的那样政治影响力。

从1929年成立到2000年的71年中，革命制度党在墨西哥政坛占据绝对优势，一直是墨西哥的执政党，成为世界上连续执政时间最长的资产阶级政党，被称作"民主的独裁党"。它控制着墨西哥几乎所有政治机构和全国绝大部分的州、市政府权力，曾拥有1300万名党员，是拉美最大的政党。

在这段时间里，墨西哥与拉美其他国家相比，政治制度稳定。历届总统都能做满6年任期，和平交权给由他指定的候选人，并经全国选举使其成为下任总统，没有发生过军人政变。反对党的存在对革命制度党的垄断地位构不成多大威胁。

革命制度党的逐渐衰落

20世纪80年代初，大量举借外债的墨西哥受国际油价下跌和贷款利率上浮的影响，面临国际收支出现巨额赤字、外汇储备枯竭、无力偿还到期外债的局面，终于在1982年8月爆发债务危机。德拉马德里总统1982年至1988年任内，墨西哥经济几乎没有增长，人们称之为"零增长的6年"。1985年9月19日，墨西哥城发生其历史上震级最强、损失最为严重的8.1级强震，城内30%的建筑物被毁，7000多人死亡，1.1万人受伤，30多万人无家可归。债务危机，加上大地震后政府应对不力，引发民众对革命制度党的信任危机。从那时开始，革命制度党的执政地位开始受到挑战，优势逐渐丧失，墨西哥政治体制经历了从原先的排他性一党独大逐步转向竞争性的多党制的演变。

从20世纪70年代末期开始，第三波民主化浪潮席卷拉美,包括巴西、阿根廷、智利等多国军人纷纷交权,到90年代中期,拉美地区几乎都建立了民主政府,唯有被视作"半民主半独裁"国家的墨西哥仍由革命制度党一党执政。美欧等西方国家希望推动墨西哥国内政治的多元化,结束革命制度党"威权主义"的长期统治。而墨西哥为克服债务危机,亟须从西方国家和国际金融组织贷款。在国内外的压力下,墨西哥在实行经济自由化的同时,也多次进行选举制度改革。从选民登记、选举监督、选举争端的处理,到联邦选举机构的构成、职责和议会席位的分配方式,进行全面改革,使选举机构的独立性加强,允许反对党拥有更多的议员名额。

从1988年起,革命制度党逐步在一些州市长选举中失利。有些政论家认为,1988年大选是革命制度党结束在墨西哥政坛霸权的开始,也是该党分裂和衰弱的前奏。1989年5月卡德纳斯等另立民主革命党,带走了一大批革命制度党的党员。

实现"变天"的2000年大选

2000年是墨西哥大选之年。大选是检验墨西哥各派政治力量盛衰变化的重大事件,密切跟踪墨西哥大选的选情,准确分析判断墨西哥政局的演变发展趋势,是当时大使馆调研工作中的重要任务。

当年墨西哥政坛呈现革命制度党、民主革命党、国家行动党三强鼎足而立的局面,民主革命党、国家行动党分别从左右两翼夹击革命制度党。

革命制度党由强变弱,走在下坡路上,但"瘦死的骆驼比马大"。革命制度党历来的做法是由在任总统指定下一届总统候选人。塞迪略实行了改革，放弃了"指定"权，改为由党内初选产生。该党初选产生的候选人是原农业部长拉巴斯蒂达，此人政绩平平，无力挽狂澜、扶大厦于将倾之力。

民主革命党成立于1989年，是社会党国际成员，在墨西哥的政治光谱中属左翼。在1988年的总统选举中，该党的前身得票率曾达31％，居第2位。1994年大选中该党的得票率降至16.59％，居第3位。1997年该党领袖卡德纳斯赢得墨西哥城市长选举，声势大振。在墨西哥政坛，墨西哥城市长职位的重要性被视为仅次于总统职位。但2000年该党内部围绕总统候选人问题产生严重分歧，导致2号人物穆尼奥兹等退出该党，力量受损。

国家行动党成立于1939年。它主张市场经济、私有化、减少政府干预，与天主教关系密切，反对同性结合和堕胎，是基督教民主党国际成员。它长期以合法方式挑战革命制度党对政治权力的垄断，是革命制度党的主要竞争对手，在墨西哥政治光谱中属右翼。该党在1988年总统选举中得票率为16.8％，居第3位；在1994年大选中得票率为25.9％，居第2位。

作为国家行动党2000年总统候选人的维森特·福克斯生于1942年，父亲是爱尔兰裔牧场主，母亲是西班牙人后裔。福克斯于1982年加入国家行动党，1988年当选联邦议员，1995年当选瓜纳华托州州长，政绩突出。他重视发展经济、外贸和中小企业，重视教育，使瓜纳华托州成为墨经济发展较快、失业率较低的州之一。他在1999年辞去州长职务竞选总统，获得该党普遍支持，并与绿党组成"变革联盟"参选。他以"变革"和"反腐"作为竞选重点，公开个人财产，提出"把革命制度党撵出松林别墅"（松林别墅是墨西哥总统府的别称）的目标，对厌倦了革命制度党长期统治的民众颇有号召力。

我在墨西哥工作期间，交友的重点自然是政府高官和革命制度党的领导人，但并未因此而放松对民主革命党和国家行动党的工作。我国的全国人大和中联部很重视做这两个党的工作。全国人大曾邀请包括这两个党的参众议员在内的议会代表团访华。中联部曾邀请民主革命党的领导人组团访华，也曾应该党邀请派团访墨。我到墨工作后，曾分别拜会、宴请民主革命党的领袖夸乌特莫·卡德纳斯和他的母亲、前总统卡德纳斯的夫人阿梅里亚，该党的两任主席穆尼奥斯·莱多和阿玛利娅·加西亚，两任总书记马里奥·萨尔塞多和赫苏斯·奥尔特加，以及外事顾问哈维埃尔·奥雷阿等。我也曾分别拜会、宴请过国家行动党的两任主席费里贝·卡尔德隆（后出任墨西哥总统）和路易斯·费里贝·勃拉伏，三任国际关系书记卡洛斯·卡斯蒂略、霍尔海·莫雷诺、奥塞霍·莫雷诺和副书记罗兰多·加西亚等。我还多次出席过这两个党所组织的活动，会见这两个党的参、众议院党团领袖，联系落实他们组团访华等，与他们建立了良好的工作关系，有的还成为很好的朋友。后来我从墨西哥离任时，这两个党的领导人都出席了我的离任招待会，并分别为我设宴饯行。

综合分析当地媒体的报道评论、大选前的各种民调和我们在对外活动中所了解的情况，种种迹象表明，国家行动党较有可能在2000年大选中胜出。及时加强对国家行动党总统候选人福克斯本人及其主要亲信的工作，成为我们当时的重要任务。

我与福克斯相识于他任瓜纳华托州州长时。1996—1998年三年中，我三次去该州，每次都与他见面。第一次是我对该州的正式访问。他向我介绍该州情况，对双方可能的经贸交流合作很感兴趣，并设午宴款待我。第二次是我去该州观看参加塞万提斯节的天津京剧团闭幕演出，并参观了当地银矿，也会见了福克斯。第三次是应邀参加当地的塞万提斯节活动，出席了州长的晚宴。身材魁梧的福克斯，平时一身牛仔装束，给我印象较深的是他的勤奋务实、诚恳自信和亲民作风。

作为总统候选人的福克斯有意扩大影响，想见见亚洲国家的驻墨使节。福克斯的一名助手向我提出此事，正好我也想增加与福克斯的接触交谈机会。在当年亚洲大洋洲国家驻墨使节中，因我抵墨任职时间最早，是当时亚大地区使节团的团长，于是我利用此身份于1999年6月18日在我馆宴请福克斯和亚洲大洋洲驻墨使节。泰国、越南、新西兰等国驻墨代办平时很难有机会接触作为州长和总统候选人的福克斯，他们很感谢我为他们提供了难得的接触福克斯并与他单独合影的机会。福克斯向我们介绍了他的政见主张，我们则提了一些问题了解他的看法。后来福克斯当选总统，我再次利用亚大地区使节团团长身份，于

2000年9月25日在我馆宴请总统福克斯和亚洲大洋洲国家使节。

  2000年7月2日墨西哥大选那天，我与使馆研究室的同志整天紧盯着电视中直播各地投票和计票的报道，还曾驱车在墨西哥城四处观看市民参选投票的情况。在大选投票之前，墨西哥三大党的有关领导人都曾邀请我们在投票日当天去他们党的总部看看投票盛况。为了在三大党之间一碗水端平，我们决定在那天晚上10点后，应邀先后去联邦选举委员会及三大党总部，观察了解投票计票情况。当最后我们抵达国家行动党党部时，已是午夜时分，大选计票结果已基本尘埃落定。国家行动党与绿党组成的"变革联盟"候选人福克斯获得42.5％的选票当选总统，远超革命制度党候选人拉巴斯蒂达和民主革命党候选人。国家行动党总部人山人海，人声鼎沸，那种喜庆热烈场面与其他两党总部迥异。国家行动党国际关系书记沃塞霍·莫雷诺见到我们，兴高采烈地邀请我进入福克斯的办公室，使我成为最早向福克斯当面表示祝贺的外国使节。福克斯当选总统后的首场记者招待会当晚由各大电视台转播，他提到他刚才已经会见了中国等国的大使。

  我国与墨西哥建交后，墨西哥政府一贯坚持"一个中国"立场。福克斯任州长时，台湾驻墨"商代处"曾试图拉拢他访台。此图谋虽未得逞，但估计他们在福克斯当选总统后也不会善罢甘休，对此须提高警惕。2000年8月15日，我会见福克斯外事顾问阿多尔福·阿吉拉尔·辛塞尔；8月23日会见福克斯的私人秘书阿尔丰索·杜拉索；9月7

日拜访国家行动党新任国际关系书记萨尔瓦多。在这些会见中,我除向他们介绍我国情况和对外政策外,还有针对性地重点介绍中方对台湾问题的立场,以引起他们的重视,防止发生意外。

2000年9月20日,唐家璇外长访墨,会见当选总统福克斯。11月29日,我国政府特使、科技部长朱丽兰出席福克斯总统就职仪式,福克斯单独接见,接受朱丽兰特使面交的时任国家主席江泽民的贺信。这两次会见,双方谈得很好,气氛友好融洽,表明中墨两国之间的友好合作关系,并未因墨西哥政权更迭、反对党上台而受到影响。

2001年1月22日,福克斯总统宴请亚非国家驻墨使节。我应邀出席时告知他我即将离任,并邀请他出席由中方投资、将于当年4月在奥夫雷贡城开工的Sinatex纺织厂开工仪式,福克斯总统欣然接受。当年3月我离墨回国时,由福克斯总统签署批准,授予我墨西哥"阿兹特克雄鹰"勋章,表彰我为发展中国与墨西哥友好合作关系所作的贡献。

墨西哥的文化与墨西哥人的生活习俗

3000多年的印第安人文明,300年的西班牙殖民统治岁月,以及独立后200年的建国卫国实践,对墨西哥的文化和墨西哥人行为习俗的形成产生了决定性的影响。

墨西哥文化溯源

3000多年前开始出现的美洲印第安人古代文明,如奥尔梅克文化、玛雅文化、特奥蒂瓦坎文化、托尔特克文化、萨波特卡-米斯特克文化、阿兹特克文化等,都先后发祥于今日墨西哥及中美洲北部的土地上。美洲印第安人古代文明为人类留下了许多宝贵遗产,也对墨西哥文化和墨西哥的传统习俗产生了不可磨灭的影响。

西班牙对墨西哥的殖民统治持续了300年。从语言、宗教到衣食住行,西班牙人带去的西方文明逐渐成为墨西哥文化的主体。与此同时,因去墨西哥的殖民者中女性很少,殖民者与土著女性非婚或通婚生子逐渐增多,导致印欧混血种人最终成为居民的主体。3个世纪殖民统治的影响不仅反映在墨西哥文化的方方面面,也反映在墨西哥种族构成的重大变化之中。

当时被称为"新西班牙"的墨西哥,是西班牙在北美洲和中美洲全部殖民地的统治中心,殖民当局绝不轻易放弃。1810年9月开始的墨西哥独立战争,持续了11年之久。那场血腥艰难的独立战争对墨西哥民族文化和民族特性的形成影响巨大。在当时历史条件下形成的墨西哥人的思想感情和伦理道德,奠定了墨西哥民族意识和民族文化的基础,其中捍卫民族独立和民族尊严占有神圣地位。

宗教信仰对墨西哥民族文化与民族特性的影响

在墨西哥历史的不同阶段,宗教信仰均起到重要作用。奥尔梅克人崇拜的主要天神是美洲豹。玛雅人以极度的虔诚尊崇"羽蛇神"等宇宙和自然的神灵。阿兹特克人信奉以太阳神为主的多神,这是他们世界观的核心。

西班牙在征服与统治墨西哥的过程中,施用了剑和十字架两手,宗教在其中发挥了重要作用。在最先抵达的西班牙征服者队伍中，不仅有士兵，还有许多属于不同流派的教士神甫。带着十字架和圣母玛利亚像而来的传教士软硬兼施，诱骗印第安人从原先崇拜部族神灵改为接受天主教的洗礼，以便不仅从躯体上而且从精神上统治印第安人。为了让更多的印第安人易于接受，天主教在墨西哥的传播过程中逐渐"本土化"。当地盛传，1531年12月12日，一位名叫胡安·迪埃戈的印第安青年在墨西哥城郊外的特佩亚克山看到皮肤黄棕色、身披白色长袍的圣母显灵，显灵的圣母浑身散发着光芒。这个故事很快传开，印第安人信任这位与他们肤色相同的土生土长的圣母，称她为"瓜达卢佩圣母"。于是教堂内供奉着的原本皮肤白净的圣母玛利亚，在墨西哥变成了黄棕色的圣母瓜达卢佩。家家户户几乎都挂着圣母瓜达卢佩像。这是墨西哥天主教的一大特色。

　　殖民当局拆毁大批印第安人的神庙，同时又利用印第安人的劳力大量修建天主教教堂和修道院。据统计，西班牙在其美洲西属殖民地共修建了7万座教堂，其中五分之一以上建在墨西哥。世界上现存的8处巴洛克式的著名建筑珍品中，有4处在墨西哥，都是教堂或修道院，包括墨西哥城历时83年才建成的大教堂。

　　1810年伊达尔戈神甫发动独立战争时，手中也高举瓜达卢佩圣母像作为起义军的义旗，这使他所领导的起义行动具有"替天行道"的意义，迅速得到四方响应。1813年起义军在奇尔潘辛戈发布命令，将圣母显灵的12月12日定为"瓜达卢佩圣母节"。殖民当局借助圣母瓜达卢佩来维持对墨西哥的统治，谋求独立的起义军领袖也借助圣母瓜达卢佩来推翻西班牙的统治。

绝大多数墨西哥人是虔诚的天主教徒，他们的宗教观念通过家庭的影响代代相传，已融入墨西哥人的血液之中。墨西哥经过19世纪中叶的改革运动，实现了政教分离，教职人员不再参与国家政治，但天主教传播的有关个人操守、人间关系等教义，仍在墨西哥社会发挥着重要影响。在天主教信徒中，经常参加弥撒、礼拜等宗教活动的占一半多一些。教徒从信教中得到心灵慰藉，并安详地接受命运的安排。这是墨西哥能在经济和社会动荡中保持稳定和民族凝聚力的重要因素。

墨西哥是世界上信奉罗马天主教人数第二多的国家，仅次于巴西。墨西哥城北特佩亚克山脚下的瓜达卢佩圣母大教堂建于18世纪初，据传那里曾是瓜达卢佩圣母显灵的地方。后来又在其近旁修建了一座可容纳4万信众的现代派风格的大教堂。那里一年四季香火兴旺，每年到瓜达卢佩圣母大教堂朝拜的多达1400万人次。尤其在每年12月12日"瓜达卢佩圣母节"那一天，数百万来自全国各地的虔诚信众，潮水般地会集到瓜达卢佩圣母大教堂朝圣。除梵蒂冈外，那里是吸引世界天主教朝圣者最多的圣地，由此可见天主教在墨西哥的影响。

根据墨西哥的法律，堕胎属违法行为，只在某些"特殊情况"下例外。然而，每年有近百万的墨西哥妇女堕胎。这还是一个保守的数字，因为很多秘密进行堕胎的不可能统计在内。近年来，尽管很多墨西哥妇女组织和有识之士呼吁实行堕胎合法化，阻力仍很大。这种阻力主要来自天主教会。教会反对任何情况下的堕胎，即使已查明胎儿具有严重的先天缺陷或不治之症，或是母亲的生命因怀孕而受到直接威胁，或是因遭受强奸而怀孕，只要是天主教徒，就一律不准堕胎。因为教会反对一切堕胎，尽管国家的法律允许因被强奸而怀孕和少女怀孕等合法堕胎，也得不到切实贯彻和法律保护。这充分反映宗教在墨西哥社会的影响之大。

自然与地理环境对墨西哥文化的影响

墨西哥是个多火山的国家，其中有16座活火山。1982年恰巴斯州的"契琼"火山爆发，毁灭了9个村庄，导致了1700余人死亡。

墨西哥是个地震频发的国家。1932年哈利斯科州沿海发生里氏8.4级地震，是20世纪在墨西哥境内发生的烈度最强的一次地震。而1985年米却阿肯州沿海发生的里氏8.1级地震造成的损失最大，仅墨西哥城就死亡近万人，建筑物倒塌或部分倒塌10万栋。

多难兴邦，频频发生的自然灾害，与屡屡反抗本国暴政和抵御外国侵略一起，磨炼了墨西哥民族不屈不挠的意志，使其形成了一股强大的民族凝聚力。

与超级大国美国为邻，对墨西哥的政治、经济、社会、文化等各方面产生了难以估量的影响。作为近邻，墨美之间交流密切。美国是墨西哥最大的贸易伙伴，也是墨西哥最大的投资与技术来源国，墨西哥经济上对美国的依赖程度很深。但墨西哥历经磨难曲折，始终作为一个独立自尊的国家屹立在世界头号强国之旁，这在很大程度上得益于墨西哥特别重视保护本国的历史传统、民族特性和民族文化。一个国家无法挑选邻国。何况与世界最大的经济体为邻，也为墨西哥的发展提供了其他许多国家可望而不可即的优势与机遇。墨西哥既无力与美国为敌，也不甘成为其附庸，只能趋利避害，与其保持良好关系，同时保持自己的独立与尊严，积极谋求对外经贸关系的多元化。

墨西哥独立后的社会变迁对文化产生深远影响

墨西哥从独立到现在，经历了多次内乱外患。在这段时间内，发生了三件历史性大事，对墨西哥民族的价值观念、法律制度、伦理道德、风俗习惯乃至审美情趣等影响至深。

一是华雷斯领导的改革运动。墨当时的教会是全国最大的地主，占有全部农业用地的三分之一。华雷斯参与制定的1857年新宪法及改革法，沉重地打击了封建教会势力。保守派发起武装反抗，华雷斯从1858年起领导了三年"改革战争"。法国借机对墨进行武装干涉，将奥地利大公马克西米利阿诺作为傀儡皇帝强加给墨西哥，由此引发了墨艰苦卓绝的5年抗法卫国战争。华雷斯是拉美第一位印第安裔总统，也是反对封建教会反动势力和外国侵略的坚强斗士。他禁止奴隶制度，没收教会财产，实行政教分离，使墨西哥成为当时世界上首先实行政教分离的国家，比法国等欧洲国家实行政教分离早半个世纪。他领导的反抗法国入侵的斗争有"墨西哥第二次独立战争"之称，击败了法国的武装干涉和力图恢复帝制的封建保守势力，维护了国家主权和独立，巩固了民主共和制度和改革运动的胜利成果。华雷斯毕生为祖国独立、尊严、改革和发展而奋斗的事迹，在墨西哥家喻户晓，被誉为"改革之父"、"墨西哥民族的英雄"和"墨西哥的林肯"。他为后人留下的丰富精神遗产影响深远。他的至理名言——"在人与人之间，就像国与国之间那样，尊重他人的权利就是和平"，迄今仍是指导墨西哥对外政策的重要原则，也是墨西哥人待人处事的箴言。

二是1910年爆发的墨西哥革命，从反对迪阿斯30多年的独裁统治、争取民主选举开始，发展为农民军要求"土地和自由"，战争的烽火一直延续到1920年。1910年革命的最大成果是诞生了1917年宪法，该宪法规定国家是一切土地、河流和资源的主人，有权收回一切为外国垄断组织所攫取的土地、矿藏和油田；印第安人的公共土地以后不得再转让，依照印第安人的习惯法划分成小块供农民个人使用；保障公民的政治和自由权利；工人享有8小时工作制、组织工会及罢工的权利，并为他们规定最低工资等，被公认为是当时世界上第一部承认劳动者的经济社会权利的进步宪法。这部宪法至今仍是墨西哥现行宪法，只做过一些局部修改。1910年墨西哥革命是20世纪发生在墨西哥的最重要的历史事件。它早于俄国十月革命和中国辛亥革命，开创了20世纪人类社会革命的先河，因而有"20世纪人类第一场社会革命"之称。它所形成的独特的政治文化和价值观念，对墨西哥社会各方面产生了深远影响，至今仍随处存在。"有效选举，不准连任"是当年发动 1910 年革命的主要口号，迄今仍是构成墨西哥政治制度的重要原则，因此墨西哥总统只能担任一届，终身不得再任。

三是卡德纳斯总统在执政期间实行石油国有化，这使墨西哥成为世界上首先实行石油资源国有化的国家。卡德纳斯任总统期间，进行了土改，将 2000 万公顷的土地分配给农民公社，使 75 万户无地少地的印第安人和混血农民受益。1938 年 3 月 18 日，卡德纳斯在全体内阁成员陪同下签署了石油国有化的法令，并通过全国电台发表讲话，宣布按照 1917 年宪法第 27 条的规定，没收美、英、荷 17 家外国石油公司的财产，实行石油国有化，成立墨西哥石油公司。卡德纳斯那天的讲话后来被称作"墨西哥经济独立宣言"，是现代墨西哥最重要的声明。虽然美英等国最初都强烈反对这一宣言，但在应对当时日益逼近的世界大战威胁与保护美国私人公司的利益之间，罗斯福总统更关心与墨西哥建立战略同盟，于是敦促美国石油公司与墨西哥政府谈判解决。最后以墨方向美国石油公司赔偿 2380 万美元了结此案，此金额只相当于美国石油公司原先要求的 4%。卡德纳斯总统被誉为"墨西哥石油之父"。由于卡德纳斯对墨西哥经济社会发展所作的重大贡献，他被认为是墨西哥现代史上深孚众望的总统。卡德纳斯将石油收归国有的决定，对墨西哥的民族意识和民族文化影响深远。

墨西哥文化的特点

墨西哥是一个多民族和文化多元化的国家，至今墨西哥仍有 60 余个印第安少数民族讲自己的语言，他们各有自己的传统习俗。

墨西哥文化的主体主要由印第安人文化与西班牙文化冲撞交融而成，它吸收了上述两种文明的诸多元素，经历过殖民统治、本国暴政、外国入侵和改革、革命等多重演变，具有深厚的历史积淀和丰富的文化底蕴。

殖民者带来的西方外来文化与印第安人的本土文化互相碰撞、影响和融合，最终形成了既不是西方的也不是印第安人的别具特色的墨西哥文化。现代墨西哥文化则是以西班牙文化成分为主体、广泛吸纳印第安人传统文化元素、之后又不断受到现代西方文化时尚影响的混合体。

以饮食文化为例，印第安人的饮食原先以玉米、马铃薯、木薯、西红柿等土生作物为主。西班牙人为美洲带来了马、牛、羊、猪、狗和其他家畜。植物也增加了小麦、大麦、葡萄、咖啡、甘蔗、桑树、柑橘树、无花果等，最终形成以西班牙饮食文化为主，又大量吸收玉米、辣椒等印第安饮食元素的墨西哥特有的餐饮文化。在建筑、雕刻、绘画、音乐、舞蹈、文学等各个领域，都存在类似的情况。

在墨西哥城东北部的特拉特洛尔科区，有一个著名的旅游景点——特拉特洛尔科广场，又称三种文化广场。这个广场不算大，只有 6000 平方米左右。它之所以出名，是因为在这个不大的空间里，竟然汇聚了墨西哥历史上三个不同时期文化的代表性建筑。这三种文化即古代印第安人文化、西班牙殖民时期文化和现代文化。

在三种文化广场里，古代印第安文化的代表作是阿兹特克人精心构筑的金字塔等建筑遗迹，虽是断壁残垣，但仍不失威严。殖民时期文化的代表作是广场内的圣地亚哥修道院和大教堂，建筑精美，保存完好。现代文化的代表作则是原墨西哥外交部大楼特拉特洛尔科塔。这是一栋24层、120米高的现代化大楼，庄重、宽敞、大气而不失简约。它建成于1966年，是当年墨西哥城三座最高的建筑物之一。三种文化广场是一幅浓缩了的反映墨西哥历史沧桑的画卷，也是对墨西哥文化特色和内涵所做的形象生动的图解。

墨西哥人强烈的爱国主义情怀和民族自豪感

对外国访客来说，墨西哥民族文化中最引人注目的特点是墨西哥人强烈的爱国主义情怀和民族自豪感。这与墨西哥拥有辉煌的古代文明、光荣的革命传统，历史上曾遭受长期殖民统治，又屡遭外国入侵有密切关系，也是墨西哥在强邻之旁能自立自强的根基。尽管美国在经济上远比墨西哥发达，但墨西哥在美国之旁并不妄自菲薄或奴颜媚骨。与美国文化只有区区200多年的历史相比，墨西哥人为自己是印第安人悠久文化的继承人而感到自豪。

墨西哥独立战争后期坚持战斗的主要将领维森特·格雷罗在拒绝敌人劝降时说："祖国是第一位的。"他这句名言金光闪闪地镌刻在众议院大厅主席台旁，在墨西哥家喻户晓，成为墨西哥人民的座右铭。墨西哥十分珍惜本国的历史并以此进行爱国传统教育。所有为墨西哥的独立和进步作出过卓越贡献的历史人物都受到敬仰，在首都和其家乡为他们树碑立像。在墨西哥城改革大道两侧，有数十座墨西哥改革运动中的著名人士塑像。墨西哥很多地方的州名、城市名、街道名都是以历史上的名人命名的，其数量之多是其他国家难以相比的。墨西哥的许多节日也都与历史上的重大事件有关。因墨西哥过去曾饱受外国欺凌，对保持民族尊严特别敏感，民族情绪相当强烈。

墨西哥文化丰富多彩，别具一格

墨西哥人聪敏能干，机智灵活，才华横溢。他们既重视传统，又富有创造性。外交家阿尔丰索·加西亚·罗弗勒斯因成功推动签署拉美无核区条约而荣获1982年诺贝尔和平奖；诗人和作家奥克塔维奥·帕斯荣获1990年诺贝尔文学奖；化学工程师马里奥·莫利纳因发现南极臭氧空洞而与其他两名科学家共同获得1995年诺贝尔化学奖。墨西哥文学在拉美独树一帜。除已摘取诺贝尔文学奖桂冠的帕斯外，胡安·鲁尔福和卡洛斯·富恩特斯也是现代西班牙语文坛巨匠。

在墨西哥革命所催生的"壁画运动"中，里维拉、奥罗斯科和西盖伊罗等大师走出狭隘的绘画沙龙，走向社会和大众，发展了一种在重要建筑物上挥毫的艺术形式，创作了一系列反映墨西哥历史和墨西哥革命理想的画作，鞭笞殖民统治、独裁暴政、外国入侵和资本剥削，讴歌革命和墨西哥民族的精神力量，表达了人类对进步、社会正义与和平的渴望。壁画面积巨大，放在民众能够看到的显要位置，选择的又是反映民族历史和人民生活与呼声的重大题材，将许多转瞬即逝的历史时刻与激情演绎为长驻人间的场景，以最直接、最强烈的形态奉献给公众，对墨西哥社会产生了深刻影响。墨西哥壁画运动发展了"大众艺术"

的观念，赋予艺术以新的使命。壁画与民众的强大沟通能力和浓郁的墨西哥特色，在世界上独树一帜，使墨西哥壁画成为墨西哥文化中最耀眼的部分，对其他国家也产生了广泛影响。

通常由两把小提琴、一把吉他、一把墨西哥大吉他、一把小号与一架竖琴组成的玛利亚奇乐队风靡墨西哥全国。歌手们头戴宽边呢帽，身穿紧身、用花边修饰的恰罗骑士服，成为墨西哥重要的文化符号。墨西哥人的生活，离不开玛利亚奇。从国家的重大庆典到家庭节日喜庆，都要请玛利亚奇乐队助兴，它会给人们带来欢乐和激情。有些小伙子谈恋爱也不忘求助于它：在皎洁的月光下，领着一支玛利亚奇乐队到心仪的姑娘窗下，弹唱几首抒情歌曲表达衷肠。这种传统的求爱方式，至今依然在墨西哥一些地区流行。

墨西哥是电影业最发达的拉美国家之一。20世纪40年代和50年代是墨西哥电影的黄金时代。当时墨西哥所生产的电影成为拉丁美洲电影的样板，大量向南、北美洲和欧洲国家出口，墨西哥电影业的规模也可与那时的好莱坞相媲美。墨西哥的电视剧蜚声世界。《富人也哭泣》等墨西哥电视剧在拉美、欧洲、中国和世界其他国家或地区获得巨大成功。

墨西哥是世界上手工艺品最丰富的国家之一。它们色彩斑斓，琳琅满目，既是艺术品，又是生活必需品，是墨西哥丰富多彩的多元文化和民俗的真实写照，也是其文化不断创新发展的重要载体。

墨西哥人的价值观念和性格特征

墨西哥人重视人的尊严和价值，办公室或劳动场所是个人实现价值的地方。在人与工作任务的关系中，有些人可能会将完成工作任务放在首位。对墨西哥人来说，工作是为了生活，而不应相反。

墨西哥人自尊心很强，很敏感，注重体面，有时可以为体面而不顾其他一切。他们特别重视自己的尊严是否得到别人的尊重。如他就与自己有关的工作提出某种批评和意见，相关负责人针对此事进行沟通时必须十分注意方式，不能让他感到因此而受到伤害。如果某个企业的领导对下层员工滥用职权，员工感到尊严受到冒犯或其工作没有得到应有的认可，这很快就会影响到员工的工作责任心和忠诚度。为了提高单位的工作效率，在劳动关系中必须注意与他们保持良好的个人关系。

墨西哥的员工希望在单位里有良好的人际关系，而不是在敌对的、竞争的氛围中工作，否则即使工资高一些也不能留住他。一般说来，墨西哥人团队配合的观念较淡薄，认为每个人应只对其老板（领导）负责并对他保持忠诚，与单位里的其他人只是朋友关系。

墨西哥虽地处西方，但在家庭观念上，更接近东方。家庭是个人生活的中心，家庭为他们提供情感上的支持、亲情的港湾和可信赖的联系，也是增加责任心和传承民族价值观念的重要平台。墨西哥人珍视家庭，眷恋家庭，重视在工作与家庭之间保持适当的平衡。墨西哥人通常没有周末工作和节假日加班的习惯。

在墨西哥绝大多数家庭中，丈夫仍是家庭的传统核心。侍奉父母、敬老尽孝、相夫教子是普遍受到尊重的道德伦理。即使身为总统、部长、议员等高官权贵，在父兄面前也是长幼有序、谦恭有加。每年圣诞平安夜，大家都要回家与父母子女、兄弟姐妹一起过节，吃火鸡和丰盛的晚餐，给全家每个人送上一份礼物，互相祝福，歌舞畅饮，直到午夜之后才尽欢而散，各自回家。这种传统，年复一年，没有谁会以任何理由缺席。"大男子主义"在当地仍颇有影响，尤其在农村和贫困阶层。

墨西哥人热情好客。这是受到印第安人和伊比里亚人双重的好客传统影响。墨西哥人民对其他国家人民的正义斗争总是给予同情和声援。当拉美其他国家争取社会进步的人士处于逆境时，常常可以在墨西哥找到安身立命之处。西班牙内战后，墨西哥接纳了大批反佛朗哥的进步人士到其国内避难。

墨西哥人乐于助人，对人友善。你如果在墨西哥街头向人问路，他们会认真为你解答。如果你的汽车在公路上因故障"抛锚"，过往的汽车中也常会有"志愿者"上前询问是否需要帮助。墨西哥人大多纯朴诚实。小商小贩售货实话实说，仿制就是仿制，不会把人造革吹成牛皮。习惯于砍价的国人常常会嫌墨西哥小贩过于僵硬，坚守"一口价"，宁愿做不成买卖也不肯降价，因为他的出价已经很实在，没有"水分"可挤了。

墨西哥人是天生的乐天派，性格奔放，勇敢浪漫，不拘形式，万事不操心，把一切问题放到明天。所以有人把墨西哥人称为"超现实主义者"。但他们在幽默开朗中偶尔也会流露出一丝淡淡的忧郁和伤感,仿佛是难以忘却这个民族曾经遭遇过的劫难和屈辱。这是深埋在墨西哥民族心理中的一处伤痕。

墨西哥人非常喜欢过节,这是在数千年的历史中形成的。一年到头确实也有难以完整统计的无数节日。从独立日、宪法日、华雷斯总统诞辰日、普埃布拉战役纪念日等政治性节日到瓜达卢佩圣母节、圣诞节、复活节、亡灵节等宗教性节日,从全国性节日到每个城镇、每个行业都有的地方性、行业性节日,从母亲节、父亲节、情人节到女孩15岁成人节、狂欢节,从玉米节、棉花节、马铃薯节到银器节、特吉拉酒节,如此等等,不一而足。墨西哥诺贝尔文学奖得主奥克塔维奥·帕斯这样描述自己国家的节日之多:"我们的日程上排满了节日,在某些日子里,从最边远的地方到大城市里,整个国家都在祷告、欢呼、饱食、滥饮,为瓜达卢佩圣母或者萨拉戈萨将军而狂欢。"但墨西哥当地没有劝酒的习惯,喝多喝少由宾主各自随意而定。

墨西哥人能歌善舞,喜欢热热闹闹的场面。亲朋好友聚会,少不了请玛利亚奇乐队助兴。当乐队用吉他和小号激越嘹亮地奏起当地脍炙人口的民歌时,即使西装革履、举止矜持的绅士们也会忘情地随同歌手引吭高歌,有的更会情不自禁地扭动身躯伴舞。

墨西哥人的时间观念较差。约会迟到是经常发生的事。当然也不能一概而论,有的墨西哥朋友就较注意准时。对于当地人时间观念不强这一点,墨西哥人自己也不避讳。

根据《改革报》进行的一次民意测验，75％的受测者承认自己赴约不准时。到办公地点赴约时，墨西哥人一般不会准时出来接待，通常总要比约定时间晚几分钟甚至更长时间才出来见你。这在当地是司空见惯的，并非故意对你的怠慢。如果我方的身份较高，或另有要事不能久等，要事先同对方的助手或秘书沟通好。

不少墨西哥人没有攒钱的习惯，有钱就花，只要高兴就好，绝不为以后的日子发愁，真有点"今日有酒今日醉""莫使金樽空对月"的味道。当地习惯双周发薪，每逢双周发薪后的那几天，工厂缺勤率往往较高，因为那几天手头较宽裕，可以放心去消费，商店里全是购物消费的人群。而在发薪前那几天，则要过几天紧日子，因为薪金已经花完了。一到周末和节假日，公路上挤满了前往郊外或更远处度假的车辆。一家人到城里公园或远郊的森林公园野餐、远足，是墨西哥人最普遍的周末活动。一些重要的假期之后，墨西哥城里的当铺常常热闹起来，因为钱已全部花光需要跑当铺的不乏其人。墨西哥的社会保险等各种福利相对较齐全，这也使他们花钱消费时不必太为以后担心。

墨西哥人的日常生活习俗

墨西哥人重视讲文明，着装注意场合，待人接物注意礼节。从小孩开始，"早安""很高兴""劳驾""愿为你效劳""谢谢"等礼貌用语普遍使用。假如在说话过程中不经意间咳嗽了一下，或者打断了别人的插话，墨西哥人一定会马上说一句"对不起"。墨西哥人打喷嚏时会用手帕掩住口鼻，赶紧说声"对不起"，而近旁的人包括素不相识的都会对他说声"保重"。如果有人要在你的面前经过，他会主动先说一声"借光"。乘电梯时，如果里面没有几个人，即使新进来的人并不认识你，也往往会含笑点头，或者轻声说个"嗨"，向你礼貌地打个招呼。很少看到当地人在公众场合吵架斗殴，或口出不逊。墨西哥人排队也很自觉，没有人"夹塞"。

墨西哥受长期殖民统治影响，等级意识较强，上尊下卑，对称呼也很讲究。对长官和有身份的人，都会称职务、学衔或称先生。通常见面时的称呼，是在交往对象的姓氏前加"先生""夫人""小姐""工程师""建筑师""硕士""博士""教授""会计师"等尊称。包括墨西哥人在内的拉美人相互间一般以姓氏而不是名字相称，名字通常都是在熟人和亲人之间才叫的。有时在直呼其名时也往往加上尊称"堂"，如"堂米格尔""堂卡洛斯"等，这是从西班牙中世纪时遗留下来的习惯。

墨西哥人重视保持办公室的整洁、安静，陈设布置雅致，忌讳大声喧哗。墨西哥在医院、学校、办公室、餐馆等公共场所，尤其在油气化工等高危作业区，对禁烟区和允许吸烟区有严格的规定，必须严格地自觉遵守。墨西哥人普遍能自觉地遵守当地关于环保和保护生物多样性的规定，将垃圾废物等放置在指定地点。很少看到当地人随地吐痰、乱扔纸屑等恶习。

初到墨西哥的人，可能对墨西哥的作息时间很不习惯。墨西哥的上班时间一般是上午9点到下午6点。政府部门上班时间晚，但下班时间也相应地延长一些。如果你早上

9点到墨政府机关，难以找到重要的官员。在墨西哥城等大城市里，吃饭的时间晚，而且拖的时间长。如午餐一般在下午1点开始，但下午2点到4点吃午餐也不少见。晚餐通常在晚上8点以后，散席往往已是午夜之后的事了。这一作息时间明显受到了西班牙的影响。

与其他拉美国家相似，墨西哥人比较容易作出许诺，但往往不一定都能兑现。与墨西哥朋友相处中，如果你求他们相助，他们常常会说"ahorita"（中文发音"阿奥利达"）或者"a ratito"（中文发音"阿－拉提托"），这相当于中文里的"马上"或者"稍过一会"的意思。在我们的观念里，这样的答复意味着对方允诺随后就去办。但实际上，在对方的心目中这只是一个很含糊的答复，可能是几天之后去办，也可能就此放下。有时是他们说过就忘了，有时是对方想办但难以办到。但即使是后者，他们的民族性格也让他们很难拒绝别人的请求，只好用含糊的时间概念来应付。

墨西哥人办事随意性较大，多变。答应和安排好的事也会临时说变就变，令人猝不及防。有时他们改变计划也不及时告知相关各方。所以对于重要紧迫的事情，我方不能满足于对方已经允诺，需要以适当方式与对方数次沟通和敲定，才能最后落实。

墨西哥人的烹饪特色

墨西哥人为本国的烹饪艺术感到自豪，当地人常说中国、法国和墨西哥是世界烹饪艺术水平最高的三个国家。

墨西哥菜系的特点是选料广泛、品种多样、加工精细、色彩缤纷、味道鲜美。以西班牙为主的欧洲饮食风格是当地膳食的主体，但大量采用了玉米、菜豆、辣椒、鳄梨、西红柿、洋葱、仙人掌、南瓜等当地传统食物和作料。尤其是玉米、菜豆和辣椒，是墨西哥膳食中最普遍采用的食材。这些原材料的大量采用以及某些独特的加工方式让墨西哥的烹调艺术带上了深刻的印第安烙印。由玉米面做成的薄薄的圆饼，是很多墨西哥精美食品，尤其是小吃（如油炸玉米片）的基础。用它卷裹肉、菜或其他多种食物，即成为著名的"塔科"，它是墨西哥食谱中的招牌菜。墨西哥人也有用仙人掌嫩叶做菜和将仙人掌果当水果吃的传统。墨西哥地域辽阔，每个州和每个地区都有自己的饮食特色。当地土著人几千年前就开始种植辣椒，共有100多种不同种类和颜色的辣椒，有的微辣，有的极辣。墨西哥人喜欢吃辣椒，菜里饭里汤里都习惯放辣椒，不仅能提味，而且能增加色彩的鲜艳。不吃辣的宾客，要提前跟厨师打招呼。

如果你看到在墨西哥的菜谱中有昆虫，请不要大惊小怪。墨西哥古代土著人的食谱中，不乏粮食、蔬菜和水果，但缺少蛋白质和脂肪。为此，他们一方面饲养火鸡和土生无毛狗，另一方面捕食各种能吃的动物。印第安人吃昆虫的传统由此而生，有些流传至今。当地现在较常吃的昆虫有龙舌兰蠕虫、蚂蚁卵和蝗虫等。龙舌兰蠕虫生长在龙舌兰的茎叶和根部，有白色和红色两种，雨季后采集，油炸后食用。当地的蚂蚁个头比我国常见的要大得多，通常在龙舌兰和仙人掌的根部筑巢，每年三四月排卵。卵呈白色，大小如米粒，用黄油炸煎后伴随其他食物品尝。这两道菜现在都属名贵珍稀品种，营养价值高，只在一些高档饭馆里供应，价格昂贵。在印第安人最集中的瓦哈卡州，炸蝗虫是家常便饭，大小饭店里都供应。墨西哥还有一种美食叫胡伊特拉科切，是玉米棒上的一种黑色菌类。印第安人很早就知道用它做美食，将其放在奶酪馅饼里更是锦上添花。这种像是黑色蘑菇的新鲜菌类，在墨西哥市场上出售，价格比玉米本身要贵，当地超市里还有用它做成的罐头出售。

墨西哥人的生死观

墨西哥人的生死观，继承了古代印第安人的传统，认为死是生命的更新，既是生命的归宿，又是新生命的开始。当地一年一度的"亡灵节"是一个纪念逝者的节日，类似我国的清明节，但两者的气氛迥然不同。我国清明节是一个肃穆、哀悼、安详的日子，而墨西哥的亡灵节却洋溢着欢乐。我国民众是忌讳骷髅的，而墨西哥的亡灵节则到处可见骷髅。

中国与墨西哥有许多共同点和相似之处，清明节与亡灵节在气氛上的巨大反差也许最能体现两国民族心理上的微妙差别。

墨西哥的亡灵节起源于古代印第安人，起码已有3000年的历史。西班牙殖民者抵达墨西哥后，竭力用天主教取代土著人的原始宗教，把亡灵节的日子也改到每年11月的头两天，与天主教纪念亡灵的万圣节相重叠。这样就把美洲土著人与天主教的两种不同传统融合在一起，形成了现代的墨西哥亡灵节。

墨西哥人用一系列欢快的仪式来祭祀他们去世的亲人。他们在公墓打扫、布置亲人的陵墓，在那里举行守夜活动，与已故亲人的灵魂欢聚。菊黄色的万寿菊又称"亡灵花"，在墨西哥的亡灵节中扮演着重要的角色。那一天全国各地公墓呈现一片艳丽的黄色。人们带着食物、美酒、鲜花、乐器和其他用品去墓地，在那里又吃又喝，又弹又唱，通宵达旦，面无哀色，以兴高采烈的方式来庆祝生命的轮回。

很多家庭在家里为亡故的亲人精心布置祭台。祭品很丰富，从亲人生前爱吃的食品饮料，到鲜花、手工艺品，林林总总，应有尽有。每个州乃至每个家庭的祭品各有特色，但做成骨头形状的亡灵面包则是各地都有的传统。人们不仅用万寿菊来装点祭台，也将其橘黄色的花瓣铺撒在墓地通往村庄和家中祭台的路上，并在家门口点亮灯，为亡灵指引回家的路。亡灵节是儿童们的节日。他们兴高采烈，穿着骷髅和鬼怪衣服，点着南瓜灯笼，走街串巷，索取糖果。亡灵节更是商贩们的节日，从超市到小摊，摆满了亡灵节专用的"鬼面具""鬼玩具"，用巧克力制成的骷髅、棺材等各种过节用品。

在亡灵节这一天，当地报纸上常用整版版面刊登总统、内阁部长和其他在世的社会名流的骷髅漫画，并针对当时的施政热门话题，配上"骷髅诗"，以他们已经去世的口吻写成打油诗式的墓志铭，嬉笑怒骂，讽刺挖苦，幽默一番。被讽刺者对此也习以为常，并不介意，这反映了墨西哥民族的宽厚豁达的性格和对死亡的超然态度。亲朋好友之间在亡灵节互相赠送贴有亲友名字的巧克力骷髅，是当地人友好亲近的显示。如果你收到这样一件在我们看来骇人听闻的礼物，请不要大惊小怪。亡灵节是印第安人群体最古老、最强烈和最有代表性的文化活动，联合国教科文组织已将印第安人纪念亡灵的庆祝活动列入人类口头和非物质文化遗产名录。

中国大使对萨尔瓦多的首次访问

2018年8月21日，国务委员兼外长王毅同萨尔瓦多外长卡斯塔内达在北京签署了《中华人民共和国和萨尔瓦多共和国关于建立外交关系的联合公报》，萨尔瓦多政府即日断绝同台湾的所谓"外交关系"，中萨建立大使级外交关系。2018年11月，时任萨尔瓦多总统桑切斯对华进行国事访问并出席首届中国国际进口博览会开幕式，习近平主席同其会谈，李克强总理、栗战书委员长分别与其会见，中萨双方签署了13项合作协议。

作为外交战线对拉美工作的一名老战士，我对中萨建交和两国关系迅速发展甚感欣慰，不禁回想起多年前对萨尔瓦多的那次访问。

我在墨西哥任职期间，邻近的中美洲6个国家与我国均无外交关系。按照当时的分工，我驻墨使馆承担着兼顾对中美洲国家工作的任务，因而我时常在墨西哥城会见和宴请来自中美洲国家的各界友人，其中包括萨尔瓦多法拉本多·马蒂民族解放阵线党（以下简称马蒂阵线党）的领导成员和萨尔瓦多其他政党的议员们。

萨尔瓦多马蒂阵线党的前身是"法拉本多·马蒂人民

解放军"与其他几个萨尔瓦多左翼党派于1980年10月联合组成的反政府武装阵线。1992年1月，该阵线与政府签署《和平协定》，12月成为合法政党。1995年6月，阵线内部各党派统一组建成马蒂阵线党。该党数次参加大选，得票率逐步上升。在1994年3月的总统选举中，马蒂阵线党获得全国25.6%选民的支持。在1999年3月的总统选举中，马蒂阵线党获得全国28.88%选民的支持。在2000年3月举行的国民议会选举中，马蒂阵线党获得议会全部84个席位中的31席（超过执政的民族主义共和联盟的29席），并赢得了首都圣萨尔瓦多市的市长选举。

2000年春，萨尔瓦多马蒂阵线党邀请我去该国访问。考虑到该党在萨国内拥有合法和稳固的地位，对我国友好，为扩大我国在萨尔瓦多的影响，增进相互了解，广交朋友，多做工作，在报请国内批准后，我与夫人石成慧和时任大使馆负责墨西哥和中美洲国家政党工作的一等秘书康学同（后任中联部拉美局局长）于2000年5月28日至31日应邀访问了萨尔瓦多。

我们抵达萨尔瓦多的首都圣萨尔瓦多市时，马蒂阵线党议会党团主席夏菲克·汉达尔等到机场迎接。当晚，马蒂阵线党在当地的湖南饭店设宴欢迎我们，该党多名主要领导人出席，其中包括法昆多·瓜尔达多（时任马蒂阵线党总协调员）、萨尔瓦多·桑切斯（时任马蒂阵线党议员，该党前总协调员，2014年作为马蒂阵线党的候选人竞选总统获胜，2014—2019年出任萨尔瓦多总统，在他的任期内作出与我国建交的果断决定）和夏菲克·汉达尔等。

抵萨后次日，我们按照东道主的安排，去萨尔瓦多国民议会大厦，会见萨议会内马蒂阵线党、民族和解党、基督教民主党、民主变革党和国家行动党等5个政党的党团领袖和外委会成员。交谈中，我主要向他们了解萨议会和政党情况，相机介绍我国的改革开放、对外政策和对台湾问题的立场。

那天下午，我们去拜会圣萨尔瓦多市市长埃克多尔·西尔瓦（马蒂阵线党成员）。该市市政会还专门为我的去访举行隆重仪式，授予我圣萨尔瓦多市贵宾称号和证书。访萨期间，我也礼节性拜访了萨尔瓦多最高法院院长阿古斯汀·加西亚·卡尔德隆。

在访问萨尔瓦多的3天中，我先后4次会见萨尔瓦多企业界人士。一次是拜会萨尔瓦多全国私人企业家协会（ANEP）主席里卡尔多·西蒙；一次是应邀与当地部分阿拉伯裔企业家共进早餐，其中包括萨尔瓦多电视12台台长等；一次是应邀与萨尔瓦多部分进口商共进午餐；一次是拜会萨尔瓦多银行家协会主席、原库斯卡特兰银行行长毛里西奥·圣马约阿。交谈中，我主要向他们了解萨经贸情况，并就发展萨与我国的经贸关系交换意见。他们对扩大萨向我国出口和增加进口我国商品很有兴趣。里卡尔多·西蒙说，萨尔瓦多出口优质咖啡，著名的瑞士雀巢咖啡实际上也用萨尔瓦多的咖啡。如果每名中国人每天能喝一杯咖啡，萨尔瓦多的咖啡销路就没有问题了。

5月30日，我们去访问萨历史最悠久和规模最大的大学——萨尔瓦多大学。大学校长玛莉亚·伊萨贝尔·罗德里盖斯女士会见了我们。该校始创于1841年，拥有专职和兼职教师2000余名，学生5.3万余人。我向该校学生作了关于中国改革开放和外交政策的报告，并回答了他们提出的问题。

好客的东道主安排我们参观了萨境内两处古代玛雅文化遗址。一处是位于首都圣萨尔瓦多市以西80千米处的玛雅古迹塔苏马尔。它是玛雅人始建于公元2世纪的一个古建筑群，其主体建筑为一个高24米的金字塔基座。另一处是位于萨中西部名为"塞琳珍宝"的古迹。它原是公元5世纪玛雅人的一个农耕小镇，被近旁火山爆发的岩浆灰土湮没，20世纪70年代被发现后开始发掘，有"美洲的庞贝"之称，1993年被联合国教科文组织列为人类文化遗产。

访萨期间，我两次接触萨尔瓦多的新闻界。一次是在马蒂阵线党党部举行记者招待会，介绍我此行的目的和有关情况，并回答他们关心的问题；另一次是接受萨尔瓦多电视12台著名的记者和电视节目主持人卡尔洛斯·毛里西奥·富内斯的专访。这位记者因时常鞭笞时弊，提问尖锐，用词犀利，在萨有较大影响。后来他从政，作为马蒂阵线党的候选人于2009年竞选总统获胜，2009—2014年任萨尔瓦多总统。

在离开萨尔瓦多之前，我举办了两次宴请。一次是招待我访萨期间接触过的萨议会各党的党团领袖、萨尔瓦多大学校长和圣萨尔瓦多市的副市长等；另一次是在当地的王朝饭店答谢马蒂阵线党领导人，感谢他们的热情友好接待和周到安排。

我们于 31 日下午离开圣萨尔瓦多回墨西哥城。夏菲克等马蒂阵线党领导人到机场欢送我们。临别时夏菲克说，这次是中国大使首次到访萨尔瓦多，意义不凡，希望以后有更多的中国代表团来访。

我们那次对萨尔瓦多的访问，时间很短，但活动内容丰富，受益匪浅。此前我国很少有人能访问萨尔瓦多，更别说具有官方身份者。此次我能身临其境，广泛接触萨政界、经贸界、新闻界、教育界人士，增加了许多有关萨尔瓦多的感性认识，印象深刻难忘。在我们访萨期间，萨当时的政府和执政党领导人没有与我们接触。但萨政府对我们去访没有从中作梗阻挠，及时地为我们颁发了入境签证。我们访萨期间，也没有发生任何不愉快的事件。

参考书目

1. 中共中央文献研究室编：《周恩来年谱》，中央文献出版社1997年版。

2. 《我们的周总理》编辑组编：《我们的周总理》，中央文献出版社1990年版。

3. 《周恩来外交活动大事记（1949—1975）》，世界知识出版社1993年版。

4. 外交部老干部笔会、外交部老外交官诗社主编：《外交人心中不朽的丰碑》，世界知识出版社2020年版。

5. 周志伟、吴长胜：《中国和巴西的故事》，五洲传播出版社2020年版。

6. 周晓沛：《大使札记　外交官是怎样炼成的》，人民出版社2014年版。

7. 朱祥忠：《拉美外交风云纪实》，五洲传播出版社2019年版。

后　记

　　我生于1937年7月21日，我的童年在"国破山河在"的岁月中度过，逃过难，被寄养在山区农户家中，后又经历过国民党反动腐朽统治下风雨如晦的日子。中华人民共和国成立时，我刚满12岁，在五星红旗下成长，沐浴在"站起来了"的新中国明媚阳光下。新旧社会的鲜明对比，让我毫不犹豫地拥戴中国共产党的领导。

　　我家兄弟姐妹8人，除大哥在解放初参军入朝外，父母还要抚养7个子女，仅靠父亲的职员工资和母亲打零工贴补家用，家里经济拮据之状不难想见。母校复旦实验中学为我减免学杂费。外交学院一直给我发放全额助学金，每月15元，其中12.5元用于缴纳伙食费，2.5元为零用费。全靠国家这笔助学金，我才能心无旁骛地完成大学的学业。

　　在党团组织的教育帮助和老师们的辛勤栽培下，我学习了马克思主义的基本原理和中国革命史，把全心全意为人民服务、为实现共产主义而奋斗终身作为自己人生的崇高目标。我对祖国和人民，对中国共产党和人民政府，满怀感恩之心，立志尽自己的绵薄之力报效祖国。1965年在古巴常驻时，我曾填写一首词，抒发自己当时的情怀。

蝶恋花 · 常驻"加勒比海明珠"哈瓦那

儿时国破倬命留，
青壮逢时仗义万里游。
激战异国忽五秋，
时怀父兄与旧友。
单孑之驱何所求？
多少英士竟把壮志酬！
指望尽解普天忧，
欣聚新居尝美酒。

（注：当时我的父母与弟妹们刚迁入两间新居）

新中国与拉美和加勒比国家的关系是一段艰辛开拓、长期积累、不断发展的历史。在党中央的正确领导和外交部老前辈们的言传身教下，一代代新中国外交人员前赴后继，为发展我国与拉美国家友好合作关系而殚精竭虑，作出各自的贡献。由于我在大学里学的是西班牙语，一直投身于发展中拉关系的壮丽事业之中。应该说，命运对我不薄。风云际会，我曾有幸见证老一辈党和国家领导人如何亲自做拉美国家的工作，亲历我国与拉美关系史中一些重要时刻，结识拉美国家当时叱咤风云的领导人，到访过绝大多数拉美国家，并在拉美那片热土常驻了23个年头。所见所闻，所感所思，时常萦绕于心，念兹在兹。

　　在撰写和出版这本从个人亲历视角记录中拉关系点点滴滴的书稿过程中，得到外交部老干部笔会周晓沛大使和中央党校大有书局出版社领导、编辑等多位同志的热心帮助。没有他们的支持，这些回忆是很难得以成书付梓问世的。限于本人水平，书内不足和偏颇之处在所难免，恳望读者不吝指正。

沈允熬